LE DERNIER DES REBELLES

REBELLES

LA LIGUE DES REBELLES

TOME IX

LAUREN SMITH

Traduction par
ANGELIQUE MOREAU

Traduction par
VALENTIN TRANSLATIONS

LAUREN SMITH BOOKS

PROLOGUE

L*ondres, décembre 1821*

Le craquement assourdissant de la glace résonna comme un coup de feu. Il fit piler net Charles Humphrey, septième comte de Lonsdale, qui avait couru sur la Tamise gelée. Devant lui, le crépuscule se déversait sur le paysage gelé, créant des ombres sinistres qui menaient à la silhouette se tenant juste hors de sa portée.

— Arrêtez ! s'écria-t-il.

Il était tant pétri de douleur et de rage que plus rien d'autre n'existait à l'intérieur de lui. Il était une bête dotée d'un seul objectif : tuer l'homme qu'il poursuivait.

Son propre frère.

Mais le bruit de la glace qui se brisait l'entourait à présent de toutes parts, résonnant sur la Tamise. Devant lui, l'homme s'arrêta sur un petit dérapage. Charles l'imita, à l'affût d'autres bruits inquiétants, mais il ne décela pas de fissures évidentes à la surface.

— Ne faites pas un pas de plus, mon frère, le prévint l'homme d'une voix ferme et froide.

La rage qui avait été momentanément écartée par la menace de la glace fissurée revint en rugissant. Il serra les poings.

— Frère ? Comment osez-vous m'appeler ainsi ? Vous m'avez *tout* pris. Il n'y avait qu'elle au monde.

La fureur à l'intérieur de lui s'abattit comme un rideau noir sur sa vision. Il n'osa pas fermer les yeux. S'il le faisait, il la verrait, son amour, mourante dans ses bras, et cela l'affaiblirait. À présent, sa colère était sa seule force.

— Vous n'en méritez pas moins. Vous m'avez pris *mon* monde, gronda pratiquement son frère. Vous et votre père avez détruit ma vie.

— Il était votre père aussi, siffla Charles. Il essayait de vous sauver.

— Il m'a abandonné pour me sauver ? Vous êtes dégoûtant.

Charles contrôlait à peine sa fureur.

— Je n'ai jamais eu de problème avec l'homme que je suis, mais vous ? Vous êtes un meurtrier. Si nous dressions la liste des péchés, le vôtre serait en tête de file.

Charles fit un autre pas vers lui.

— Un *meurtrier* ? Comment *osez*-vous...

Crac ! La glace se brisa et son frère poussa un cri quand il plongea dans les profondeurs glaciales en dessous.

— Non !

Charles se précipita vers la main qui émergeait du trou dans la glace. Comme un imbécile, il plongea à son tour dans l'eau.

L'obscurité, la glace et le froid l'enveloppèrent. Il battit des membres quand il aperçut une autre silhouette dans les eaux troubles. Il tendit la main vers lui, effleurant des doigts l'épaule de l'homme, mais le courant était trop fort. Ils allaient mourir. Tous les cauchemars qu'il avait faits depuis l'université devenaient réalité. Cela allait être la fin.

Au moins, il la rejoindrait, sa chère épouse.

Devant lui, l'homme s'étranglait, son visage se contorsionnant alors qu'il inspirait une goulée d'eau.

Il aurait dû savoir que cela se terminerait ainsi. Une mort dans l'obscurité pour tous les deux. Sauf que cette fois, il avait tué son propre frère ainsi que son épouse, parce que le passé refusait de lâcher prise.

Peut-être avait-il été le méchant de cette histoire depuis le début...

☙ I ❧

Première règle de la Ligue :
Une maison en guerre contre elle-même ne tient pas debout. Notre amitié non plus. Nous devons nous dresser ensemble. Divisés, nous nous écroulerons.

Extrait de la *Gazette de la Lorgnette*, 11 décembre 1821, rubrique de Madame Société :

La Gazette de la Lorgnette *est au regret d'informer son lectorat qu'il n'y aura pas de rubrique de Madame Société cette semaine. Nous savons que les lecteurs comprendront et nous espérons qu'elle nous reviendra dans un futur proche. Nous savons que vous êtes nombreux à avoir écrit à Madame Société à propos du destin de Charles Humphrey, comte de Lonsdale. Nous espérons que Madame Société reviendra avec des nouvelles de ce célibataire.*

Chère Madame Société,

. . .

C'EST UNE TRAGÉDIE NATIONALE QUE VOTRE RUBRIQUE AIT ÉTÉ suspendue maintenant, puisque c'est avec une grande curiosité et une certaine inquiétude que je vous écris, horrifiée par ce à quoi mon cher mari a assisté hier soir en rentrant à Londres d'une réunion de travail près de Lewis Street. En se promenant dans la rue, mon séduisant mari a croisé une femme échevelée vêtue d'une magnifique robe rouge. Selon mon vaillant époux, elle fuyait. Madame Société, voici le plus déroutant : c'était de lord Lonsdale qu'elle essayait d'échapper !

Cela me fait de la peine de le dire, mais je crois que l'incident avec les cygnes mentionné dans votre colonne n'est pas le seul acte dévoyé de ce rebelle ! En effet, mon cher mari a soutenu que lord Lonsdale était très pressé, en plein milieu de la nuit, à la recherche de cette femme qui s'enfuyait, emboutissant des hommes sérieux et importants tels que mon mari !

Qui plus est, Madame Société, ce n'était pas le plus étrange que mon mari m'ait communiqué ! Une fois que la dame eut disparu et que lord Lonsdale fut déjà parti (sans doute pour rentrer se préparer à ressortir faire des ravages), mon mari se rappelle avoir vu un homme d'apparence dangereuse qui rôdait à la suite de lord Lonsdale d'un air plutôt menaçant. Quelle horreur !

De toute évidence, la seule solution est de caser Lonsdale aussi rapidement que possible ! Madame Société, si vous pouviez effectuer vos miracles habituels, comme avec ses amis et d'autres avant lui, je crois que lord Lonsdale aurait présentement bien besoin de votre aide.

Qui plus est, si vous pouviez également le diriger vers ma ravissante seconde fille... Elle est plutôt douée pour le piano et sa maîtrise de l'aiguille est impeccable. Cela dit, ne mentionnez pas son français, car il est déplorable.

BIEN À VOUS.

Une maman bien née désespérée

CHARLES SE PENCHA EN AVANT SUR SON FAUTEUIL. À DEUX rangées de la scène improvisée, il écoutait chanter Miss Matilda Brower, en essayant d'imaginer un moyen de projeter mystérieusement le pianoforte qui l'accompagnait par la fenêtre la plus proche, l'envoyant s'écraser dans la rue en contrebas.

Alors qu'elle roucoulait les notes d'une mélodie atroce, Charles sentait son cerveau s'atrophier par manque d'une simulation digne de ce nom. Il y avait une douzaine de choses qu'il aurait pu être en train de faire, une douzaine de *femmes* qu'il aurait pu séduire, y compris Mme Forsythe, cette ravissante jeune veuve qui le dévisageait par-dessus son éventail à une rangée derrière lui, à sa gauche.

Il décocha un clin d'œil à la veuve coquine qui s'éventa un peu plus rapidement. Mais c'était tout simplement impossible de se lever et de quitter la pièce, pas alors que Miss Brower continuait d'imiter un chat qu'on étranglerait avec une cornemuse.

Ces maudites soirées musicales !

Il y avait des façons plus faciles et miséricordieuses de tuer quelqu'un que de le forcer à assister à une performance par plusieurs jeunes femmes dont aucune ne possédait le moindre talent. Il resserra les doigts sur le programme de la soirée et réprima un grognement. Il avait besoin de s'échapper, ce qui demanderait une distraction.

À une rangée devant lui, Godric Saint-Laurent, Duc d'Essex, son ami proche, était en train de s'assoupir. Charles ne comprenait absolument pas comment il faisait pour s'endormir avec ces roucoulements aigus.

Doucement, il s'empara de la canne calée contre la chaise à côté de lui. Son propriétaire, Cédric, le vicomte Sheridan avait le regard dans le vide et ne remarqua pas son absence. Avec un sourire jubilatoire, Charles positionna la canne sous le siège de Godric et lui donna un bon coup.

Son ami bondit de sa chaise comme s'il venait de se faire mordre par une vipère.

— *Par le sang de Dieu !*

Les sons d'étranglement félin moururent abruptement alors que tout le monde se tournait pour le regarder.

— Euh... je veux dire... quelle musique divine !

Le visage écarlate, Godric s'éclaircit la gorge et se rassit en lissant son gilet. Charles ricana dans sa barbe, mais le silence soudain fit qu'on l'entendit. Une flamme dans ses yeux violets, la beauté auburn assise à côté de Godric se tourna pour le fusiller du regard.

— Continuez de la sorte, Charles, et je me ferai une priorité de vous trouver une épouse. Ne serait-ce que pour faire cesser ce genre de comportement.

Émily, l'épouse de Godric, n'émettait jamais de menace qu'elle ne mettait pas à exécution, une prouesse extraordinaire pour une duchesse de dix-neuf ans.

— C'est peu probable, Madame, s'esclaffa-t-il. Si j'arrêtais d'être moi-même, alors vous vous ennuieriez comme des pierres avant deux semaines.

Émily arqua un sourcil défiant puis les feulements horribles reprirent.

Il en avait plus qu'assez ! Au diable les distractions ! Charles ignora les petits cris choqués de ceux qui l'entouraient alors qu'il sortait rapidement de la pièce en décochant un sourire libertin à une Miss Brower toute surprise. Une fois dehors, il s'adossa au mur, les paumes plaquées contre le papier peint en satin bleu.

— Milord ? s'enquit un valet.

Charles lui décocha un regard.

— Allez chercher mon chapeau et mon manteau. Faites amener ma calèche.

Il devait sortir de cette satanée baraque, s'éloigner de toutes ces bêtises telles que les bals et les fêtes. Les distractions sociales qu'il appréciait autrefois perdaient leur attrait au fil des jours. Il eut le souffle coupé quand une vague de panique s'empara de lui. Au cours de l'année passée, il avait vu tous ses amis se marier et commencer à avoir des enfants. Ils tournaient la page, abandonnant leur jeunesse et leur audace.

Ils m'abandonnent.

Avant, la perspective de passer le reste de sa vie seul ne le dérangeait pas. Il avait toujours eu ses chers amis, la Ligue des Rebelles, à ses côtés. Dans le feu de sa jeunesse, il n'avait jamais songé une seule fois qu'il serait le dernier célibataire du groupe. À présent, alors que les mariages et les baptêmes remplissaient ses journées, le rythme de sa vie avait été dramatiquement perturbé. Et une chose était devenue claire comme de l'eau de roche : il était seul.

La douleur creuse de la solitude s'abattit sur ses épaules. Bien entendu, il n'aurait pas pu y faire grand-chose à part trouver une jeune épouse et engendrer des héritiers. Mais Charles avait vu les résultats pour les hommes qui choisissaient mal leurs partenaires, et il avait espéré éviter ce destin.

Il n'avait également jamais fait l'expérience de cette sensation redoutée de perdre la tête par amour. Quasiment du jour au lendemain, celle-ci avait transformé en gentlemen ses amis qui n'avaient été que des rebelles dont on tolérait le comportement à cause de leur fortune ou de leur position sociale. Cette transformation terrifiait Charles, mais l'intriguait tout autant. Il n'avait peut-être pas envie de tomber amoureux, mais il refusait catégoriquement de se marier si ce n'était pas le cas. Mieux valait être un imbécile heureux qui aimait sa femme que le contraire.

Émily pouvait le taquiner autant qu'elle le voulait avec la perspective du mariage, cela n'arriverait pas, pas avec une Londonienne de sa connaissance... et il les connaissait toutes.

Il ferma les yeux pendant un moment, son anxiété se dissipant avant qu'il ne se dirige vers la porte d'entrée et retrouve le valet qui avait récupéré son chapeau et son manteau.

Il quitta la maison et se dirigea vers la calèche qui l'attendait. Normalement, son valet, Tom Linley, l'aurait attendu, mais il lui avait accordé une soirée de libre bien méritée. Vu la relation tendue de Charles avec son propre frère, le garçon était quasiment devenu un membre de la famille au cours des derniers mois. Quelqu'un en qui il avait entièrement confiance. Alors que le fossé entre ses amis et lui ne cessait de s'élargir, Tom devenait rapidement le *seul* en qui il pouvait avoir confiance.

Il ne pouvait s'empêcher de se demander ce que le garçon faisait quand il n'était pas chargé de le suivre comme son ombre. Sa timidité excluait toute possibilité de visiter une maison de passe ou un tripot. Tom avait probablement passé sa journée avec la petite Katherine. Avec sa petite sœur à charge, il passait probablement la majeure partie de son temps libre en sa compagnie.

— Où allons-nous, Milord ? s'enquit le cocher.

Charles regarda les routes verglacées. Il n'y avait qu'un seul endroit où il pourrait s'éclaircir la tête.

— Lewis Street.

Le cocher haussa les sourcils, mais il ne protesta pas. C'était une partie plutôt dangereuse de Londres et la plupart des gens l'évitaient. Des voleurs, des meurtriers et toutes sortes d'hommes mauvais résidaient dans les tunnels sous Lewis Street.

Par le passé, Charles se serait dirigé vers un lieu de plaisir, le reste de ses amis à sa suite, et ils auraient passé la soirée à boire et à faire ripaille en compagnie des plus belles courtisanes de Londres. Mais tout avait changé. Maintenant, ils n'auraient pas pu l'accompagner même s'ils l'avaient voulu. Le désespoir que lui provoquait l'idée d'être abandonné par eux lui noua la gorge. Bien vite, la témérité s'empara de lui. Il savait qu'il n'aurait pas dû se rendre à Lewis Street seul, mais il s'en fichait.

Il se hissa dans la calèche qui se mit en mouvement dès qu'il se fut assis.

Il était tard – vingt-trois heures trente – quand le véhicule s'arrêta sur Lewis Street.

— Dois-je vous attendre, Monsieur ? demanda le cocher.

— Pas près d'un repaire de bandits.

Charles savait que les taudis près des tunnels étaient remplis d'hommes qui n'hésiteraient pas à égorger quelqu'un s'ils pensaient pouvoir en tirer une piécette. Il était certain qu'une fois qu'il aurait fini, il pourrait se rendre quelques rues plus loin et héler une autre calèche pour rentrer.

— Très bien, Monsieur.

Le cocher fit claquer les rênes et les deux chevaux gris pommelés filèrent, le laissant seul.

Il remit son chapeau droit et avec un sourire sombre, il s'enfonça dans l'obscurité de la porte la plus proche. Il toqua du revers des doigts contre le bois ancien et patiné. Un panneau à niveau d'yeux coulissa et un homme costaud doté d'une barbe épaisse et d'yeux durs et sombres le dévisagea de la tête aux pieds. Le panneau se referma et la porte s'ouvrit. Le colosse laissa Charles entrer. Depuis la rue, le bâtiment ressemblait à un petit entrepôt, mais c'était en réalité un portail vers un immense monde souterrain de tunnels menant à des pièces où des hommes pouvaient boxer et parier sans règles ni interférences. Même la police craignait de se rendre ici et ils ne le faisaient qu'en force.

Dernièrement, Charles y venait de plus en plus souvent, l'atmosphère sauvage et le chaos nourrissant en lui quelque chose de sombre qu'il ne parvenait pas à s'expliquer. Toutes les rages, toutes les peurs qui croissaient en lui... Il pouvait les libérer en ce lieu. Puis, dans quelques brèves journées, il se sentirait libre.

— Le ring trois est disponible, dit le portier alors qu'ils avançaient plus profondément à travers les tunnels aux parois escarpées.

On disait qu'ils remontaient à l'époque des Tudors. La caverne principale contenait trois grands rings de boxe, dont deux étaient présentement occupés.

Dans le troisième, une grande brute aux poings épais provoquait la foule en appelant un adversaire à venir l'affronter. C'était un homme au cou épais et aux cheveux presque ras. Ses lèvres épaisses témoignaient d'un visage qui subissait des coups depuis des années.

Oui, cet homme lui fournirait du travail pendant toute la nuit.

Charles mit ses mains en coupe autour de sa bouche.

— Hé !

Son cri traversa la foule. L'homme dans le ring s'immobilisa et la foule se tut alors que tous se tournaient vers lui.

— Deux directs et je vous mets K.O., annonça Charles en retirant son chapeau et son manteau, les tendant à un gringalet qui levait vers lui des yeux immenses. Deux pennies pour toi si tu me gardes ceci.

Le garçon opina anxieusement et Charles lui tapota l'épaule avant de grimper sur la plateforme du ring.

— Deux directs ? gronda l'homme. Ce n'est pas un peu présomptueux ?

— Absolument, mon vieux.

Charles retroussa les manches de sa chemise blanche propre, dénudant ses avant-bras.

L'homme haussa les épaules.

— Si vous voulez mourir.

— Et les enjeux ? demanda Charles en prenant position.

Il n'avait pas besoin d'argent, mais l'emporter sur ces imbéciles était immensément satisfaisant. Il versait généralement ses gains à une noble cause ou – en de rares occasions – à son médecin qui le rabibochait après les bagarres les plus violentes.

L'autre homme partit d'un rire rude.

— Très bien. Celui qui l'emportera pourra ramener chez lui ce joli bout de mousseline.

Charles fronça les sourcils.

— Pardon ?

L'homme désigna d'un geste brusque du menton une femme qui fut soudainement dévoilée au grand jour par deux hommes qui la traînèrent à l'avant de la foule. Ce n'était pas normal, même ici.

Cette femme portait une robe rouge foncé et avait les plus beaux cheveux blonds qu'il avait jamais vus. Rassemblés en un style grec lâche, ils étaient tressés de rubans. Sa peau laiteuse était abîmée là où elle avait l'air de s'être pris des coups, et elle avait les yeux du bleu le plus pur qu'il avait jamais vu.

En dépit de la robe rouge et des tunnels éclairés au flambeau de ce trou infernal, elle ressemblait à un ange. Un ange terrifié. Elle se débattait, mais son bâillon étouffait ses cris. La rage explosa en Charles qui se tourna vers son adversaire. Son corps palpitait d'une vigueur renouvelée pour ce combat. Il n'aurait rien parié pour remporter une femme consentante, mais pour en secourir une réticente ? Sans hésitation.

— Il y a suffisamment de femmes dans les rues. Il a fallu que vous en preniez une qui n'était pas à vendre ?

La brute hocha la tête.

— C'est mieux de les entendre crier. Je préfère quand elles se débattent.

— J'en ai assez entendu, déclara Charles d'un ton dégoûté. J'allais vous laisser vous en tirer facilement parce que je m'ennuyais, mais maintenant, vous m'avez contrarié.

L'homme le lorgna.

— Ce gentleman maniéré se croit donc capable de me battre ?

Autour d'eux, la foule rugit d'enthousiasme, mais Charles n'y prêta guère attention. Au lieu de cela, il se concentra sur l'homme qui se dressait devant lui, la façon dont il bougeait, la démarche légèrement inégale qui le forçait à préférer sa jambe gauche, probablement à cause d'une vieille blessure. Sa respiration indiquait qu'il n'avait pas pleinement récupéré après son dernier combat. C'était bon à savoir.

Se concentrant entièrement sur le ring, Charles s'abandonna à l'instant. La brute leva les mains et, sans prévenir, plongea vers Charles, projetant vers lui un poing immense. Il préférait en finir rapidement au lieu d'étudier son adversaire. Erreur fatale.

Charles dansa en arrière et évita le coup. Son adversaire trébucha en avant et il lui donna un bon coup de pied aux fesses au passage quand il tituba près de lui. Dans la foule, les hommes l'applaudirent, ce qui ne fit qu'enrager la brute, comme il en avait eu l'intention.

Ils dansèrent, tels une mangouste et un cobra royal, effectuant des cercles dans le sens inverse des aiguilles d'une montre. Charles esquivait soigneusement chaque coup, forçant l'homme à se reposer sur sa jambe blessée, le poussant à se fatiguer alors qu'il titubait encore et encore.

— Vous êtes trop... pleutre... pour me frapper, haleta l'autre en essuyant la sueur dans ses yeux.

Cette fois, quand l'homme l'attaqua, Charles cogna. Fort. Son poing l'atteignit en pleine mâchoire et son adversaire s'écroula comme une pierre, atterrissant lourdement au centre du ring. Il ne bougeait plus, excepté les faibles mouvements de son dos alors qu'il respirait.

Je n'ai même pas eu besoin d'un deuxième coup, n'est-ce pas ?

Autour du ring, la foule était en délire et Charles la fit s'écarter alors qu'il descendait de la plateforme pour libérer la femme. Les yeux écarquillés, elle respirait fort. En s'approchant, il remarqua qu'elle avait une certaine aura, comme un rêve dont il se souvenait à moitié. Il fusilla du regard les hommes qui la retenaient toujours et ceux-ci écartèrent leurs mains. Il s'était attendu à ce que la femme se précipite sur lui et le couvre de baisers reconnaissants.

Cela n'arriva pas. Au contraire, elle frappa, donnant un coup de genou dans les parties d'un des hommes avant de frapper l'autre à la gorge.

Cet ange savait se battre : un archange sans l'épée enflammée. Il s'apprêtait à applaudir ses efforts quand elle s'en prit alors à lui. Il attrapa son poing de justesse avant qu'il ne l'atteigne et l'attira contre lui, se servant de son propre corps pour l'immobiliser.

— Du calme, ma douce. Je ne vais pas vous faire de mal. Je ne vais laisser personne ici vous faire de mal.

Il se plongea dans ses yeux, se sentant bizarre, comme si ces deux étendues jumelles l'attiraient.

— Je...

Il s'éclaircit la gorge et elle détourna le regard, rompant ce sortilège puissant.

— Je vais vous lâcher, maintenant. Je vous en prie, croyez-moi. Je ne vous veux aucun mal.

Il la lâcha et elle se retira de son étreinte. Mais elle n'alla pas loin à cause du groupe d'hommes qui s'attardaient autour du ring de boxe.

— Je dois partir.

Sa voix était haletante, lui rappelant celle de ces filles durant leur première saison en société, qui en faisaient trop pour donner l'air d'être à leur place. Elle essaya de s'enfuir, mais Charles attrapa une de ses mains.

— Pas par ici. Je vous en prie, laissez-moi jouer au gentleman et vous escorter hors de cet endroit en toute sécurité.

La femme détourna le regard, mais hocha la tête à contre-cœur, lui permettant de la ramener par là où il était entré. Il referma les doigts sur sa main délicate, s'émerveillant de cette sensation fantastique. Tout ceci n'était peut-être simplement dû qu'à l'exaltation d'avoir secouru quelqu'un, il n'avait pas moins l'intention d'en profiter.

Il aperçut le garçon à qui il avait laissé ses affaires et lui fit signe de venir. Il lui donna les deux piécettes promises. Il vit la femme sourire au garçonnet qui détala. Cet ange avait-il un faible pour les enfants ? Il était pareil. Les garçons des tunnels menaient une vie difficile et dangereuse. La moindre pièce comptait.

— Savez-vous où se trouve la sortie, Monsieur ? demanda-t-elle alors qu'ils fendaient les foules qui attendaient déjà le match suivant.

— Oui.

Ils avançaient en silence dans le système de tunnels à présent vides, mais il resta en alerte, au cas où la brute aurait des amis qui ne croyaient pas au *fair-play*. Toutefois, ce n'était pas facile. Tenir la main de cette femme était déjà trop distrayant.

Enfin, ils atteignirent la pente raide qui les ramènerait à la surface et un vent glacial venu de l'extérieur taquina le nez de Charles. Le gardien tenait toujours son poste près de la porte de Lewis Street. Il l'ouvrit sans un mot et les laissa passer.

Charles cligna des paupières quand ils émergèrent de sous la corniche. À présent, la bruine tombait, froide et glaciale. Avec ce temps, son ange qui n'avait pas de manteau n'irait pas loin sans attraper froid.

— Je vais appeler un fiacre pour vous emmener où vous le désirerez, dit-il en lui offrant son manteau.

Elle le refusa et ce faisant, libéra prestement la main de la sienne. La perte de ce contact le remplit d'un étrange désespoir. Il ne voulait pas qu'elle parte, il voulait... Que voulait-il ? Il la voulait elle, la ramener chez lui, la réchauffer près du feu, explorer les mystères qui pétillaient dans ses yeux.

— Merci de m'avoir secourue, mais je dois vraiment y aller.

Elle passa une main sur ses yeux, ôtant quelques gouttes de ses cils dorés et s'éclipsa.

— Attendez ! cria-t-il en lui courant après dans la rue. Vous devez au moins me dire votre nom.

Il lui décocha son sourire le plus dévastateur, celui qui faisait palpiter n'importe quel cœur féminin à trente mètres à la ronde.

L'expression mélancolique qu'elle lui rendit lui fit l'effet d'un coup de poing au ventre. Elle ne semblait pas être affectée par lui ou, pire encore, peu impressionnée. Elle venait d'échapper à un destin terrifiant, supposait-il, mais ce n'était tout de même pas la réaction à laquelle il s'était attendu.

Elle marqua un temps d'arrêt, la pluie assombrissant la robe rouge qui s'accrochait à sa peau.

— Mon nom...

— Ma récompense pour vous avoir secourue, dit Charles, redoublant d'efforts. Même si je pourrais dire que c'était une récompense en soi.

Il ravala la honte qui croissait en lui. Après tout ce qu'elle avait traversé, elle avait besoin d'un chevalier servant sur un destrier pour la protéger, pas d'un maudit rebelle. Cependant, il fut incapable de s'arrêter. Elle l'avait ensorcelé.

Enfin, elle rompit le silence.

— Lily.

— Lily, répéta-t-il.

Ce prénom était doux, délicat, féminin, un peu comme sa façon de parler.

— Puis-je venir vous rendre visite ? Quand... vous serez suffisamment remise de votre aventure, bien sûr.

L'idée de laisser filer cette femme mystérieuse ne lui plaisait pas. Il avait peur que la laisser partir soit la pire erreur de sa vie.

— Je crains que ce ne soit pas une bonne idée, Milord.

— Comment savez-vous que je suis un lord ?

Elle sourit à nouveau.

— Votre adversaire avait raison. Vous êtes un gentleman trop maniéré.

Elle imita l'accent de la brute, tirant un rire à Charles.

— Je suppose que c'est vrai.

Il baissa les yeux vers son gilet brodé d'argent et d'or.

— Mais j'aimerais bien être *votre* gentleman trop maniéré.

Le sourire qu'elle lui adressa, si étrangement doux-amer, lui déchira le cœur. Pendant un moment, il crut qu'elle allait s'enfuir dans la nuit, mais au lieu de cela, elle l'attrapa par les épaules et l'embrassa.

Pendant une seule seconde, il fut surpris, puis il l'agrippa par la taille et prit le contrôle. Ce fut un moment de feu et de lumière, comme une décharge électrique dans son système. Passé maître dans l'art de la séduction, il avait basé sa vie à parfaire l'art du baiser, pourtant, il évoquait présentement un garçon maladroit avec sa première vierge. Aussi impossible soit-il, c'était pourtant le cas.

Après un long moment, leurs bouches se séparèrent. Une bruine légère tombait toujours alors que la jeune femme frissonnait contre lui. Il posa son front contre le sien, leurs respirations haletantes parfaitement assorties. Tous ses sens s'embrasèrent alors qu'il luttait afin de graver ce souvenir dans son esprit : le corps de cette femme plaqué contre le sien, le bleu saphir de ses yeux, le velouté de ses lèvres et le bruit de sa respiration.

— Voici votre récompense, dit-elle.

— Je vous en prie, laissez-moi vous escorter jusque chez vous, l'implora-t-il.

S'il la lâchait, Charles craignait qu'elle ne disparaisse, que quelque part, il avait perdu le combat et que ce moment tout entier n'était qu'un rêve alors qu'il était K.O. au sol. Une telle femme ne pouvait pas être réelle.

Elle le repoussa et avec un sursaut de peur, regarda quelque chose derrière lui. Charles se tourna vers les ruelles sombres, les poings levés, prêt à en découdre avec ce qui émergerait des tunnels de Lewis Street pour les prendre en chasse.

Mais il n'y avait que l'obscurité et la pluie.

Il se retourna et vit que la rue était vide. Lily avait disparu.

Il leva les yeux vers le ciel, laissant la pluie glacée lui recouvrir le visage. Cela n'avait peut-être été qu'un rêve. Comment un tel moment aurait-il pu être réel ? Il avait trouvé la femme parfaite, mais l'avait perdue dans l'heure.

2

Lily gravit quatre à quatre l'escalier qui menait à sa petite chambre. Les beuveries du tripot de l'étage d'en dessous n'étaient plus qu'un rugissement lointain. Toujours tremblante, elle glissa la clé dans la serrure et cligna des paupières pour en chasser les gouttes de pluie. Complètement trempée, sa robe était probablement irrécupérable.

Cette pièce minuscule était son seul véritable refuge, avec son petit lit en bois calé dans un coin et un âtre en briques poussiéreux dans l'autre. Ce soir, le temps serait humide et elle allait devoir se servir de toutes ses couvertures pour se réchauffer une fois qu'elle aurait retiré sa robe.

La soirée ne s'était pas déroulée comme prévu. Beaucoup de choses avaient mal tourné, et elle ne voulait pas y songer. D'un pas lourd, elle regagna la cheminée et retira la pierre à feu ainsi que du petit bois d'une boîte en étain posée sur la commode. Une fois qu'elle eût allumé une flamme vigoureuse, elle ajouta quelques bûches jusqu'à ce qu'un feu réchauffe la pièce. Appelant désespérément la chaleur, elle se frotta les bras. Ces brutes du tunnel lui avaient arraché sa pelisse lorsqu'ils l'avaient kidnappée à Vauxhall Gardens.

Bien sûr, elle s'y était attendue. Tout avait été organisé pour qu'elle soit emmenée dans les tunnels de Lewis Street, où le chef d'une bande de contrebandiers du coin était connu pour vouloir des victimes consentantes sur le ring et non consentantes dans son lit. Cela dit, elle n'aurait jamais laissé la situation lui échapper à ce point. Elle était parfaitement en mesure de se défendre. Une fois qu'elle aurait obtenu ce qu'elle désirait, s'échapper aurait été un jeu d'enfant. Tout se déroulait comme prévu...

Puis *il* avait débarqué et tout gâché. Comment allait-elle expliquer cela ?

— J'espère que votre soirée a été productive ? demanda une voix froide derrière elle, dans la pénombre.

S'emparant du tisonnier, Lily fit volte-face pour se tourner vers l'homme qui venait de parler. En arrivant, elle avait été certaine que la pièce était vide. Quand elle comprit qui c'était, elle se détendit, quoiqu'à peine. Son maître, Sir Hugo Waverly, était une crapule au cœur froid qui ne tolérait pas l'échec.

Le menton pointé, elle répondit d'un air nonchalant :

— Comme on s'y attendait, mais pas plus.

La dernière chose qu'elle voulait était que cet homme devine sa terreur. La peur était une faiblesse et il tuait ceux qui étaient suffisamment imbéciles pour en montrer.

Hugo ricana.

— Et la mission ? A-t-elle été un succès ?

Lily fronça les sourcils.

— J'ai appris quelques petites choses de mes ravisseurs. Une fois qu'on s'est retrouvés dans les tunnels, ils n'ont plus retenu leurs langues. Toutefois, leur chef a perdu la mise et je n'allais quand même pas partir avec le gagnant.

— Non, bien sûr. Bon... je suppose que même les meilleurs plans sont soumis aux aléas du sort.

Il se montrait étrangement compréhensif.

— Pourquoi êtes-vous ici ?

Dénuée de la moindre crainte, la voix de Lily résonnait d'audace, même si tout chez cet homme la remplissait d'une terreur profonde. Il l'avait beaucoup fait souffrir au cours des dernières années, à jouer aux éminences grises, à la manipuler à son gré comme une marionnette. Il lui avait appris à se battre, à tromper son monde, à survivre, et ça l'avait rendue plus forte. Toutefois, la vérité restait indéniable : c'était lui qui contrôlait sa vie.

— Vous ne m'avez pas fait parvenir votre rapport hebdomadaire sur les agissements de Lonsdale.

Lily eut un mouvement de recul. Sa principale mission était de surveiller le comte de Lonsdale et de rapporter ses faits et gestes à son maître. Elle avait toujours été diligente, sans montrer le moindre soupçon d'aversion envers ce travail.

Puis, avec le temps, quelque chose avait changé. Elle avait entrevu le véritable comte, Charles, le rebelle au cœur d'or, l'homme qui n'hésiterait pas à se jeter dans la mêlée pour aider ses compagnons, quoi qu'il en coûte. Cet homme lui avait fait repenser son devoir. Toutefois, elle n'avait pas d'autre choix que de continuer.

— Je l'aurais envoyé à temps si vous ne m'aviez pas convoquée pour la mission de ce soir.

— Cela ressemble à une excuse, contra-t-il.

Cela dit, il eut l'air de lâcher l'affaire. Cela la rongeait d'être toujours à sa disposition ou, comme il tournait la chose : « au service de la nation ». Elle savait également déceler quand il comprenait qu'elle lui cachait quelque chose. Le silence qui la rongea lui tira enfin la vérité.

— Il y a eu une complication, avoua-t-elle enfin.

— Oh ?

Il n'avait pas l'air surpris, comme s'il connaissait déjà tout et cherchait simplement une confirmation.

— Lonsdale était présent ce soir.

Elle se crispa en entendant son maître rugir, prête à se protéger contre tous les coups qu'il risquait de lui donner.

— Que sait-il ?

— Rien. Je crois que c'est une coïncidence malheureuse.

Paralysée par la peur, elle s'efforça de garder un ton calme.

— Nous savons qu'il aime la boxe, y compris les matchs sans

règles. Lonsdale m'a secourue de ces hommes dans les tunnels du club.

— Secourue ? s'esclaffa-t-il.

— Selon son point de vue. Je lui ai échappé une fois qu'il m'a raccompagnée à l'extérieur. Mais... je lui ai dit mon nom.

Le voyant ouvrir de grands yeux, elle se hâta d'ajouter :

— Seulement mon prénom.

— C'était hasardeux. Je vous croyais plus prudente. Cela dit...

Une lueur pétillant dans ses yeux sombres, son maître se gratta le menton. La dernière fois qu'elle avait vu ce regard, il lui avait communiqué son projet de faire assassiner sur le sol français Audrey Sheridan, une jeune femme amie de Charles. Le plan ne s'était pas déroulé comme prévu et Audrey s'en était sortie vivante, ce qui n'empêchait pas Lily de ressentir une certaine inquiétude.

— Diriez-vous qu'il vous a trouvée... attirante ?

Lily resta immobile. Si elle montrait la moindre émotion, il ne ferait que l'utiliser contre elle.

— Il aime les femmes, comme vous le savez, dit-elle froidement.

Il plissa le front et l'attrapa rudement par le bras pour la pousser contre le mur. Elle ravala un cri de douleur quand son dos entra en collision avec les lattes de bois. Pendant une seconde, elle eut l'impression d'être plus jeune, plus naïve, le ventre plaqué sur un lit, la gorge éraillée par les cris et ses larmes détrempant les draps.

Serait-elle un jour délivrée de cet homme ?

Il plaqua le visage contre le sien et elle sentit son cœur marteler dans sa poitrine.

— Ne faites pas votre finaude. Je vous ai enseigné tout ce que vous savez.

Quand il fit un pas en arrière et la lâcha, elle tomba à genoux.

— Il vous désire, comme n'importe quel homme.

Elle se retint de se rouler en boule, essayant de se faire moins visible aux yeux du prédateur qu'il était. Mais cette Lily était morte depuis plusieurs années ; celle qu'elle était devenue avait appris la valeur de la force.

— Je crois que nous allons nous en servir à notre avantage, commença-t-il.

— Non. Je vous ai obéi sur *tous* les points. Je ne...

Clac !

Son maître la frappa fort au visage.

— Je vous ai donné plus de choses que la plupart des femmes dans votre position pourraient souhaiter, alors vous allez continuer à m'obéir jusqu'à ce que vous ne me serviez plus à rien. C'est compris ?

Portant une main tremblante à ses lèvres, Lily sentit le goût du sang. Il arpenta la pièce pendant un moment avant de se camper sur les talons. Sa carrure puissante imposait sa présence menaçante dans la chambre minuscule.

Soudain frappé par une inspiration sombre, il poussa un rire sans joie.

— J'ai trouvé : vous serez ma jeune cousine innocente venue de sa campagne. Mélanie passe la Noël en Cornouailles et elle ne vous croisera pas.

Lily hocha machinalement la tête.

— Que voulez-vous que je fasse ? demanda-t-elle en capitulant devant l'inévitable.

Quand Hugo voulait quelque chose ou quelqu'un, il l'obtenait. Toute résistance serait futile. Avec un autre homme, elle aurait riposté, mais pas avec lui. L'emprise qu'il avait sur elle ne pouvait pas être brisée.

— Lord Merton donnera un bal dans une semaine. Puisqu'il connaît Lonsdale et sa clique, je pense qu'ils seront invités. Cela pourrait jouer en notre faveur.

Il reprit sa canne calée contre le mur et en cogna les lattes du plancher. Elle savait que c'était son habitude chaque fois qu'il complotait. Chaque coup sourd provoqué par la pointe de métal vibra en elle comme les clous d'un cercueil.

— Je ferai savoir que ma cousine est en ville et qu'elle et moi serons présents. Une fois en place, dit-il en l'épinglant du regard, il se rendra compte que vous êtes la Lily qu'il a secourue. Conscient de notre lien de parenté, il se servira peut-être de vous pour glaner des informations sur moi. Je suppose que je pourrais vous fournir quelque chose d'utile pour l'appâter. Puis, une fois qu'il sera complètement entiché de vous, on frappera.

Ces derniers mots débordaient de tant d'allégresse qu'elle faillit vomir. Parfois, la façon dont il percevait tous les autres comme des pions sur son échiquier pervers le faisait paraître inhumain.

Il se gratta le menton en se recentrant sur elle.

— Bien sûr, il faudra vous embellir un peu. De nouvelles robes et tout le toutim. Et peut-être vous fournir un rappel sur les codes de la séduction. Je vous soupçonne d'avoir perdu la main.

Incapable de maîtriser sa peur, Lily frissonna. Si son maître se proposait de lui enseigner la séduction en personne, il se fourrait le doigt dans l'œil. Elle ne le laisserait plus *jamais* la toucher de la sorte. Espionner pour son compte était une chose, mais il ne lui déroberait plus jamais quoi que ce soit.

— Vous oubliez une chose. Je connais Lonsdale mieux qu'il ne se connaît lui-même.

Ainsi, elle avait su que l'embrasser ce soir-là le distrairait, lui embrouillerait les pensées et lui fournirait une opportunité de s'enfuir.

Cela étant, ce baiser avait été intense et fantastique ; un rêve dont elle n'avait pas voulu se réveiller.

— Je connais ses goûts et ses désirs. Vous ou quiconque ne pourriez rien m'apprendre à ce sujet.

Quelque chose dans son ton avait dû faire mouche, car il eut l'air perturbé et se tourna vers la porte.

— Je me suis attardé trop longtemps, marmonna-t-il. Je devrais y aller.

Les épaules de la jeune femme s'affaissèrent et elle recommença enfin à respirer. Mais son maître se retourna brusquement sans lui laisser le temps de se détendre.

— Et vous, gronda-t-il d'une voix si sombre qu'elle sentit

battre le sang dans ses oreilles. Vous devez reprendre votre mission principale.

— Oui, Monsieur, acquiesça-t-elle.

Il se tourna vers le lit où elle avait laissé une pile d'habits de valet ainsi qu'une perruque.

— Il ne doit pas se douter de quoi que ce soit. N'est-ce pas, Mr Linley ?

Sans rajouter une parole supplémentaire, Sir Hugo Waverly claqua la porte derrière lui.

3

Tom Linley.

C'était l'identité qu'elle avait endossée un an plus tôt quand on l'avait envoyée au club de Berkley's afin de remporter la confiance de Charles. Le garçon mince et combatif connu sous le nom de Tom Linley n'existait pas. Elle était Lily Linley, fille d'un gentleman de la campagne et mère d'une fillette qu'elle faisait passer pour sa petite sœur. Et elle protégerait cet enfant à n'importe quel prix, même si, ce faisant, elle devait détruire un homme bon. Elle n'avait pas le choix.

Quoi qu'elle désire vraiment, elle était incapable de refuser. Tout avouer à Charles était également impensable. Il ne pourrait pas la protéger, même s'il avait accepté de le faire. Il ne comprenait pas à quel point Hugo s'était infiltré dans sa vie et celle de ses amis. Elle-même n'en connaissait pas toute l'étendue. Elle en savait juste assez pour se rendre compte qu'on ne pouvait pas lui échapper. Elle ne remporterait jamais ce jeu ; son seul espoir était d'y survivre.

Après le départ de Hugo, Lily s'affaissa contre le mur. Ses jambes ne la soutenant plus, elle s'écroula à genoux. Un sanglot lui échappa et le torrent d'émotions qu'elle avait retenu la déchira comme un incendie violent. Quand ses larmes se furent taries, elle se redressa et commença à retirer sa robe détrempée par la pluie. Elle portait des robes discrètement boutonnées sur le devant, confectionnées spécialement pour qu'elle puisse se vêtir et se dévêtir toute seule.

La robe de satin rouge tomba à terre avec un petit claquement. Sa peau était glacée et elle s'agenouilla près du feu dans ses sous-vêtements humides. Elle se frotta les bras pour se réchauffer et prit une couverture sur son lit, s'y enroulant dedans alors qu'elle se recroquevillait près de l'âtre minuscule. Le feu restaura un soupçon de vie dans son corps glacé. Quand elle se fut suffisamment réchauffée pour se rhabiller, elle retira les sous-vêtements mouillés et enfila un caleçon propre avant de récupérer la bande de tissu pour se bander les seins.

Sous la casquette qu'elle portait d'ordinaire, la perruque dissimulait ses cheveux bien serrés et épinglés, et le pantalon soulignait sa silhouette mince. Elle avait toujours été grande pour une femme et ses jambes étaient plus minces que la moyenne. Se bander les seins faisait paraître son torse plus masculin. Du moins suffisamment pour passer pour un jeune garçon. Mais, poussant la ruse plus loin, elle prit un petit pot de crème teintée pour le visage et en appliqua sur ses pommettes, sculptant une apparence plus osseuse, donnant à son visage des traits plus virils. Au début, elle avait envisagé une fausse moustache, mais avait fini par rejeter l'idée. Le risque de se faire démasquer accidentellement aurait été trop grand.

Les hommes d'Hugo avaient passé des mois à lui enseigner les arts du déguisement et du combat. Elle s'était entraînée auprès des espions les plus doués d'Angleterre et avait appris la boxe, le combat de rue et l'escrime, dont elle pouvait appliquer les principes à des armes improvisées telles que des bâtons ou des tisonniers. Elle avait également maîtrisé l'usage des poisons et des drogues. Elle savait écrire des messages d'une douzaine de façons secrètes et se servir de codes pour les transmettre.

Hugo avait beau proclamer le contraire, son travail n'était pas noble. Elle ne servait plus le roi ou son pays. Elle servait le désir personnel de revanche d'Hugo, son besoin de faire tomber le comte de Lonsdale et ses amis, la Ligue des Rebelles.

Elle se dégoûtait, mais ravala ce sentiment. Elle prit une petite broche argentée en forme d'étoile et la piqua dans sa cravate, le symbole qui indiquait aux autres espions d'Hugo qu'elle était l'un d'eux, et elle s'en alla. Elle n'avait qu'une ou deux nuits par semaine pour redevenir celle qu'elle était *vraiment*, c'est-à-dire si Hugo ne la convoquait pas pour d'autres missions comme il l'avait fait ce soir.

Elle quitta la chambre au-dessus du tripot et traversa la ville à pied sans la moindre crainte. Elle savait évoluer secrètement parmi les ombres et éviter les dangers dans les rues de Londres. Quand on avait travaillé pour Hugo aussi longtemps qu'elle, toutes les autres peurs devenaient triviales.

Le temps qu'elle atteigne l'hôtel particulier de Charles, elle ne songeait plus qu'à se laisser tomber sur son petit lit dans le grenier. Elle pénétra dans la maison par la porte de service et entra dans la cuisine. Quand elle l'aperçut, Mrs Farrow, la cuisinière de Lonsdale, lui sourit.

— Tom ! Vous êtes en retard, ce soir.

— Bonsoir, Mrs Farrow.

Elle se servit de la voix de Tom, légèrement plus profonde, mais pas assez pour paraître forcée. Elle tendit la main vers une assiette de scones à peine sortis du four. La cuisinière l'autorisa à en prendre un. Elle avait dit plus d'une fois qu'elle était bien trop maigre pour une jeune personne de vingt ans.

— Katherine est déjà couchée ?

La cuisinière irlandaise hocha la tête.

— Oui. Ce petit agneau s'est endormi facilement ce soir. Montez vous reposer aussi.

Lily avala le scone en grimpant les trois étages vers sa chambre située au-dessus des quartiers d'habitation principaux. Sa petite chambre se trouvait au bout du couloir. La plupart des serviteurs partageaient un domicile, mais à cause de Katherine, on lui avait donné une chambre pour une personne et un berceau réalisé par Davis, un des valets de pied, qui possédait un talent naturel pour l'ébénisterie.

David avait perdu sa femme l'année précédente et élevait son propre fils, Oliver, qui avait quatre ans. C'était un domestique peu conventionnel, mais Lily était heureuse de voir que Charles avait accueilli un soldat blessé et marié dans son foyer en tant que valet de pied. Davis et elle avaient passé de nombreuses nuits à discuter de l'éducation des enfants en solitaire. Cela l'aidait plus que tout dans cette facette de sa vie. Sur tous les autres plans, elle était seule et prise au piège.

Quand Lily entra, elle remarqua que quelqu'un avait allumé un feu dans le petit poêle dans le coin près du berceau. Elle s'en approcha sur la pointe des pieds et regarda le bébé endormi sous les couvertures cousues à la main qu'elle avait confectionnées elle-même.

Katherine était la seule étoile brillante dans une nuit infinie de tromperies. Les péchés du père de Katherine n'étaient pas les siens. Elle était innocente et Lily aurait fait n'importe quoi pour la protéger. Elle l'aimait plus que sa propre vie.

Les cheveux dorés du bébé étaient à présent longs et agrémentés de bouclettes dorées. Son troisième anniversaire se profilait. Il faudrait que Lily organise quelque chose de spécial. Mrs Farrow pourrait peut-être lui préparer une pâtisserie sucrée et il y aurait quelques cadeaux. Pourquoi pas une poupée ? Davis pourrait peut-être lui construire un petit cheval à bascule ?

Le tintement soudain de la clochette près de sa porte la fit sursauter. Elle était connectée à la chambre de Charles. N'était-il pas encore couché ? Elle marmonna un juron, mais au moins, la clochette n'avait pas réveillé le bébé. Lily sortit de sa chambre et descendit les escaliers, traversa le couloir et pénétra dans la chambre de Charles. Les lèvres pincées, il se tenait près de son lit face à un miroir de plain-pied.

— Tom, vous voilà. Désolé de vous déranger un soir de congé, mais je suis d'une humeur massacrante.

— Ah oui ?

Lily étudia son profil séduisant à la lumière du feu, se souvenant de la sensation d'avoir embrassé ces lèvres parfaites. Charles était tout simplement l'homme le plus beau qu'elle avait jamais vu. Pas de menton fuyant, pas de visage pâle, pas d'yeux larmoyants, pas de nature fantasque comme chez les nombreux aristocrates qu'elle avait rencontrés au cours des dernières années durant son entraînement auprès d'Hugo.

Charles était simplement un dieu parmi les hommes. Sa peau était toujours bronzée, ses cheveux blond foncé donnaient toujours l'impression qu'une maîtresse y avait passé les mains et ses traits étaient sculptés à la perfection. C'était comme si le ciel avait trouvé amusant de créer le plus bel homme de la Terre pour le placer devant elle.

Regarde cette icône de beauté et désespère !

Mais il possédait tant d'autres facettes ! Malgré l'immaturité occasionnelle de ses actes ou les nuages noirs qui pesaient parfois sur lui, il y avait une gentillesse dans ses propos, une douceur avec son personnel, et dans son cœur, une loyauté inégalable envers sa famille et ses amis. Il était l'homme le plus merveilleux qu'elle avait jamais rencontré.

Et un jour, elle aiderait Hugo à le tuer.

L'apercevant, Charles pointa le menton vers ses bottes posées au pied du lit.

— Oui, je suis allé boxer à Lewis Street. Rien qui ne sorte de l'ordinaire.

Baissée pour ramasser les bottes dont il s'était débarrassé, Lily se figea. Il avait trouvé cette soirée ordinaire ?

— Et j'ai rencontré la femme la plus envoûtante du monde. Un vrai ange.

Elle remercia le fard qu'elle portait et la pénombre de la chambre éclairée à la bougie. Elles dissimuleraient sa rougeur.

— Je l'ai secourue. Elle s'était retrouvée capturée par des brutes.

Lily plissa le nez. Ces hommes étaient de vrais incompétents. Elle avait pratiquement dû se jeter sur eux pour se faire attraper.

— Secourue, dites-vous ? C'était très chevaleresque de votre part, Milord.

Les bottes dans les bras, elle se redressa et se dirigea vers la porte, espérant qu'il n'ait pas besoin d'autre chose.

Son ricanement profond la fit frissonner.

— Je le suppose, oui. Mais je ne pouvais quand même pas la laisser là-bas avec eux. Il y avait quelque chose dans ses yeux. Elle était si terrifiée, si vulnérable. Ça m'a rendu... fou du désir de la protéger.

Lily faillit éclater de rire. Les expressions qu'il avait vues avaient été l'incrédulité et la peur de tout gâcher, ce qu'il avait fait.

— C'était peut-être de la simple chevalerie, mais quand je l'ai regardée...

Il haussa les épaules, un sourire mélancolique rehaussant sa beauté déjà incroyable. Pendant un instant, elle se remémora ce baiser.

Chaque fois qu'elle croisait son regard, ses yeux gris étaient comme le miroir de son âme. Il était grand – un mètre quatre-vingt-sept –, avec une silhouette de boxeur et le visage d'un ange. Une femme aurait pu se perdre en rêvassant à ce que ça ferait de... Lily se secoua légèrement. Même dans des circonstances différentes, elle avait fait une croix sur les hommes. Toujours, ils lui avaient fait du mal ou l'avaient menacée ; on ne pouvait pas leur faire confiance. Pourtant, une partie d'elle avait envie de faire confiance à Charles.

— Alors, une jolie dame vous a rendu d'une humeur massacrante ? demanda-t-elle.

Gardant le dos tourné, elle posa les bottes hors de la porte de la chambre. Un valet viendrait les chercher plus tard pour les polir à sa place, vu que techniquement, c'était son jour de congé.

— Cela ne vous ressemble guère. Je croyais que seule Audrey Sheridan avait eu cet effet sur vous, chaque fois qu'elle vous a entraîné dans une de ses histoires.

— Eh bien, non, pas comme ça... mais oui. Je veux dire... Je ne sais pas.

Charles grogna.

— Je voulais la raccompagner jusque chez elle, peut-être lui rendre visite plus tard, lui apporter des fleurs. Je ne sais même pas ce qu'un gentleman est censé *faire* avec quelqu'un comme elle ! Mais elle a disparu avant que je puisse...

— La séduire ? proposa Lily, incapable de contenir une certaine impertinence.

Entendre Charles parler d'elle, celle qu'elle était vraiment, était à la fois excitant et frustrant. Était-il possible d'être jalouse de soi-même ?

— Vous plaisantez, mais je suis certain que j'aurais pu réussir une bonne séduction décente si elle m'en avait donné le temps. En l'état, nous avons juste échangé un baiser.

Charles tira sur sa cravate et la retira, jetant le bout de tissu blanc sur son lit avant de déboutonner son gilet et de se l'enlever.

— Si vous l'avez seulement secourue, alors je soupçonne qu'une séduction, quelle qu'elle soit, n'aurait pas été appropriée.

— C'est ce que vous dites, mais je vous ferai savoir que c'est *elle* qui *m*'a embrassé.

Il dégagea sa chemise de son pantalon et la fit passer par-dessus sa tête.

— Par gratitude, j'ai l'impression. Pas par... séduction.

Lily déglutit fort devant le spectacle de son torse musclé, de son corps puissant et absolument parfait.

— C'est vrai, mais vous auriez dû entendre la façon dont elle a parlé. Sa voix vibrait d'un ton que j'ai seulement entendu chez les dames de la haute société qui recherchent un prétendant.

Lily réfléchit. Était-ce vrai ? Certes, elle avait utilisé un ton différent afin de réduire ses chances d'être reconnue, mais...

— Mon garçon, arrêtez de faire la moue et venez m'aider, marmonna Charles en dégrafant son pantalon.

Lily eut un aperçu trop tentant des deux indentations musclées qui formaient un V sur son pelvis, et elle dut lutter contre l'impulsion de quitter la pièce en courant.

Charles se dirigea vers le vestiaire où de l'eau chaude fumante remplissait une grande baignoire en cuivre.

— J'ai mal au cou. Venez me le masser.

Oh, Seigneur...

Depuis qu'elle était devenue son valet, elle l'avait vu à sa toilette un certain nombre de fois, et au lieu de s'habituer à ce spectacle, cela devenait de plus en plus difficile d'ignorer les sensations que ça lui provoquait. Il n'était pas un simple employeur, mais pas juste un homme non plus. Il était un rebelle, une fripouille, un charmeur, une âme profondément loyale, quelqu'un qui lui démontrait sans relâche qu'il veillait sur ceux qu'il aimait, qui qu'ils soient.

Chaque personne qui travaillait pour Charles était bien payée, mais la plupart d'entre eux auraient travaillé pour la moitié de leur salaire juste pour servir un homme tel que lui. Il avait accueilli des gens moins chanceux que lui et leur avait rendu leurs vies, comme Davis, qui avait perdu l'usage d'une main durant son service dans l'infanterie du roi. Il avait même aidé Davis à se procurer une main en bois créée tout spécialement pour lui permettre d'effectuer les devoirs qui exigeaient l'usage des deux mains. Mrs Farrow, la cuisinière, était restée emprisonnée dans une prison pour débiteurs quand son mari était parti avec une autre femme et qu'elle n'avait plus été en mesure de payer ses dettes. Charles les avait réglées à sa place puis lui avait simplement demandé si elle savait préparer un bon pudding de Noël. D'une façon ou d'une autre, Charles avait secouru toutes les âmes sous son toit, et tout ce qu'il demandait en retour était un travail correct.

C'était un trait qu'Hugo avait exploité en la positionnant directement sur sa route.

Après avoir appris son histoire, Charles l'avait secourue. Il n'avait même pas regimbé en apprenant qu'elle avait une petite sœur. Il s'était même occupé d'elle. Pour un rebelle, il était passé maître dans l'art de s'occuper des enfants, ayant bercé la petite lui-même plus d'une fois pour l'endormir quand elle faisait un caprice. Et ça donnait envie à son corps de brûler pour lui d'un désir interdit.

— Tom, arrêtez de rêvasser, appela Charles depuis sa baignoire. J'ai besoin de vous.

—Je... j'arrive.

Elle s'éclaircit la gorge et pénétra dans le vestiaire. Heureusement, il était déjà déshabillé et installé dans la grande baignoire. Elle avait été si perdue dans ses pensées qu'elle s'était épargné l'embarras de le voir retirer son pantalon. Chaque fois qu'elle était avec lui, elle était attirée par un magnétisme animal indéniable qu'elle avait du mal à dissimuler.

Il enfonça la tête sous l'eau. Ses cheveux dorés dégoulinèrent et l'eau coula le long de son dos. Il changea de position afin de caler les bras sur les rebords de la baignoire de cuivre, ses muscles aussi tendus et inflexibles que ceux d'une statue en marbre.

Lily inspira profondément et prit le tabouret en bois qu'elle plaça à l'extrémité de la baignoire, derrière sa tête.

— Où voulez-vous que je me positionne, Milord ? demanda-t-elle.

Il leva la main pour désigner la commissure de son cou et de son épaule.

— Ici.

Elle le toucha prudemment, massant légèrement les muscles tendus de son cou.

— Je ne vais pas vous mordre, mon garçon. Appuyez plus fort. Je crois que j'ai trop forcé pendant le combat de ce soir. Ce barbare que j'ai mis K.O. était... un peu brutal. Je l'ai mis au tapis d'un seul uppercut, mais je jure que son visage était en granit.

Lily enfonça plus profondément les doigts dans sa peau, appuyant sur le nœud qu'elle pouvait sentir dans son cou, et il poussa un léger soupir.

— C'est mieux.

Sans mot dire, elle s'affaira sur les muscles de son cou. Autrefois, elle détestait ce genre de silence. Le silence signifiait la peur, il signifiait la douleur. Mais à présent... il était doux et parfois même agréable. Comme lorsque Charles lui avait apporté une part de gâteau pendant le mariage d'Audrey Sheridan. Ils s'étaient installés sur les marches pour manger ensemble, sans rien dire. Étrangement, ça avait été si agréable qu'elle avait eu envie de pleurer. C'était un homme bon. Un homme qu'elle allait devoir trahir. Sa bouche se remplit d'un goût amer.

Ne songe pas à l'avenir. Pense seulement au présent.

— Merci, Tom. Ça suffit. Maintenant, allez vous coucher. Demain, on déjeune chez le duc d'Essex et je n'ai pas envie d'arriver en retard.

— Oui, Milord.

Lily sortit de la chambre, mais s'arrêta juste dehors, écoutant l'eau éclabousser et s'efforçant désespérément de ne pas se l'imaginer sortir de la baignoire. Elle retourna directement dans sa chambre au grenier, jeta un dernier regard à Katherine et s'écroula sur le lit.

Le sommeil vint rapidement, la faisant rêver à ce qui aurait pu se passer si seulement elle avait laissé Charles l'embrasser un petit peu plus longtemps dans l'allée. Mais elle ne connaîtrait plus jamais la sensation de ses lèvres sur les siennes. En dépit d'Hugo qui voulait qu'elle séduise Charles, elle n'allait pas le laisser l'embrasser. Elle l'aurait laissé faire n'importe quoi d'autre, mais si ses lèvres touchaient les siennes et qu'il l'embrassait comme si elle *comptait* pour lui, elle aurait craint de céder et de tout lui avouer.

Elle était condamnée.

❧

CHARLES S'INSTALLA ENFIN SUR SON PROPRE LIT. SON SOMMEIL fut agité, le tourmentant avec des rêves, des rêves qui – il le craignait – allaient se transformer en cauchemars. Le passé ne le lâchait jamais. Il continuait de l'entraîner sous l'eau, encore et encore.

LE PUB DE PICKEREL ÉTAIT EMPLI DE JEUNES HOMMES QUI venaient de dîner après leurs cours. Pour la première fois depuis des semaines, Charles avait pu prendre une bière avec un camarade. Bien plus jeune que les autres, il avait eu du mal à se faire des amis.

Peter Maltby, un étudiant de deux ans son aîné, avait une chambre de l'autre côté du couloir au Collège Magdalene. Peter avait vu Charles dîner seul et était venu l'inviter à prendre un verre au petit pub juste en dehors des portes du collège. Ils étaient rapidement devenus bons amis et le pub était devenu une sorte de rituel pour eux.

Ce soir, ils avaient salué le vieux portier et s'étaient installés dans un coin sur des banquettes pour boire et discuter.

— Vos cours vous plaisent ? demanda Peter avec un large sourire tout en buvant sa bière.

Charles acquiesça.

— Étudier ne me plaît guère, mais je suppose que je m'y habituerai avec le temps.

Il referma les doigts autour de sa bière et regarda le liquide doré briller à la lumière des bougies.

— Vous vous en sortirez très vite. Vous êtes un Lonsdale, après tout. Votre père était une légende quand il était ici.

— Quoi ?

Surpris par cette information, Charles cligna des paupières. Son père n'avait jamais parlé de son passage à Cambridge.

— Vous n'étiez pas au courant ? J'ai entendu dire qu'il était bon étudiant, déclara Peter avec un clin d'œil. Vous le deviendrez aussi ; j'en suis convaincu. L'intelligence est héréditaire. Ma famille n'est pas très portée sur l'éducation, mais je suis en train de prouver à mon père qu'on peut améliorer nos circonstances. Je ne suis pas le fils d'un lord, comme vous le savez.

Charles écouta avec attention Peter parler de son père, qui était banquier à Drummond. Il avait grandi avec un garçon appelé Ashton et ils avaient passé de longs étés à faire des bêtises alors que leurs pères discutaient d'investissements. Ils avaient chevauché ensemble avec un garçon appelé Cédric, un jeune homme qui était à présent vicomte.

— Je devrais vous présenter à Ash et Cédric. Ils sont ici tous les deux.

— Je ne sais pas, répondit Charles qui se sentait toujours mal à l'aise dans ce genre de situations. Je suis certain qu'ils sont bien trop occupés.

— Balivernes. Vous vous entendrez parfaitement avec eux. J'imagine que vous apprécierez aussi certains de mes autres amis. Avez-vous déjà

rencontré le duc d'Essex, par hasard ? Il est très drôle, mais ne le contrariez pas. Il est plutôt bon boxeur.

— La boxe ne m'est pas inconnue, dit Charles qui tenta de prendre un air assuré.

Peter sourit.

— Vous n'êtes pas bâti pour ça comme il l'est. Pas encore. Et puis il y a Lucien, le nouveau marquis de Rochester. Il vous trouvera une femme consentante pour tous les soirs de la semaine. Il a couché avec quasiment toutes les filles des professeurs. Je suppose que c'est ainsi qu'il réussit ses cours, songea Peter avec un petit rire.

— J'aurais pensé que ce serait un motif de renvoi.

Peter leva son verre.

— Seulement s'il se fait attraper.

Un rire échappa à Charles qui se représenta un jeune homme qui se faufilait dans le lit des vierges, leur soutirant par le biais de la séduction des informations sur les examens que donneraient leurs pères. Ce n'était pas une mauvaise idée, mais il n'en aurait jamais été capable. Quand il avait essayé d'en courtiser avant de partir pour Cambridge, la plupart des jeunes dames s'étaient moquées de lui. Il avait abandonné ce projet en disant que c'était une mauvaise idée. Les femmes étaient incompréhensibles.

— Dînons-nous ensemble demain soir ? demanda Peter. On pourrait tous se retrouver dans la grande salle. Je crois que les autres aimeraient vous rencontrer.

Apparemment, Peter connaissait et aimait chaque personne qu'il rencontrait. Charles lui enviait sa liberté de penser et son cœur ouvert. Si seulement il avait pu mener ce genre d'existence, avoir de tels amis ! Avec l'aide de Peter, il en serait peut-être capable.

— Ça me plairait.

— Ça ne vous fait rien si j'invite un ami à boire avec nous ce soir ? demanda soudain Peter. Je l'ai croisé ce matin et lui ai dit que je viendrai ici. C'est un chic type. Il vous plaira. Dernièrement, il a connu un passage à vide. Encore plus que vous. Je n'entrerai pas dans les détails, mais il a perdu son père il y a quelque temps et ça l'a entraîné sur un chemin obscur. J'ai pensé que, peut-être, vous pourriez vous soutenir mutuellement.

— Je n'y vois aucun inconvénient, dit Charles.

Il avait perdu son propre père voilà quelques mois à peine. Il aurait plaisir à côtoyer quelqu'un qui comprenait cette douleur et cette perte.

— Excellent. Je crois qu'il va bientôt arriver. Il est ponctuel, jamais en retard pour quoi que ce soit. Attention, il est parfois un peu guindé, toujours braqué sur les règles. Quand c'est possible, j'essaie de l'encourager à sortir des sentiers battus.

Charles éclata de rire.

— J'ai bien peur de sortir constamment des sentiers battus.

Il avait eu pendant longtemps l'impression qu'il ne s'intégrerait pas, particulièrement pas ici. Il était moins impressionnant que les autres jeunes hommes, plus petit, plus mince et… plus faible. Sa mère avait affirmé qu'il finirait par s'étoffer, mais il ne la croyait pas.

— Ah, le voilà !

Peter se redressa et fit signe à celui qui venait d'entrer dans le pub.

Charles redressa l'échine, espérant que qui que soit cet homme, eux aussi deviendraient amis.

Quand Peter se rassit, Charles vit qui se dirigeait vers eux et son cœur s'arrêta de battre.

— Hugo Waverly, venez rencontrer Charles Lonsdale…

Peter souriait toujours, ignorant qu'un fossé était en train de se creuser au centre du pub, un fossé qui séparait Charles et Hugo par des lieues de haine et de douleur…

Le rêve changea, faisant disparaître le pub. Dans le noir, l'eau se précipitait autour de son corps. Le clair de lune dansait sur les vagues alors qu'Hugo et lui luttaient l'un contre l'autre, projetant des éclaboussures dans les bas-fonds de la rivière Cam.

— Hugo ! Non !

La voix de Peter était proche. Où était-il ?

— Allez-vous-en, Peter. Cela ne vous concerne pas ! grogna Hugo comme un animal sauvage.

Charles avait de l'eau froide jusqu'au cou. Les mains et les pieds liés, il se sentait impuissant. Il ne pouvait que se débattre désespérément alors qu'Hugo l'entraînait plus profondément dans la rivière. L'eau lui recouvrit la tête et il poussa un cri, l'aspirant dans ses poumons…

. . .

CHARLES SE RASSIT BRUSQUEMENT DANS SON LIT EN POUSSANT un cri. La porte s'ouvrit à la volée et Tom se précipita à l'intérieur.

— Milord ! Tout va bien, maintenant. Vous êtes en sécurité. Respirez.

Le garçon posa une bougie allumée près du lit et alla chercher un verre d'eau qu'il plaça contre les lèvres de Charles. Celui-ci essaya de repousser l'eau. C'était présentement la dernière chose à laquelle il avait envie de goûter.

— Buvez, lui ordonna fermement Tom.

Le corps tremblant, Charles obéit et avala à grandes goulées le liquide frais. Ça l'apaisa un peu, mais il ne pouvait s'empêcher de trembler, et son cœur... Il avait l'impression que son cœur allait lui crever la poitrine.

— Un autre rêve, marmonna Tom.

Il essaya de tapoter les coussins derrière le dos de Charles.

— J'aimerais pouvoir les faire cesser pour vous, Milord. C'est dommage que vous ne rêviez jamais de nourriture. Au moins, j'aurais peut-être su ce que tout cela signifie. Du chou pour les mauvais augures, du chocolat pour la chance...

— On buvait de la bière, dit Charles qui essaya de se souvenir du pub, mais pas de la suite.

— Oh, c'est toujours mauvais signe, dit Tom. Cela étant, si ça avait été du vin, ça aurait été bon signe. Sauf s'il était renversé, bien entendu. C'est mauvais.

Écouter Tom parler de rêves était étrangement réconfortant, comme s'il aidait à les repousser. Quel bon garçon !

— Désolé de vous avoir réveillé.

La voix rauque, Charles trouvait douloureux de parler, mais il sentait qu'il devait s'excuser. Combien de fois Tom avait-il accouru à lui durant l'année passée, l'aidant à se calmer après chaque rêve terrifiant ?

— Ce n'est pas grave, Monsieur. J'allais me chercher de l'eau quand je vous ai entendu.

C'était un mensonge. Charles savait que la majeure partie de la maison pouvait l'entendre crier. Il leur avait dit à tous de ne pas venir, de se contenter de l'ignorer, mais Tom n'écoutait jamais. Il venait toujours vérifier qu'il se porte bien.

— Je vais bien, Tom. Allez, retournez vous coucher.

Tremblant toujours, il attendit d'être certain que son valet soit parti avant de se rallonger.

Il ne s'autorisa pas à fermer les paupières avant un bon moment et alors, il vit l'eau monter autour de lui, le noyant avant d'engloutir Peter dans l'obscurité glacée.

4

— Il fait trop froid pour jouer au croquet ! cria Émily Saint-Laurent, la duchesse d'Essex, à son mari.

Une main gantée plaquée sur son ventre arrondi qui contenait peut-être le prochain héritier du titre des Essex, elle regardait son mari Godric et Jonathan, le demi-frère de ce dernier, se démener pour enfoncer les arceaux dans le sol durci de la petite pelouse du jardin de derrière.

— Balivernes, ma chérie, grogna Godric. Il faut juste un peu de... oh !

Il glissa sur l'herbe verglacée et atterrit sur les fesses. Son frère éclata de rire, mais il perdit également l'équilibre et s'écroula à côté de lui. Émily se couvrit la bouche pour étouffer un rire.

— Eh bien, quel duo ! dit une voix guillerette derrière elle.

Rayonnante, Audrey, la nouvelle épouse de Jonathan, vint la rejoindre. Elles étaient amies depuis plus d'un an et à présent, elles avaient le plaisir de devenir sœurs par alliance.

— C'est fantastique de voir à quel point Jonathan a changé depuis qu'il s'est casé avec vous, dit Émily d'une voix plus basse.

Elle avait vu le jeune homme souffrir en silence alors qu'il s'ajustait à sa nouvelle vie de fils de comte. Il avait déjà vécu une vie entière dans la peau d'un domestique et Émily avait craint qu'il n'ait jamais l'impression d'appartenir à cette vie qui lui revenait de droit.

— On a changé tous les deux, avoua Audrey. Tout est si différent à présent ! J'ai passé toute ma vie entourée par mon frère et ses amis célibataires. Tout cela a changé... grâce à vous.

Émily passa une main sur son ventre et y sentit un léger mouvement. Charles lui avait dit autrefois qu'elle marquerait la fin de la Ligue des Rebelles. C'était peut-être vrai. Ils n'étaient peut-être plus les mêmes rebelles qu'autrefois, mais leurs liens restaient intacts. En vérité, elle n'avait fait que les mettre au défi d'ouvrir leurs cœurs à l'amour. Charles, toutefois, avait craint cette vulnérabilité et le faisait toujours.

— Audrey, dit-elle. Il faut faire quelque chose pour Charles. Il devient de plus en plus distant et je commence à m'inquiéter. Certes, il ne rate pas un bal ou un dîner, mais il y a dans son regard un vide qui m'effraie. C'est comme s'il avait baissé les bras.

Autrefois, elle avait juré de lui trouver quelqu'un qui l'aimerait et elle souhaitait tenir cette promesse, même si ça signifiait traverser tous les océans et parcourir tous les continents pour y parvenir.

— Je l'ai remarqué aussi, répondit Audrey. Je voulais vous entretenir de quelque chose, parce que je sais que je peux vous faire confiance.

Émily se détourna de son mari et de Jonathan, qui avaient abandonné leurs arceaux de croquet et se redressaient maladroitement.

— Oui ?

— Eh bien... Ça concerne Tom.

— Tom ?

Émily ne comprit pas immédiatement de qui elle parlait.

— Le valet de Charles.

— Oh ! Mr Linley.

Ça lui revenait. Des cheveux blonds, des yeux bleus timides... Il suivait son maître comme un épagneul fidèle.

— Qu'a-t-il donc ?

— *Elle*, murmura Audrey.

N'intégrant pas immédiatement les mots d'Audrey, Émily cligna des paupières.

— Il... est une *fille*.

Émily cilla à nouveau.

— Que dites-vous ? Comment pouvez-vous en être certaine ?

— Depuis combien de temps suis-je Madame Société ? demanda Audrey.

Éventé, ce secret n'avait pas encore franchi le cercle de la Ligue et de leurs épouses.

— J'ai passé des années à observer les gens plus attentivement que vous pouvez vous l'imaginer. Il existe un certain nombre d'indices, depuis ses yeux à la façon dont elle regarde Charles.

— Des regards appuyés ne signifient pas que Tom soit une fille. J'ai déjà vu des hommes avoir le béguin pour Charles. Ce n'est peut-être qu'une admiration sincère.

Audrey secoua la tête.

— Non, il y a autre chose que vous ignorez. Elle se grime pour se faire paraître plus masculine. J'ai été entraînée à l'art du déguisement et je reconnais les techniques qu'elle utilise.

— Audrey, je crains que le temps que vous avez passé dans ces cercles ne vous fasse voir des conspirations partout.

— Vous n'êtes pas forcée de me croire. Restez attentive lorsque Charles arrivera. Il y aura des signes. Je vous le promets.

Audrey était si sincère qu'Émily acquiesça.

— Je regarderai, mais honnêtement, je pense que vous vous trompez.

Elle se tourna vers son mari.

— Godric, les autres seront bientôt là et je crains que votre partie de croquet ne soit une cause perdue. Je vous en prie, rentrez vous réchauffer.

Celui-ci traversa la pelouse glissante et vint étreindre sa femme, déposant un baiser lent sur ses lèvres.

— Est-ce assez chaud pour vous, ma chère ?

— Plutôt, oui, répondit-elle en lui souriant.

— J'en suis ravi.

Jonathan et Audrey sur ses talons, il l'escorta à l'intérieur.

Simpkins, le majordome de Godric, les retrouva dans le vestibule.

— Votre Grâce, vos invités sont arrivés, déclara l'homme avec une lueur enjouée dans les yeux. Suivant vos ordres, j'ai dissimulé vos meilleures bouteilles de porto, de sherry et de scotch.

— Merci, Simpkins, sourit Godric. On ne peut pas faire confiance à Charles pour respecter les nouveaux tapis.

— Une sage précaution.

Simpkins n'avait pas encore pardonné à Charles les taches qu'il avait laissées sur le tapis arabe dans la résidence de campagne des Essex, ou sur le tapis persan du printemps dernier. Ou bien sur le tapis en peau d'ours de la salle de billard le mois dernier.

Émily ouvrit la marche vers le salon, à présent empli d'hommes et de femmes qui parlaient d'un ton excité. Elle remarqua Lucien, marquis de Rochester, et sa femme Horatia ; Cédric, le vicomte Sheridan et sa femme Anne ; le baron Ashton Lennox et sa femme Rosalind. Enfin, il y avait Charles, le comte de Lonsdale, mais il n'était pas seul.

Une fois encore, Tom Linley le suivait comme son ombre. Il était rare d'amener ainsi son valet dans le salon d'un autre homme, mais Charles faisait souvent une exception pour le jeune homme. Cela semblait déplacé, et pourtant...

Audrey avait-elle raison ? Ce grand garçon mince n'était-il donc... pas un garçon ?

Émily s'avança dans la pièce pour tous les saluer, puis elle se tourna vers Tom alors que Charles lui adressait un sourire chaleureux.

— Charles, j'ai demandé à la cuisinière de préparer un déjeuner spécial pour le personnel. Me permettez-vous de chiper votre valet pour que je puisse lui demander quelque chose avant de rejoindre les autres en bas ?

Les yeux gris de Charles pétillèrent de malice.

— Essayez-vous de débaucher mon meilleur homme pour Godric ? Tom est un excellent garçon, mais bien trop loyal pour partir, quoi que vous puissiez lui offrir.

Le visage de Tom pâlit et Émily essaya de ne pas le regarder de peur que les autres convives ne remarquent son intérêt.

— Personne ne va débaucher qui que ce soit, Charles. Ne soyez pas bête.

Émily attendit que Tom la suive dans le couloir. Elle prit un moment pour regarder le garçon marcher. Certes, il avait une démarche masculine, mais on ne pouvait pas non plus se tromper sur le léger ondoiement des hanches.

Seigneur Dieu ! Audrey avait peut-être raison.

Tom Linley n'était peut-être pas *Tom* après tout. Mais pourquoi ce mensonge ? Elle avait une petite sœur à sa charge. Était-il simplement plus facile de trouver un emploi en tant qu'homme ? La vie dans les basses classes pour une femme non mariée avec une enfant était difficile, dangereuse, même.

— En quoi puis-je vous être utile, Votre Grâce ? demanda Linley en baissant respectueusement les yeux.

— M'être utile ? Oh... J'avais complètement oublié. Ce n'est rien d'important, je vous l'assure. Je vous en prie, allez profiter du déjeuner avec le reste du personnel.

Elle regarda le valet partir et sa curiosité ne fit que s'intensifier.

Cette pauvre femme ! Vivre un mensonge juste pour survivre. Ce n'est pas juste. Je suis certaine de pouvoir l'aider. Je le dois.

Lily termina la dernière bouchée de la tarte aux prunes que Mrs Fitzhugh lui avait donnée. Elle avait déjeuné en bas avec le reste du personnel et avait le ventre plein. Vu la taille des repas fournis au personnel des demeures de la Ligue, elle ne s'imaginait même pas les quantités englouties par la Ligue elle-même. Si elle dînait avec eux en tant que lady, elle se changerait en éléphant.

— Mr Linley ? annonça Simpkins depuis l'encadrement de la

porte de la salle à manger du personnel. Votre présence est requise par Sa Grâce dans le petit salon. Les gentlemen jouent au billard.

Lily s'immobilisa.

— Requise ? Sa Grâce souhaite s'entretenir avec moi ?

Ça faisait deux fois dans la même journée et deux fois plus qu'elle aurait souhaité parler avec la moindre de ces ladies à l'étage. Elles n'étaient pas des femmes ordinaires et elle avait appris très tôt qu'elle avait besoin d'esquiver leurs regards scrutateurs pour éviter d'être percée à jour.

— Oui. Allez-y tout de suite.

Simpkins tapa dans ses mains comme seul un majordome savait le faire et elle comprit qu'elle devrait monter rapidement. Elle remercia la cuisinière pour sa tarte avant de filer. Elle trouva la porte du petit salon et toqua.

— Entrez.

Lily s'exécuta en gardant les yeux braqués au sol. Quand elle osa lever le regard, elle vit un éventail de jupes colorées qui appartenaient à un certain nombre de jeunes femmes qui se déplaçaient à travers la pièce.

— Mr Linley, veuillez entrer et vous asseoir, dit la duchesse d'Essex.

— Je crois que je devrais rester debout, Votre Grâce, répondit Lily à voix basse alors qu'elle affrontait le regard des cinq nobles dames qui l'entouraient.

— Asseyez-vous. Je vous en prie. J'insiste.

Lily alla se poser sur une chaise à environ deux mètres des autres. Elle baissa les yeux, essayant de comprendre pourquoi on l'avait convoquée ici.

Une des femmes prit la parole.

— Nous ne mordons pas, vous savez.

— Et nos regards ne vont pas vous pétrifier, ajouta une autre.

Lily leva les yeux, remarquant les soies précieuses de leurs robes, avec les sompteuses broderies et les belles décorations qu'elle s'était imaginé porter autrefois. Quand elle regarda la duchesse, elle fut surprise par la chaleur qu'elle découvrit dans les yeux violets de la jeune femme. Lily avait deux ans de plus qu'elle, mais la duchesse avait dans le regard une expression mûre et compétente qui lui révélait qu'elle possédait une sagesse exceptionnelle pour son âge. Ça rendait Lily nerveuse, parce que les gens sages voyaient souvent des choses qui échappaient aux autres.

— Alors, vous n'êtes pas *Mr* Linley, n'est-ce pas ? s'enquit la duchesse, même si ce n'était pas vraiment prononcé comme une question.

Le cœur de Lily se glaça. Il y a quelque temps, Audrey avait dit qu'elle connaissait le secret qu'elle dissimulait. Elle n'avait pas été certaine de ce qu'elle avait voulu dire par là. Il était certainement possible qu'Audrey ait vu à travers son déguisement, pourtant, il était également possible qu'elle se doute de quelque chose de complètement erroné. Après tout, Audrey était célèbre pour ses lubies.

—Je suis... murmura Lily d'une voix rauque.

Linley était son nom de famille. Ça n'avait jamais été un mensonge.

— Je veux dire que vous êtes *Miss* Linley, clarifia la duchesse.

La résolution d'acier dans ses yeux fit s'agiter Lily.

— Je vous en prie, pas la peine de nier. Les ladies ici présentes garderont votre secret, la rassura la duchesse. Voyez-vous, nos maris forment la Ligue des Rebelles, mais nous... nous sommes la Société des Ladies Rebelles. Savez-vous ce que nous faisons ?

Trop ébahie pour parler, Lily secoua la tête. Sa façade s'écroulait. Elle ne parviendrait pas à s'en sortir par de belles paroles. Hugo la tuerait une fois qu'il l'apprendrait, et alors Katherine... La panique la submergea et prise d'une nausée soudaine, elle se redressa. Elle courut vers la plante en pot dans le coin et vomit dedans.

— Seigneur ! hoqueta une des femmes.

À travers le vertige de la nausée, Lily entendit les dames se rassembler autour d'elle. Une main froide toucha sa nuque et elle s'écroula à genoux quand un nouveau haut-le-cœur la fit se crisper.

— Allons, allons.

C'était la voix d'Anne Sheridan, la vicomtesse.

— Nous ne voulions pas vous troubler. Juste vous offrir notre aide. C'est ce que nous faisons.

Avec un gémissement, Lily ferma les yeux et s'appuya contre la haute plante en pot.

— Je ne comprends pas. Contre quoi vous rebellez-vous ?

— C'est un monde d'hommes, dit Audrey, et Dieu sait qu'il nous est difficile d'y survivre. Vous en êtes la preuve vivante. C'est contre ça qu'on se rebelle.

— Qui plus est, vous avez déjà prouvé que vous êtes l'une d'entre nous, ajouta Émily. Vous n'avez pas réalisé un mince exploit.

— Allez-vous nous laisser vous aider ? demanda Horatia, la marquise de Rochester.

Lily leva la tête et s'essuya la bouche avec la manche de sa redingote.

— M'aider ?

— Oui. Nous souhaitons vous aider à trouver un mari, dit Audrey. Quelqu'un qui s'occupera de vous et de votre petite sœur. Elle s'appelle Katherine, n'est-ce pas ?

Quelqu'un pour s'occuper d'elle ? Ces pauvres imbéciles naïves ! Elles ne savaient pas que c'était absolument impossible. Hugo lui avait tout pris. Son seul futur était celui qu'il lui permettrait de connaître.

— Je ne peux pas, dit-elle.

— Pourquoi pas ?

— Ma vie est plus compliquée que vous le réalisez, dit-elle.

Elle ne pouvait pas se permettre d'en révéler davantage.

— Je suis certaine que vous vous êtes habituée à une certaine liberté sous votre déguisement d'homme, mais vous vivez un mensonge, dit Horatia. Et ça ne peut plus durer. Avec le bon mari, vous pourriez être tout aussi libre et bien plus en sécurité. Vous pourriez être vous-même.

— Nous n'en parlerons pas à Charles, si c'est ce que vous craigniez, dit Audrey. On va s'y prendre intelligemment. Vous pourriez demander qu'on vous accorde certaines soirées de libres.

— Il est plutôt indulgent avec son personnel, ajouta Émily. Je sais qu'il vous y autorisera. Alors, vous serez en mesure de vous joindre à nous pendant nos bals. Nous avons déjà commencé à vous créer une histoire familiale convaincante. Elle vous donnera vos entrées dans la bonne société.

— J'ai accepté de vous fournir une dot acceptable, dit Rosalind.

C'était une banquière écossaise, une rareté en soi, chose que Lily avait toujours admirée. Mais l'idée que ces dames l'aident alors qu'Hugo l'avait envoyée pour détruire leurs vies... Sa nausée revint avec plus de vigueur. Cela dit, elle devait jouer son rôle.

— Je ne peux pas être vue dans un bal, parmi la haute société, alors que je suis une servante.

— Mais vous ne l'êtes pas, n'est-ce pas ? Vous parlez et vous comportez comme une dame. C'est parce que vous en êtes une, n'est-ce pas ?

Lily hésita puis hocha la tête.

— Je ne suis pas née domestique. Mes parents appartenaient à l'aristocratie. Mon oncle était baron en Cornouailles. Mais après la mort de mes parents, j'ai dû chercher du travail puisque la fortune de mon père s'était évaporée.

C'était la vérité. Il n'y avait pas de mal à l'avouer.

— Alors, vous pouvez prétendre à épouser un gentleman de la bonne société, insista Anne.

— Je vous en prie, renchérit Émily. Ce n'est pas souvent qu'on a l'occasion d'aider quelqu'un de la sorte, et ça nous ferait très plaisir.

Lily essaya de trouver comment leur dire non, mais c'était impossible, pas sans susciter d'autres soupçons qui leur auraient fait flairer la vérité.

Et le pire était que leur aide pourrait faciliter les plans d'Hugo. Dès qu'il l'apprendrait, il insisterait pour qu'elle accepte.

Il apprécierait trop cette ironie pour la laisser filer, mais il insisterait pour apprendre d'abord ce qu'elles prévoyaient de faire.

— Puis-je vous demander un peu de temps pour y réfléchir ? demanda Lily.

— Oui, bien entendu. Prenez votre temps, mais j'espère que vous y songerez, dit Émily qui aida Lily à se redresser. Vous sentez-vous assez bien pour redescendre ?

— Oui. Oui, Votre Grâce, mentit la jeune femme avant de quitter la pièce en les remerciant pour leur discrétion.

Une fois dehors, elle entendit les hommes dans la salle de billard. Le son de leurs rires était étrangement réconfortant.

Elle passa devant la salle de billard à pas de loup. La porte était ouverte et elle ne put résister à l'envie de passer la tête dans l'encadrement pour regarder. Des lampes illuminaient les tables et les rideaux étaient partiellement tirés afin de protéger les tableaux des rayons du soleil trop enthousiastes de la fin de la matinée. Les lèvres pincées et avec des yeux verts attentifs, Godric se pencha au-dessus de la table pour tirer. Les autres hommes le chahutèrent quand il ne mit qu'une boule dans la poche. Leur camaraderie facile était une magie en soi.

Comment ces hommes puissants et ambitieux, tous si différents les uns des autres, étaient-ils devenus amis proches ? Qu'est-ce qui les avait rapprochés ? Elle avait eu envie de le demander à Charles un millier de fois. L'amitié découlait généralement de moments fantastiques, mais ce qui liait la Ligue était quelque chose de sombre et de terrible, et ça tournait autour d'Hugo.

Pourtant, c'était Hugo qui cherchait à se venger, pas la Ligue. Pourquoi ? Lui avaient-ils porté préjudice par le passé ? Fait quelque chose d'impardonnable ?

Elle vit Charles appuyé contre l'encadrement d'une haute fenêtre. Le soleil qui se déversait entre les rideaux partiellement ouverts faisait briller ses cheveux dorés comme un halo. Sa chevelure dorée était plus indisciplinée qu'à leur rencontre, l'année précédente, pourtant, ça ne faisait qu'ajouter à son charme et son côté espiègle.

Quand il se trouvait avec ces cinq hommes, les ombres dans ses yeux se dissipaient. Les terreurs nocturnes qui le réveillaient en pleine nuit s'apaisaient pendant quelque temps. Lily connaissait sa véritable peur, celle qui croissait de jour en jour. La peur que tout ceci prenne fin, que les femmes et les enfants à venir séparent la Ligue à petit feu jusqu'à ce qu'il ne reste plus que lui.

Sa peur la plus profonde était de perdre tous ceux qu'il aimait et elle savait avec une terrible certitude que ses craintes deviendraient réalité. Tôt ou tard, Hugo amorcerait la dernière phase de son plan. La Ligue tomberait et Charles serait le dernier survivant.

Alors seulement, Hugo le tuerait.

5

Quelque chose se tramait.

Charles prit son tour à la table de billard, visa et frappa. Tous ses amis étaient là avec lui, heureux, plaisantant sur un sujet qu'il ne parvenait même pas à conceptualiser : la vie conjugale. Le clivage était là, un fossé grandissant entre le reste de la Ligue et lui qui lui nouait l'estomac. Comment cela s'était-il passé si rapidement ? Dans l'espace d'une année, il avait été chassé de leur orbite alors qu'ils se casaient, l'un après l'autre.

Et ils ne le voient même pas...

Avant de prendre la parole, il essaya de bannir la vague de désespoir qui le traversa.

— Que mijote Ém ? demanda-t-il à Godric.

Celui-ci s'appuya sur sa queue.

— Ém ? Rien, à ce que j'en sais. Pourquoi ?

— Elle a convoqué mon valet Linley et j'aimerais savoir pourquoi. Avez-vous besoin d'un nouveau valet ?

Godric s'esclaffa.

— Certainement pas. Jérémy fait un excellent travail. Qui plus est, je n'oserais pas vous prendre votre ami alors que clairement, il vous adule.

— Il ne m'*adule* pas, répliqua Charles avec un petit rire.

Godric et Cédric échangèrent un regard qui le fit se hérisser.

— Quoi ?

— Eh bien...

Cédric rougit légèrement.

— Êtes-vous certain qu'il... n'a pas de sentiments pour vous ?

Charles éclata de rire.

— Ne soyez pas bête. Linley ne...

L'air sévère, Ashton s'éclaircit la gorge.

— Ce n'est pas impossible, vous savez. Si c'était le cas, vous devriez peut-être trouver un nouvel employeur à ce jeune homme. Quelqu'un moins à même de briser le cœur du pauvre garçon.

— Oh, allons. À son âge, je n'étais guère différent de lui en votre présence. Le culte du héros, vous savez.

Charles refusait d'envisager le comportement de Linley sous un autre jour. À présent que ses amis s'étaient tous mariés, Tom était le seul compagnon loyal qu'il lui restait.

Qui plus est, ils avaient tort. Linley avait pour lui l'admiration d'un jeune garçon, rien de plus. Comme il l'avait dit, il l'avait vécue lui-même, voilà longtemps, quand il tenait Ashton, Lucien, Godric et même Cédric pour des personnages héroïques. Ils n'avaient qu'un ou deux ans de plus que lui, mais en tant que jeune étudiant, ces années représentaient une vie entière.

Avec le temps, il s'était rapproché d'eux et s'était rendu compte qu'ils n'étaient que des hommes, tout comme lui. Faillibles, aimables, mais bien éloignés des Dieux pour lesquels il les avait pris. Et il se réjouissait de ce changement. Un homme ne peut pas être ami avec un dieu.

C'était certainement ainsi que Tom le voyait. Il lui avait offert un meilleur emploi, un meilleur domicile et une meilleure situation pour sa jeune sœur. Le jeune homme avait également été témoin du genre d'aventures dans lesquelles Charles se retrouvait souvent impliqué. Vu ainsi, le culte du héros était chose naturelle, même si ce n'était pas sain.

Une idée le frappa. Il pourrait peut-être passer plus de temps avec Tom pour lui permettre de côtoyer Charles, l'homme, et non Charles, le sauveur. Il lui montrerait comment se débaucher, boire, jouer à des jeux d'argent et l'aiderait peut-être même à trouver une dame avec qui passer la nuit. Ça aiderait le garçon à trouver ses propres repères et il arrêterait de considérer Charles à la façon d'un petit animal qui émule un chien. Oui, c'était une idée excellente.

— Et si vous laissiez Émily jouer les entremetteuses ? Ça réglerait plusieurs de vos problèmes, insista Ashton. Si Linley vous admire vraiment, vous voir vous caser pourrait l'inspirer à faire pareil. Apprenez-lui à grandir un peu.

Charles se hérissa. Il n'aimait pas l'idée que quiconque, particulièrement Émily, lui trouve quelqu'un. Il plaqua sa queue sur la table.

— J'en ai assez que vous quatre essayiez d'être la nounou de ce garçon. C'est un bon gars et je ne vais certainement pas congédier une personne parce qu'elle m'admire. Quant à vos tentatives de rapprochement, je suis résigné à finir célibataire, même si cela me vaut votre abandon à tous.

— Charles... commença Cédric.

Mais il refusa de l'écouter.

Il quitta la salle de billard et hurla le nom de Tom. Le garçon bondit hors des quartiers des serviteurs comme si on avait tiré un coup de fusil.

— Milord ?

— Nous partons.

L'inquiétude assombrit le visage de Tom.

— Vraiment ? Charles lui donna un coup à l'épaule comme il le faisait avec son petit frère Graham, avant que les choses changent entre eux. À présent, ils ne pouvaient pas se retrouver ensemble dans la même pièce sans en venir aux mains.

— Je suis d'humeur pour un brin de sport. Et si on rentrait à la maison pour s'entraîner un peu.

— Certainement, Monsieur. La boxe ?

— Je pensais à l'escrime. Je ressens l'envie soudaine d'embrocher quelqu'un.

— Je n'ai aucun désir de me retrouver à la pointe de votre lame, marmonna Tom.

Charles éclata de rire alors que le jeune homme et lui quittaient la maison de Godric. L'air mordant de Londres les enveloppa tandis qu'ils attendaient qu'on leur apporte leurs chevaux.

De retour chez lui, Charles était pleinement convaincu par son projet de montrer à Tom comment vivre de façon téméraire. Ashton et les autres avaient fait la même chose pour lui quand il était plus jeune. Ainsi, il transmettrait la tradition à la génération suivante.

Avec Tom, Charles entra dans la salle de sport et prit deux fleurets. Les lames étaient émoussées au bout par des boules en métal afin d'éviter la moindre blessure.

— Attrapez, mon garçon.

Il lança un fleuret à son valet. Le garçon l'attrapa et en fendit l'air d'un geste dramatique.

— Je vois que vous savez manier un fleuret.

Tom lui adressa un sourire.

— Un peu, Monsieur.

Il se mit alors en garde. Charles retira son manteau et retroussa ses manches. Il s'approcha de Tom et souleva son propre fleuret. Il le fit tourner légèrement en cercle pour essayer de distraire le jeune homme. Concentré, Tom fronça les sourcils et avant que Charles puisse réagir, le garçon bondit en avant. L'attaque le prit par surprise et il tituba en arrière d'un pas, le fleuret ployé contre sa poitrine.

— Touché, Monsieur, dit Tom en essayant de dissimuler un sourire.

— Alors, vous voulez jouer à ça ?

Charles reprit son équilibre et fit un pas dansant vers la gauche, parant le coup de fleuret suivant.

— On ne joue que pour gagner, Monsieur.

Charles afficha un grand sourire.

— Je ne vous le fais pas dire.

Les échanges suivants furent classiques, comme si chacun

étudiait l'autre afin de mesurer ses compétences, pour pouvoir exploiter une faiblesse plus tard.

— Qui vous a appris à vous battre ? demanda Charles entre deux parades.

Tom contra le coup suivant et recula légèrement.

— Mon oncle, Monsieur. Il est mort avant mes parents, mais on dit qu'il n'a jamais perdu un combat.

Leurs fleurets et leurs bras se croisèrent alors qu'ils se plaquaient l'un contre l'autre, chacun regardant l'autre qui n'était qu'à quelques centimètres de distance. Un bref instant de silence s'installa entre eux.

— Très bien, dit Charles. Voyons voir s'il serait fier de vous.

Ils se mirent alors à lutter pour de bon.

Pendant quasiment une demi-heure, ils se battirent comme s'ils avaient le diable aux trousses, jusqu'à ce qu'ils frôlent tous les deux l'épuisement. Tom avait l'air de beaucoup s'amuser. Charles reconnaissait la lueur dans ses yeux. Elle pétillait dans les siens chaque fois qu'il pénétrait sur un ring sans être certain de pouvoir vaincre son adversaire, mais qu'il avait hâte d'essayer.

Jusqu'ici, ils avaient réussi à se porter deux coups d'estoc chacun, et aucun des deux ne voulait céder un troisième. Mais il voyait que Tom se fatiguait et ce n'était qu'une question de temps avant qu'il ne baisse la garde.

Strictement sur la défensive, Tom reculait à présent. Le combat les avait entraînés près d'une fenêtre flanquée d'une table et d'un vase. Quand ils passèrent devant, un coup maladroit de Tom fit basculer le vase vers Charles qui, d'instinct, essaya de l'empêcher de se briser à terre en se servant de son pied comme coussin.

Il y parvint. Le vase pinça méchamment ses orteils avant de heurter le plancher de bois avec un claquement, et Tom donna une troisième estocade directement sur le torse de Charles.

— Ça fait trois, Monsieur, dit-il en haletant fort. Désolé pour le vase.

Charles commença à reprendre sa respiration.

— Un accident, n'est-ce pas ?

— Je me fatiguais, Monsieur. Je crains d'avoir été quelque peu imprudent.

Ou rusé, songea Charles.

— Vous m'avez eu. Bien joué, Tom. Vraiment bien joué. Maintenant, montrez-moi un peu de répit et laissez-moi aller nous chercher de l'eau.

Tom fit un pas en arrière, reposa le fleuret et plaça ses mains sur ses hanches en respirant fort. Charles désigna une chaise près de la fenêtre qui donnait sur le jardin.

— Asseyez-vous. Je reviens.

Quand Tom ne bougea pas immédiatement, Charles lui donna un coup de fleuret sur les fesses.

— Tout de suite.

Avec un regard noir mutin, Tom se rendit vers la chaise d'un pas lourd et s'y laissa tomber. C'était un soulagement de voir le jeune homme abandonner son attitude généralement plus rigide. Son maître précédent avait clairement porté atteinte à sa confiance. Charles avait mis une éternité à convaincre son valet qu'il n'allait pas se faire tirer les oreilles à cause d'une simple erreur.

Charles quitta la salle de sport et se hâta vers les cuisines où il trouva Mrs Farrow et la bonne d'arrière-cuisine en train de préparer le dîner.

— Milord.

La cuisinière essuya sur son tablier ses mains couvertes de farine.

— Je vous en prie, ne vous dérangez pas. Je voulais simplement un pichet d'eau et des verres.

La bonne fila chercher le pichet et le lui tendit en rougissant. La cuisinière lui donna aussi deux verres d'eau.

— Merci.

Il voulut partir, mais la cuisinière s'éclaircit la gorge, attirant son attention.

— Milord... Si je peux me permettre...

— Oui ?

Charles remarqua que Mrs Farrow rougissait.

— Le personnel... *Nous* avions envie de vous parler... de la petite sœur de Mr Linley.

— Katherine ?

La cuisinière et sa bonne s'échangèrent un regard.

— Vous voyez, Monsieur, le bébé n'en est justement plus un et... nous pensions qu'elle aurait peut-être besoin très bientôt qu'on s'occupe davantage d'elle.

— Qu'on s'occupe d'elle ? demanda-t-il en inclinant la tête.

— Oui. L'année passée, le personnel s'est relayé pendant notre temps de travail pour garder un œil sur le bébé, mais il est temps qu'on reçoive un peu d'aide. Pourriez-vous engager quelqu'un pour veiller sur elle ? Elle aura besoin de commencer son éducation sous peu. Je suis certaine que Mr Linley en serait capable, mais il passe beaucoup de temps avec vous et il manque terriblement à la petite. J'ai dû la mettre au lit plus d'une fois et elle ne cesse d'appeler sa maman.

Charles essaya d'ignorer la bouffée de culpabilité qu'il ressentit en réalisant qu'il tenait Tom si souvent éloigné de sa sœur. Il l'avait écarté de son seul parent restant, juste pour le divertir quand il souffrait d'une crise de mélancolie. C'était très égoïste de sa part.

— Mrs Farrow, vous avez parfaitement raison, et Katherine n'est pas la seule. J'avais également l'intention de faire quelque chose pour Davis. À présent que sa Mary n'est plus là −, Dieu ait son âme −, il a besoin d'aide avec le jeune Oliver. Je vais immédiatement chercher une nounou. Elle pourra s'occuper des deux enfants. Et j'en engagerai peut-être une qui fera également office de gouvernante. Je sais que c'est un peu inhabituel, mais je crois en l'éducation de tous les enfants quelle que soit leur classe sociale.

Visiblement soulagée, la cuisinière sourit.

— Merci, Milord. Davis et Tom apprécieront tous les deux.

Il acquiesça et s'éclipsa des cuisines pour retourner à la salle de sport. Tom était allongé comme un chat sur le fauteuil, une jambe sur l'accoudoir. Il se redressa avec un sursaut quand Charles entra.

— Au repos, Tom. Vous l'avez mérité.

Charles lui tendit un verre qu'il remplit. Tom le prit et but rapidement en détournant le regard comme si la situation l'embarrassait. Étrangement, Charles se sentait également mal à l'aise. Il avait l'habitude d'être admiré par les femmes, mais jamais personne ne l'avait encore adulé en tant que héros. C'était déstabilisant. Il n'était pas digne d'être émulé. Il existait de bien meilleurs gentlemen ; le comte de Pembroke, par exemple. James était un saint comparé à lui.

— Tom, il faut qu'on parle.

— Ah oui, Monsieur ?

Le jeune homme écarquilla les yeux et Charles ne parvint pas à se contraindre à lui poser la question nécessaire. Les hommes ne pouvaient simplement pas discuter de choses aussi délicates que les sentiments. Aussi choisit-il plutôt d'aborder le sujet de Katherine.

— Il a été porté à mon attention que Katherine a besoin d'une nounou. Vu le temps que vous passez en ma compagnie, j'ai négligé de m'occuper d'elle, et je pense que...

— Oh, non, Monsieur. Vous n'avez pas besoin de vous occuper d'elle. C'est ma sœur. Ne vous inquiétez pas pour elle.

Tom bondit de sa chaise, mais Charles lui agrippa l'épaule et le força à se rasseoir.

— Du calme, mon garçon, vous vous occupez très bien d'elle, mais c'est ma faute si vous la voyez aussi rarement. À partir d'aujourd'hui, vous aurez davantage de soirées libres pour rester avec elle. Et demain, je me mettrai à la recherche d'une nounou pour vous aider à vous occuper de votre sœur et du garçon de Davis. Kat grandit et elle a besoin qu'on veille sur elle. Bientôt, elle courra toute seule dans les jardins, salissant sa blouse et grimpant aux arbres. Vous ne pouvez pas être là constamment. Dans quelques années, elle aura besoin d'une gouvernante digne de ce nom.

Les yeux de Tom brillèrent et il s'essuya le nez sur sa manche. Cette démonstration d'émotion de la part du jeune homme généralement fermé donnait à Charles l'impression d'être une brute. Il n'avait pas eu l'intention de troubler son valet, mais l'avait pourtant fait.

— Reprenez-vous, mon garçon. Je vous l'ai dit, vous vous débrouillez très bien. Bien mieux que je le faisais à votre âge.

Tom le considéra avec un espoir et une vulnérabilité qui l'atteignirent au cœur. Il se revit quand il était plus jeune et avait tant perdu de choses.

— Que voulez-vous dire ?

— Mon père est mort lorsque j'avais dix-huit ans. Mon frère, Graham, était mon cadet de trois ans et ma sœur avait à peine quelques années de plus que votre Katherine. Ma mère a été dévastée par la disparition de mon père. Pendant des années, j'ai maintenu à un fil l'unité de ma famille. Ella est passée sous ma gouverne et je n'ai pas su quoi faire de cette fillette.

Il détestait songer au passé où résidait tant de douleur.

La curiosité de Tom était piquée.

— Qu'avez-vous fait ?

— Ce que j'ai pu, et le premier pas a été d'admettre que j'étais simplement humain. J'ai engagé une infirmière pour aider ma mère ainsi qu'une gouvernante pour Ella, et tout s'est très bien passé.

— Mais je ne peux pas me permettre...

— Allons, Tom. Davis aussi a besoin d'aide et quand je vous ai engagé, j'ai accepté de traiter Kat comme ma filleule. Je devrais endosser une certaine responsabilité la concernant.

Plus d'une fois, il s'était demandé s'il n'avait pas déjà croisé le chemin de la mère de Tom. Le bébé lui ressemblait étrangement. Mais Tom tenait son passé si secret que Charles ne connaissait même pas le nom de cette femme. Une heure auparavant, il ne savait même pas qu'il avait un oncle. Était-il possible qu'il ait couché avec cette femme une fois et ait donné naissance à un enfant dont il n'avait pas eu connaissance ?

Mais si c'était le cas, il ne comprenait pas pourquoi la mère de Tom ne s'était pas manifestée. La plupart des femmes ne se gênaient pas lorsque le père était titré et riche. Charles s'ouvrait à l'idée de devenir père, mais sans en connaître davantage sur la mère de Tom, il était difficile de suggérer cette possibilité.

Ou peut-être se laissait-il ronger par l'inquiétude de demeurer célibataire à jamais. Dans une autre vie, Kat aurait pu être sa fille avec une femme qu'il aimait. Cette pensée le taraudait, le faisant rêver à ce qui aurait pu être, chose qui le rendait inhabituellement morose.

— Mais pourquoi ? demanda Tom. Nos enfants ne sont pas sous votre responsabilité et vous nous rémunérez déjà copieusement.

— Quelqu'un s'est occupé de moi quand j'en avais le plus besoin. Le moins que je puisse faire, c'est d'aider autrui.

En réalité, c'étaient quatre personnes qui avaient veillé sur lui le soir où Hugo avait tenté de l'assassiner. Il frissonna et ravala ce souvenir, mais pas la gratitude qu'il ressentait. Ce soir-là, Godric, Lucien, Cédric et Ashton l'avaient sauvé de bien plus que de la rivière. Ils avaient sauvé son âme.

Et il les avait repayés en se montrant rustre et malpoli, vu la façon dont il les avait quittés ce soir. Il s'était comporté comme un enfant imbécile et entêté.

— Tout va bien, Milord ? demanda Tom en fronçant des sourcils inquiets.

Ce garçon était vraiment si jeune ! Ce serait bien quand il deviendrait enfin adulte, que ses épaules se développeraient et que ses traits durciraient un peu. Autrefois, Charles aussi avait été malingre et il avait conscience des épreuves auxquelles on pouvait se confronter. Le garçon courrait le risque d'être harcelé s'il partait travailler dans une autre maison.

— J'étais perdu dans mes pensées, Tom. Finissez votre eau. Je vais sortir ce soir, alors vous pouvez prendre votre soirée. Demain, nous ferons passer des entretiens à des nounous pour Kat et Oliver.

Tom se redressa et termina son verre avant de partir. Charles se laissa tomber sur le fauteuil que le valet venait de quitter. Sans s'en rendre compte, il se mit à rêvasser sur l'ange blonde qui l'avait secouru des tunnels, regrettant de ne pas avoir dérobé un autre baiser sous la pluie avant qu'elle ne disparaisse.

Je dois la retrouver. Je dois découvrir qui elle est.

LILY PÉNÉTRA DISCRÈTEMENT DANS LES QUARTIERS DES serviteurs et trouva Katherine assise sur les genoux de Davis. Il laissait le bébé jouer avec un petit ruban bleu qu'elle trouvait clairement fascinant.

Lily sourit à l'autre homme en lui reprenant sa fille.

— Merci, Davis.

— Je vous en prie, Tom. Je sais que sa seigneurie vous accapare et ça ne me fait rien de la garder quand le temps me le permet. Après avoir perdu Mary, j'ai eu terriblement de mal à m'occuper d'Oliver tout seul. Je ne sais pas ce que j'aurais fait sans Mrs Farrow et le reste de l'équipe. Nous devons nous entraider, n'est-ce pas ?

Davis pressa le nez de Katherine du bout de l'index puis éclata de rire quand elle poussa un cri et applaudit de ses mains potelées. Puis, pas dérangée par son étrangeté, elle posa une main sur la prothèse en bois du valet.

— Vous savez que je suis toujours heureux de m'occuper d'Oliver quand j'ai le temps, dit Lily.

— Merci. Mrs Farrow n'arrive plus à contrôler le petit garçon à présent qu'il a grandi.

Davis remua sa main en bois en grimaçant. Durant le froid hivernal, son poignet lui faisait souvent mal à l'endroit où il se connectait à sa prothèse en bois. Ça rendait certaines tâches difficiles, mais il était toujours capable d'accomplir ses devoirs. Au moins, elle serait peut-être capable de l'aider sur ce point.

— Si vous m'apportez les bottes que vous avez besoin de terminer, je peux les faire pour vous, proposa Lily.

David était étonnamment capable avec une seule main, mais Lily était profondément redevable envers le valet de pied et voulait s'assurer qu'il sache à quel point elle lui était reconnaissante. Quand Davis lui tourna le dos pour allumer le feu, elle enfonça le visage dans les cheveux dorés de Kat et inspira sa bonne odeur de bébé. Peu importait que Katherine soit issue d'un moment sombre de sa vie ; tout ce qui comptait était que l'enfant soit à elle.

— Mrs Farrow a-t-elle parlé à sa seigneurie de l'idée d'engager quelqu'un pour nous aider avec les enfants ? demanda Davis. On en a discuté plus tôt, vu que j'aurais bien besoin d'aide avec Oliver.

Lily hocha la tête et embrassa le sommet du crâne de Katherine d'un air fraternel.

— Il dit qu'il va rencontrer des nounous demain. Veuillez remercier Mrs Farrow de ma part.

Ils savaient tous les deux qu'il n'était pas commun pour un lord d'engager une nounou pour les enfants de son personnel, mais Charles était ainsi. Son personnel se sentait assez en confiance pour lui demander de l'aide et il la leur accordait instantanément.

Au début, elle avait été blessée quand Charles avait abordé le sujet, mais il avait raison. Dernièrement, elle avait rarement été présente pour Katherine, et le reste du personnel ne pouvait pas continuer à interrompre leurs devoirs pour s'occuper d'un enfant qui n'était pas le leur. Comme toujours, Charles la surprenait par sa chaleur sincère et sa générosité. C'était vraiment un homme bon. Elle ravala la bile qui remonta dans sa gorge quand elle se rappela comment tout cela finirait par se terminer.

Ne le vois pas comme une trahison envers lui. Tu dois faire passer ton enfant en premier.

Serrant fort son enfant contre elle, elle ferma les yeux. À présent, Katherine était immobile, comme si elle percevait la détresse sa mère sans la comprendre. Ses petites mains agrippèrent la joue de Lily et elle releva la tête.

— Je crois que vous avez besoin de faire une sieste.

Lily se crispa. Elle ne s'était même pas rendu compte qu'il était toujours là. Elle s'était à nouveau laissé entraîner dans ses pensées ; une chose bien dangereuse. Elle ne pouvait pas se

permettre de baisser la garde, même pas une seconde, particulièrement en présence d'amis.

— Je crois que vous avez raison. Je vais la border dans son
berceau.

— Il sera très vite trop petit pour elle, Davis. Je devrais
bientôt lui fabriquer un vrai lit.

— Pas trop tôt, je l'espère.

Lily se redressa et se dirigea vers sa chambre. Quand elle
entendit le bruit des pas de Davis s'estomper, la tension à l'intérieur d'elle commença à décroître. Elle posa Katherine sur le lit.

— Maman, murmura Katherine.

— Oui, mon amour, mais il ne faut pas que tu m'appelles
ainsi. Tu te rappelles ?

S'efforçant de sourire, elle s'agenouilla devant sa fille.

— Pourquoi ? murmura le bébé.

À seulement trois ans, elle était intelligente. Trop intelligente. Elle avait la ruse de son père, ce qui rendait Lily appré-
hensive. Cependant, elle était convaincue que Katherine avait
son cœur à elle, rempli d'amour et non de haine.

— C'est un secret très important. Tu te plais ici, n'est-ce pas ?

Katherine hocha la tête d'un geste exagéré, faisant rebondir
ses boucles.

— Alors, il faut garder le secret. Si quelqu'un apprend que je
suis ta maman, on sera renvoyées. Plus de rubans.

Elle joua avec le ruban de soie bleue qui était toujours
enroulé dans les mains de l'enfant.

— Plus de biscuits à la cuisine, plus de nuits chaudes près
du feu.

Lily ne voulait pas l'effrayer, mais Kat devait comprendre
l'importance du secret.

Les yeux bleu myosotis de Katherine s'écarquillèrent.

— Plus de T'ton Charles ?

— Non, plus de Tonton Charles, confirma Lily. Rappelle-toi,
notre secret est très important. Tu dois m'appeler Tom, pas
Maman.

— Toma !

— Non, ma jolie. *Tom*.

Elle reprit le bébé dans ses bras, savourant la joie simple de l'étreindre. Passer la majeure partie de sa journée loin de Katherine était difficile, et elle était écrasée par le besoin de l'étreindre et prétendre qu'elle était Lily, la même personne qu'avant.

— Pourquoi ne ferions-nous pas une petite sieste ?

Elle posa l'enfant sur le lit et s'étendit à côté d'elle. Katherine se colla contre elle et s'endormit presque immédiatement. Les muscles de la jeune femme étaient toujours douloureux après le vigoureux match d'escrime, et elle était soulagée d'avoir un moment de repos.

Si elle n'avait pas fait basculer ce vase, Charles l'aurait battue. Elle savait que son geste était mal, mais elle était censée saisir le moindre avantage qu'elle trouvait et l'exploiter. Charles, d'un autre côté, croyait au *fair play*, même quand il se battait dans les tunnels de Lewis Street. C'était sa faiblesse. Hugo le savait parfaitement.

Vous avez un trop grand cœur, Milord, bien trop grand. Je suis tellement désolée.

❧ 6 ❧

Sir Hugo Waverly se tenait dans les ombres du tripot connu sous le nom du *Coquelet*. Son regard courut sur le mélange de pairs et d'hommes des classes inférieures qui misaient de l'argent et fréquentaient des prostituées. Plus tôt dans la matinée, des rumeurs sur un club de boxe clandestin géré par des contrebandiers avaient refait surface, et Hugo voulait des réponses.

Les contrebandiers étaient un fait de la vie dont il ne s'inquiétait généralement pas, mais ce cas était différent. Le peu qu'il restait du trafic d'esclaves de Samir Al Zahrani avait trouvé un nouveau leader et on disait qu'ils cherchaient de nouvelles recrues. Il était important de s'en occuper avant qu'ils ne prennent position sur les docks.

Il avait confié à Lily la mission d'en découvrir davantage sur eux en s'offrant comme appât. Sa petite chérie avait mentionné avoir été entraînée à Lewis Street pour être offerte en récompense aux combattants, mais Hugo soupçonnait la véritable destination d'être un navire de marchandises en partance pour des terres inconnues. Lonsdale l'avait empêchée d'en apprendre davantage, mais repenser à la situation de Lewis Street lui donna une idée.

— Monsieur ?

C'était Daniel Sheffield, à peine revenu d'une mission secrète sur le sol français. Même s'il n'avait pas accompli tous ses objectifs, cette mission pour la Couronne avait été une réussite. Dix-sept expatriés causant des dérangements à Londres avaient été attrapés et leur compte avait été réglé discrètement. Pour certains d'une façon permanente. L'inviolabilité de l'Angleterre et de son Empire était à nouveau assurée, un fait qui remplissait Hugo de fierté.

Il servait trois maîtres : son roi, son pays et le contrôle. Un homme devait toujours défendre son roi, protéger son pays et maintenir son contrôle.

— Daniel, découvrez-en le plus possible sur les règles à suivre sur les rings de Lewis Street. C'est-à-dire, s'ils en ont. Ils sont gérés par les contrebandiers, mais je voulais savoir comment ils permettent aux hommes de se battre sur les rings et quels sont généralement les enjeux.

Daniel s'enfonça plus profondément dans la foule et Hugo continua d'observer les tables, les aléas du jeu, les cris de victoire et − plus fréquemment − ceux de défaite. Puis il s'arrêta de respirer quand il aperçut un homme blond à une table. Pendant un instant, il lui fit songer à...

Mais non, ce n'était pas le Comte de Lonsdale. C'était son frère cadet, Graham Humphrey. Ils avaient les cheveux et les yeux clairs de leur père, mais à y regarder de plus près, Graham tenait de sa mère, pas de son père.

Pendant une seconde, Hugo fut déçu. Ce soir, il avait soif de revanche et affronter Lonsdale lui aurait fourni une occasion de s'épancher. Sauf qu'il n'allait pas enclencher sa phase ultime ici. Non, quand le temps viendrait de tuer Lonsdale, ce serait à lui de choisir l'heure et le lieu.

Lonsdale avait plus de vies qu'un satané chat de gouttière, mais elles s'écoulaient rapidement. Très vite, Hugo l'aurait acculé à l'endroit où il voulait qu'il soit. Puis il lui porterait le coup fatal.

Daniel revint, les lèvres pincées.

— Alors ? demanda Hugo.

— Les contrebandiers qui gèrent les rings de boxe de Lewis Street sont de la pire espèce. Le genre à vous entourlouper pour un simple regard de travers.

— Sans surprise. Quoi d'autre ?

— Les gérants, dit Daniel en baissant la voix et en se penchant pour qu'on ne l'entende pas, ont l'habitude d'offrir le moyen de rembourser des dettes au combat. Les paris sont souvent élevés parce qu'il n'y a aucune garantie de succès. C'est parfois même le contraire.

— Un sport sanglant, dit Hugo.

— Effectivement. Et les hommes ne sont pas particulièrement volontaires. Je dirais plutôt qu'ils sont désespérés. S'ils ne peuvent pas fournir aux contrebandiers ce qu'ils réclament, leur seul recours et de donner de leur personne... sur le ring.

— Est-ce vrai ?

— Oui, Monsieur.

Hugo désigna l'homme assis à côté de Graham Humphrey.

— Vous voyez cet homme ?

Daniel dévisagea le jeune aristocrate qui flanquait Graham.

— Phillip Wilkes, le comte de Kent ?

Graham et lui riaient et profitaient de leur soirée à une table de pharaon.

— Oui. Sampson mène le jeu. Arrangez-vous pour que le comte perde. Je veux qu'il vous doive une vaste somme d'argent. Quand il ne pourra pas payer, exigez qu'il règle sa dette en se battant à Lewis Street.

Daniel fronça les sourcils.

— Je devrais mentionner que ces boxeurs ont déjà tué des hommes durant ces combats.

— Nous laisserons le sort en décider. J'ai besoin de placer un pion important en position.

— Je comprends.

— Daniel, une dernière chose.

— Oui, Monsieur ?

— Assurez-vous d'utiliser votre véritable nom.

La résignation dans les yeux de Daniel n'échappa pas à Hugo.

Il était profondément loyal, pourtant, ces derniers temps, il avait montré une certaine résistance envers ses méthodes.

Daniel se dirigea vers la table de pharaon et s'assit à côté de Kent. Il lui adressa un salut silencieux quand la partie commença. Hugo prit un verre de brandy sur le plateau d'une barmaid qui passait et goûta au liquide. Médiocre, mais mieux que ce à quoi il s'attendait.

Il commençait à songer à d'autres jeux, à d'autres pions et déplacements encore à faire. Ses hommes en poste dans les résidences de la Ligue l'avaient informé qu'ils étaient enfin prêts à se défendre.

C'était sans doute Ashton Lennox qui menait la charge. Il était le seul membre du groupe qui possédait la moindre habilité à jouer comme Hugo, quoique cela ne compte guère. Le baron avait bien trop tardé, et même ce concours de circonstances était attendu. Nécessaire, même. Rien ne saurait arrêter la tempête de feu qui s'abattrait sur la Ligue des Rebelles et tous ceux qu'ils aimaient.

❦

GRAHAM HUMPHREY coucha ses cartes et regarda anxieusement son ami Phillip, le comte de Kent. La table de pharaon avait perdu des joueurs et la véritable manche se déroulait présentement entre son ami et un homme aux cheveux sombres qui jouait avec un talent considérable. Il s'était présenté sous le nom de Daniel Sheffield, manager sur les docks.

Kent se pencha en avant pour examiner les cartes que le croupier avait retournées sur le plateau en feutre vert de la table. Le pharaon exigeait un mélange de talent et de chance. Généralement, Kent avait les deux, mais pas ce soir. Manifestement, Sheffield avait remporté presque toutes les manches, accumulant les dettes contre lui.

— Une autre manche ? le défia Sheffield. Un bon jeu vous permettrait de vous rattraper.

Graham saisit le bras de son ami et secoua la tête, mais Kent le repoussa.

— Une autre.

Une fois de plus, le croupier distribua treize cartes et les paris furent placés sur la carte qu'il allait retourner.

Le ventre de Graham se serra quand Kent avança une somme importante que Sheffield doubla en silence. Un silence s'abattit sur la table alors qu'une petite foule s'était rassemblée pour les regarder.

Le croupier retourna une carte et le visage de Kent devint cendreux.

— Je... balbutia-t-il. J'aurais peut-être besoin de quelques jours pour rassembler cette somme, Mr Sheffield.

Kent n'était pas pauvre, mais aucun homme ne pouvait dépenser autant d'argent au pied levé.

— Malheureusement, je repars demain, dit Sheffield. Mais nous pouvons peut-être nous arranger.

Il se pencha et murmura quelque chose à l'oreille du comte qui acquiesça. Puis Sheffield se redressa et s'en alla.

— Phillip, qu'a-t-il dit ? demanda Graham dans un murmure urgent.

Kent quitta la table et enfila son manteau.

— Pas ici.

Graham le suivit à l'extérieur et enfila son propre manteau sur ses épaules. Une fois dehors, dans le vent glacial, Graham força son ami à s'arrêter.

— Phillip, qu'a-t-il dit ?

Le comte de Kent était incapable de soutenir son regard.

— Je n'ai aucun moyen de régler cette dette à temps. Aussi m'a-t-il proposé de...

— Quoi donc ?

Graham redoutait la réponse qu'allait fournir son ami. S'il était aussi hésitant, ça devait être quelque chose d'horrible.

— Il a d'*autres* intérêts et a besoin de quelqu'un.

— Que voulez-vous dire ? Quels intérêts ?

— La boxe. Il pense que je pourrais rembourser la dette si

j'accepte de me battre sur les rings de Lewis Street. Il a une sorte d'arrangement financier avec ceux qui organisent les combats.

— Lewis Street ? répéta Graham.

Il n'avait entendu que des rumeurs sur cet endroit. Ce n'était pas un bon lieu où boxer. Là, les hommes n'avaient aucun honneur et ne montraient pas la moindre pitié. Ce n'était pas un endroit où l'on aurait voulu se rendre.

— Je m'y rends présentement. Que je gagne ou je perde, il dit que mes dettes seront considérées comme entièrement remboursées.

— Non, Kent, vous ne pouvez pas...

Son ami se tourna pour lui faire face.

— Que voudriez-vous que je fasse ? Mieux vaut affronter une brute sur le ring que tous les banquiers de Londres qui me réclament des fonds. Une fois qu'on saura que je me suis permis de devoir autant d'argent, ma réputation sera détruite.

Il détourna le regard.

— Je vous remercie d'avoir essayé de m'empêcher de faire ce dernier pari. J'aurais dû vous écouter. Je suis désolé.

Son ami sur ses talons, Kent partit héler un coche.

— Je ne vous laisserai pas y aller tout seul, annonça Graham. Quelqu'un va bien devoir vous traîner chez le médecin après coup.

Les deux échangèrent un instant d'une hilarité glaciale.

— Merci, mais je préfère croire que j'ai une chance de l'emporter.

Graham ne voulait pas songer à ce qui risquait d'arriver dans les tunnels ce soir-là. Il craignait qu'une fois que ce serait terminé, il doive appeler un prêtre au lieu d'un médecin.

❧

D'un pas nonchalant, Lily descendait le couloir du grandiose hôtel particulier, souriante alors qu'elle admirait son nouveau lieu de travail. Son premier lieu de travail. Décrocher le poste de suivante auprès de l'épouse d'un homme important avait été un coup de chance inattendu. Mélanie Waverly était d'une beauté exquise, le genre de femmes que tous les hommes trouvaient désirables. Ses yeux brillants et son sourire coquet lui avaient valu beaucoup d'admirateurs.

Lily s'arrêta devant la porte de la chambre à coucher de sa maîtresse et lissa avec la main sa robe d'intérieur couleur lilas clair, jolie, quoique trop grande pour elle. Elle avait grandi, ces dernières années, mais elle possédait toujours une silhouette effilée avec une poitrine et des seins plus petits que ceux de la plupart des femmes de son âge. Elle n'attirerait jamais la même attention que sa maîtresse, mais c'était peut-être une bonne chose. Elle avait simplement prévu de demeurer domestique le temps de rencontrer un homme convenable, un autre serviteur, avec l'espoir de se marier. Elle n'en attendait pas davantage et travailler chez les Waverly serait une excellente façon de commencer.

Elle toqua doucement à la porte de la chambre. Toutefois, ce n'est pas sa maîtresse qui l'ouvrit, mais son maître. Sir Hugo était un homme beau, mais intimidant, avec des cheveux sombres et des yeux qui l'étaient encore plus. Il exsudait une aura de pouvoir que Lily perçut immédiatement et qui fit se hérisser les poils de sa nuque.

— Vous devez être la nouvelle servante. Lily, n'est-ce pas ?

Il s'écarta pour la laisser entrer.

— Vous voilà. Vous êtes en retard.

La voix brusque, Mélanie se contemplait de façon critique dans le miroir de sa coiffeuse.

— Venez me coiffer. Ne restez pas plantée là.

— Contenez votre emportement, dit Hugo à sa femme en adressant à Lily un sourire agréable.

Peut-être n'était-il pas si terrible ? Cela dit, Lily savait qu'elle ne devait pas faire confiance à la plupart des hommes, particulièrement avec les servantes. On l'avait prévenue qu'il était dans la nature d'un homme de tirer avantage s'il était en position de force. Et une bonne se trouvait sur l'échelon inférieur de cette hiérarchie.

— Dépêchez-vous, maintenant, lâcha Mélanie.

Délicatement, Lily prit une coûteuse brosse en argent qu'elle passa dans les cheveux ondulés épais de sa maîtresse qui commença à se détendre. Une fois qu'elle eut fini et eut terminé ses autres devoirs dans la chambre, elle avait fini sa soirée tôt.

Sir Hugo était parti plus tôt pour rendre visite à sa mère et on l'attendait pour le dîner. Toutefois, il était possible qu'il passe la soirée à Boodle's, son club. Le personnel passerait l'après-midi et la soirée à rattraper leurs tâches en retard si leurs employeurs avaient prévu de rentrer tard.

Lily acheva de changer les draps et sortit de la chambre de sa dame. Mais en passant devant celle du maître, elle entendit des sons, un homme qui marmonnait tout seul.

Elle entrouvrit la porte et vit Sir Hugo. Il arpentait sa chambre. Elle commença à refermer la porte, mais elle grinça et la jeune femme se figea.

— Qui est là ?

L'air coupable, elle ouvrit la porte et se révéla.

— Oh, c'est vous. Apportez-moi du brandy, dit-il sans émotion.

Lily se hâte de prendre une carafe et un verre dans son étude et les lui tendit. Il s'était installé sur le fauteuil près de l'âtre froid.

— Devrais-je aller chercher quelqu'un pour l'allumer ? demanda-t-elle.

Le regard distant de son maître lui révéla que ses pensées étaient à des kilomètres.

— Monsieur ? l'aborda-t-elle.

— Non, laissez ça, marmonna-t-il en regardant l'âtre vide. Ça me semble étrangement approprié.

Voyant qu'il était troublé, Lily ressentit l'envie de l'aider. Il tentait manifestement de contenir une terrible douleur intérieure.

— Monsieur, votre mère n'était pas bien quand vous l'avez vue ?

— Oh, elle allait bien, répondit-il froidement. Elle a très bien vécu sans ma présence.

— Elle n'était pas heureuse de vous voir ?

Sir Hugo souffla.

— Si. J'avais pensé que peut-être, les choses seraient différentes entre nous, à présent. Seulement, elle a tout gâché.

Pendant une seconde, Lily ne sut pas comment interpréter son explosion de colère. Elle tendit le bras pour lui toucher l'épaule, comme elle l'aurait fait pour un ami.

— Je suis désolée, Monsieur. Je suis certaine qu'elle ne pensait pas à mal.

La main d'Hugo se contracta autour du verre qu'il posa lentement sur la table près de son fauteuil.

— *Peut-être. Mais ça ne change rien aux faits qui me sont présentés.*

Lily ne savait pas ce qu'elle aurait voulu dire, mais elle souhaitait lui adresser des paroles de réconfort.

— *Monsieur, je sais que je suis mal placée pour le faire... Mais puis-je faire quelque chose ? Pour vous aider ?*

Il regarda brièvement sa main qu'elle gardait posé sur son épaule.

— *M'aider ? Vous pensez que vous pouvez m'aider ?*

— *Parfois, c'est bénéfique de parler de ce qui nous ronge. On se sent plus léger.*

Hugo se redressa et elle retira sa main de son épaule. Elle le regarda refermer calmement la porte de sa chambre, bloquant sa seule issue hors de la pièce.

— *Qui vous a envoyée ?*

— *Monsieur ?*

Hugo s'approcha d'elle. Elle se sentait incapable de bouger, même lorsqu'il leva la main et la saisit à la gorge, se retenant toutefois de l'étrangler.

— *Qui vous a envoyée ?*

— *Je ne comprends pas, Monsieur. Je quittais la chambre de Madame quand j'ai entendu que vous étiez en détresse. Je voulais juste vous aider.*

Hugo l'observa des pieds à la tête en plissant les paupières. Pendant un moment, il eut l'air honteux, comme s'il s'était rendu compte qu'il avait commis une erreur. Elle crut qu'il allait la laisser partir puis son regard se durcit et il commença à serrer les doigts.

— *Vous pensez que parce que vous me voyez contrarié, vous êtes capable de m'aider ? Osez-vous croire que vous connaissez la moindre chose sur moi ? Vous ne savez rien sur la douleur ou la souffrance.*

Ses yeux sombres coururent sur son corps.

— *Mais ça va changer.*

— *Monsieur ? Je vous en prie, non, murmura-t-elle, percevant seulement qu'elle était en danger.*

Avant qu'elle ne comprenne ce qui se passait, elle fut entraînée dans la chambre de sa maîtresse et jetée sur le lit. Quelques minutes plus tard, elle était étendue sur le matelas, les jupes retroussées sur ses hanches, tiraillée par la douleur. Mais elle n'osait pas bouger, osait simplement respirer doucement en essayant de ne penser à rien. Il lui serra la taille assez fort pour qu'elle soit certaine d'avoir des bleus dans plusieurs heures.

Hugo descendit enfin d'elle.

— Vous savez quand garder le silence. C'est bien. Je pourrais trouver d'autres usages pour quelqu'un qui sait se contrôler comme ça.

Une larme roula de l'œil de Lily et détrempa le coussin sous son menton. Elle observa les fibres du coussin alors qu'elle digérait la réalité de ce qui venait de se produire.

— Soufflez-en un seul mot à ma femme et vous perdrez tant votre salaire que votre emploi. Je m'assurerai que plus personne ne vous engage.

Il désigna du regard le coffret posé sur la table de chevet de son épouse, celui qui recelait la collection de bijoux de Mélanie.

Hugo sortit de la chambre et Lily demeura immobile, comme un lapin effrayé se cachant d'un renard, consciente que le danger était bien trop proche.

Quand elle se leva enfin, elle rajusta sa robe et se servit de la serviette et de l'eau placées sur la table de toilette pour se débarbouiller. Il y avait du sang sur ses cuisses et les draps. Des draps qu'elle était censée laver.

C'était cette pensée qui la brisa, l'idée qu'elle doive faire tout le travail pour dissimuler cette ignominie dont elle devait taire l'existence. Luttant contre ses larmes, elle se précipita dans le couloir et à travers les cuisines. Elle ne pouvait pas rester ici. Elle ne pouvait pas travailler pour ce monstre. Sans souffler un seul mot à qui que ce soit, elle se glissa par la porte de service et s'enfuit dans les rues, ne regardant pas en arrière...

L ILY SE RÉVEILLA EN SURSAUT. S A GORGE SE REMPLIT D'UN CRI qui refusait de venir. Puis elle se rappela où elle était. Elle se trouvait dans la maison de Charles. En sécurité. Du moins pour le moment. Hugo ne pouvait pas l'atteindre facilement, pas ici.

En vérité, toutefois, elle restait à sa portée en permanence. Elle était sa marionnette qui dansait au bout des fils. Elle se pencha sur le bébé et caressa du revers des doigts les joues veloutées de Katherine. L'enfant aurait dû représenter un souvenir horrible de cette nuit-là, une tache noire dans sa mémoire, mais Lily refusait de voir Katherine de la sorte.

Tu es mon enfant. La mienne. Tu ne seras jamais la sienne.

Elle embrassa le front de l'enfant avant de se glisser hors du lit. La nuit était tombée et il ne restait que des braises dans la petite cheminée. Lily se servit d'un tisonnier pour raviver les flammes, ajoutant une nouvelle bûche qu'elle prit sur la pile. Elle sourit. Davis devait les avoir rapportées plus tôt dans la journée. Elle remua les flammes jusqu'à ce qu'elles brûlent avec régularité. Quand elle retourna à son lit, elle prit sa fille, la porta jusqu'à son berceau et la déposa à l'intérieur.

Lily avait laissé l'après-midi lui filer entre les doigts. Elle avait encore du travail à faire, y compris polir les bottes, comme elle l'avait promis à Davis. Avec un grand soupir, elle quitta la chambre et descendit le couloir. Tout était silencieux. La majeure partie du personnel était présentement en train de souper en bas, près des cuisines, mais Lily n'avait pas faim.

Elle venait de descendre au rez-de-chaussée quand elle entendit le heurtoir de la porte d'entrée. Le valet de pied habituel n'était pas là, puisque Charles était censé passer la soirée dehors. Lily lissa vite ses vêtements pour avoir l'air présentable et se hâta d'aller ouvrir à sa place. Une forme sombre se jeta à l'intérieur et l'agrippa en s'écroulant. Au début, elle avait essayé d'esquiver la prise de cet homme, mais pendant une seconde, elle crut que c'était Charles qui tendait les bras vers elle. Elle essaya de le rattraper alors qu'il s'effondrait.

— Charles... grogna le corps étendu sur le sol. Besoin... d'aide.

L'homme perdit aussitôt connaissance.

Lily le fit rouler sur le dos et l'observa plus attentivement. On l'avait violemment battu, son visage était meurtri et enflé, mais l'air de famille était immanquable. C'était Graham, le frère cadet de Charles. Elle ne l'avait vu que quelques fois l'année précédente et Charles parlait rarement de lui. Ce qui s'était passé entre les frères avait été si grave qu'ils avaient continué à garder leurs distances l'un envers l'autre. Mais maintenant, Graham venait implorer son frère de l'aider.

— Mr Humphrey ? demanda-t-elle.

L'homme ne bougea pas. Elle jeta un œil à ses blessures, mais il n'avait pas l'air d'avoir été poignardé, seulement battu. Elle courut vers les cuisines en appelant le majordome. Mr Ramsey se hâta de la rejoindre à l'extérieur de la salle à manger des serviteurs.

— Tom ? Que diable ?

— C'est Mr Humphrey, le frère de sa seigneurie. Nous devons aller chercher le médecin.

Lily ramena Ramsey vers l'entrée. Le majordome poussa un juron en s'agenouillant près de l'homme étendu à terre.

— Je vais l'emmener au salon. Il y a un canapé. Demandez à Davis d'aller chercher le Dr Shreve sur Duke Street.

— Oui, Mr Ramsey.

Le majordome transporta Graham sur ses épaules jusque dans le salon. Elle n'avait jamais été aussi reconnaissante du fait qu'en dépit de ses cinquante ans, Ramsey soit un homme fort et en bonne condition physique. Il n'avait eu aucun mal à transférer Graham là où il pourrait se reposer en sécurité. Le temps que Lily ait envoyé Davis à Duke Street et soit revenue dans le salon, Ramsey avait retiré le manteau et le gilet du frère de Charles et l'examinait afin de déceler d'autres blessures.

— Tom, comment l'avez-vous trouvé ? demanda Ramsey.

— Il martelait à la porte. Quand je l'ai ouverte, il s'est écroulé sur moi. Il a demandé de l'aide avant de perdre connaissance. Il voulait voir sa seigneurie.

Ramsey retira la cravate de Graham et grimaça en voyant les marques de doigts bleu foncé qui encerclaient sa gorge.

— Quelqu'un a essayé de l'étrangler, dit Lily.

— Je crois bien, confirma Ramsey.

Instinctivement, les mains de Lily remontèrent jusqu'à son propre cou. Elle gardait des souvenirs vifs et douloureux de la fois où Hugo l'avait tenue par la gorge. Elle avait essayé de lui échapper, chose qui n'avait pas duré longtemps.

— J'aurais aimé que sa seigneurie soit ici, marmonna Ramsey.

— Où se trouve-t-il ? Je pourrais aller le chercher, proposa Lily.

— Je n'en suis pas certain. Il est parti pour Vauxhall, mais vous savez comment il est. Il change de direction comme le vent. Il pourrait se trouver n'importe où à présent. Vous ne le retrouverez jamais.

— Que devrions-nous faire ? demanda Lily.

Graham était immobile, mais sa respiration était profonde, pas légère.

— Une fois que le médecin l'aura examiné, nous l'installerons dans une des chambres de libre. Quand sa seigneurie reviendra, nous lui expliquerons le problème et déciderons d'un plan d'action.

Lily hocha la tête. Ramsey avait conscience, peut-être encore plus qu'elle, de la nature précaire de la relation entre les deux frères.

Tendant de l'aider, Lily apporta des serviettes propres et une bassine d'eau, puis elle essuya le sang sur la lèvre fendue de Graham ainsi que la crasse sur son visage. De toute évidence, il était tombé à plusieurs reprises avant d'arriver à la porte de Charles.

La porte du salon s'ouvrit et Davis entra, suivit par le Dr Shreve. Vu le goût de Charles pour la boxe, le médecin n'était pas étranger à la demeure des Lonsdale.

— Par-là, dit le majordome.

Lily se décala, mais elle garda les yeux braqués sur le médecin qui soulevait la chemise de Graham. D'autres bleus et zébrures couvraient sa poitrine.

— Quelqu'un a sévèrement battu cet homme.

Le regard attentif du médecin évalua la condition de Graham.

— Voyez, il a plusieurs côtes brisées. Il est important qu'il reste le plus possible alité au cours des semaines qui viennent.

Le médecin se rapprocha et toucha la gorge de Graham. Celui-ci reprit soudain vie et s'agita comme un enfant capricieux.

— Charles ? grogna-t-il.

Le son était étrangement pitoyable, comme un garçon qui cherchait désespérément son frère aîné, parce qu'il était la seule personne qui pouvait arranger les choses. Tentant de le réconforter, Lily lui passa une serviette froide sur le front. Il ouvrit les paupières et elle aperçut ses yeux gris clair qui ressemblaient tant à ceux de Charles.

— Du calme, dit le médecin. Reposez-vous, Mr Humphrey. Vous êtes hors de danger, mais vous avez besoin de dormir. Vous comprenez ?

— Oui, répondit Graham.

— Si parler vous fait mal, alors reposez votre voix aussi, poursuivit le Dr Shreve. Je crois que quelqu'un a essayé d'écraser votre trachée.

Ramsey rejoignit Lily près de la tête de Graham.

— Sa Grâce n'est pas là, mais nous vous l'amènerons directement dès qu'il sera rentré.

— Phillip... est mort.

Il toussa et la douleur le fit se contracter, probablement à cause de ses côtes brisées. Essayant de le calmer, Lily passa le bout de ses doigts sur son front avant d'y plaquer un linge humide.

— Qui est Phillip ? demanda le médecin.

— Le comte de Kent... Ils l'ont battu à mort... Lewis Street... Je me suis échappé par miracle.

Les yeux de Graham se révulsèrent et il s'avachit sur le canapé.

— Lord Kent ? Mort ? murmura Ramsey en écarquillant les yeux.

— Qui est-ce ? demanda Lily au majordome.

— Un ami d'enfance de Mr Humphrey. Un homme bon.

Lily frémit. Un homme était mort et Graham s'était fait battre gravement. Elle craignait qu'Hugo ne soit impliqué, après avoir déplacé un autre pion sur son échiquier mortel. Avait-il eu l'intention que Graham meure aussi ? Ou bien était-il important qu'il vive et se trouve ici, battu et couvert d'ecchymoses ?

— Mettez-le au lit et je lui laisserai du laudanum pour la douleur.

Passant chacun un bras sur leurs épaules, le Dr Shreve et

Mr Ramsey firent se redresser Graham et le portèrent jusqu'au salon. Lui faire monter les escaliers fut difficile, mais ils y parvinrent.

Lily resta avec Graham pendant une heure, montant la garde à son chevet. Après tout ce que Charles avait fait pour Katherine et elle, elle lui devait bien cela.

Graham se réveilla alors qu'elle lavait son front avec une serviette. Il garda les yeux braqués sur elle. Un regard fiévreux, mais pas moins intense.

— Est-il au courant ? demanda Graham d'une voix endormie.

Elle porta un verre d'eau à ses lèvres.

— Au courant ?

— Oui...

Graham lui attrapa le poignet et posa son pouce sur son pouls qui battait la chamade.

— Vos yeux... trop gentils.

Il se rendormit, laissant Lily s'interroger sur ce qu'il avait voulu dire.

7

— C’est une idée terrible, marmonna Cédric qui suivait Godric, Ashton et Lucien le long d’une haie dans les jardins de Vauxhall.

— J’aimerais faire remarquer que la plupart des idées de Godric sont terribles, répondit Lucien dans un murmure bas. Mais ça n’a encore jamais empêché l’un d’entre nous d’y participer.

— Auriez-vous donc une meilleure idée ? lâcha Godric avec un regard noir à Lucien et Cédric.

Ce dernier sourit. C’était comme autrefois, quand Godric et lui faisaient les cent coups à Cambridge, avant qu’ils ne soient attirés dans l’orbite de Charles comme quatre lunes, avant de perdre Peter pour toujours. Cinq âmes s’étaient unies après la perte d’une autre. Et ce soir-là, comme le soir où ils avaient sauvé Charles, toutes ces années en arrière, ils essayaient encore une fois de le secourir. Cette fois, c’était de lui-même.

— Comment savons-nous si Charles se trouve vraiment là ? demanda Cédric.

— J’ai des raisons de croire qu’il cherche de la compagnie ce soir, répondit Ashton.

— Attendez un peu, la dernière chose dont j'ai envie est de surprendre Charles nu et...

— Allons ! rit Lucien. Il suffit que l'un de nous y aille, alors.

Cédric suivit ses amis à travers les allées de gravier sombre des immenses jardins. Ils parvinrent à un chemin qui possédait trois arcades distinctes affichant une peinture réaliste des ruines de Palmyre. Durant sa première visite, quand il était jeune, Cédric avait été convaincu que les peintures étaient de vraies ruines.

— Et si on allait vérifier l'allée sombre ? suggéra Godric.

— On pourrait, oui, murmura Ashton. C'est le meilleur endroit pour les escapades amoureuses.

Ils essayèrent de se déplacer sur les chemins sans se faire remarquer jusqu'à ce qu'ils atteignent la promenade la plus éloignée. L'allée sombre (appelée l'allée des amants), était étroite et offrait un endroit clandestin et très étroit aux amants qui voulaient se retrouver en soirée. Avant d'épouser Anne, Cédric y avait même invité une femme ou deux. Il s'imagina l'y emmener, la pousser dans les feuilles veloutées des buissons et retrousser ses jupes. Ce fantasme fit naître un sourire sur ses lèvres. Une fois qu'ils se seraient débarrassés d'Hugo, ils pourraient peut-être amener Anne ici et lui montrer certains de ses fantasmes plus dévoyés.

— Cédric.

Le sifflement de Lucien le tira de ses pensées. Il se rendit compte que ses amis s'étaient tous accroupis derrière la croisée de plusieurs chemins et attendaient qu'il les rejoigne. Il baissa les yeux vers le sentier, s'assurant que personne ne les regarde, puis il s'accroupit rapidement à côté des autres qui se remirent à avancer en file indienne. Le son soudain d'une cloche claire les fit piler net.

— Diable ! gronda Godric. On avait oublié. Il est neuf heures. Le spectacle !

Tout autour d'eux, les chemins commencèrent à se remplir de ladies et de gentlemen qui se dirigeaient vers la fameuse cascade au centre du jardin, qui ne pouvait être vue qu'à neuf heures pendant quinze minutes. Une maison de meunier y avait été construite avec une cascade qui créait un nuage d'écume sur l'eau lorsque la roue tournait.

Les colorants ajoutés à l'eau et les luminaires flottants créaient un spectacle magnifique de lumière dansante et d'eau colorée. Les gens applaudirent et lancèrent des vivats quand les feux d'artifice explosèrent au-dessus de leurs têtes.

Tous les quatre se firent refouler jusqu'au bord de l'eau d'une immense fontaine. Cédric poussa un juron. Ils ne seraient pas capables d'échapper à la cohue avant la fin du spectacle. Parcourant la foule du regard, il aperçut un visage familier.

Charles !

Il se tenait à l'arrière de la foule, à moitié dans l'ombre. Seuls les feux d'artifice l'illuminaient. Mais il était seul. Aucune femme ne l'accompagnait et son visage était... Cédric essaya de déchiffrer son expression, chose difficile dans l'obscurité croissante. Charles n'avait jamais eu de problème pour dégotter une compagne, pourtant, ce soir, pendant la magie des fontaines et des feux d'artifice de Vauxhall, il était incontestablement seul.

Cédric eut la sensation étrange d'avoir surpris quelque chose d'intime et de personnel. Ce qui avait amené Charles ici ce soir n'était pas destiné à être vu par qui que ce soit. La solitude d'un homme était sacrée et lui appartenait exclusivement, et il n'était pas juste pour les autres d'y assister de la sorte.

— Nous devrions y aller, dit Cédric à Ashton une fois qu'ils furent capables de traverser la foule des visiteurs en direction du jardin pour rejoindre leurs compagnons.

— Nous sommes tous d'accord qu'il a besoin d'une intervention, lui rappela Godric.

Les yeux du duc étaient emplis d'une douleur que Cédric ressentit au plus profond de ses os. Quand un membre de la Ligue avait mal, ils le ressentaient tous. Ce n'était pas facile à expliquer, mais c'était indéniablement vrai.

Résigné à accomplir son devoir, Cédric tendit la main vers Charles. Ils se tournèrent vers l'endroit qu'il désignait. Tous les visages de la foule étaient tournés vers le ciel pour regarder les feux d'artifice, mais quelque chose clochait. À environ six mètres de lui, un homme observait Charles. Puis il parut remarquer la Ligue qui l'observait.

— Mon Dieu, c'est lui, souffla Cédric.

— Qui ? demanda Godric.

— Gordon.

Cédric n'oublierait jamais le visage de l'homme qui avait failli les assassiner, sa sœur Horatia et lui. Il se souvint du cottage du jardinier qui s'embrasait tout autour d'eux ; après coup, il était resté aveugle pendant plusieurs mois.

L'homme accrocha le regard de Cédric et lui adressa un signe du menton avant de braquer à nouveau son attention sur Charles et de fourrer la main dans son manteau.

— Qui est Gordon ? demanda Godric.

— Mon ancien valet de pied, dit Lucien. Un des assassins d'Hugo !

Ashton leur ordonna d'agir.

— Allez-y ! Arrêtez-le !

La Ligue se sépara, tous les hommes fendant la foule qui les entourait, essayant de trouver le chemin le plus rapide vers Charles et l'homme qui le suivait.

Ignorant le danger qu'il courait, leur ami se détourna et disparut entre les haies. L'assassin le suivit comme un fantôme qui rôdait dans les ombres. Cédric n'était pas homme à s'appesantir sur ses idées fantaisistes. Il était un sanguin qui avait besoin de croire aux choses qu'il pouvait ressentir et toucher, mais la vision de cet homme qui hantait les pas de Charles, sous couvert de la pénombre, lui faisait se demander si les diables existaient vraiment.

Cédric écarta d'un coup d'épaule une femme replète qui en souffla d'indignation et tenta de le frapper avec son éventail, mais il s'était déjà éloigné. Lucien, toutefois, reçut le coup en plein visage. Cédric contourna le rebord d'une immense fontaine, sauta par-dessus un banc qui faisait face au jardin et continua à courir.

Godric était à présent un pas derrière lui, et l'inconnu

sombre qu'ils poursuivaient se trouvait à environ cinq mètres. Mais il n'y avait aucun signe de Charles. S'ils ne parvenaient pas à atteindre cet homme rapidement, il se volatiliserait. Sans crier gare, Gordon fit volte-face et se jeta directement sur Cédric, une lame dans la paume de la main.

— Ravi de vous revoir ! s'exclama-t-il.

Godric saisit Cédric par le manteau et le tira en arrière, empêchant la lame de l'atteindre. Celui-ci comprit trop tard dans quelle situation ils s'étaient fourrés.

— C'est un piège !

Gordon n'essayait pas de rattraper Charles : il les avait tous éloignés de lui. À présent, Cédric le comprenait parfaitement. C'était la raison pour laquelle Gordon avait attendu qu'il le voie pour agir.

Quoique désarmés, Cédric et Godric étaient prêts à se battre.

— Deux d'entre vous ? dit Gordon. Le combat ne me semble pas équitable.

Surgie de nulle part, une deuxième lame apparut dans son autre main.

— C'est mieux. Maintenant, qui souhaite mourir en premier ?

Boum ! Gordon s'écroula à terre avec un cri étouffé quand quelqu'un le tacla par le flanc. Ayant trouvé le moyen de lui barrer la route par un chemin différent, Ashton luttait à présent contre lui.

— Faites attention ! Il a deux couteaux ! s'écria Godric.

On entendit un cri soudain et Ashton fit un bond en arrière, un couteau à la main.

L'autre était enfoncé dans la cuisse de Gordon qui se redressa maladroitement, mais s'écroula immédiatement à genoux.

— Eh bien… Ce n'était… pas censé arriver.

— C'est fini, Gordon, dit Ashton.

L'homme sourit sombrement.

— Vous ne pouvez pas être partout, Lennox, répondit Gordon d'une voix rude, mais faiblissante.

— Vous risquez d'être surpris, gronda Ashton.

Cédric ne comprenait pas pourquoi l'homme ne se redressait pas, ne luttait pas. La blessure n'était pas mortelle.

Ashton porta la lame à son nez et inhala prudemment avant d'ouvrir de grands yeux choqués.

— Qu'est-ce ? demanda Lucien.

De la belladone. Ashton laissa tomber la lame comme si elle l'avait brûlé et il vérifia ses vêtements.

— Vous a-t-il coupé ? demanda Cédric.

Ashton poussa un soupir de soulagement et secoua la tête.

— Du poison ? Pourquoi voudrait-il... ?

Ashton se pencha sur l'homme mourant.

— Sauvez votre âme de la damnation et dites-nous ce que vous savez. Qui était votre véritable cible ?

L'assassin sourit faiblement.

— Je pense que vous le savez, répondit simplement Gordon. Sans quoi, bientôt, ça n'aura plus la moindre importance.

Puis il se convulsa sur le sol et ses yeux se révulsèrent.

Ashton donna un coup de poing dans le gravier près de la tête de l'homme.

— Bon sang !

Il s'assit sur ses talons et marmonna un autre juron.

— Nous devrions y aller avant que quelqu'un nous voie, dit doucement Godric. Nous ne pouvons pas être associé à ça. Ce serait trop facile pour Hugo de s'en servir contre nous.

— Vous avez raison.

Lucien saisit Ashton par le bras et le remit debout.

— Allons-y.

Ils retrouvèrent la sécurité d'un chemin plus petit qui les mènerait hors des jardins. Cédric pria pour que, où qu'il se trouve, Charles soit en sécurité, du moins pour ce soir.

⁂

JE SUIS UN IMBÉCILE.

Charles remonta les marches de sa résidence en soupirant fort. Il avait passé près de deux heures à parcourir les jardins de

Vauxhall, espérant revoir la femme en robe rouge. C'était bête de penser qu'il pourrait l'y croiser, simplement parce que c'était là qu'elle se trouvait quand ces brutes de Lewis Street l'avaient enlevée, mais il ne savait pas où chercher ailleurs. Il ne possédait que son nom et aucun de ses proches ne se rappelait avoir rencontré qui que ce soit correspondant à sa description et son nom. Elle était une énigme qu'il craignait de ne jamais pouvoir résoudre.

Était-elle une dame de haute naissance ? La coupe conservatrice de sa jolie robe de soie rouge le suggérait, mais la défiance et la bravoure n'étaient pas des traits qu'on trouvait souvent chez une femme de noble naissance. Bien entendu, il avait connu des femmes courageuses – les épouses de ses amis étaient des exemples excellents –, mais leur courage avait été tempéré par leurs positions sociales, même lorsqu'elles avaient osé les dépasser.

Lily avait été différente. Quand elle s'était libérée de ses ravisseurs, quelque chose en elle lui avait rappelé son propre caractère et la source de sa propre force. Cette sensation n'avait fait que s'accroître au fil de leur discussion. Elle avait connu des choses dans son passé, des événements sombres, il en était certain. Cela avait donné lieu à un étrange désir pour elle, pour la sensation d'affinité que cette femme faisait naître en lui.

— Qui êtes-vous ? murmura-t-il dans l'obscurité.

Pour la première fois de sa vie, il sentait son cœur marteler comme un garçon amoureux. Mais c'était ridicule ! Avec les femmes qu'il avait connues au fil des années, il avait ressenti l'entichement, le désir et une myriade d'autres émotions, mais c'était la première fois que quelque chose de... pur semblait brûler à l'intérieur de lui, une émotion si profonde et claire qu'elle résonnait comme une cloche.

Ai-je déjà été amoureux ? Non, pas de la façon dont en parlait les poètes. Il avait connu le désir, mais jamais l'amour.

Il arriva chez lui encore perdu dans ses ruminations. Seules les lampes les plus proches étaient restées allumées. La maison lui sembla vide ; les serviteurs soupaient probablement en bas.

Ramsey émergea de la porte des quartiers des serviteurs.

— Milord. Dieu merci, vous êtes rentré.

Charles se tendit. Il reconnaissait ce ton.

— Que s'est-il passé ?

— Montez et je vous expliquerai.

Ramsey fit signe à Charles de le suivre.

— Votre frère est arrivé il y a environ une heure, vraisemblablement à pied. On l'avait violemment battu.

— Qui ?

— Nous ne savons pas. Nous savons seulement que les agresseurs étaient liés à Lewis Street. Cela signifie-t-il quelque chose pour vous ?

— Oui, je le crains.

Charles suivit Ramsey dans une des chambres d'amis. À l'intérieur, ils trouvèrent Graham étendu sur le lit, Tom Linley à son chevet, lui tenant la main. Tom rompit alors le contact et recula en rougissant.

— Nous avons fait venir le médecin pour l'examiner. Quelques côtes cassées et une gorge meurtrie. Notre plus grande inquiétude est qu'il souffre peut-être d'une hémorragie interne. Il aura besoin de se reposer pendant au moins plusieurs semaines.

Charles s'assit au rebord du lit, près de son frère.

— Graham...

Il toucha l'épaule de son cadet qui s'éveilla et ouvrit les paupières.

— Charles. Dieu merci...

La voix de Graham était rauque, ce qui ne l'empêcha pas de poursuivre.

— Kent est mort. Ils l'ont tué.

La douleur lui serra le cœur. Le comte de Kent était mort ? Charles connaissait Phillip depuis longtemps, presque autant que Graham, et il le tenait pour ami.

Il saisit la main de son frère et la serra, souhaitant pouvoir communiquer sa force à Graham.

— Que s'est-il passé ? Dites-moi tout.

— Nous jouions de l'argent au *Coquelet*. Vous connaissez ?

— Oui. Près des quais.

— Un homme s'est assis à côté de nous et a commencé à remporter la mise. Vous connaissez Phillip. Aux cartes, il a généralement une chance de tous les diables. Mais pas ce soir. J'ai essayé de le convaincre d'arrêter, mais l'autre homme n'a cessé de l'encourager à s'engager dans une autre manche, jusqu'à ce qu'il ait perdu plus qu'il était capable de rembourser.

Graham changea de position dans le lit et grimaça.

— Que s'est-il passé ensuite ?

— Cet homme a dit à Phillip qu'il existait une façon de régler ses dettes qui lui aurait évité d'être traîné dans la boue. Il pouvait se battre sur les rings de boxe de Lewis Street. Je l'ai accompagné et...

Luttant pour garder son calme, Graham ferma les yeux.

— Il n'avait aucune chance de s'en sortir. Ils l'ont placé sur un ring et ont refusé de le laisser partir, même une fois qu'il a remporté le match. Ils ont envoyé un adversaire, puis un autre, et les paris n'ont cessé de grimper. Ils l'ont épuisé et quand il n'a plus été en mesure de tenir debout... Le dernier lui a donné un coup de pied jusqu'à ce qu'il ne bouge plus. J'ai essayé de les arrêter, mais ils...

Il fut incapable de terminer, mais ses blessures clarifiaient cette partie de l'histoire.

— Comment vous en êtes-vous sorti ?

On se perdait facilement dans les souterrains de Lewis Street.

— Par chance, je suppose. Je ne savais pas où j'allais, mais j'ai fini par ressentir la brise et j'ai continué à tituber jusqu'à ce que je voie les flambeaux vaciller.

Graham s'étrangla sur ses paroles suivantes.

— Je l'ai laissé là-bas, Charles. Je n'ai pas pu sortir son corps... Je...

Des éclairs d'une autre nuit sombre et terrible revinrent à Charles. Le froid de la rivière, tranchant comme un rasoir quand il était remonté à la surface, enfin libéré des cordes qui l'avaient lié à la lourde pierre avec laquelle Hugo avait essayé de le noyer.

Mais à quel prix ? Peter... Il n'avait pas pu le trouver. Il avait lutté et crié le nom de Peter. L'avait-il blessé en se débattant ? Avait-il... ? La peur de ce qu'il avait peut-être fait cette nuit-là ne l'avait jamais quitté. À bout de forces, il s'était apprêté à replonger à la recherche de Peter, mais Godric l'avait attrapé avant de nager vers la rive. Il avait cédé à l'épuisement et laissé les autres l'entraîner vers le rivage. Ils avaient rampé sur le talus boueux avant de s'écrouler sur le dos.

Haletant toujours, il avait regardé le ciel au-dessus d'eux, la gamme sauvage des étoiles si épaisses qu'elles remplissaient le ciel. Leur lumière froide et distante l'étrangla d'émotions. Peter ne les reverrait plus jamais, mais lui, oui, à grâce aux quatre hommes étendus près de lui. Il avait levé la tête et là, sur la rive opposée, son assassin potentiel sortait également de l'eau en jurant de se venger d'eux tous. Leur guerre n'était pas finie ; elle venait seulement de commencer.

— Graham, dit Charles d'une voix apaisante.

Mieux que personne, il connaissait la douleur que Graham traversait, émotionnellement et physiquement.

— Qui était l'homme qui a misé contre Phillip ?

— David... ou Daniel... Sheffield. Oui, c'était son nom.

Essayant de masquer sa réaction, Charles ferma les paupières. C'était celui qui avait trahi Jonathan et Audrey à Calais. Le bras droit d'Hugo.

Quand je le retrouverai, il paiera pour Phillip.

Honteux, Graham détourna le regard.

— Charles, je sais que je n'aurais pas dû venir.

— Vous êtes précisément à votre place, mon frère, dit Charles. Vous êtes de mon sang et nous serons toujours là l'un pour l'autre.

Il serra une autre fois la main de Graham.

— Reposez-vous, maintenant. J'ai besoin que vous soyez vivant et en bonne santé pour m'aider à m'assurer que justice soit faite.

Graham ferma les paupières et s'abandonna à nouveau au sommeil.

Charles regarda son frère pendant un moment avant de faire signe à Ramsey de partir. Il se tourna alors vers Tom.

— Merci d'être resté ici avec lui. Vous êtes un homme bon.

Il s'interrompit, ses émotions toujours à vif.

— Vous ne savez pas à quel point j'ai *besoin* d'avoir des amis qui sont loyaux et véritables.

— Je suis votre valet, Monsieur. C'est mon devoir.

— Vous êtes bien plus que ça, Tom. Nous sommes amis.

— Amis, Monsieur ?

— Oui. Je crois que nous le sommes depuis un moment, à présent.

Il sourit d'un air triste. La nuit où il avait rencontré Tom, il avait désespérément eu besoin d'un ami.

Le jeune homme fronça les sourcils, comme s'il ne savait pas quoi dire.

— Alors, puis-je vous poser une question personnelle, en tant qu'ami ?

Leurs regards s'accrochèrent. Quelque chose dans les yeux de Tom lui rappelait les nuages de tempêtes de la fin de l'été. Le genre de tempêtes qu'il avait aimé durant son enfance, quand il courait à travers les prés, téméraire et sans crainte, pour regarder les nuages s'accumuler, le tonnerre qui grondait et la sensation d'une charge électrique dans l'air. Alors, il se sentait invincible, prêt à affronter n'importe quel défi, lancé par l'homme ou la nature, et la vie lui avait paru être infinie. Ce garçon innocent avait disparu. Mort depuis longtemps. Mais quand il regardait dans les yeux de Linley, il en décelait des vestiges, comme si les éclairs de la tempête l'avaient frappé et ressuscité.

— Demandez-moi ce que vous voulez, Tom.

— Que s'est-il passé entre vous et votre frère ?

Charles tourna à nouveau les yeux vers Graham.

— Il ne m'a jamais pardonné la mort de notre père.

Tom inspira brusquement, mais ne l'interrompit pas.

— Mon père a lutté en duel à ma place. J'étais un garçon, je n'avais que dix-sept ans à l'époque, et j'ai défié quelqu'un.

Conscient que je risquais de me faire tuer, mon père a préféré prendre ma place.

Tom tendit le bras et posa une main sur son épaule.

— Il est mort durant ce duel ?

— Non. Il a tué l'autre homme, mais cette mort l'a hanté. Elle l'a brisé. Il a eu l'impression d'avoir tué cet homme de sang-froid. Il est mort un an plus tard, de tristesse et de culpabilité.

Charles n'avait jamais révélé ces détails à personne, pas même à la Ligue. Mais Tom avait été présent avec Graham et avait connaissance de l'animosité que son frère entretenait à son égard. Il méritait de savoir pourquoi.

— Graham me le reproche, à raison. Si je ne m'étais pas emporté, notre père serait peut-être encore vivant.

Et je n'aurais pas fait voler ma famille en éclats. Sa témérité avait fait du mal à tant de personnes et détruit tant de vies ! Celle de son père, celle de Peter et même celle d'Hugo, cet homme à présent déterminé à le détruire.

— Vous étiez pratiquement un enfant.

Tom pressa l'épaule de Charles. À cet instant, Charles avait su qu'il partageait avec Tom quasiment le même lien qu'il avait avec Godric et les autres. C'était quelque chose qu'il ne pouvait pas définir, mais qui existait pourtant, les liant l'un à l'autre. Un jour, il espérait que Tom lui rende la pareille et lui parle de son propre passé.

— Certains péchés sont impardonnables, peu importe l'âge.

Il contempla le visage de son frère, détestant le vide qui avait grandi entre eux. Il avait eu trop peur pour essayer de se rapprocher de Graham après la mort de leur père, débordant de trop de culpabilité pour se croire capable de rectifier le tir.

Tom devait avoir lu dans ses pensées.

— Milord, ce n'est pas trop tard. C'est *vous* qu'il est venu trouver dans un moment de crise.

— J'espère que vous avez raison, répondit Charles.

Il devait tout arranger avant qu'il ne soit trop tard, avant qu'Hugo ne triomphe. Il savait qu'alors, ce serait la fin. Trop de noirceur pesait sur eux pour qu'Hugo ou lui puisse se pardonner mutuellement. Au final, l'un des deux devrait mourir.

Je ne peux pas laisser d'autres vies être détruites, pas par sa main.

— Vous n'êtes pas forcé de rester, dit-il à Tom. Je vais veiller sur lui, à présent.

Tom ne répondit rien, mais ne quitta pas son poste. Sa détermination tranquille remplit Charles d'un sentiment d'espoir. Certainement, tant que des hommes et des femmes à l'esprit noble et au cœur pur se tenaient les coudes, ils pourraient tenir tête à la noirceur de gens comme Hugo.

Il devait y croire, sans quoi tout serait perdu.

⁂ 8 ⁂

Lily se glissa hors de la chambre d'amis quelques heures avant l'aube, quand Charles lui ordonna d'aller se coucher. Elle lui obéit volontiers, car elle tenait à peine debout.

Parvenue devant sa chambre, elle vit Davis qui quittait la sienne. Il se figea en la voyant et la lueur dans son regard la mit sur ses gardes.

— Tom, je voudrais vous dire un mot en privé, s'il vous plaît.

Le cœur battant, elle le suivit dans sa chambre. Davis referma la porte. Kat était endormie dans son berceau.

Le valet croisa les bras.

— Je sais.

Lily eut du mal à dissimuler sa panique.

— Quoi donc ?

— Vous voulez que je le dise ?

Il parlait plus doucement, mais elle resta muette.

— Vous êtes une femme, soupira-t-il.

Il parlait à voix basse, conscient que s'il parlait plus fort, on l'entendrait dans le couloir.

— Je ne suis pas...

Davis lui arracha sa casquette et tira sur ses cheveux. Elle grimaça quand les épingles qui maintenaient sa perruque contre son crâne se défirent. Se sentant nue, elle se couvrit la tête, où ses longs cheveux blonds étaient fermement attachés. Hugo avait songé à lui faire se couper les cheveux courts, puis il avait décidé qu'elle lui serait plus utile si elle pouvait jouer d'autres rôles que celui d'un jeune homme. Elle se demanda s'il admettrait son erreur si jamais il apprenait ce qui venait de se produire.

Lily était confrontée à un choix terrible. Présentement, Davis était vulnérable. Sa main valide serrait sa perruque, laissant sa prothèse en bois à découvert. Elle pesa ses options, se basant sur ce qu'elle avait appris des professeurs d'Hugo.

Elle ne voulait pas le tuer, mais elle en était capable. Toutefois, cela créerait d'autres complications, bien trop pour lui permettre de demeurer ici sans être soupçonnée. Elle serait contrainte de s'enfuir avec Kat pour aller se réfugier auprès d'Hugo, situation dont elle craignait l'issue.

Même problème si elle l'assommait et s'échappait. Se confesser ne la sauverait pas, pas plus que d'offrir des pots-de-vin. Davis était trop loyal pour de telles choses. Elle ne voulait pas lui faire de mal. C'était son seul ami au sein du personnel de Lonsdale et il était père.

Son seul espoir était que Davis ignorait *pourquoi* elle était là.

— Je vous en prie… Je vous en prie, ne dites rien, l'implora-t-elle. C'était le seul moyen que j'ai trouvé pour faire vivre Katherine. Elle est tout pour moi.

Il lui rendit la perruque et se tourna vers Katherine.

— C'est votre fille, pas votre sœur, n'est-ce pas ?

Lily baissa les yeux à terre.

— Oui. Comment l'avez-vous su ?

Les yeux de Davis se radoucirent pendant un instant.

— Quand vous croyez que personne ne vous regarde, vous changez. C'est quasiment imperceptible. Je l'ai reconnu parce que ma femme regardait Oliver comme ça avant de mourir. On ne peut pas se tromper sur le regard d'une mère. Vous avez presque réussi à me le cacher. J'ai pensé plus d'une fois que j'étais fou, mais je me suis convaincu que je devais avoir raison.

Lily hocha la tête. Apparemment, tout l'entraînement du monde ne parvenait pas à dissimuler complètement ses instincts de mère.

— Et le père ? demanda Davis. Est-ce Lonsdale ? Certains d'entre nous nous sommes posé la question. Avec le timing de votre arrivée avec ce bébé, nous avons pensé qu'il était peut-être le père de l'enfant et ne s'en occupait que tardivement. Ce genre de choses arrivent.

— Non, elle n'est pas à lui.

Davis pinça les lèvres et ferma les yeux, se les frottant avec le pouce et l'index.

— Pourquoi ce mensonge ?

Lily se dirigea vers le berceau et se pencha légèrement sur le rebord.

— Vous savez pourquoi. Une femme avec un enfant ne peut pas trouver de travail honnête sans un homme pour la soutenir.

— Pourquoi ne pas être devenue bonne ?

— J'allais entrer comme bonne à la cuisine de Berkley's, mais j'ai appris qu'être valet de pied payait bien mieux, particulièrement pendant les jours de congé. C'était également plus sûr. C'est ainsi que ça a commencé. Puis lord Lonsdale m'a demandé de devenir son valet personnel. Je ne pouvais pas refuser.

— Mais... un jeune homme ? dit Davis en secouant lentement la tête. Tout injuste que ce soit, je comprends votre choix, mais j'ai pitié de vous.

— Gardez votre pitié, Davis, je n'en ai ni besoin ni envie. Je ne demande que votre silence. On s'occupe bien de Katherine et j'apprécie mon poste.

Le valet céda en levant une main.

— Je comprends, vraiment, Tom... Attendez, comment vous appelez-vous ?

Elle songea à mentir, mais se rappela que trop de mensonges risquaient de signer votre perte au moment où vous vous y attendez le moins.

— Lily. Mais je vous en prie, vous devez me jurer que vous

n'en soufflerez mot à personne. La nounou engagée par Lonsdale pourra s'occuper de nos deux enfants.

Elle désigna sa fille.

— Ne le faites pas pour moi, mais pour Katherine. J'ai besoin qu'elle soit protégée.

— De qui ? demanda Davis en plissant les yeux. Êtes-vous en danger ?

Lily hocha la tête. Sur ce point, elle pouvait presque se montrer complètement honnête avec lui.

— C'est son père. Il n'hésitera pas à se servir d'elle ou à la mettre en danger si c'est à son avantage.

Davis resta silencieux pendant un long moment avant de parvenir à une décision et de hocher la tête.

— Vous êtes un bon garçon... euh, fille, et sa seigneurie est un meilleur homme depuis que vous veillez sur lui. Je vous aiderai comme je le peux.

Débordante de soulagement, elle se laissa retomber sur son lit.

— Merci, Davis.

— Bon, vous avez passé la nuit avec Lonsdale et son frère. Reposez-vous. Je viendrai prendre Katherine quand elle se réveillera.

Lily le remercia et s'écroula sur le lit. Elle avait scellé la brèche, mais trop de gens connaissaient son secret. Tout risquait de s'effondrer à n'importe quel moment. Elle ne serait peut-être pas capable de demeurer Tom Linley pendant bien longtemps, ce qui forcerait Hugo à remettre son utilité en question.

Elle allait devoir dire à Hugo que lady Essex désirait la voir s'exposer en tant que dame. Ça s'intégrerait parfaitement dans ses plans actuels. Mais elle redoutait l'idée de laisser Charles la revoir en tant que femme. Pas à cause des actes qu'on exigeait d'elle, mais de ce qu'il lui faisait ressentir. C'était comme si elle était désirée, *protégée*. Cela lui rappelait dangereusement la facilité avec laquelle elle risquait de tomber amoureuse de lui.

❧

LA RETROUVANT AU SALON, LADY ESSEX SOURIT À LILY. Toujours déguisée en valet, celle-ci se tenait devant la ravissante jeune duchesse comme on aurait pu s'y attendre de la part de Tom Linley.

— Comment allez-vous ? demanda Émily.

— Très bien, Votre Grâce, répondit-elle.

Ce matin-là, elle avait reçu de son maître un message codé qui lui ordonnait d'accepter l'aide d'Émily, mais de rester prudente. Il craignait certainement que son implication soit découverte, mais il reconnaissait également que l'occasion était trop belle pour la laisser filer. Toutefois, s'il avait eu véritablement peur, il se serait arrangé pour la retrouver en premier.

— Je vous en prie, pas besoin de faux-semblants. Nous sommes seules ici.

Une fois le thé servi, Émily avait congédié son personnel.

Lily avait parcouru du regard tous les coins de la pièce avant d'accepter de s'asseoir. La duchesse versa le thé et lui tendit une tasse. Ses yeux violets pétillaient d'intelligence, mais ils s'adoucirent quand elle lui adressa un sourire chaleureux.

— Avez-vous réfléchi à ma proposition ?

Lily but une gorgée de thé avant de hocher lentement la tête.

— Oui, Votre Grâce. Je crois que j'ai envie de le faire.

Émily battit des mains.

— Oh, c'est fantastique. J'espérais que vous seriez d'accord. J'ai déjà effectué des préparatifs, voyez-vous.

— Des préparatifs ?

Lily faillit prononcer ce mot en couinant et elle s'éclaircit la gorge.

— Quelles sortes de préparatifs ?

— Je vous ai créé un passé.

La duchesse sortit un petit document qu'elle tendit à Lily.

— Et j'ai une couturière qui attend juste dehors.

Impuissante, Lily regarda la duchesse qui alla ouvrir la porte et passa la tête dans le couloir pour parler à quelqu'un. Une jeune femme entra. Elle avait la vingtaine, des yeux gentils et des manières qui mirent Lily à l'aise.

— Voici Éverly. C'est une modiste fantastique et très discrète, promit Émily. J'adore Madame Ella, mais quand j'ai vu les modèles d'Éverly à son arrivée à Londres il y a quelques semaines, j'ai su que je voulais l'engager. À présent, j'ai une bonne raison de le faire.

Lily regarda Éverly qui lui rendit son regard, la jaugeant des pieds à la tête.

— Allons, venez. Voyons ce avec quoi nous allons travailler. Vous ne possédez certainement pas une silhouette de garçon sous cette tenue.

Lily s'avança comme si elle flottait à travers un rêve étrange alors qu'Éverly la faisait se tourner pour ôter son manteau.

— Retirez aussi votre redingote. Vous vous bandez ?

Éverly désigna la poitrine de Lily.

— Oui.

— Connaîtriez-vous par hasard votre taille en centimètres ? Cela m'éviterait d'avoir à tout défaire.

Lily donna ses mesures à Éverly puis resta immobile pendant que la femme s'affairait, l'examinant des pieds à la tête.

— Combien de robes ? demanda la modiste à la duchesse.

— Au moins une douzaine pour commencer, ainsi que tous les accessoires. Des bottes, une pelisse, un habit d'équitation, des gants, des réticules.

— C'est compris, Votre Grâce.

Éverly adressa un sourire à Lily puis sortit de la pièce. La jeune femme reprit son gilet et le renfila à la hâte. Elle se sentait étrangement nue sans, comme si son déguisement était incomplet.

— Tout de suite.

Émily désigna le papier que Lily avait mis de côté.

— Étudions notre histoire, d'accord ?

Lily examina le document.

— Je m'appelle Lily Wycliff ?

Émily sourit de toutes ses dents.

— J'ai véritablement une cousine éloignée qui s'appelle

Wycliff. C'est bien plus facile de faire avaler un mensonge quand il est dissimulé sous une réalité, n'est-ce pas ?

Lily se glaça. Hugo disait souvent la même chose.

— Oui, c'est vrai.

Elle parcourut les lignes suivantes.

— Je suis veuve ? Avec une fille ?

— Oui. Cette partie sera plus difficile, mais c'est nécessaire, pour le bien de votre fille. N'a-t-elle pas de deuxième prénom ? Un surnom qu'elle pourrait endosser ? On ne veut pas que quiconque entende le nom de Katherine et fasse le lien avec votre véritable identité.

— Oui, bien entendu. Son deuxième prénom est Sophia.

— Sophia Wycliff.

Émily répéta le nom.

Lily lut le reste des notes. Elle était la veuve d'un homme appelé Aaron Wycliff.

— Et nous sommes cousines au deuxième degré ?

— Par alliance. Aaron était un cousin au second degré que j'ai rencontré quand j'étais petite. Maintenant, après sa mort, vous êtes venue rester chez moi.

— Rester chez vous ?

Lily lui rendit le papier qu'elle lui avait donné. Être employée par Hugo lui avait appris à mémoriser rapidement tout ce qu'on lui confiait.

— Oui. Je crois que vous devriez emménager dans ma résidence et prendre Sophia avec vous.

La duchesse n'avait eu aucun mal à faire la transition pour appeler Katherine par son deuxième prénom.

— Mais lord Lonsdale s'attendra à ce que je...

— J'y ai déjà songé. Vous lui direz qu'une de vos tantes est tombée malade et ne tiendra pas très longtemps. Demandez quelques semaines de congé. Il vous les octroiera.

Émily avait pensé à tout.

— Et sa grâce ne verra aucun inconvénient à ma présence ?

— Godric ? Certainement pas.

La duchesse toucha son ventre rond.

— Il sera certainement soulagé si je lui dis que vous serez là pour m'aider pendant l'accouchement. Lord Rochester et sa femme ont vécu une naissance prématurée et ça a chamboulé mon mari.

Lily avait été présente le soir où Charles avait aidé à accoucher l'enfant de lord Rochester quand il était arrivé avec près d'un mois d'avance. Elle l'avait tenu en héros, même si elle n'avait jamais pu le lui dire.

Elle repensa à la nuit qu'elle avait passé allongée dans sa petite chambre au-dessus du tripot, juste accompagnée d'une barmaid pour l'aider à accoucher de Katherine.

Après avoir fui Hugo, elle était parvenue à survivre, même sans argent ni références, en trouvant un emploi de servante et une chambre au loyer abordable au-dessus d'un tripot. Ça avait été loin d'être facile et même la barmaid qui l'avait soutenue s'était extasiée sur sa résilience. Elle était allongée sur le lit, saignante et épuisée, tenant le bébé dans ses bras, se demandant si elle pourrait enfin se reposer.

Puis Hugo entra dans la pièce. Elle ne l'avait pas vu depuis le jour où il lui avait dérobé son innocence, mais il avait réussi à la retrouver. À l'époque, elle ne savait pas qu'il était maître-espion et avait fait suivre le moindre de ses mouvements au cours des neuf derniers mois.

Il fit signe à la fille de la taverne de quitter la pièce.

—Désolé de ne pas avoir été là plus tôt.

—Désolé ?

— Je sais ce que vous devez ressentir pour moi, mais je ne suis pas dénué de compassion. J'avais espéré rendre ce moment plus facile pour vous, si je l'avais pu.

Elle s'étouffa sur sa langue et serra le minuscule bébé contre sa poitrine, la peur hurlant en elle assez fort pour faire s'entrechoquer ses os.

—Je...

Pourquoi se montrait-il si amical ? Ça ne correspondait pas à la façon dont il avait dérobé son innocence neuf mois auparavant.

—Alors, dites-moi, ai-je un fils ?

Hugo tendit les mains, son visage reflétant un espoir inattendu qui ébahit la jeune femme. Lily le regarda, le corps glacé, les mains refermées autour de la couverture en laine qui entourait son nouveau-né.

— Pas un fils... murmura-t-elle.

L'intérêt d'Hugo retomba et il pinça les lèvres.

— Une fille ? C'est regrettable.

Manifestement. Il avait déjà un fils, mais avait espéré en avoir un autre. Une fille ne lui était d'aucune utilité. Tant mieux. Cela voulait dire qu'il ne voudrait pas d'elle.

— Je n'ai rien que vous puissiez souhaiter, Sir Hugo. Je vous en prie, partez. Elle est à moi.

Lily ne voulait pas laisser cet homme avoir quoi que ce soit à voir avec son enfant.

Il plaça une main sur le chevet du petit lit et se pencha vers elle.

— Vous n'avez pas votre mot à dire. Elle est à moi si je le souhaite. Aucun tribunal ne me le réfutera. Compris ?

Lily ferma les yeux. Elle n'avait même pas encore nommé cette enfant qu'elle allait déjà lui être arrachée ?

— Je vous en prie... Je dois la garder.

Elle ravala son humiliation et implora la miséricorde d'Hugo.

— Peut-être. Vous voyez, vous aviez tort il y a une seconde. Vous avez quelque chose qui me fait envie.

Son ton avait perdu de sa froideur et gagné en curiosité.

— Je vous donnerais tout ce que vous voulez, répondit-elle instantanément.

Elle aurait fait n'importe quoi pour son enfant.

— Vous savez, je vous ai observée. Vous êtes débrouillarde, en dépit de vos limitations. Vous comprenez ce qu'il faut faire pour survivre, les sacrifices et les compromis requis pour votre survie.

Il observa son modeste environnement.

— Vous trouvez peut-être votre condition indigente, mais si je plaçais dix autres femmes dans la même situation, je parierais qu'aucune d'entre elles n'aurait survécu aussi longtemps. Quelqu'un comme vous pourrait m'être utile.

Hugo se redressa, la jaugeant d'une façon bien différente de la nuit où il lui avait dérobé sa vertu.

— Oui. Vous pourriez m'être très utile.

Il tourna et se dirigea vers la porte.

— Vous pouvez garder l'enfant... pour le moment. Je viendrai vous chercher tous les deux dans quelques mois.

Il s'arrêta et se retourna vers elle.

— Ne vous leurrez pas en pensant que vous pouvez vous enfuir. Faites ce que je vous dis et je m'assurerai que l'enfant et vous soyez compensées.

Trop terrifiée pour s'endormir, Lily serra sa fille contre elle pendant le reste de la nuit.

— LILY ?

Émily s'éclaircit la gorge, l'arrachant aux souvenirs de son passé.

— Oui, Votre Grâce ?

— Appelez-moi Émily. Si nous devons être cousines, vous devez jouer le jeu.

— Bien entendu, Émily.

Lily n'arrivait toujours pas à croire que la duchesse soit en train de l'aider. Un goût amer lui remplit la bouche et ses paumes se couvrirent de sueur. Seigneur, comment allait-elle y survivre ?

Préoccupée, Émily lui toucha le bras.

— Tout va bien ? Vous êtes devenue très pâle.

— C'est simplement le stress provoqué par la situation, Votre Grâce. Je veux dire, Émily.

— Oh, alors vous devez vous asseoir.

Émily essaya de la faire s'asseoir dans un fauteuil, mais Lily secoua la tête.

— Je suis désolée. Je dois retourner auprès de Lonsdale et préparer mon départ.

— Bon, essayez de venir demain. Vous avez une robe à vous mettre ? Je ne veux pas que vous apparaissiez ici en tant que Tom tous les jours.

— Oui.

Lily avait des robes dans son ancienne chambre au-dessus du tripot.

— Alors, venez demain si Charles accepte de vous donner congé.

Émily lui serra doucement le bras.

— Nous vous aiderons, Lily. Je le promets. Il existe beaucoup de jeunes gentlemen fantastiques qui seront ravis de vous rencontrer.

— Merci.

Lily récupéra sa casquette et la vissa sur son crâne.

— Vous avez été très gentille.

— Je vous en prie, répondit Émily en la raccompagnant jusqu'à la porte. Nous autres, femmes rebelles, devons-nous serrer les coudes, après tout.

En sortant de la demeure des Essex, Lily souhaita désespérément ressembler davantage à Émily et aux autres. Mais elle ne pourrait jamais devenir l'une d'entre elles. Elle ne méritait pas leur cordialité et leur générosité. Un jour, elles découvriraient qui elle était vraiment et elles maudiraient son nom.

9

— **C**omment vous sentez-vous ?

Charles apportait à Graham un plateau de nourriture dans la chambre d'amis. Son cadet était assis dans son lit, le visage toujours couvert d'ecchymoses bleues et violettes. Un de ses yeux enflés était presque fermé.

Avec une grimace, Graham s'empara d'un toast sur le plateau que son frère plaça sur ses genoux.

— J'ai l'impression que le diable en personne m'a piétiné avec ses sabots.

— Mangez, même si c'est douloureux. Ça vous aidera à guérir.

Charles tira la chaise vers le chevet du lit et regarda Graham se sustenter. Ça faisait très longtemps que son cadet et lui n'avaient pas parlé, sans parler de se retrouver seuls dans la même pièce.

Graham interrompit son petit-déjeuner pour le dévisager.

— Vous n'êtes pas forcé de rester pour me regarder manger.

— Je sais. Je suppose que je suis content que vous soyez venu à moi.

Il n'avait pas le courage d'avouer que le fait que son frère soit venu le trouver comptait beaucoup pour lui.

— Je n'avais pas *prévu* de venir ici, répondit Graham d'un ton quelque peu bourru. Mais je savais que je ne pouvais pas retourner chez Mère et Ella.

Visiblement endolori, Graham posa une main sur son torse. Charles comprenait les préoccupations de son cadet. Ça faisait dix ans qu'il vivait dans cette maison. Quoique grande, c'était la résidence d'un célibataire. Il n'avait pas voulu que sa mère et sa sœur vivent sous le même toit parce qu'il ramenait souvent des filles pour la nuit. C'était particulièrement désagréable de descendre petit-déjeuner après des galipettes au lit, et découvrir votre mère qui vous fusille du regard au-dessus d'une tasse de thé. Si Graham s'était présenté à la maison de sa mère dans cet état, ça aurait été désastreux.

— Effectivement, c'est impensable. Mère aurait fait une crise. Elle aurait voulu prendre d'assaut à elle toute seule les tunnels de Lewis Street. Quant à Ella...

— Elle aurait été terriblement contrariée, acheva Graham.

— Certes.

La petite sœur de Charles n'avait pas le chic pour gérer les nouvelles difficiles. C'était une femme aux allures de nymphe, avec un cœur doux bien trop grand pour elle. Durant son enfance, elle avait souvent été malade, ce qui n'avait laissé aucun dommage permanent, mais l'avait rendue plus délicate. Voir Graham blessé la détruirait certainement.

— Charles, dit Graham en baissant les yeux. Qu'allez-vous faire à propos de Phillip ?

— Je vais m'en occuper. S'il est toujours là-bas, je le retrouverai.

Graham ouvrit de grands yeux terrifiés.

— Mais vous ne pouvez pas y descendre. Vous vous feriez tuer.

Charles se redressa et alla à la fenêtre, s'appuyant d'une main sur le cadre.

— J'y suis déjà descendu. Je connais mon chemin.

— Quoi ?

Charles fut incapable de regarder son frère dans les yeux.

— J'ai... déjà boxé sur ces rings à l'occasion.

Il se tourna en entendant le bruit soudain des plats qui cliquetèrent quand Graham repoussa le plateau pour essayer de sortir du lit. Il se redressa, mais dut s'appuyer sur la tête de lit pour se soutenir. Son visage était très pâle.

— Pourquoi... *pourquoi* vous battriez-vous là-bas ? Vous avez Fives Court. Pourquoi fréquentez-vous un tel endroit ?

Pourquoi ? Parce que je ne me sens vivant que lorsqu'il y a des risques, quand je cours un danger véritable. Parce que je mérite d'être meurtri. Je le mérite.

— Charles...

Graham prononça son nom à voix basse, lui rappelant terriblement leur enfance, avant qu'il ne pulvérise leur relation.

— Ne vous inquiétez pas. J'en sors toujours vainqueur. Ils n'ont pas encore trouvé un homme capable de me vaincre.

Sa fanfaronnade faussement enjouée fit froncer les sourcils à son cadet.

— Passons sous silence votre désir évident de vous faire tuer. Vous pensez vraiment être capable d'explorer les tunnels et de retrouver Phillip ?

— Oui.

Charles désigna le lit.

— Mangez et reposez-vous. Je vais m'occuper de tout.

Il était midi, aussi les tunnels seraient vides et silencieux, hormis pour le voleur ou le combattant occasionnel qui attendait la tombée de la nuit.

— N'y allez pas tout seul. Je vous en prie. Je ne peux pas vous perdre aussi, dit Graham qui lui saisit la manche, l'immobilisant brutalement.

— J'emmènerai quelqu'un, promit-il.

Graham le libéra et Charles quitta la chambre. Il enfilait son manteau dans le couloir quand Tom arriva par l'entrée de service.

— Milord, j'ai besoin de vous parler.

La voix du jeune garçon était haletante comme s'il avait couru.

— Je n'ai pas le temps, Tom. Je sors pour la journée. Je ne reviendrai pas avant plusieurs heures, peut-être plus.

Impossible d'emmener le garçon avec lui. Il savait se battre, certes, mais l'affaire requérait un homme rodé au danger. Ashton, peut-être, ou Cédric. Pas toute la Ligue, bien entendu. Ça attirerait trop l'attention.

— Je suis désolé, Monsieur. Malheureusement, ma tante Miriam est tombée malade et a besoin de moi.

Charles se figea.

— Vous ne m'aviez jamais parlé d'une tante.

Cela dit, il avait appris la veille seulement l'existence d'un oncle.

Le jeune homme baissa les yeux.

— C'était la sœur de ma mère. Elles se disputaient beaucoup quand j'étais enfant. À présent qu'elle est mourante, elle m'a convié pour faire amende honorable. Je suis désolé de vous quitter si rapidement, Milord.

Une partie de Charles voulait demander à Tom de rester, mais ça aurait été égoïste.

— Vous reviendrez, bien sûr ?

Un étrange mélange d'émotions s'empara du visage de Tom, trop rapides pour que Charles les déchiffre.

— Bien sûr, Monsieur. Davis a accepté de s'occuper de vous jusqu'à mon retour.

Charles acquiesça.

— Alors, allez-y, mais écrivez-moi quand vous serez chez votre tante. Je veux savoir que vous êtes bien arrivé et j'espère que vous reviendrez le plus vite possible.

La tension sur le visage de Tom s'apaisa.

— Merci, Milord. Bien entendu.

Charles aurait voulu rajouter quelque chose, mais il n'avait pas le temps. Il tourna le dos au valet et referma la porte derrière lui en partant.

Il descendit la rue et gravit les marches du perron d'Ashton, n'ayant jamais été plus soulagé que la majeure partie de la Ligue réside aussi près les uns des autres quand ils étaient à Londres. Il abattit le heurtoir. Quand le majordome vint répondre, Charles fut immédiatement introduit, un autre bénéfice offert par les liens intimes qui unissaient la Ligue. Tant que le gentleman en question était à la maison, on les faisait entrer sans prétendre qu'il s'agissait d'une visite formelle. Charles patienta dans le salon, mais quand la porte s'ouvrit, ce fut sur Rosalind, la fougueuse épouse d'Ashton.

— Charles ?

Elle vint le rejoindre.

— Que se passe-t-il ? Le majordome a dit que vous sembliez malade.

— Malade d'inquiétude, peut-être, murmura-t-il en apercevant son visage pâle dans le miroir du mur, flanqué de Rosalind.

Quand il l'avait rencontrée, il n'avait pas voulu croire en son amour pour Ashton, allant jusqu'à essayer de la soudoyer pour qu'elle s'en aille, mais il s'était trompé sur elle. Elle aimait Ashton aussi férocement qu'il l'aimait.

Cela ne l'empêchait pas de se sentir frustré. Il avait beau être heureux pour ses amis qui s'étaient casés avec des épouses dignes d'eux, ces mêmes femmes créaient des complications. Avant le mariage, ses amis n'auraient pas hésité à filer avec lui vers un endroit comme les tunnels de Lewis Street. Mais maintenant ? Ils avaient d'autres considérations avant de mettre leurs vies en danger, telles que la sécurité de leurs familles. Le ressentiment s'immisça en lui. Il détestait cette partie de son être, conscient qu'il avait tort de ressentir une telle chose.

— Ash descendra vite. Je voulais seulement m'assurer que vous alliez bien.

Rosalind lui toucha le bras. Il couvrit sa main de la sienne, la tapotant légèrement avant de s'écarter.

— Je vais bien.

Mais ce n'était pas vrai. Présentement, sa plus grande crainte était qu'après avoir demandé son aide à Ashton, Rosalind l'interdise. Celle-ci hocha la tête et le laissa seul. Elle avait peut-être perçu quelque chose dans son ton. Quelques minutes plus tard, Ashton le rejoignit.

— Charles ?

Il y avait une note de préoccupation dans sa voix.

— On m'a dit que vous ne vous sentez pas bien ?

— Ce n'est pas ce que vous pensez.

Il marqua un temps d'arrêt, s'assurant que Rosalind ne se tapisse pas près de la porte.

— J'ai besoin de votre aide. Je dois descendre dans les tunnels de Lewis Street pour récupérer un corps. C'est une question d'honneur et de respect envers un ami.

Le visage d'Ashton se figea.

— Un *corps* ?

— Lord Kent. Il y a probablement été tué la nuit dernière. Mon frère était avec lui et a failli subir le même sort. J'ai promis que j'irai le récupérer, quoi qu'il arrive. Je connais bien les tunnels, mais ce serait imprudent d'y aller seul. Vous verrez quand vous apprendrez qui est derrière tout cela.

Ashton fit signe d'y aller.

— Vous feriez mieux de tout me raconter sur la route.

Ils prirent rapidement un fiacre en direction de Lewis Street. Le temps qu'ils se retrouvent à l'entrée des tunnels, Charles avait révélé tout ce qu'il savait à Ashton. Quand ils toquèrent à la porte, il s'attendit à ce que le portier ouvre la trappe pour les regarder. Mais il n'était pas là. Charles toucha la poignée et la porte s'ouvrit avec un grincement sonore. Elle n'était pas gardée. Cela fit naître une boule d'angoisse au creux de son ventre.

— Sheffield devait avoir une bonne raison de placer lord Kent dans une telle position.

Ashton resta proche de Charles alors qu'ils s'enfonçaient davantage dans les tunnels sombres sous Lewis Street. Des lampes étaient accrochées tous les vingt pas le long des murs escarpés, leur illuminant juste assez le passage pour qu'ils puissent avancer.

— De toute évidence, c'était sur les ordres d'Hugo.

— De toute évidence, en convint Ashton. Mais pourquoi ? Un message ? Alors pourquoi pas Graham, plutôt ?

— Je n'en suis pas certain, murmura Charles.

Les tunnels avaient des oreilles et il ne voulait pas risquer qu'on l'entende.

— C'est peut-être parce que lord Kent est un homme sans famille. Personne ne cherchera des réponses après sa mort.

Charles afficha un regard noir.

— Ou peut-être Hugo a-t-il envie de nous rappeler que *personne* n'est à l'abri de ses machinations. Il avait prévu que Graham soit présent et assiste à toute la scène avant de venir me demander de l'aide. Quiconque possède un lien à nous, tout ténu soit-il, ne pourra jamais être considéré comme étant en sécurité.

Ashton reprit sa marche et Charles le guida plus profondément dans l'obscurité.

— Je crois qu'Hugo est en train d'entrer dans la phase finale de son plan.

Le tunnel étroit déboula sur un espace caverneux doté de plusieurs rings de boxe. À l'autre bout de la pièce, il y avait un groupe de cellules en acier destinées à contenir des prisonniers. Durant l'époque des Tudors, cet espace avait été un donjon utilisé pour contenir des prisonniers politiques trop influents pour être gardés dans des prisons plus visibles. Quand les monarques voulaient faire disparaître une personne discrètement, ils la jetaient dans les tunnels.

Le silence vide de la pièce fit frissonner Charles. Elle était généralement si remplie de corps en sueur qu'on parvenait à peine à fendre la foule.

Ashton désigna une forme irrégulière vers l'arrière des cellules. Elles contenaient un corps vêtu de ce qui était autrefois de beaux vêtements.

— Là-bas.

Le cœur battant, Charles courut s'agenouiller près du cadavre et le fit rouler sur le dos. Le visage était presque méconnaissable, mais c'était lord Kent.

— Sa jambe a été brisée, fit observer Ashton. Quels animaux se comportent ainsi et appellent cela du sport ? Le calme d'Ashton s'effrita devant le spectacle du corps torturé de Phillip.

— Graham a dit qu'ils l'ont battu jusqu'à ce qu'il s'arrête de bouger.

Une vague de fureur le balaya. Hugo avait peut-être cru que personne ne vengerait Phillip, mais il se trompait, se trompait du tout au tout.

Soudain, l'homme remua. Son corps se contracta et un souffle s'échappa de ses lèvres.

— Seigneur Jésus !

Alarmé, Charles tomba sur les fesses.

— Il n'est pas mort !

Ashton fit se redresser Charles. Ensemble, ils soulevèrent Phillip par les bras, s'emparant chacun d'une de ses épaules.

— Phillip ? Vous m'entendez ? demanda Charles.

— G-Graham… ?

Le murmure rauque débordait de douleur.

— Graham m'a envoyé, dit Charles. Seigneur Dieu, Ash. On doit le tirer de là.

Ils le soulevèrent, essayant de ne pas appuyer sur ses jambes alors qu'ils le portaient en haut du tunnel escarpé. Il n'y avait aucun signe du portier. C'était comme si les tunnels avaient été abandonnés. Charles était reconnaissant que leur évasion se soit déroulée sans heurts, mais il ne pouvait pas s'empêcher de penser qu'ils se faisaient manipuler. Ou observer. Une fois qu'ils atteignirent le portail qui donnait sur la rue, Charles demeura avec Phillip le temps qu'Ash hèle une calèche à l'intérieur de laquelle ils le hissèrent prudemment.

— Ramenez-le chez vous, dit Ash. Je vais chercher le médecin.

Charles acquiesça. S'ils voulaient le sauver, il fallait agir rapidement.

10

Lily porta Katherine hors du quartier des domestiques et adressa ses au revoir au personnel. Elle dut invoquer tout son sang-froid pour ne pas pleurer. Ces hommes et ces femmes étaient des gens bons et loyaux qui l'avaient aidée à s'implanter ici, dans une vie qui était devenue un rêve heureux, du moins tant qu'elle ne se rappelait pas qu'elle était le coucou dans leur nid.

Elle regarda la maison une dernière fois avant de héler une calèche. La magnifique résidence ressemblait beaucoup aux autres demeures de la rue, mais la porte rouge avec un heurtoir en forme de tête de lion resterait toujours son foyer. La quitter lui serrait le cœur.

— Maman ? murmura Katherine d'une voix endormie avant de se lover plus près d'elle.

Elle caressa la tête de Katherine avant de grimper dans le véhicule.

— Dors, mon amour.

Quand elles parvinrent au tripot, l'après-midi touchait à sa fin. Lily porta sa fille jusqu'au sommet des escaliers du fond et ouvrit la serrure avec une clé en laiton. Cette fois, elle prit la peine de scruter les recoins sombres, s'attendant à moitié à découvrir qu'Hugo s'y tapissait.

Elle posa Katherine sur le lit et changea de tenue. Ôtant le bandeau qui entourait ses seins, elle inspira profondément. Puis elle enfila ses bas, son corsage et ses jupons, ainsi qu'une robe de jour bleu marine qui se boutonnait sur le devant. Elle retira la casquette et la perruque et prit le temps de brosser ses longues mèches blondes. Puis elle retira la poudre colorée qui dissimulait ses traits plus féminins. Ce serait un soulagement de reprendre son apparence normale et de ne pas avoir à passer une heure tous les matins à modifier ses traits pour se dissimuler.

Elle acheva de se nettoyer le visage puis rassembla ses cheveux en une coiffure simple avant de s'inspecter dans le miroir craquelé. Ce n'était pas parfait, mais ça ferait amplement l'affaire.

Elle reprit son déguisement de Tom Linley et le fourra sous le lit, loin des regards curieux au cas où quelqu'un viendrait en son absence. Elle se contempla à nouveau dans le miroir et commença à admettre que la fin était proche. Hugo voulait qu'elle séduise Charles et alors, la dernière étape de son plan serait enclenchée. Après quoi, il n'y aurait plus de Tom et plus de vie dans la maison de Charles.

Plus de Charles, tout court.

Et puis ? se demanda-t-elle. Serait-elle enfin libérée d'Hugo ? Il le lui avait promis. Il avait dit qu'il lui permettrait d'emmener Katherine vivre à la campagne et de faire ce qu'elle voulait. Elle serait libre, libre de porter pour toujours la culpabilité de ses actes.

Mais elle savait également ce que pensait Hugo. Il avait investi du temps et de l'argent dans son entraînement et détesterait gâcher des ressources. Une partie d'elle savait qu'un ou deux ans plus tard, elle entendrait un son familier –, celui d'une canne qu'on toquait contre la porte –, et qu'une nouvelle mission allait requérir son attention.

Elle ne serait jamais véritablement libre.

Avec un profond soupir, elle récupéra sa fille et quitta la

chambre où Katherine était née, la refermant derrière elle. Elle loua une autre calèche qui l'emmènerait à la résidence des Essex. Elle y fut introduite par un valet et Émily descendit rapidement l'escalier pour la saluer.

— Lily ! Vous êtes venue.

La duchesse l'étreignit comme si elles étaient cousines et n'essayaient pas de berner la société sur son identité. Émily donna à Katherine un petit baiser sur le front alors que son mari descendait l'escalier.

Lily s'était retrouvée plusieurs fois en présence de Godric, mais en tant que domestique, elle était toujours restée invisible. À présent, elle se dressait devant lui dans une robe, sa fille dans ses bras et se sentant exposée. La reconnaîtrait-il ?

— Mrs Wycliff ?

Godric lui adressa un sourire rayonnant. Ses yeux verts et son charme naturel la frappèrent de plein fouet. Pas étonnant qu'Émily adore cet homme. Quand il souriait, c'était comme si le soleil sortait après des journées entières de pluie. Bien entendu, ce n'était rien comparé au sourire de Charles. Si Godric était un rayon, Charles était le soleil en personne, un mélange de chaleur, de lumière et de pouvoir à l'état pur qui la consumait entièrement. Seigneur, elle venait à peine de le quitter qu'il lui manquait déjà.

— Votre Grâce.

Elle lui adressa une révérence, chose difficile vu qu'elle tenait toujours Katherine dans ses bras. L'enfant remua et se frotta les yeux alors qu'elle regardait Godric en clignant les paupières.

— Et qui voilà donc ?

Godric pinça le menton de Katherine et adressa un sourire rayonnant à l'enfant. Lily voyait déjà qu'il serait un père indulgent, aimant et protecteur.

— Sophia, Votre Grâce.

Elle embrassa le sommet de la tête blonde de Katherine.

— Sophia, voici lord Essex.

— Bonjour, tu peux m'appeler Oncle Godric.

Il adressa un clin d'œil à la fillette qui lui sourit avant de taper dans ses mains.

— J'ai une nounou qui l'attend à l'étage dans la nursery si vous voulez l'installer, proposa Émily.

— Merci, Émily.

Elle adressa une révérence à Godric et suivit la duchesse à l'étage.

Une femme d'âge mûr appelée Mrs Yorke prit en charge Katherine et la déposa dans une chambre remplie de jouets. Un grand berceau en bois était préparé, avec un feu chaud allumé dans l'âtre. Ça avait l'air si invitant et fantastique que Lily sentit les larmes lui brûler les yeux.

— Émily, c'est...

— Je vous en prie, dites-moi que ça vous plaît. Cela fait deux mois que Godric et moi préparons cette pièce et je suis vraiment heureuse que Sophia puisse en jouir avant l'arrivée de notre propre enfant.

Katherine prit un petit cheval et le brandit vers la nounou qui poussa un éclat de rire et s'assit à côté d'elle pour s'emparer d'une poupée et jouer avec elle.

— Cela dépasse tous mes rêves. Je n'en mérite pas autant.

La gorge serrée, Lily regarda sa fille jouer en plaquant les mains sur sa poitrine.

— Balivernes. Vous le méritez. Tout le monde le mérite, répliqua Émily en haussant les épaules. Maintenant, descendons boire du thé. Je désire vous entretenir du bal de ce soir.

— Un bal ? Si rapidement ?

En sortant de la nursery, Lily adressa un signe à Katherine, mais l'enfant jouait avec Mrs Yorke et avait oublié le reste du monde.

— Oui. Désolée pour cette annonce précipitée. Lord Sanderson et sa femme reçoivent ce soir et j'ai pensé que ce serait une opportunité parfaite pour vous faire rencontrer des gentlemen dignes de ce nom. J'ai déjà parlé à lady Sanderson et elle serait ravie de vous accueillir.

— Mais je n'ai pas de robe adéquate...

Craignant que Charles ne la reconnaisse s'il la voyait, elle avait laissé la robe rouge dans la chambre au-dessus du tripot. Elle se rendait compte à présent qu'elle aurait dû la prendre *pour* qu'il la reconnaisse. Pourquoi ne pas l'avoir fait ? Essayait-elle de s'autosaboter ?

— Éverly a fait livrer votre première robe et une pelisse il y a une heure. C'est une robe de prêt-à-porter qu'elle a été capable de mettre à votre taille. J'ai passé la matinée à vous faire des emplettes. Il y a des bas, des chaussons et tout ce dont vous pourriez avoir besoin le temps qu'Éverly vous apporte d'autres vêtements.

Les deux femmes passèrent au salon. Godric lisait un journal près du feu et le lévrier d'Émily se prélassait sur les coussins d'un fauteuil en vis-à-vis. L'animal leva la tête quand sa maîtresse s'approcha. Sa queue battait follement, claquant contre les coussins. Émily fit courir le bout de ses doigts sur la tête de la chienne et lui murmura des petits riens.

— La petite Sophia a-t-elle apprécié la nursery ? s'enquit Godric.

— Oui, Votre Grâce. Elle était très contente. Merci de nous laisser profiter de votre hospitalité.

— Balivernes. Vous êtes de la famille. J'ai été désolé d'apprendre la mort de votre mari. Émily dit qu'Aaron était un homme bon.

— Effectivement.

Lily suivit Émily qui s'assit sur un des sofas et remplit deux tasses de thé. Le lévrier bondit et vint s'asseoir sur la jambe de sa maîtresse, zieutant avec espoir le plateau de petits biscuits.

— Pas maintenant, Pénélope, dit la duchesse.

La pauvre chienne soupira et posa la tête sur le genou d'Émily, dévisageant successivement sa maîtresse et le plateau.

— Vous n'avez pas oublié d'inviter la Ligue au bal de ce soir ? demanda-t-elle à son mari. Lady Sanderson aimerait que vous soyez tous présents.

Godric fronça les sourcils en repliant son journal.

— Oui, ma chère, mais sommes-*nous* forcés d'y aller ? Et si vous... ?

— Ça va aller. Vous saurez me porter si les marches sont gelées et je vous promets de ne pas danser.

Émily toucha son ventre rebondi.

— On n'attend pas la petite avant encore un mois. Elle va rester en place, n'est-ce pas ? demanda-t-elle à son ventre avec un sourire chaleureux.

Godric contempla sa femme avec amusement.

— Émily jure que notre enfant est une fille, mais je n'en suis pas si certain.

Il était clair que Godric ne soupçonnait rien d'inhabituel chez elle. Lily arriva à se détendre en compagnie du couple, et rit alors qu'ils se taquinaient mutuellement à propos de leur enfant à venir.

— Saviez-vous si Sophia était une fille avant sa naissance ? demanda Émily.

Lily secoua la tête.

— Non. Je ne savais pas à quoi m'attendre. Je savais simplement que j'aimais cet enfant, quoi qu'il arrive.

Avoir Katherine à l'intérieur d'elle avait été comme de partager son cœur, son souffle. Aimer son enfant était comme s'aimer elle-même. Elle n'avait pas eu le moindre doute.

— Je suis certain d'aimer une fille si c'est ce qu'on a, dit Godric en rouvrant son journal. Mais si cet enfant ressemble à sa mère, elle me donnera des cheveux gris avant l'heure.

— Et si c'est un garçon qui ressemble à son père, c'est moi qui en aurais en premier, contra Émily. Bon, Lily, à propos de ce soir...

Un coup à la porte du salon l'interrompit et le visage de Simpkins se fit voir dans l'encadrement de la porte.

— Pardonnez-moi cette intrusion, Votre Grâce, mais une lettre urgente vient d'arriver de la part de lord Lennox.

Godric se redressa instantanément pour la prendre.

— Je vous remercie, Simpkins.

Il déchira le sceau en cire et la parcourut. Son visage pâlit.

— Mon Dieu !

Émily regarda intensément son mari comme si elle pouvait lire dans ses pensées.

— Des problèmes, mon cher ?

— Ash a besoin de me voir immédiatement. Charles et lui ont récupéré lord Kent dans les tunnels de Lewis Street. On l'a quasiment battu à mort.

— Lord Kent ? dit Émily en ouvrant de grands yeux. Que diable faisait-il là-bas ?

Godric replia la lettre.

— C'est un club de boxe clandestin pour ceux qui aiment se battre et parier sans restriction. Charles s'y est rendu plusieurs fois. C'est vicieux et dangereux. Toutefois, nous ignorons pourquoi Kent s'y trouvait.

Le cœur de Lily martela follement contre ses côtes. Charles était-il retourné là-bas pour y retrouver Kent ? Ses instincts lui criaient de se précipiter immédiatement auprès de lui pour l'aider. Mais elle se rappela où elle se trouvait et *qui* elle était à présent. Tom avait disparu pour toujours. Elle était Lily Wycliff. Elle était coincée ici. Une étrangère en jupons.

— C'est Hugo tout craché, j'en suis certaine, dit Émily.

— Je crains que vous n'ayez raison, dit Godric, mais vous ne devez pas vous en préoccuper. Pas dans votre condition.

— Y allez-vous tout de suite ? demanda Émily.

Il hocha la tête et s'approcha d'elle, lui dérobant un long baiser qui rendit Lily envieuse. Si seulement elle avait pu connaître la même chose avec quelqu'un comme Charles !

— La Ligue va se réunir pour en discuter, mais je devrais être rentré à temps pour le bal.

Il se tourna et quitta la pièce d'un pas rapide. Pendant un moment, Émily ne dit rien. La tête baissée, elle garda le silence comme si elle tendait l'oreille pour voir si quelqu'un se trouvait assez près pour les entendre. Quand elle parut satisfaite, elle reprit enfin la parole.

— Ça ne présage rien de bon, dit-elle en se frottant les

tempes. Je pense que Charles vous a mise en garde contre Hugo et le danger qu'il présente ?

La gorge de Lily se serra.

— Oui.

— Cela doit être son ouvrage. Tout semble toujours pointer dans sa direction.

Émily fronça les sourcils.

— Mais le mystère est *pourquoi*. J'aimerais qu'ils me révèlent ce qui s'est produit cette nuit-là.

Lily se pencha en avant.

— Que voulez-vous dire ? Que savez-vous ?

Elle savait depuis très longtemps qu'il existait un secret que Charles gardait profondément enfoui. Elle savait qu'Hugo en était la cause, mais ni Charles ni Hugo ne lui avait expliqué pourquoi ils se détestaient autant.

— C'était il y a longtemps, quand Godric et les autres étudiaient à Cambridge. Hugo a kidnappé Charles dans sa chambre, lui a ligoté les bras et les jambes et l'a traîné jusqu'à la rivière.

Le sang de Lily se glaça quand elle se représenta Hugo en train d'essayer de noyer Charles si vicieusement.

— Je suis déjà au courant. Je l'ai entendu crier ce genre de choses dans son sommeil. Mais ce que je ne comprends pas c'est pourquoi.

Émily haussa les épaules.

— J'aimerais le savoir. Je ne suis même pas certaine que mon mari connaisse la véritable raison. Charles possède de nombreux secrets. En surface, il ne fait que rire et taquiner, mais en privé, il est dur comme l'acier.

C'était vrai. Lily avait entrevu cet homme résolu et courageux qui ne ressemblait à personne d'autre. Mais il dissimulait des secrets, des secrets qui laissaient des ombres dans ses yeux gris. Elle se demandait parfois s'ils étaient aussi accablants que les siens. Peut-être l'étaient-ils. Souvent, il criait en pleine nuit, encore frissonnant après des cauchemars et murmurant le nom de Peter comme une litanie jusqu'à ce que les larmes inondent ses joues et qu'il se rendorme. Ces nuits la hantaient.

— Le nom de Peter signifie-t-il quelque chose pour vous ? demanda-t-elle à Émily.

— Peter ? Oui... Je crois que c'était un ami de Godric à Cambridge, mais il est mort. Mon mari n'aime pas en parler. Pourquoi me posez-vous la question ?

— Charles parle de lui quand il a des cauchemars... Il murmure ce prénom. Mais il ne mentionne jamais Peter pendant la journée.

Le regard d'Émily se fit distant et elle resta perdue dans ses pensées pendant plusieurs secondes. Puis elle secoua la tête et regarda Lily.

— Les deux doivent être liés, mais c'est un mystère pour un autre jour. Pour le moment, nous avons d'autres affaires plus urgentes. Montons regarder votre robe pour ce soir. J'ai la sensation qu'elle va être splendide.

Émily reprit les tâches qu'elle pouvait maîtriser : le bal et le pari de trouver un mari à Lily. En dépit de son anxiété, cette dernière parvint également à braquer son attention sur le bal. Après tout, elle l'y verrait ce soir.

Son cœur battit follement. Et puis quoi ? Aurait-elle à nouveau l'occasion d'embrasser Charles ? La première fois avait été si sauvage et rapide qu'elle se disait qu'elle l'avait peut-être rêvée.

Pour le moment, elle essaierait de ne pas songer à Hugo ou à ses plans. Elle ne penserait qu'à Charles et au fait qu'avec lui, elle se sentait redevenir entière.

—Comment va-t-il ? demanda Charles au médecin.

Fermant la porte de la chambre où Phillip avait été installé, le docteur Shreve retira ses lunettes, les replia délicatement et les remisa dans un fin étui en cuir avant de regarder Charles dans les yeux.

— Il a plusieurs côtes cassées et sa jambe gauche est fracturée en deux endroits. Mais je m'inquiète davantage pour les blessures infligées à son crâne. J'ai replacé l'os de sa jambe et l'ai bandée, mais le reste ?

Il secoua la tête.

— S'il survit encore une semaine, il se remettra peut-être, mais à présent, c'est entre les mains de Dieu.

Charles n'avait pas remarqué qu'il s'était arrêté de respirer.

— Merci, Docteur. Je suis certain que vous avez fait tout votre possible.

Il serra la main de Shreve puis Ramsey l'escorta jusqu'à la porte.

— Phillip est un homme solide, dit Ashton en plaçant une main sur l'épaule de Charles. Il pourrait bien nous surprendre.

—J'espère que vous avez raison.

Charles s'appuya contre le mur et ferma les yeux. Seigneur, ce cauchemar prendrait-il fin un jour ? N'existait-il pas de renfoncement que les tentacules d'Hugo étaient incapables d'atteindre ? Des gens avaient été blessés à cause de lui, parce qu'il avait été un gamin imbécile qui jouait à des jeux d'adulte, convaincu qu'un duel résoudrait tous ses problèmes. Au contraire ! Il avait été la cause de tous les problèmes qui l'avaient suivi depuis. Cette erreur lui vaudrait de ne jamais connaître la sécurité pour lui ou pour les gens qu'il aimait.

—Je ne peux plus continuer comme ça, dit-il doucement.

Ashton ne dit rien, mais il rejoignit Charles et s'appuya contre le mur.

— Si c'est moi qu'Hugo désire, je devrais peut-être me rendre. On ne peut pas laisser les choses continuer de la sorte. Et s'il s'en prenait à Rosalind ? Ou au nouveau-né de Lucien ? Il a intensifié ses attaques.

— Il est peut-être désespéré, proposa Ashton qui n'avait pourtant pas l'air convaincu.

— Ou bien souhaite-t-il simplement resserrer les vis jusqu'à ce que j'implore sa pitié.

Ashton ne répondit pas immédiatement et laissa son regard se perdre dans le vague. Puis il se tourna vers Charles.

—Je crois qu'il est temps.

—D'abandonner ?

— Non. On a toujours su que vous aviez un passé quand on vous a sauvé. Aucun d'entre nous ne regrette cette journée. Mais nous ne vous avons jamais poussé à nous en dire plus que vous n'étiez disposé à le faire. Mais à présent, je pense que – préparé ou non – vous devez révéler à la Ligue tout ce qui s'est passé entre Hugo et vous. Alors seulement, nous saurons quoi faire avec certitude.

Charles revivait souvent en cauchemar la nuit où il avait failli se noyer, où Peter était mort, mais il avait peut-être une peur plus profonde. Confesser ses péchés, expliquer pourquoi Hugo voulait qu'il subisse des tourments sans fin ? Même s'il savait qu'ils resteraient à son côté, une partie de lui craignait que d'une certaine façon, ils ne se rangent du côté d'Hugo et ne fassent porter le blâme à Charles... comme il le faisait lui-même.

Pourtant, Charles était las de garder son secret, d'être un pleutre. La seule façon de détruire les démons qui le hantaient était peut-être de les affronter.

Charles hocha lentement la tête.

— Convoquez-les tous ici.

— Ils sont déjà en route, sourit Ashton. J'ai envoyé les lettres il y a une heure.

— Vous avez encore une longueur d'avance sur moi ?

— Je suis simplement préparé, répondit Ashton en secouant la tête. Quoi qu'il en soit, nous avons beaucoup de choses à nous dire.

Charles soupira.

— Je suppose que oui.

Il révélerait tout à la Ligue, mais ne s'arrêterait pas là. Il les libérerait de leur engagement. Il leur demanderait de ne plus rester à son côté. Le danger était trop grand et ils avaient trop à perdre. Ils étaient son bouclier depuis suffisamment longtemps. Il était temps qu'il devienne le leur.

Charles et Ash se rendirent à la salle de billard. Il se versa un verre de porto et en offrit un à son ami. Ashton refusa poliment et s'assit sur un fauteuil près du feu. Un quart d'heure plus tard, les autres commencèrent à arriver. Godric se présenta en premier et rejoignit Charles près des carafes. Cédric et Jonathan entrèrent ensemble, suivis de près par Lucien.

— Comment va Phillip ? demanda ce dernier, rompant le silence.

— Il est vivant... pour le moment, répondit Ashton. Il est très mal en point. Le docteur dit que s'il survit à la semaine, il y a de l'espoir pour qu'il s'en remette.

— Que diable s'est-il passé ? demanda Cédric en regardant successivement Charles et Ashton.

— Il a été leurré à Lewis Street par le bras droit d'Hugo, expliqua Ashton. Sheffield a convaincu Phillip de repayer ses dettes envers lui sur le ring. Bien entendu, l'argent n'avait rien à voir là-dedans.

— Alors de quoi s'agissait-il ? demanda Jonathan. Pourquoi lord Kent ?

— Parce que Graham, le frère de Charles, était avec lui. Il nous envoie un message sans toucher directement à la famille de Charles, expliqua Ashton.

L'intéressé prit enfin la parole.

— C'est moi qu'il veut.

Il termina son porto et regarda ses amis les plus intimes. Il avait l'impression de leur avoir porté préjudice, de trop les avoir laissés se rapprocher. À cause de lui, ils avaient tous une cible sur le dos.

À moins qu'il ne se rende à Hugo.

— Mais nous le savons ! s'exclama Godric. Pourquoi ai-je l'impression que vous nous avez fait venir ici pour une raison bien différente ? Ash, je devine que c'est lié à vos plans ?

Depuis longtemps, Ashton œuvrait en secret, en apprenant le plus possible sur Hugo pour mieux se battre contre lui. Récemment, il leur avait confié à tous une mission, mais jusqu'ici, aucun d'entre eux ne savait ce que mijotait leur ami.

— Charles, il est temps, dit Ashton.

Une fois qu'il leur aurait parlé de son passé, ils auraient tous les droits de couper les ponts avec lui. Et s'ils ne le faisaient pas, il devrait les quitter. Au moins, ils seraient peut-être en sécurité.

— Temps de quoi ? demanda Cédric.

— Temps pour moi de vous révéler la vérité sur Hugo Waverly et moi. La raison pour laquelle il a essayé de me noyer dans la rivière Cam.

Charles se versa un autre verre tandis que tous les yeux de la pièce se braquaient sur lui. Il avala une longue gorgée brûlante en évitant leur regard. Il ne voulait pas leur faire face, mais il devait le faire. Pour le bien de son âme, à défaut d'autre chose. Comprendraient-ils ? L'excluraient-ils de leur vie pour toujours à cause de son imbécillité ? La peur prit racine en lui comme un chêne noirci malade qui avait pourri jusqu'au trognon. Mais il devait le faire, devait affronter ses amis et briser le sceau qui contenait les horreurs du passé.

— C'était l'été 1807. J'avais dix-sept ans et mon père était rentré tôt de la banque. J'ai tout de suite vu que quelque chose clochait...

❧

LONDRES, AVRIL 1807

LEVANT LES YEUX DE LA DISSERTATION QU'IL ÉCRIVAIT POUR SES examens d'entrée à Cambridge, Charles vit son père dévaler le couloir et se précipiter dans son étude. Il rentrait tôt.

— Père ?

Charles abandonna ses livres et se précipita pour lui parler. Guy Humphrey se tenait derrière son bureau et fourrait des billets dans un petit sac. Quand il vit Charles, il fronça les sourcils.

— Père, qu'est-ce qui ne va pas ?

— Pas maintenant, cher enfant.

Il ouvrit un tiroir de son bureau et en retira un pistolet. À la hâte, il l'arma et le fourra à l'intérieur de sa redingote. Charles n'avait encore jamais vu son père toucher à cette arme qu'il dissimulait.

— Père, vous me faites peur. Je vous en prie, dites-moi ce qu'il se passe.

Guy soupira profondément.

— Une de mes connaissances a des problèmes.

Son ton le crispa. Il trahissait la résignation et le regret.

— Des problèmes ? Laissez-moi vous accompagner, Père. Je peux vous aider.

— Non, dit son père en sortant. Vous devez rester ici pour veiller sur votre mère, ainsi que sur Graham et Ella.

— Mais...

Guy se tourna vers Charles quand il atteignit la porte d'entrée.

— Diable, mon garçon, obéissez-moi juste pour cette fois. Restez ici. Je reviendrai dès que possible.

Son père se hâta de retirer les rênes d'un cheval des mains d'un garçon d'écurie.

Charles aurait dû écouter son père, mais il savait que celui-ci avait besoin d'aide. Il ne pouvait pas le laisser partir seul. Il fit signe à une calèche qui passait et désigna son père déjà loin.

— Suivez cet homme.

Puis il jeta quelques pièces au cocher et grimpa à l'intérieur. Pendant une demi-heure, la calèche bringuebala sur les rues pavées avant de s'arrêter enfin. Le crépuscule était tombé quand Charles se glissa hors du véhicule et tendit à l'homme deux autres shillings.

— Il est entré dans la maison, à deux portes d'ici, murmura le cocher.

— Merci.

Essayant de rester discret, Charles descendit calmement la rue. Quand il atteignit la maison que le cocher avait désignée, il entendit des cris à l'intérieur. La voix de son père émergeait clairement d'une des fenêtres qui donnaient sur la rue. Charles se précipita vers la porte et toucha la poignée. Elle tourna et il déboula à l'intérieur. La scène qu'il découvrit était chaotique.

Son père se trouvait en bas des marches. Le visage maculé de larmes, une femme qui avait à peu près l'âge de sa mère se collait à lui. Elle plaquait une main sur sa joue rougie. Au sommet de l'escalier, un homme grand et brun de l'âge de son père les fusilla du regard.

— Baltus, espèce de saligaud ! hurla Guy.

Ce spectacle décontenança Charles. Il y avait dans les yeux de son père une fureur, une rage meurtrière reflétée dans le regard de l'homme qui se tenait au sommet des marches.

— Vous désirez cette traînée ? Elle est à vous. Je refuse que cette catin demeure sous mon toit un instant supplémentaire ?

Charles ne savait pas qui était cette femme ou ce qu'elle

représentait pour son père, mais qui que soit cet homme, il l'avait frappée. Si Charles respectait une règle, c'était de ne jamais frapper une femme.

— Comment *osez*-vous ? s'écria Charles en s'avançant au côté de son père au pied des escaliers.

— Charles ! siffla Guy. Rentrez. Tout de suite !

Terrorisée, la femme regarda Charles.

— Ah, vous avez amené le garçon, ricana Baltus en descendant l'escalier d'un pas lourd. Comme c'est approprié !

Charles tint bon et subit l'inspection cruelle de cet homme sans broncher.

— Vous ne devriez même pas être là, mon garçon. Votre père ne vous l'a-t-il pas dit ? lança Baltus. Il n'a jamais eu l'intention d'épouser votre mère. Il était le second fils, le suppléant. Il voulait Jane, cette femme, mais ne pouvait pas l'avoir, puisqu'il n'allait pas devenir comte. Mais moi ? *J*'étais assez bien pour l'avoir.

Il se martela la poitrine avec le poing avant de poursuivre.

— Et ça l'a rongé de l'intérieur. Il la désire toujours. Encore maintenant.

— Vous mentez, gronda Charles.

— Votre père a épousé votre mère et vous a engendré, vous, le fils qu'il n'a jamais voulu. Et pourtant, *ma* femme...

Ses yeux sombres épinglèrent Jane.

— Elle en pince toujours terriblement pour lui. *Mon* fils ne vous reverra plus jamais. M'entendez-vous, Jane ? Rejoignez le harem de Lonsdale ; pour ce que ça me fait. Vous n'existez plus pour moi.

Avant que Charles ne puisse se retenir, son poing vola vers Baltus. Quand il entra en contact, l'homme tituba légèrement en arrière avant de se reprendre rapidement.

— Allons, petite crapule. Vous appelez ça un coup de poing ?

— J'appelle ça un défi, cracha Charles au visage de Baltus. J'exige satisfaction.

L'époux de Jane rit sombrement.

— Très bien. J'accepte. Je me ferai un plaisir de vous tuer. Je m'arrangerai même pour que votre père y assiste.

— Non !

Guy lâcha Jane et se glissa entre Charles et Baltus.

— Si c'est du sang que vous voulez, essayez donc de faire couler le mien. C'est *mon* honneur qui a besoin d'être satisfait, pas le sien.

— Père... ? commença Charles que Guy fit taire d'un regard sombre.

— Comme vous voulez ; je vous tuerai donc, le mit en garde Baltus. Puis je laisserai le garçon me lancer un autre défi et je le tuerai aussi.

— Vous n'en ferez rien, répliqua Guy d'une voix dure comme l'acier. Jane, partez avec Charles. Je pense qu'une calèche est stationnée dehors ?

— Oui, Père, confirma Charles.

— C'est bien. Sortez Jane d'ici. Tout de suite.

Charles escorta la femme à l'extérieur, mais il craignait toujours pour la vie de son père.

— M-Merci, murmura Jane alors qu'ils s'installaient dans la calèche.

— Je vous en prie. J'aimerais simplement pouvoir en faire davantage, Madame...

Il ne savait pas comment l'appeler.

— Waverly, Jane Waverly. Je suis une amie de votre mère. Violet et moi avons grandi ensemble.

— Ma mère ?

Il ressentit une vague de soulagement. Pas étonnant que son père ait voulu la protéger. C'était une amie de sa mère. Il ne voulait pas songer aux bêtises qu'avait dites Baltus, comme quoi son père serait amoureux de cette femme. Il avait essayé d'attiser la colère de Charles et malheureusement, ça avait fonctionné.

— Violet m'avait prévenue de quitter mon mari il y a des années, mais nous savions toutes les deux que c'était impossible. Un mari possède des droits et une femme n'en a aucun.

Ces paroles exprimaient l'amertume et la tristesse. Il n'avait jamais vraiment réfléchi à la place d'une femme dans la société ou à son manque de pouvoir, peut-être parce que ses parents s'étaient toujours placés mutuellement sur un pied d'égalité.

— Mon père vous protégera, lui promit Charles.

Elle lui adressa un sourire doux et mélancolique.

— Je sais qu'il le fera, mais je ne peux pas le lui demander. J'ai perdu ce privilège il y a longtemps.

Elle toucha la main de Charles d'une façon qui lui rappela sa propre mère.

Un moment plus tard, son père grimpa dans la calèche qui démarra rapidement.

— Jane, tout va bien ?

Guy tendit les bras pour étreindre Jane.

La mâchoire de Charles se décrocha lentement. C'était vrai ! Jane et son père avaient réellement été plus que des amis. Son père avait voulu épouser cette femme ? Il les contempla, observant la façon dont ils se raccrochaient l'un à l'autre. Une douleur soudaine remplit son cœur, le brûlant comme du feu.

— Mère... Est-elle au courant ? demanda-t-il quand il trouva enfin la force de parler.

Guy regarda Jane et sans un mot, il lui prit le visage entre les mains.

— Dites-lui, Guy. Il mérite de connaître la vérité. Il n'est plus un enfant.

Jane lui saisit les poignets et ferma les yeux.

Guy se tourna vers Charles.

— J'étais le second fils de ma famille. Stephen, mon frère aîné, est mort d'un accident d'équitation quand j'avais vingt-cinq ans. Vous n'aviez alors que deux ans.

Charles hocha la tête. Il croyait se souvenir de son oncle Stephen qui avait les mêmes yeux gris que son père et lui. Il jura qu'il revoyait le sourire de son oncle dans de vagues souvenirs d'enfance.

— Jane et moi étions amoureux depuis notre enfance. Je l'aimais de tout mon cœur, mais elle était la fille d'un duc et je n'étais que le puîné. Les parents de Jane n'ont pas voulu que je l'épouse et à la place, elle a été fiancée à Baltus Waverly. Il avait remporté les faveurs de la Couronne et le père de Jane l'avait préféré à moi.

Le visage de Guy était creusé par la tristesse.

— Alors, Jane a épousé Baltus et j'ai épousé votre mère.

— Mais… aimez-vous ma mère ?

Charles ne voulait pas connaître la réponse, mais il devait trouver le moyen de comprendre toute cette histoire.

— Oui. Bien sûr que oui. Je n'ai jamais regretté une seule fois de l'avoir épousée et d'avoir construit une vie avec elle, mais…

Guy coula un regard à Jane.

— J'aimerai toujours Jane aussi.

Les yeux de Jane disaient ce à quoi ses lèvres se refusaient : elle aussi aimerait toujours Guy.

— Allez-vous vous battre en duel contre lui ? demanda Charles à son père.

— N'en faites rien, je vous prie, dit Jane. Je ne veux pas qu'il vous arrive malheur à cause de moi.

— Non, Jane. Voilà longtemps que j'aurais dû le faire. Il vous a fait suffisamment de mal.

Guy fit courir une main sur le bleu qu'elle avait à la joue et elle s'abandonna à cette caresse.

— Père, non. C'est *moi* qui l'ai défié. Je l'affronterai.

— *Vous n'en ferez rien.*

Le tranchant de la voix de son père s'adoucit.

— Charles, vous êtes trop jeune. Il a une dette envers moi pour la douleur qu'il a causée à Jane… à nous deux.

Perdu dans ses pensées et ses inquiétudes, Charles s'affaissa contre les coussins de la calèche.

Quand ils arrivèrent chez eux, Guy escorta Jane à l'intérieur. Charles essaya d'écouter à la porte alors que son père expliquait les choses à sa mère. Il n'entendit que des murmures. Sa mère escorta Jane jusqu'à la chambre d'amis et Charles reçut l'ordre de regagner sa propre chambre.

Ce soir-là, on lui servit à dîner dans ses appartements, pour le punir d'avoir désobéi à son père. Il regarda sombrement le bol de soupe froide. La porte de la chambre s'ouvrit et Graham se glissa à l'intérieur. Charles fusilla son petit frère du regard. Graham, qui n'avait que douze ans, avait l'esprit vif et était généralement d'agréable compagnie. Mais ce soir, Charles n'était pas de bonne humeur.

— Graham, allez vous recoucher.

Son cadet l'ignora. Il se glissa dans le lit de Charles et s'assit à côté de lui.

— Père est contrarié.

— Effectivement.

Charles ne s'était jamais senti aussi mal de toute sa vie. Le regard que lui avait décoché son père avant d'aller se coucher le hantait. Guy était déçu. Toute sa vie, il avait juste eu envie d'être comme son père, de le rendre fier. Et ce soir, il avait échoué. Qui plus est, son tempérament impulsif avait à présent mis la vie de son père en danger.

— Pourquoi est-il contrarié ?

Graham tourna les yeux vers le plateau de Charles, observant les biscuits avec enthousiasme.

Charles prit un biscuit qu'il donna à son cadet.

— Parce que j'ai fait quelque chose d'idiot.

— Qu'avez-vous fait ? demanda son petit frère entre deux bouchées.

— J'ai défié un homme mauvais en duel.

Son frère écarquilla les yeux.

— Vous allez vous battre en duel ?

— Non. J'ai voulu le faire, mais Père ne m'y a pas autorisé. Il a pris ma place.

— Vous ne tirez pas très bien, fit observer Graham. Vous vous feriez probablement tuer.

— Je suis un excellent tireur, lança Charles, contrarié par le manque de confiance de son frère.

— Certainement pas. Je parie que c'est pour ça qu'il est en colère. Vous vous feriez probablement tuer.

— Arrêtez de dire ça !

— Vous pensez que Père va l'emporter ?

L'inquiétude dans la voix de Graham mit Charles mal à l'aise. Toute la soirée, il avait essayé d'éviter la même question.

— Oui. Forcément.

Charles laissa Graham rester. Il s'endormit vers minuit. Une heure avant l'aube, il se glissa hors de sa chambre et se dissimula près des escaliers pour attendre son père. Quand Guy descendit, vêtu d'un pantalon noir et d'une chemise blanche, il ne parut pas surpris de sa présence.

— Allons-y, alors, dit-il.

Ils se dirigèrent vers la porte.

— Puis-je venir ?

— Oui. Vous avez causé cette situation, Charles, et devriez donc être témoin des conséquences.

La voix de son père était froide et pesante. Morose, Charles baissa les yeux vers ses bottes alors qu'il suivait son père jusqu'à leur monture.

Ils chevauchèrent vers un champ aux abords de la ville, où Baltus les attendait. Il n'était pas seul. Un jeune homme qui avait peut-être trois ans de plus que Charles l'accompagnait.

— Mon fils Hugo voulait me voir vous tuer, Lonsdale, se vanta Baltus.

Charles contempla le jeune homme souriant. Ses yeux sombres presque noirs considéraient son père avec fierté. Le duo évoquait un reflet inversé de ce que Charles ressentait pour son propre père, mais alors que les deux autres étaient remplis d'assurance, lui ne ressentait que de la peur et du doute.

Guy ouvrit un coffret qui contenait deux pistolets.

— Choisissez votre arme.

Baltus en prit un et le chargea.

— Vingt pas ? grogna-t-il.

— C'est d'accord.

Les deux hommes se collèrent dos à dos puis s'éloignèrent. Charles s'écarta. Le fils de Baltus fit la même chose. Le cœur de Charles martela contre ses côtes alors qu'il comptait les pas avec son père. Il serra les poings et pria pour que tout ceci se termine vite.

Je vous en prie, faites que Père survive.

Quand son père s'arrêta et se tourna, il braqua sur Charles un regard empli d'une assurance calme.

— Soyez fort, Charles.

Baltus et Guy abaissèrent leurs armes l'un vers l'autre. Deux coups de feu déchirèrent le silence. Étourdi, Charles cligna des paupières et regarda son père alors que la fumée se dissipait.

— Non !

Le cri ne provint pas des lèvres de Guy, mais du fils de Baltus.

— Père !

Hugo se précipita vers son propre père qui s'affaissa et s'écroula à terre.

Guy baissa son arme et regarda Baltus qui respirait difficilement. Ses poumons se remplirent de sang, tachant ses lèvres de rouge. Charles fut incapable de détourner les yeux de la scène. Il n'avait encore jamais vu un homme mourir, n'avait jamais vu autant de sang. Sa vision se troubla, mais il resta debout. Des larmes lui maculant le visage, Hugo prit son père dans ses bras. Charles eut l'impression d'assister à une scène qu'il n'aurait pas dû voir.

Hugo avait étreint Baltus alors qu'il mourait, lui murmurant des paroles douces et réconfortantes encore et encore longtemps après que la lumière eut quitté les yeux de son père. Guy s'approcha d'eux et s'agenouilla. Il murmura quelque chose à Hugo et quand le jeune homme secoua violemment la tête, Guy déposa un sac de pièces dans sa main.

Après un instant d'hésitation, le jeune homme accepta les pièces et serra la bourse si fort que Charles crut qu'il allait la transformer en une boule de métal solide. Le jeune homme braqua le regard vers eux. Une haine à l'état pur s'y dessinait, si distincte et noire qu'elle s'empara de tous ses traits. Mais la rage n'était pas dirigée contre Guy. Plutôt contre Charles.

Parce que je suis l'instigateur. J'ai défié son père. Si je n'avais rien dit, rien de tout ceci ne serait arrivé. Je l'ai tué...

Quand Guy rejoignit Charles, il plaça une main sur son épaule.

— Allons, rentrons.

Charles ne regarda pas en arrière. Il ne pouvait pas supporter de voir le jeune homme étreindre le corps de son père et il ne parvenait pas à regarder son propre père. Une partie de la lumière à l'intérieur de Guy s'était éteinte au moment où il avait tué Baltus.

Rien ne serait plus jamais pareil et il en était l'unique responsable.

‡ 12 ‡

— Seigneur Dieu ! marmonna quelqu'un, peut-être Lucien.

Charles retint son souffle, attendant que ses amis le jugent, conscient que si l'un d'entre eux quittait la pièce, il l'aurait mérité. Un tourment intérieur lui tordait violemment les entrailles, parce qu'une partie de lui voulait qu'ils le fassent. Alors, au moins, il saurait qu'il avait eu raison depuis le début : il ne les méritait pas.

— J'ai regretté cette décision chaque jour que Dieu fait, dit-il enfin. Et je comprendrai si l'un d'entre vous souhaite s'en aller.

— Nous en aller ? demanda Jonathan. Pourquoi voudrions-nous vous quitter ?

Charles parvint enfin à regarder ses amis dans les yeux. Il n'y lut aucune dérision, aucun dégoût, aucune indignation. Seulement de la compréhension.

— Vous avez défié quelqu'un qui battait son épouse, énonça lentement Godric. Il n'y a aucune honte à avoir.

— Il existe d'autres façons de régler leur compte à ce type d'hommes, contra Charles.

— Parfois, je m'interroge, dit Cédric. Mais vous ne l'avez pas tué ; votre père l'a fait.

— Non, je l'ai tué. Si j'avais contenu ma colère, rien de tout ceci ne serait arrivé.

Charles s'était attendu à ce qu'au moins Cédric comprenne l'horreur de son péché. Mais ce dernier se grattait le menton d'un air pensif.

Ashton prit alors la parole.

— Donc, cette nuit-là, à Cambridge, vous voir a réveillé sa haine ?

Charles hocha la tête.

— Il m'a suivi jusqu'à ma chambre et quand je me suis endormi, il m'a ligoté les mains et les poignets et m'a traîné jusqu'à la rivière. Mais Peter nous a rattrapés.

Peter Maltby, le garçon qui était son ami et celui d'Hugo. Un homme loyal au cœur d'or. Tous les hommes présents connaissaient la suite de l'histoire. Ils s'étaient tous trouvés là, attirés par ses cris et ceux de Peter.

Lucien joignit le bout des doigts.

— Charles, personne ici ne va vous quitter. Jamais. Nous sommes frères de sang.

— Il a raison, dit Godric. Nous nous sommes engagés sur cette voie avec vous et nous vous suivrons jusqu'au bout, toute noire que soit la destination.

— Les choses sont différentes, à présent, dit Charles. Vous avez tous des familles...

Il devait leur faire comprendre le danger auquel ils étaient tous confrontés. Ce n'étaient pas simplement leurs vies qui étaient en jeu, mais celles de tous leurs proches.

— Vous oubliez que les femmes que nous avons épousées sont loin d'être impuissantes.

— Certainement pas la mienne, ricana Jonathan.

— Ni la mienne, rit Godric.

Ashton plaça une main sur l'épaule de Charles.

— Charles, rassurez-vous. Nous ne vous déserterons pas dans ce moment de crise.

Une boule se forma dans la gorge de Charles. Comment méritait-il d'avoir ces hommes pour amis ?

Ashton se dressa devant les convives comme un général qui commande ses troupes.

— Maintenant, nous en arrivons à l'autre raison pour laquelle je vous ai convoqués ici. Je vous ai donné à tous des consignes. Qu'avez-vous été en mesure de découvrir ?

Lucien s'exprima en premier.

— J'ai travaillé avec Avery. Depuis qu'Hugo a essayé de le faire tuer en France, il a dû garder ses distances avec les Affaires étrangères. Officiellement, ils considèrent l'incident en France comme un malentendu. Officieusement, ils savent tous les deux ce qu'il en est. Hugo l'a réassigné en Écosse, mais Avery n'est pas dénué de soutien. Il a compilé une liste d'hommes qu'il pense être sous le contrôle direct d'Hugo, et je les fais suivre pour voir si l'un d'eux s'approche de nos maisons ou de nos familles.

— J'ai vérifié sa situation financière, dit Ashton. La majeure partie de sa fortune est engagée dans des investissements auprès de la Couronne et est malheureusement protégée. Cela signifie qu'il ne peut pas être ruiné financièrement comme la plupart des autres hommes.

— Godric et moi avons enquêté auprès de gentlemen qui ont croisé le chemin d'Hugo par le passé et en ont souffert. Nous possédons peut-être une cause légale pour agir si nous parvenons à convaincre les autres hommes de nous rejoindre, proposa Cédric d'un ton plein d'espoir.

Godric acquiesça.

— Ce serait idéal, mais je crains que ça ne soit pas suffisant, soupira Ashton. La position d'Hugo le protège d'une telle façon qu'on ne peut pas l'attaquer légalement. Comme je l'ai craint, la solution qui s'offre à nous ne sera pas honorable.

— Ce n'est pas comme si Hugo nous avait témoigné le moindre honneur, gronda Cédric. Pourquoi nous montrerions-nous honorables envers lui ? Je conseillerais plutôt de frapper sous la ceinture.

— Nous sommes censés valoir mieux que ça, dit Charles, se surprenant lui-même.

Les autres le regardèrent et il se sentit soudain mis sur la sellette.

— Je veux dire, si ça n'engageait que nous, je dirais qu'on ne devrait pas s'abaisser à son niveau, quel qu'en soit le prix. Mais... ça n'a jamais été juste nous, n'est-ce pas ? À chaque instant, Hugo nous a montré que chaque personne qui nous est associée court également un risque.

— Alors, vous convenez qu'on doit faire tout ce qui serait nécessaire ? demanda Ashton.

Avec un soupçon de réticence, Charles hocha la tête, imité par les autres.

— Très bien.

Ashton se retourna vers les autres.

— Je sais que vous vous demandez ce que j'ai planifié. La vérité est que je pèse encore mes options. Je ne peux pas en dire plus, pour des raisons qui deviendront évidentes dans un avenir proche. Pour le moment, je vous demande simplement à tous de me faire confiance.

Godric souffla.

— Bien sûr que nous vous faisons confiance, mais c'est vraiment perturbant de ne pas savoir ce qu'on place entre vos mains.

— À part nos vies, ajouta Lucien.

— Mais nous vous faisons confiance, dit Cédric. Prenez le temps qu'il vous faudra.

Ashton hocha la tête.

— Merci. Maintenant que c'est réglé et puisque Phillip se repose sous l'œil vigilant de Graham, je crois que nous sommes tous attendus au bal des Sanderson ce soir.

Jonathan et Cédric grognèrent ensemble et Lucien marmonna quelque chose sur ces satanées débutantes.

— Un bal ? Ash, vous plaisantez ? dit Cédric. Nous discutions du fait de faire tomber un des hommes les plus puissants d'Angleterre et vous nous parlez d'aller danser ?

Ashton afficha un sourire sombre.

— Vous me connaissiez mieux que ça, Cédric. Je ne me suis jamais rendu à des bals simplement pour danser. Ils regorgent d'informations. J'ai des raisons de croire qu'un homme employé par Hugo sera sur place et je suis quasiment certain qu'il doute de sa mission. Je veux voir si je peux le convaincre de rejoindre notre camp ou du moins nous fournir quelque chose d'utile. Le bal nous offrira une couverture parfaite pour le rencontrer.

— Et pendant que vous irez jouer aux héros, le reste d'entre nous dansera, dit Lucien en croisant les bras d'un air sombre.

— Allons, allons, j'ai besoin que vous fassiez tous distraction et je pense que danser nous ferait du bien à tous, trancha Ashton au-dessus du vacarme dramatique des hommes qui déploraient leurs destins de partenaires de danse. Qui plus est, on me dit que Godric va escorter Mrs Wycliff, et j'aimerais bien la rencontrer.

Lucien redressa l'échine, visiblement intéressé.

— Nous parlons d'Aaron Wycliff ? Je le connaissais. Je ne savais pas qu'il s'était marié. Je me demande qui est cette dame.

Il avait beau être heureux en ménage, il était fier de connaître toutes les dames de Londres de nom ou du moins de réputation.

— C'est la cousine d'Émily par alliance, expliqua Godric aux autres. Aaron Wycliff était cousin d'Émily au second degré, mais apparemment, elle l'aimait bien. Il est mort il y a un peu plus d'un an et sa femme demeure veuve et mère d'une petite fille. Émily l'a invitée à habiter chez nous à présent que son deuil est terminé.

Godric fusilla Charles du regard.

— Ce qui veut dire qu'elle n'est *pas* pour vous. C'est une gentille créature qui a besoin d'un mari correct pour s'occuper d'elle et de sa fille.

Charles souffla.

— Si elle est à la recherche d'un second mari, je m'assurerai de garder mes distances. Une épouse est la dernière chose dont j'ai besoin.

— Ash, comment êtes-vous au courant pour Mrs Wycliff ? demanda Godric. Elle est arrivée il n'y a pas plus de quelques heures et je n'en ai parlé à personne.

— Hugo a ses espions et j'ai les miens. J'ai pensé qu'il valait mieux ouvrir nos yeux et nos oreilles, sur tous les fronts.

— Vous avez des espions dans nos foyers ? demanda Cédric.

Ashton sourit.

— Je vous avais dit de me faire confiance. Voyez-les plutôt comme des complices volontaires qui souhaitent demeurer anonymes. Il est important de garder une longueur d'avance sur Hugo et nous assurer qu'il ne fasse pas de mal à notre entourage. Après l'incident avec Gordon Noël dernier, j'ai réalisé qu'il fallait que je fasse comme lui.

Il y eut quelques grommellements, mais Ash braqua à nouveau son attention sur le bal.

— Alors, partons danser. À moins que quelqu'un ait une objection ?

Lucien souffla.

— J'ai toujours des objections contre la danse, sauf lorsque c'est avec ma femme, et elle se remet toujours de la naissance d'Evan.

Cette réaction sinistre fit ricaner autant Jonathan que Cédric.

— Un quadrille ou deux ne vous tueront pas, rappela Ashton à Lucien.

Charles raccompagna ses amis à la porte. Une fois qu'ils furent partis, il se dirigea à l'étage pour voir comment Phillip et son frère se portaient. Le premier dormait dans le lit. Graham se trouvait sur un fauteuil, endormi, du moins le pensait-il. Quand il fit le geste de refermer la porte, son frère prit la parole.

— Charles ?

— Oui ?

Il se glissa à l'intérieur de la chambre sombre.

— Merci de l'avoir sauvé. C'est mon ami le plus proche et je...

Graham déglutit douloureusement. Charles aurait voulu pouvoir épargner à son frère la douleur qui tourbillonnait à l'intérieur de sa tête. Il l'avait ressentie trop souvent par le passé.

— J'aurais aimé qu'on le retrouve plus tôt.

Charles craignait que les blessures ne soient trop graves pour

Phillip, mais ils gardaient l'espoir pour qu'il s'en sorte. Phillip avait toujours été un dur à cuire. Très jeune, la scarlatine lui avait pris ses parents et il avait toujours été seul. Ça l'avait rendu très fort.

Graham étouffa un bâillement.

— Vous sortez ? J'ai cru entendre un valet de pied dire quelque chose dans le couloir il y a un instant.

— C'est ce que j'avais prévu, oui, mais je peux rester si vous avez besoin de moi.

— Non, vous devriez y aller. Je veillerai sur Phillip.

Il leva le livre qu'il tenait sur ses genoux.

— Je peux lire pour passer le temps.

Charles poussa un soupir. Visiblement, Graham gardait ses distances, mais il était soulagé que son frère lui parle à nouveau.

— Très bien. Si vous avez besoin de moi, je serai chez lord Sanderson.

Graham hocha la tête et retourna à son livre.

Charles se glissa hors de la chambre et monta s'habiller. Il ferait plaisir à Ashton et assisterait à ce bal, mais après, il aurait besoin de trouver un endroit tranquille où se poser pour réfléchir.

Deux heures plus tard, Charles arriva à la résidence des Sanderson. Arrangeant sa redingote, il fit face à la demeure palladienne qui se dressait devant lui. C'était une maison détachée, pas collée à celle des voisins comme la plupart des constructions l'étaient ces jours-ci. Les fenêtres qui donnaient sur la rue étaient illuminées et des flonflons s'échappaient des portes. Un valet vint l'accueillir au sommet des escaliers pour prendre son chapeau et son manteau.

Pendant un moment, Charles demeura sur le seuil, écoutant les chansons et l'ambiance joyeuse. Ces occasions lui causaient une étrange mélancolie. C'était comme s'il était le régent longtemps oublié d'un royaume des ombres, condamné à ne jamais sentir le soleil sur sa peau ni la brise dans ses cheveux. C'était peut-être une pensée bien bête, mais elle le frappa si fort que son souffle resta emprisonné dans ses poumons, lui donnant le vertige.

Il inspira profondément, peignit un sourire sur son visage et pénétra dans la salle de bal. La pièce était baignée de lumière et les danseurs tournoyaient devant lui en un éventail de couleurs comme les ailes de perroquets venus de paradis tropicaux. Par le passé, il avait vu une douzaine de perroquets dans la serre d'un gentleman et l'expérience était relativement similaire. Il y avait quelque chose de mémorable là-dedans.

À présent, Charles se sentait un peu mieux. Peut-être qu'une danse ou deux avec une jolie fille le mettrait de meilleure humeur. Son regard parcourut la pièce alors qu'il cherchait des visages familiers. Il aperçut Miss Breckton, une ravissante jeune femme qui était d'excellente compagnie, tant qu'on ne parlait pas de politique. Son père était un lord à la personnalité affirmée dans la Chambre des lords. Il y avait les jumelles, attirantes, mais qui faisaient tapisserie : Amélia et Augusta Pepperidge. L'idée d'être avec des jumelles lui avait toujours plu, mais pour l'instant, il n'avait qu'une seule femme à l'esprit, une femme qu'il était convaincu de ne plus jamais revoir.

À présent, Charles aperçut ses amis. Ashton se trouvait au bord du cercle des spectateurs, Rosalind à son côté, un grand sourire sur le visage. Il attendait sans doute le moment opportun pour s'entretenir avec l'homme d'Hugo. Plus loin sur la piste, Cédric et Anne tournoyaient déjà, en compagnie de Jonathan et d'Audrey qui paraissaient se disputer pour savoir qui devrait mener qui. Godric se tenait près des rafraîchissements en compagnie d'Émily qui avait une main posée sur le ventre.

C'est inhabituel de voir en public une femme enceinte si proche de son terme, mais Émily avait toujours été peu conventionnelle et les Sanderson l'adoraient. Ici, elle pouvait contrevenir à toutes les règles de bienséance si elle le désirait. Lucien était là avec eux, ainsi qu'Horatia, qui était appuyée contre lui. Cela voulait dire que leur fils nouveau-né était sous la garde d'une nounou pour la soirée. Discuter avec ses amies au lieu de danser semblait la satisfaire. Charles sourit, content de voir

Horatia en aussi bonne forme. Il l'avait aidée à accoucher de leur fils Evan. Né un mois trop tôt, le bébé avait failli ne pas survivre. Heureusement, il était fort comme ses parents et s'ajustait très bien. À présent, il était un petit chou débordant de santé.

Tous ceux qui comptaient pour lui se trouvaient dans cette pièce ce soir. Ils riaient et souriaient. C'était un moment dans lequel il aurait pu rester pour toujours. S'il avait pu l'enfermer dans une bouteille et le conserver pendant des siècles, il l'aurait fait. L'obscurité et les inquiétudes concernant l'avenir étaient absentes ce soir. Ce n'était qu'une danse avec des amis.

Si Hugo n'existait plus, tout resterait *peut-être* ainsi pour toujours. Des journées ensoleillées et des nuits sous des lustres, à tourner sauvagement et librement. Ils ne regarderaient plus par-dessus leur épaule avec inquiétude. Il ressentit soudain une vague de désespoir.

Ashton avait peut-être été certain de pouvoir déjouer Hugo, mais Charles ne l'était pas. Et si ce soir ne se déroulait pas comme prévu, alors quoi ? Si les plans d'Ashton ne fonction-naient pas, Charles savait ce qu'il devrait faire, c'est-à-dire tout son possible pour les protéger tous. Si cela signifiait affronter Hugo seul comme un agneau mené à l'abattoir, qu'il en soit ainsi. Il donnerait sa vie pour eux tous. Il ne pouvait pas leur demander de faire la même chose.

— Charles ! Content de vous voir, vieux frère !

Il se tourna pour voir qui l'avait interpelé, mais son cœur s'ar-rêta brutalement.

Là, près des hautes portes de la véranda, se tenait une femme qui portait une robe bleue de la couleur de la nuit, aux jupes ornées d'un voile argenté comme une couverture d'étoiles. Ses longs cheveux blonds légèrement ondulés étaient attachés avec des rubans à la mode grecque. Il avait du mal à respirer.

C'était elle. Son ange de Lewis Street, celle qui l'avait embrassé comme si ça avait été son dernier souhait avant de mourir... puis s'était évaporée comme un fantôme. Il avait imaginé la croiser en de multiples endroits, mais certainement pas ici.

13

Le cœur martelant, Charles s'avança vers la femme dans la robe bleu nuit, comme un homme perdu dans un rêve particulièrement exquis.

Elle lui avait dit que son nom était Lily, mais était-ce vrai ? Il avait essayé de songer à toutes les femmes qui connaissaient peut-être lord Sanderson. Toutefois, il ne connaissait pas d'autre femme comme elle : une vision obsédante, une femme créée par Dieu juste pour lui. La foule s'éclaircit alors qu'il la traversait, ignorant chaque fois qu'on appelait son prénom alors qu'il tentait d'apercevoir à nouveau cette femme. Quand il atteignit la véranda, elle n'était plus là.

Volatilisée, une nouvelle fois, comme si elle avait disparu dans un autre plan d'existence à travers un rayon de lune. Charles ouvrit la porte de la véranda, sortit sur la terrasse qui donnait sur les jardins et frissonna. Les hautes haies qui formaient un laby-rinthe étaient couvertes de givre et il s'engagea dans l'allée du jardin à la lumière de la lune, haute dans le ciel. Était-elle sortie pour venir ici ? Il continua de parcourir le chemin d'un pas léger.

Crac ! Il se figea en entendant une brindille craquer et se tourna pour regarder derrière lui. Dressée là, elle le contemplait, ses yeux bleus aussi vastes et sombres qu'une mer nordique.

— Vous... murmura-t-il, conscient qu'il avait l'air bête. C'est vraiment vous.

Elle referma les poings sur ses jupes et commença à battre en retraite. Le voile argenté scintillait comme des nuages traversés par un clair de lune condensé.

— Non ! Je vous en prie, ne partez pas. Je ne voulais pas vous faire peur.

La voix de Charles ressemblait à une supplique, mais peu lui importait. Si elle disparaissait à nouveau, qui sait s'il la recroiserait une troisième fois ?

Il leva les mains pour lui montrer qu'il n'avait pas l'intention de lui faire du mal.

— Je vous en prie. Je suis simplement heureux de voir que vous allez bien.

Ses yeux se radoucissant, elle regarda autour d'elle et lâcha lentement ses jupes.

— Mon nom est Charles. Charles Humphrey. Vous souvenez-vous de moi, l'autre nuit, à Lewis Street ? Vous êtes Lily, n'est-ce pas ?

— Oui. Comment pourrais-je oublier mon sauveur ? acquiesça-t-elle.

Elle avait la même voix rauque que dans ses souvenirs.

— Je me suis inquiété quand vous avez disparu. Je voulais juste vous raccompagner chez vous.

— Je sais.

Elle marqua un temps d'arrêt.

— Mais j'avais honte de...

— De m'avoir embrassé ? acheva Charles avec une esquisse de sourire.

Ça avait été un des meilleurs baisers de sa vie, du genre qui changeait un homme jusqu'à la moelle, du genre qui se gravait dans votre âme.

— Oui.

Lily sourit légèrement. Son expression réveilla quelque chose au plus profond de lui, l'ombre d'un souvenir qu'il ne parvint pas entièrement à identifier. Il savait simplement que décrocher un sourire de sa part était une récompense unique en son genre.

— N'ayez jamais honte d'un baiser, particulièrement un comme ça.

Il lui adressa un sourire qui avait précipité entre ses bras plus d'une femme, les genoux tremblants et les yeux remplis d'étoiles. Lily, toutefois, inclina la tête et le dévisagea avec curiosité.

— Puis-je vous raccompagner à l'intérieur ?

Il l'avait vu frissonner. Elle ne portait pas de pelisse et devait être gelée.

— Je suppose que oui.

— Excellent...

— Lily !

Charles reconnut la voix qui résonna dans les jardins. Émily l'appelait ? Comment diable la connaissait-elle alors que lui, non ?

— Par ici ! s'écria Lily.

Un moment plus tard, Émily les rejoignit dans le labyrinthe.

— Charles ! s'exclama-t-elle en lui adressant un sourire rayonnant. Je vois que vous avez rencontré ma cousine. J'en suis vraiment ravie.

— Votre cousine ?

Il faillit s'étrangler sur ce mot. Non, par les feux de l'enfer, *ça* ne pouvait quand même pas être la cousine veuve qui cherchait un époux !

— Oui. Ma cousine par alliance, Mrs Wycliff.

Pris d'un étourdissement soudain, il cligna des paupières. Son ange mystérieux était une charmante petite veuve de la campagne ?

— C'est un plaisir de... vous rencontrer *officiellement*, Mrs Wycliff, dit-il en lui adressant une révérence élégante.

— C'est également un plaisir de vous rencontrer, Lord Lonsdale, répondit Lily.

Charles l'étudia avec curiosité. À moins d'être lectrice avide des rubriques de potins, elle n'aurait pas nécessairement su qu'il était le comte de Lonsdale.

— Émily m'a beaucoup parlé de vous et de vos amis, sourit-elle.

— Pourquoi ne rentrons-nous pas ? dit Émily. Je crains d'attraper froid ici.

Charles hocha la tête et se tourna vers Lily.

— Je vous en prie. Mrs Wycliff, avez-vous des danses libres sur votre carton ?

Lily ouvrit la bouche, mais aucun son n'en sortit. Émily répondit à sa place.

— Je crains qu'elle ne soit déjà prise. Aucune danse de libre. Même si vous *étiez* arrivé à l'heure.

Émily lui décocha un regard désapprobateur qui aurait fait la fierté de sa mère.

— Bon. Alors... j'aurai peut-être de la chance un peu plus tard dans la soirée.

Il saisit la main de Lily et tourna le petit carton vers la lumière de la lune pour parcourir la liste des noms. Il en reconnaissait la plupart. Se mordant la lèvre pour dissimuler un sourire, il les escorta à l'intérieur. Souhaitant certainement protéger sa cousine de son influence néfaste, Émily écarta Lily de lui.

Je suppose qu'elle ne fait que son devoir. Elle a besoin d'un mari correct... et ce n'est pas moi.

Puis un détail que lui avait dit Godric lui revint. Lily était arrivée à Londres dans la journée. Toutefois, il l'avait croisée deux jours avant. Cette femme possédait des facettes dont même Émily ignorait peut-être l'existence. Godric avait peut-être voulu dire qu'elle n'était venue chez eux qu'aujourd'hui. Avant ça, il était possible qu'elle soit restée ailleurs.

Le mystère qu'elle présentait persistait, tout comme le baiser qu'ils avaient échangé à Lewis Street. Il n'était peut-être pas fait pour devenir un époux, mais sa curiosité envers elle était trop forte pour être déniée. Ce soir, il découvrirait les secrets de Lily Wycliff.

Mais d'abord, il devait éjecter plusieurs hommes de son carton de danses.

❦

— Ça s'est plutôt bien passé, n'est-ce pas ? murmura Émily à Lily alors qu'elles s'éloignaient de Charles.

Le cœur de Lily martelait toujours. Debout devant lui, aussi proche de sa véritable identité qu'elle pouvait l'être, elle s'était sentie incroyablement vulnérable.

— Au moins, il ne m'a pas reconnue, dit Lily. Merci de m'avoir secourue.

— Oui, s'il passait trop de temps avec vous, je craignais qu'il ne décèle la ruse. J'ai remarqué que vous avez parlé différemment en sa présence.

— C'est un ton que j'ai entendu les dames de la haute société utiliser en présence des messieurs, dit Lily.

— C'est la mode, nota Émily. Ça pourrait jouer en votre faveur ce soir.

Elle lissa sa robe avec les paumes de ses mains et observa les invités dans la salle de bal.

— Dois-je vraiment danser avec tous ses inconnus ? murmura-t-elle à Émily.

Elle était censée trouver un moyen de danser avec Charles, pourtant, quand elle avait vu qu'il l'avait repérée dans la salle de bal, elle s'était enfuie dans les jardins, espérant qu'il ne la suive pas.

— J'ai pensé que ça serait bien pour vous de rencontrer des célibataires désirables. Les Sanderson n'invitent que les meilleurs gentlemen.

— Cela inclut-il lord Lonsdale ? s'enquit Lily avec un demi-sourire. Nous connaissons toutes les deux sa réputation.

Émily éclata de rire.

— Vous savez, il reste un gentleman et est très recherché. Mais nous savons toutes les deux qu'il ne se casera probablement pas. Enfin, vous avez été son valet. Vous avez certainement vu des facettes de lui qui me rendraient écarlate. Qui plus est, je suis certaine que vous ne seriez jamais intéressée par un homme que vous avez passé si longtemps à servir.

Lily aurait voulu protester. Être le valet de Charles ne lui avait jamais paru être de la servitude. C'était plutôt de la camaraderie. En dépit de sa vie rebelle et des dames avec qui il couchait, Charles était esseulé. Malheureusement, quand l'occasion se présenterait, elle allait devoir s'en servir contre lui.

— Lord Kerrigan est votre premier partenaire pour la valse, déclara Émily avec une certaine excitation. Il est un peu rebelle, mais je le trouve fantastique.

Soudainement, un grand homme blond les rejoignit d'un pas vif. La colère assombrissait ses yeux bleus. Toutefois, l'avant de sa personne dégoulinait de ratafia. Ses vêtements étaient irrécupérables.

Émily lui sourit.

— Ah, Lord Kerrigan, je m'apprêtais à... Seigneur, que s'est-il passé ?

— Votre Grâce.

Faisant de son mieux pour dissimuler sa frustration, Kerrigan s'inclina devant Émily puis se tourna vers Lily.

— Mrs Wycliff, je me vois forcé de vous présenter mes excuses. Il y a eu un incident à la table des rafraîchissements. Je ne peux pas vous demander de danser avec moi alors que je risque de tacher une si jolie robe. Je crains de devoir rentrer immédiatement et retirer ces vêtements avant que mon valet ne me maudisse pour toujours.

Kerrigan s'inclina vers la main de Lily et déposa un baiser sur le revers de ses doigts.

— Nous valserons une autre fois, lui assura-t-elle.

— Je l'espère. Entre-temps, ne tombez pas amoureuse de quelqu'un d'autre.

Il lui adressa un clin d'œil et prit congé de ses hôtes.

Quelque peu déçue, Lily soupira. Elle s'était fait une joie de danser avec un homme grand et charmant comme lord Kerrigan. Cela dit, ça libérait une place sur son carton et ainsi, une opportunité.

— Mince ! s'exclama Émily en refermant son éventail d'un

geste. J'espérais que vous auriez l'occasion de danser avec lui. Je me demande ce qui s'est passé.

J'ai mes soupçons. Lily coula un regard à la table des rafraîchissements et vit Charles qui l'observait. Il porta un verre de ratafia presque vide à ses lèvres et afficha le sourire le plus coquin qu'elle avait jamais vu. Il leva son verre pour lui porter un toast silencieux. C'était *exactement* ce qu'elle voulait que Charles fasse si son objectif était de trouver un moyen de se retrouver sur son carton de danse. Sans pouvoir s'en empêcher, elle sourit et pouffa.

— Alors, pas de lord Kerrigan.

Émily fit claquer son éventail contre la paume de sa main comme un général l'aurait fait avec une cravache.

Lily garda un œil sur Charles.

— Je trouverai peut-être quelqu'un d'autre pour prendre sa place ?

Émily secoua la tête.

— Je crois malheureusement que ça ne serait pas approprié. Quand, par malchance, un gentleman et une dame ne dansent pas, on ne peut pas remplacer son partenaire originel par un autre. C'est bête, je sais. Qui plus est, la danse a déjà commencé.

— Le prochain est un quadrille, observa Lily qui étudia le carton attaché à son poignet par un fil.

Le nom *Mr MacGuire* était écrit sous le numéro de cette danse.

— Oh, excellent ! Mr MacGuire est un séduisant et riche banquier à Drummond ainsi qu'un ami proche d'Ashton. Le voilà... Oh, mon Dieu !

Encore une fois, le ton plein d'espoir d'Émily tourna au vinaigre. Avec un boitement marqué, un séduisant homme roux traversait la salle de bal pour les rejoindre.

— Toutes mes excuses, Votre Grâce.

L'accent épais de Mr MacGuire était aussi captivant que ses yeux verts, mais Lily ne pensait qu'à Charles et elle se demanda ce qu'il avait fait au pauvre Écossais.

— Oh, non ! Que s'est-il passé, Mr MacGuire ? Êtes-vous blessé ?

Émily lui tendit la main, mais il la repoussa d'un geste.

— Je vais bien ; juste un petit accident. J'ai trébuché et me suis cogné contre une des marches de la terrasse. Je crains de n'être pas un partenaire de danse amusant ce soir.

Il adressa un regard désolé à Lily.

— À une prochaine fois, Mrs Wycliff ?

— Oui, bien entendu. Rétablissez-vous bien, Mr MacGuire.

Lily l'autorisa également à déposer un baiser sur sa main. Elle tourna les yeux vers les portes vitrées qui menaient à la terrasse et vit Charles appuyé contre le mur, les bras croisés et un sourire suffisant aux lèvres.

Bien entendu.

Il n'avait quand même pas l'intention d'écloper tous les convives de ce bal ce soir ? Quel était son but ? Comme l'avait dit Émily, ce n'était pas approprié d'accepter une nouvelle invitation, même si un partenaire s'était porté pâle. Souhaitait-il lui faire honte en la forçant à passer tout le bal assise, ou bien lui communiquait-il simplement qu'elle l'intéressait ? À ce point-là, elle craignait d'avoir perdu tous ses partenaires et de ne pas danser. Cette peur se confirma quelques minutes plus tard quand le reste de ses partenaires de danse se succédèrent devant Émily et elle, chacun ayant une excuse pour quitter le bal. Près de la table des rafraîchissements, Charles souriait toujours d'un air suffisant.

— Je crois que je vais m'asseoir. Apparemment, je ne vais pas danser pendant un bon moment.

Lily se dirigea vers un groupe de chaises près du mur, où un groupe de filles effrayées faisaient tapisserie en observant timidement la scène. Lily s'assit parmi elles. La raison pour laquelle ces pauvres filles étaient restées sans partenaire était qu'elles étaient dénuées de la moindre assurance.

— Vous êtes Mrs Wycliff, n'est-ce pas ? demanda une des dames.

Lily hocha sombrement la tête. D'un certain côté, l'interférence de Charles était une bonne chose. Cela montrait qu'elle l'intéressait, ce qui lui faciliterait le travail.

Et c'était là le problème : elle n'en avait pas envie.

C'était presque aussi mal venu que le soir où Charles avait insisté pour qu'il l'accompagne à un tripot sous les traits de Tom. Il s'était dégotté une femme pour la nuit et quand Lily l'avait rejoint, Charles lui avait collé une bourse dans les mains et lui avait dit de s'en trouver une aussi.

Elle supposait que c'était une gentillesse de sa part. Charles avait souvent fait remarquer que Tom avait toujours du chemin à faire avant d'atteindre la maturité. Mais elle avait simplement vu Charles avec une autre femme, essayant de l'acheter pour un peu d'intimité.

Je suppose que je l'aimais aussi.

Ça n'avait pas commencé de la sorte. Au début, elle était simplement censée surveiller les mouvements de Charles et de ses amis au club des gentlemen qu'ils fréquentaient. Puis il l'avait prise en pitié et avait fait d'elle son valet, comme Hugo l'avait espéré. La plupart des espions dans les demeures de la Ligue avaient obtenu leurs positions parce que Hugo savait comment chacun pensait, les qualités qu'ils recherchaient et les faiblesses qu'ils possédaient.

La culpabilité et la générosité étaient les faiblesses de Charles.

Au début, elle avait essayé de tenir ses distances par rapport à lui, de garder leur relation professionnelle, mais elle s'était vite rendu compte qu'il n'avait pas besoin d'un valet, mais d'un ami. Et c'est ce qu'elle était devenue pour lui, même si ça lui faisait mal parce qu'elle avait craint de développer des sentiments pour lui. Chose faite...

Comment ne pas l'apprécier ? Il était parfait. Parfaitement beau, parfaitement amusant, parfaitement aventureux. Il avait tout ce qu'une femme pouvait désirer. Il était tout ce qu'*elle* désirait.

— Lord Lonsdale est-il à vous ? demanda la fille à sa gauche.

Confuse, Lily la regarda.

— Je vous demande pardon ?

La fille rougit.

— Eh bien, nous l'avons vu vous observer durant toute la soirée et apparemment, il a réussi à empêcher certains des plus beaux hommes présents à danser avec vous. Avez-vous un accord avec lui ?

— Non, je ne pense pas.

Avant qu'elle ne puisse en dire plus, les filles qui l'entouraient hoquetèrent quand Charles émergea de nulle part comme un diable hors de sa boîte.

— Mesdemoiselles.

Il sourit et toutes les filles timides parurent frôler l'évanouissement. Heureusement, elles étaient toutes assises.

— Milord, lui murmura la foule de celles qui faisaient tapisserie.

— Mrs Wycliff, je crois que vous avez plusieurs danses de libres. Puis-je ?

Il tendit la main et Lily faillit se redresser d'un bond, mais elle résista à l'impulsion. Elle ne pouvait pas paraître trop enthousiaste. Ça avait été une des premières leçons de Miss Mirabeau. Autrefois, la courtisane française travaillait pour Hugo et entraînait les femmes à l'art de la séduction. *« Si vous transformez une petite flamme en véritable incendie, vous ne pouvez pas lui donner tout le combustible dont elle a besoin en une seule fois. Vous devez la faire patienter un peu. C'est compris ? »*

— Alors ?

Avec une étincelle dans ses yeux verts, Charles replia les doigts en signe d'invitation. Soudain, Lily eut un éclair de génie, même si cela requérait un petit mensonge.

— Je crains que seule ma toute dernière danse soit libre, mais apparemment, aucune de ces ladies n'a de partenaire. Si vous souhaitez danser la dernière valse avec moi, vous me ferez une gentillesse et danserez avec mes nouvelles amies.

Les filles qui faisaient tapisserie gazouillèrent comme une volée d'oiseaux couleur crème. Charles plissa les paupières comme s'il essayait de comprendre à quoi elle jouait, puis il hocha lentement la tête.

— J'en serais honoré. Mesdames, qui veut passer en premier ?

Il prit en charge les dames timides et choisit d'abord une des plus effrayées, la dirigeant vers les colonnes de danseurs. Charles ne regarda Lily qu'une seule fois avant que la musique ne commence, puis il devint un danseur fantastique, accaparé par la compagnie de sa jeune partenaire.

La fille assise à côté de Lily soupira et lui donna un coup d'épaule.

— Il est vraiment épris de vous. Je ne pense pas qu'un débauché danse avec autant de femmes juste pour une valse.

— Ce n'est pas débauché, mais un rebelle.

Lily rit discrètement, mais elle ne pouvait renier la chaleur qu'elle ressentait dans sa poitrine en le regardant accepter danse après danse, faisant ressortir et briller chaque lady. À présent, les autres gentlemen présents ne pouvaient que les remarquer aussi. Le temps que la dernière danse arrive, chacune des filles timides avait été invitée par plusieurs jeunes hommes à évoluer sur la piste avec eux aussi.

Charles la rejoignit près des rangées de chaises à présent vides.

— Alors, c'était votre plan tortueux depuis le début ?

Lily feignit le choc.

— Que voulez-vous dire ?

— Je crois que ce soir, à moi tout seul, j'ai trouvé des relations pour plus d'une de ces filles qui faisaient tapisserie... Grâce à vous.

Charles sourit comme un paon fier.

Lily sourit à la foule.

— Elles étaient toutes misérables ici, mais regardez-les à présent. Des sourires sur tous les visages.

Elle lui coula un regard à la dérobée.

— C'est grâce à vous.

— C'est vrai.

Il croisa les bras et regarda les danseurs avec une certaine satisfaction.

— À présent, ai-je mérité ma valse ?

— En effet.

Elle tendit la main et l'escorta jusqu'à la piste de danse.

Elle cessa de respirer quand il la serra contre lui. C'était formidable d'être dans ses bras. Il ne l'avait encore jamais étreinte. Ils avaient déjà lutté, s'étaient entraînés et avaient même basculé dans un lac, mais il ne l'avait jamais étreinte ni dansé avec elle. Sa mère lui avait souvent dit que si elle croisait un homme qui pouvait danser comme un ange, Lily ferait mieux de l'épouser. *« Un homme qui danse mieux aime encore mieux »*.

Lily regarda le visage de Charles alors qu'il glissait un bras autour de sa taille et que la valse commençait.

— Je peux sentir que vous êtes tendue, dit-il.

— Comment ne pourrais-je pas l'être auprès de quelqu'un comme vous ? répondit-elle avec coquetterie.

Charles aimait qu'on joue avec lui avec des badinages. Ça le poussait à faire plus d'efforts. Mais il ne lui renvoya pas de pique comme elle s'y était attendue.

— Quelles que soient vos inquiétudes, oubliez-les, murmura Charles. Dansez avec moi et laissez le reste s'estomper.

Si seulement c'était aussi facile...

Elle avait très envie de tourner la page sur son passé et sa peur de l'avenir. Elle souhaitait simplement illuminer l'obscurité à l'intérieur d'elle. Juste le temps d'une danse, elle ne voulait pas laisser quoi que ce soit détruire leur moment.

Ils dansèrent dans un rythme parfait. Elle était plus grande que la plupart des femmes et ses jambes gardaient facilement la cadence des longues enjambées de Charles. Les doigts qu'il avait gardés sur sa taille descendirent vers ses reins. Il n'écarta pas les yeux des siens, sauf quand ils s'abaissèrent vers ses lèvres. Et ainsi, elle se perdit dans le rêve qu'il l'embrasse à nouveau. Pendant un moment, elle lâcha réellement prise.

Il la serra dans ses bras. Ses jupes s'enroulèrent autour de ses chevilles avec des froufrous satinés et la lumière des lustres parut faire briller le monde d'une façon inimaginable, comme si les portes qui menaient à leur propre paradis privé s'étaient ouvertes et que Charles et elle dansaient à travers les nuages.

Quand l'orchestre devint silencieux, la foule dans la salle de bal se perdit en applaudissements. Pourquoi cela devait-il se terminer ? Mais Charles la tenait toujours, les yeux à moitié fermés, alors que, comme elle, il relâchait une lente expiration tremblante.

— Je n'ai pas envie de vous lâcher, confessa-t-il.

— C'est incontournable, je le crains, dit Lily. La musique s'est arrêtée.

Ses yeux gris s'accrochèrent aux siens.

— Je crains qu'alors, vous ne disparaissiez à nouveau.

Pendant toutes ces années, elle avait entendu d'autres femmes s'échanger des murmures sur l'amour et la façon dont il vous consumait l'âme. À présent, elle le comprenait vraiment.

— Je n'irai nulle part, lui promit-elle. J'habite chez Émily, vous vous en souvenez ?

— Si je passe chez Godric demain, serez-vous là ? Accepterez-vous de me recevoir ?

Il baissa le visage comme s'il avait l'intention de l'embrasser. Paraissant ignorer le fait qu'ils se trouvaient au milieu de la salle de bal et qu'ils ne pouvaient pas, il s'arrêta à quelques centimètres seulement de ses lèvres. Elle coula un regard de côté et vit déjà les invités qui les regardaient et discutaient entre eux.

Elle se força à s'écarter avant que le scandale qu'il était en train de causer n'empire.

— Je serai là et je vous verrai.

— Alors, je vous verrai demain.

Il porta sa main à ses lèvres et y déposa un léger baiser. La chaleur du moment lui donnait un léger vertige. Comment parvenait-il à rendre un moment si innocent aussi dévoyé ?

Parce que tu es amoureuse de lui et qu'il est amoureux de toi.

Lily rejoignit Émily alors que les foules de la salle de bal se dispersaient. Bientôt, tous rentreraient chez eux vers des lits chauds, des cheminées allumées, des biscuits et du thé. Pour la première fois, elle aurait l'opportunité de profiter d'aller retrouver de telles choses, au lieu de les préparer pour les autres.

— Alors, comment c'était ? s'enquit Émily avec un sourire taquin.

— Mon premier bal ? demanda Lily.

— Non, danser avec Charles.

Le sourire d'Émily était bien trop sournois, mais Lily n'en avait cure. Qu'elle joue aux entremetteuses si ça l'amusait !

— Fantastique, admit-elle.

— J'ai vu ce que vous avez fait, dit Émily. Au début, j'ai pensé que vous rejetiez Charles en lui lançant d'autres filles au visage. Alors, j'ai compris que vous n'aidiez pas seulement ces filles à se faire remarquer, mais que vous testiez également Charles. Ai-je raison ?

— D'une certaine façon, sourit Lily.

— Ça a l'air d'avoir marché. Il est certainement épris de vous. Je me trompais peut-être sur lui. Charles est peut-être mûr pour le mariage. J'ai promis que je naviguerai jusqu'aux confins de la Terre pour trouver la femme qui lui est destinée.

Émily la prit dans ses bras et murmura à son oreille :

— Son destin était peut-être devant lui depuis le début.

Lily essaya de ravaler la douleur qui lui poignarda le cœur. Elle craignait plus que tout que ce soit vrai, puisque ce n'était pas le destin qu'aucun d'entre eux espérait.

❧ 14 ❧

— **Q**uelle nuit, hein ?

En quittant la demeure des Sanderson, Cédric donna une claque sur l'épaule de Charles.

— Bien moins douloureux que je l'avais craint.

— Quelle nuit, en effet, en convint Charles.

Après les attaques contre Phillip et Graham, il n'avait pas imaginé que son humeur s'apaise, pourtant, venir ici ce soir et y trouver Lily... Même son nom faisait chanter son sang et lui donnait le vertige comme s'il avait bu trop de whisky. Elle lui avait redonné un soupçon d'espoir.

— Au moins, ça a l'air de vous avoir guéri de votre humeur assassine. Je vous ai vu danser avec un certain nombre de ravissantes demoiselles. Je ne pense pas que l'une d'entre elles ait attiré votre attention ?

— Une fleur, admit-il. Lily Wycliff.

— La cousine campagnarde d'Émily ?

Cédric poussa un petit rire.

— Godric vous a interdit de lui faire la cour, alors c'est tout naturel que vous le fassiez. Cela doit être la beauté blonde avec qui vous avez dansé la dernière valse.

Charles sourit en secret.

— En effet.

Il avait déjà vu des femmes magnifiques ; cela n'avait rien de nouveau. Mais il y avait quelque chose de plus chez Lily qui l'attirait vers elle, quelque chose qui l'appelait. Comme s'il ressentait en elle une âme sœur, peut-être quelqu'un d'aussi blessé que lui. Si c'était le cas, alors peut-être avaient-ils une chance de se guérir mutuellement.

Il décida de lui rendre visite le lendemain à la première heure, mais il rencontra un écueil. Que diable faisait-on quand on voulait rendre visite à une femme dans le respect des convenances ? S'asseoir dans un parloir et boire du thé sous l'œil attentif d'un chaperon ? Puis il réalisa qu'Émily sera le chaperon de Lily. Il ne survivrait jamais à cette humiliation.

— Vous savez qu'elle a un enfant ? demanda Cédric d'un ton très prudent.

Charles hocha la tête.

— Je l'ai entendu dire, mais je suis exceptionnellement doué avec les enfants. Demandez à Tom. Je me suis occupé de sa petite sœur de temps en temps.

— Puisqu'on parle de Tom, où est-il ? Ça ne vous ressemble pas d'être sans votre valet.

Le cœur de Charles se serra quand il se remémora les circonstances moins qu'heureuses de Tom.

— Sa tante préférée est mourante. J'ai donné au garçon la permission de rester avec elle. Il a pris la jeune Kat avec lui.

— Oh, c'est triste.

— Oui et je me sens terriblement coupable de regretter son absence.

Cédric haussa les épaules.

— Un bon valet vaut son pesant d'or.

C'était vrai, mais le garçon avait également fini par faire partie de sa vie, un peu comme un jeune protégé. Son confident. Son ami. Et hormis la Ligue, il considérait peu de gens de la sorte.

— Ah, vous voilà.

Anne les rejoignit à l'extérieur, étouffant un bâillement tout en s'appuyant sur son époux.

— Oh, je ferais mieux de vous ramener chez nous, mon épouse.

Avec un petit rire, Cédric décocha un clin d'œil à Charles.

— Effectivement, vous devriez. Bonne nuit, Charles.

Anne lui sourit et le couple se dirigea vers la calèche qui les attendait.

Charles soupira tout en regardant son souffle former un petit nuage. Puis il referma ses gants. Il se retrouvait seul. Il fit signe à un garçon d'écurie de s'approcher et l'homme guida son cheval jusqu'au bas des marches du perron.

À cheval, il rentra chez lui à travers les rues obscures, fredonnant la mélodie de cette dernière valse. Il ne voulait pas oublier une seconde de son temps passé avec Lily Wycliff.

Il tombait fort pour cette femme et ne la connaissait même pas. Toute ravissante fut-elle, elle restait une inconnue pour lui. Pourtant, il aurait presque pu jurer qu'il la connaissait. Mais c'était impossible. Certes, il avait flirté avec de nombreuses femmes au fil des années, mais comment aurait-il pu oublier quelqu'un comme elle ? Et elle aussi aurait dû l'oublier, ce qui était tout bonnement impensable. Visiblement, elle resterait son ange blond mystérieux pour une nuit supplémentaire.

Mais le lendemain, il en apprendrait le plus possible sur elle.

Une fois parvenu chez lui, il s'assura que son cheval soit entre de bonnes mains puis alla chiper des biscuits à la cuisine avant de se retirer au lit. Davis avait sorti ses vêtements de nuit et il se débarrassa de sa tenue de bal qu'il jeta sur le dossier d'un fauteuil. Le feu était allumé dans l'âtre, mais le fauteuil à côté était vide. Les soirs où il ne l'accompagnait pas dehors, Charles y trouvait souvent Tom endormi.

Il enfila sa chemise de nuit et grimpa dans son lit. En dépit de son épuisement, il tourneboula d'un côté puis de l'autre, étirant les membres pour se mettre à l'aise. Pourtant, le sommeil l'éludait toujours. Ses paupières ne cessaient de s'ouvrir alors que son esprit rejouait les événements du bal.

Il se rassit et regarda la lumière du feu créer des ombres sur les draperies de la canopée qui surmontait son lit. Une pensée horrible s'imposa à son bonheur. Si Hugo avait vent de son intérêt pour Lily, il risquait de la mettre en danger, comme tous les autres.

Pour le moment, elle était en relative sécurité sous le toit de Godric, mais ils ne pouvaient pas prédire ce qui allait arriver dans les jours qui allaient venir. Il savait simplement qu'Hugo essaierait bientôt de déplacer un autre pion. Alors, Charles devrait être prêt à l'arrêter... ou mourir dans la tentative.

🙟

Dans son étude, Hugo Waverly lisait les dernières nouvelles de Paris quand la porte s'ouvrit. Daniel Sheffield se glissa à l'intérieur sans toquer ou lui adresser le moindre salut. Daniel était une extension d'Hugo et une arme à manier chaque fois que c'était nécessaire.

Il repoussa la pile de dépêches et se cala contre le dossier de son siège.

— Vous avez quelque chose à me dire ?

— Kilkenny, l'homme que vous soupçonniez d'avoir des sympathies pour la Ligue, a été heurté par une calèche ce soir, en route vers le bal des Sanderson. Il n'a pas survécu.

— Quel dommage !

Les calèches sont dangereuses de nuit, songea Hugo avec un sourire froid. Kilkenny ne manquera à personne.

— Quoi d'autre ?

— Lord Kent est toujours vivant. Lonsdale et Lennox sont descendus dans les tunnels, ils l'ont trouvé, et notre source dit que sa vie ne tient qu'à un fil. Je pourrais demander à notre homme d'y remédier.

Hugo y songea. Laisser Kent mourir sous le toit de Charles serait terrible, mais il ne voulait pas que son agent risque d'être démasqué.

— Pas nécessaire. Le message a été envoyé et reçu, comme prévu. C'est tout ce qui compte. Quoi d'autre ?

Daniel souriait à présent.

— Lonsdale a été vu en train de danser avec une femme appelée Mrs Wycliff.

Conscient qu'Hugo ne connaissait pas ce nom, il marqua un temps d'arrêt.

— Mrs Lily Wycliff. On dit qu'elle est une lointaine cousine de province de la duchesse d'Essex.

Hugo pianota sur son bureau du bout des doigts.

— Alors, le plan a fonctionné. J'espérais qu'il le fasse.

Sa suggestion d'endosser l'identité d'une cousine de lady Essex était géniale, et laisser la duchesse lui mâcher le travail était vraiment délicieux. La soi-disant Ligue des Rebelles accueillerait bientôt Lily à bras ouverts. Et alors...

— Je pense que ces nouvelles méritent qu'on trinque.

Hugo se redressa pour aller prendre des verres et une carafe de scotch. Il remplit deux verres et en tendit un à Daniel.

— À Mrs Lily Wycliff.

Hugo ricana.

— Puisse-t-elle tisser sa toile de séduction autour du vil cœur de Lonsdale.

Une fois qu'elle l'aurait fait, Hugo serait l'araignée au centre de cette toile, prête à frapper.

15

Terriblement nerveux, Charles contempla sa tenue dans le miroir de sa chambre. Il s'était réveillé tôt, bien trop tôt, et était resté étendu dans son lit pendant des heures, planifiant les détails de sa journée avec Lily. Il avait pris en compte les jeux habituels d'Émily. Elle jouerait certainement les entremetteuses et aurait ses propres objectifs, mais Charles était déterminé à obtenir ce qu'il voulait à sa manière.

Il coula un regard à son gilet vert bouteille brodé avec des cerfs dorés, à son pantalon en daim et à sa redingote bleu marine. Lily approuverait-elle ? Il n'avait encore jamais trouvé son apparence discutable, mais à présent, il doutait de tous les choix qu'il avait faits.

— Milord ?

Davis se tenait à sa droite, les sourcils froncés.

— Ai-je mal choisi ?

Charles fronçait aussi des sourcils.

— Non. Je suis simplement peu sûr de moi. Me trouvez-vous impressionnant ? C'est-à-dire, si vous étiez une femme.

Davis lui adressa un demi-sourire.

— Je vous trouve très beau, Monsieur. C'est-à-dire, si j'étais une femme.

— Je suis si nerveux, après toutes ces années !

— Nerveux, Monsieur ? Je ne vous ai jamais vu nerveux avant un rendez-vous galant.

— C'est différent. Aucun de mes jeux habituels, pas de rendez-vous secrets ou d'entrée subreptice par la fenêtre. J'ai envie de faire les choses correctement.

— Je vois, Monsieur. Eh bien, ce *serait* un changement pour vous.

Charles se tourna lentement vers Davis qui cessa de sourire.

— Je suis désolé, Milord, je ne voulais pas...

— Non, vous avez raison, bien entendu. Je ne sais même pas quelle est l'heure adéquate pour rendre visite à une dame. Et vous ?

— Je pense qu'entre la fin de la matinée et le début d'après-midi sont des heures acceptables.

Davis se servit d'une petite brosse pour retirer de son manteau de la poussière invisible.

— Fin de matinée. Début d'après-midi.

Charles sortit sa montre à gousset à laquelle il jeta un œil. Il n'était que neuf heures et demie. Comment allait-il passer les deux heures à venir ?

Son majordome apparut dans l'encadrement de la porte.

— Milord ?

— Oui ?

— Une certaine Mrs Ellis aimerait vous voir, dit Ramsey. Elle dit qu'elle répond à l'annonce que vous avez postée pour trouver une gouvernante et nounou pour Katherine et le petit Oliver.

— Ah oui !

Avec tout ce qui s'était passé, il avait oublié qu'il recherchait une nounou.

— Je l'ai introduite au salon et j'ai demandé à une bonne de lui servir du thé.

— Je vous remercie, Ramsey.

Charles tira sur son gilet afin d'en lisser le moindre pli et il replaça sa montre dans sa poche. Puis il se dirigea vers le salon.

Il y trouva une quadragénaire qui patientait sur un fauteuil.

Quand il entra, elle voulut se redresser, mais il lui fit signe de rester assise.

— Mrs Ellis ? demanda-t-il.

— Oui, c'est un plaisir de vous rencontrer, Milord.

Cette femme avait des yeux bleus doux et un sourire sincère. Ça lui plut. Les nounous qui ne souriaient pas n'étaient pas toujours les meilleures pour les enfants. Il s'assit en face d'elle et l'étudia plus attentivement. Des vêtements simples, des cheveux corrects, mais rassemblés en un simple chignon, ainsi qu'un visage et une voix agréables. C'était très bien, mais il lui restait des questions qui comptaient plus que son apparence.

— Depuis combien de temps êtes-vous nounou et gouvernante ?

— Dix ans, dit-elle. J'ai été employé par le vicomte Richmond et sa femme pour leurs enfants, mais à présent, ils sont assez grands pour intégrer Eton.

— Je vois. Et vous avez travaillé avec des enfants plus petits ? Disons, de deux ou trois ans ?

Elle acquiesça.

— J'ai travaillé avec un des garçons depuis ses trois ans et avec l'autre depuis ses cinq ans. Je suis très à l'aise avec les tout-petits.

— C'est bien, c'est bien. Bon...

— Pardonnez-moi, Milord, mais j'aimerais rencontrer les petits.

— Ah... Eh bien, un des enfants n'est pas ici. Vous voyez, l'enfant est la petite sœur de mon valet. Leur mère est morte, laissant la petite aux soins du jeune homme, et je m'occupe de mon personnel. J'aime beaucoup Katherine et je veux qu'on s'occupe d'elle le mieux possible.

Mrs Ellis haussa des sourcils surpris.

— Vous voulez que je m'occupe de l'enfant d'un domestique ?

Charles fronça légèrement les sourcils.

— Ah, je vois...

Le regard de Mrs Ellis se fit rusé.

— C'est le fruit d'une liaison ?

La question était audacieuse et déplacée, mais il ne pouvait pas lui reprocher de tirer ses conclusions.

— Pardonnez-moi, ajouta-t-elle rapidement. Mais c'est important de savoir ces choses en avance, pour le bien de l'enfant.

En effet, ce n'était pas un scénario invraisemblable. Il avait connu des hommes dans cette situation. Mais lui-même ne couchait pas avec le personnel. Ce n'était pas une question de classe, mais de pouvoir. Il refusait d'exercer le sien sur ceux qui n'en avaient pas, et la mère de Tom avait été la suivante d'une comtesse.

— Elle n'est pas à moi, mais vous verrez, Mrs Ellis, que j'ai un cœur très ouvert en ce qui concerne les enfants. Un de mes meilleurs valets a perdu son épouse l'année dernière et élève un fils tout seul. Il sera votre deuxième petit élève.

— Il est grand temps que les lords s'occupent des enfants. Je pense que c'est une très bonne chose, Milord.

Il sentait qu'elle le taquinait, même s'il ne comprenait pas pourquoi.

— Alors, vous acceptez le poste ?

Mrs Ellis ne répondit pas immédiatement. Elle l'étudia pendant un moment et finit par hocher la tête.

— Excellent. Même si le jeune homme et sa sœur sont absents, j'aimerais que vous commenciez d'ores et déjà avec le fils de Davis afin que vous soyez rodée quand Tom et sa sœur reviendront.

— Merci, Milord.

Elle brandit un sac de voyage.

— J'avais espéré que ce poste me convienne et je suis venue préparée.

— C'est bien. Demandez à la gouvernante de vous montrer votre chambre et vous aurez l'occasion de rencontrer le personnel et le petit Oliver.

Il attendit qu'elle le suive. Une fois qu'il fut certain qu'on s'occupe d'elle, il vérifia à nouveau sa montre à gousset. Cela n'avait pas pris suffisamment de temps.

— Monsieur ?

Émergeant de l'entrée du personnel, Davis vint l'aborder.

— Je viens de rencontrer Mrs Ellis. Oliver et elle se sont tout de suite bien entendus. Je ne sais pas comment je pourrais vous remercier un jour.

Le visage de Charles se réchauffa légèrement. C'était toujours un peu embarrassant quand ils le remerciaient pour sa générosité. Dans son esprit, ses actes auraient dû être considérés comme normaux, pas exceptionnels.

— Je vous en prie, Davis. Je pense qu'elle conviendra très bien aux enfants. Mais si vous vouliez me rendre une faveur, j'aurais besoin de conseils sur la meilleure manière de passer le temps avant de rendre visite à la dame de mon choix.

— Vous pourriez peut-être acheter des fleurs à la jeune femme ? suggéra le valet d'un ton plein d'espoir. Ça vous prendra au moins une demi-heure et ça la fera sourire.

— Davis, vous êtes un homme intelligent.

Il adressa un clin d'œil au valet de pied, prit son manteau et partit appeler sa calèche. Les meilleures fleurs se trouvaient sur Bond Street.

Chez la fleuriste, il rencontra une jeune dame aux grands yeux bruns et aux cheveux couleur miel qui arrangeait artistiquement des tiges dans un vase près d'une des fenêtres remplies de fleurs. Il remarqua la qualité du tissu de sa robe, qui avait pourtant un ou deux ans. Il était possible que la jeune femme se soit retrouvée en difficulté financière et soit venue chercher un emploi ici. Il s'assurerait de la récompenser pour l'aide qu'elle allait lui fournir aujourd'hui.

— Excusez-moi, Miss ?

Il s'éclaircit la gorge et la jeune dame hoqueta, manquant de renverser le vase de fleurs. Charles le rattrapa et le posa en sécurité sur la table. Rougissante, la femme se tourna vers lui.

Il afficha un grand sourire.

— Je suis terriblement désolée.

Au moins, il n'avait pas perdu la capacité d'éblouir les dames. Avec Lily, il se sentait gauche et inefficace, mais elle semblait être la seule femme à ne pas être complètement éblouie par lui.

— En quoi puis-je vous aider ?

La fille désigna les fleurs qui recouvraient toutes les surfaces de la boutique.

— J'ai besoin d'un bouquet, commença-t-il d'un ton incertain.

Ça faisait longtemps qu'il avait eu besoin de faire un effort pour conquérir une femme. Trop souvent, elles tombaient raides de lui sans qu'il fournisse le moindre effort, mais avec Lily, c'était différent. Il voulait être son preux chevalier, un homme qui lui offrirait le monde ou périrait dans la tentative.

— Pour une femme que vous admirez ? Ou bien pour une demande ?

La femme attendit patiemment que Charles se décide.

— Ce serait... plutôt... un bouquet pour courtiser ?

Il pria pour qu'une telle chose existe.

La femme essaya de réprimer un petit sourire.

— Ah... Une première visite à votre dame ?

Ressentant un petit accès de nervosité, il hocha la tête.

Ses mains dansant près d'un pot de gardénias, la femme le regarda.

— Parlez-moi d'elle.

— Elle est belle. Elle est blonde, comme si le soleil l'avait embrassée, et ses yeux sont aussi bleus que des bleuets. Elle est grande et gracieuse...

Il remarqua que la femme le dévisageait et il se rendit compte que louer la beauté physique de Lily n'était pas ce qu'elle avait à l'esprit.

— Elle est spirituelle, intelligente et particulièrement astucieuse. Elle me déboussole. Mais elle a traversé des épreuves. Son défunt mari est mort après une maladie et l'a laissée seule avec leur jeune fille. Elle danse merveilleusement bien, mais elle est aussi gentille, attentionnée et mystérieuse...

À présent, il ne pouvait pas s'empêcher de sourire.

— Quand elle rit, la lumière des bougies semble plus claire, et quand j'entends sa voix, le reste du monde disparaît.

— Je vois qu'elle a fait de vous un poète.

Elle se déplaçait déjà à l'intérieur de la boutique, choisissant des fleurs colorées l'une après l'autre et les fourrant dans un vase.

— Ça me révèle tout ce que j'ai besoin de savoir.

Puis elle revint et désigna chaque sélection.

— Des glaïeuls pour la force et la fidélité. Des lys calla pour l'innocence et la pureté, des amaryllis pour la beauté splendide et des jonquilles pour un amour à sens unique.

— À sens unique ? demanda Charles.

— Dans l'espoir qu'il *devienne* mutuel, répondit-elle avec un clin d'œil.

Charles remarqua qu'il manquait une fleur, une fleur qu'il reconnaissait.

— Et les gardénias ? Que signifient-ils ?

Le jeune fleuriste sourit et toucha sa main gantée.

— Amour secret... et que l'expéditeur des gardénias se sent seul.

Le regard de la femme dériva vers les fleurs et il se rendit compte qu'elle aussi devait se sentir seule. La solitude était vraiment tragique dans un magasin tel que celui-ci.

— Est-il si évident que ça que je suis seul ? demanda Charles.

— Ça se lit dans vos yeux et la façon dont vous parlez de votre amour.

Charles poussa un petit rire sans humour.

— Peut-être pas pendant plus longtemps. Combien coûte votre bouquet ?

— Cinq shillings.

La fleuriste noua précautionneusement un ruban de satin bleu autour du bouquet avant de le retirer du vase pour le lui donner.

Charles lui tendit dix livres.

— D'un expéditeur de gardénias à une autre.

Il lui adressa un sourire reconnaissant avant de quitter la boutique pour retourner vers la calèche.

Il se trouvait bien bête dans son véhicule, un immense bouquet entre les mains, mais il ne voyait pas d'autre moyen de montrer à Lily qu'il voulait se comporter envers elle en gentleman. Grâce à Émily, sa réputation l'avait certainement précédé.

Quand la calèche s'arrêta devant l'hôtel particulier de Godric, une nuée de papillons voletèrent follement dans son ventre. Il regarda à nouveau sa montre à gousset puis poussa un soupir de soulagement. Presque onze heures. Enfin ! Il était certain que s'il allait toquer, Godric le laisserait entrer, même s'il était un peu en avance.

Sa main trembla quand il souleva le heurtoir et le rabattit contre la porte. Quand Simpkins, le majordome de Godric, vint lui ouvrir, Charles sourit de toutes ses dents.

— Simpkins, vieux diable ! Alors, vous êtes toujours vivant.

Il claqua l'homme sur l'épaule.

Simpkins lui rendit un sourire indulgent.

— Ce n'est pas grâce à vous. Vous êtes attendu. Je devrais vous prévenir que toutes les boissons ont été placées hors de votre portée. Si vous avez soif, je vous apporterai ce que vous me demanderez... dans un *très* petit verre.

— Alors vous devrez simplement m'en amener plusieurs.

Le regard du majordome se posa sur l'immense bouquet.

— Des fleurs ? Alors, vous devez être très sérieux envers celle-ci, le taquina Simpkins.

— Je le suis, effectivement, admit Charles.

— Que Dieu la garde. Les dames se trouvent dans le salon du matin. Laissez-moi annoncer votre arrivée.

Simpkins le laissa attendre dans le vestibule.

— Charles ?

La voix de stentor de Godric le fit grimacer.

— Seigneur Dieu, ce sont des *fleurs* ?

Il descendit les marches avec des yeux verts pétillants d'humour.

— Pas un mot de plus, le mit en garde Charles. J'en ai entendu suffisamment de la part de votre majordome. Pourquoi n'a-t-il pas encore pris sa retraite ?

— Il redoute le jour où mes tapis resteront sans défense contre l'une de vos visites. C'est qui lui permet de continuer.

— Lord Lonsdale, les dames sont prêtes à vous recevoir, annonça Simpkins quand il revint dans le vestibule.

Charles carra les épaules et se dirigea vers le petit salon. Godric se mit au garde-à-vous et lui adressa un salut moqueur au passage avant de lui emboîter le pas. Charles lui adressa un regard interrogateur.

— Oh, je ne raterais *cela* pour rien au monde, dit Godric.

Charles marmonna un juron et ouvrit la porte, préparé à faire face à Émily en tant que chaperonne et à Lily, la femme qui était en passe de dérober son cœur.

16

Lumineux, le soleil hivernal filtrant par les hautes fenêtres faisait rayonner les murs couleur pêche du petit salon. Près de l'âtre crépitant, Émily était assise dans un fauteuil, un livre dans les mains. Quand Charles entra, elle lui adressa un sourire rayonnant puis pointa le menton vers Lily. Installée sur un canapé près de la fenêtre, elle aussi était en pleine lecture. Émily avait certainement voulu qu'il les voie exactement ainsi en entrant.

Charles s'éclaircit la gorge et Lily leva les yeux, le caressant de son regard bleu. Il aurait voulu la prendre dans ses bras et l'embrasser profondément derrière les rideaux. Mais non, s'abandonner à des passions brèves et futiles était ce que l'autre Charles aurait fait. Pour elle, il fallait qu'il devienne plus que cela.

Elle ouvrit de grands yeux en avisant ce qu'il tenait à la main. Se sentant complètement imbécile, il brandit maladroitement le bouquet.

— Voilà.

C'est le seul mot qu'il parvint à dire. Son cœur martelait si fort qu'il s'entendait à peine penser.

Lily cligna des paupières.

— Pardon ?

Dans son dos, Charles entendit Godric s'esclaffer tandis qu'Émily plaquait une main sur son visage pour essayer de dissimuler un sourire.

Oh, il allait en entendre parler jusqu'à la fin de ses jours !

— Elles sont pour vous, dit-il plus poliment.

Lily posa le livre et prit le bouquet. Elle enfonça le visage dans les fleurs aux couleurs vives. Charles cessa de respirer quand il la vit auréolée par le soleil. C'était tout bonnement la femme la plus exquise qu'il avait jamais rencontrée. Sa beauté intérieure pétillait dans l'éclat joyeux de ses prunelles alors qu'elle levait lentement la tête vers lui, exprimant le ravissement purement féminin de plonger le visage entre les pétales. Il était incapable de détourner le regard, se refusait à le faire. Il se perdait dans Lily, cette belle inconnue qui lui semblait pourtant si familière. Un homme pouvait-il aimer une femme au premier regard ? Quand elle le contemplait de la sorte, il avait l'impression que c'était possible, comme s'il avait répondu à une prière silencieuse et secrète qu'elle avait conservée au plus profond de son cœur.

Je ressens la même chose. Elle est la réponse à ma solitude.

— Elles sont ravissantes.

Lily coula un regard à Émily et montra les fleurs à sa cousine avec une fierté embarrassée.

— En effet.

Émily leur sourit puis se redressa pour partir. Elle adressa à Charles un regard lent et plein de sens dont il ne parvint pourtant pas à déchiffrer le sens. Devait-il montrer un comportement irréprochable ? Ne voyait-elle pas qu'il faisait déjà de son mieux ?

— Si vous voulez bien m'excuser. Je reviens avec un vase dans une seconde.

Émily rejoignit Godric dans le couloir et ferma la porte.

Elle l'avait laissé seul avec Lily. C'était inattendu. Ou bien elle pensait qu'il se comporterait en gentleman – ce qui était peu crédible – ou alors elle s'attendait à ce qu'il reste lui-même et séduise Lily, chose plausible s'il en avait l'occasion.

Le cœur toujours battant, les paumes moites, il s'assit à

l'autre bout du canapé. Il ne s'était jamais senti aussi nerveux en présence d'une femme. Toutefois, il était également empli d'une tranquillité qu'il n'aurait jamais crue possible. Quelque chose dans tout ceci, aussi effrayant et étranger que ça lui paraisse, sonnait juste.

Lily poussa un soupir rêveur.

— Des gardénias. Mes fleurs favorites.

Elle frotta sa joue contre les pétales et leva les yeux vers lui. Ses cils doré foncé chatoyaient et ses lèvres rosies étaient légèrement entrouvertes. Il ne songeait qu'à y plaquer un baiser.

— Les gardénias sont vos préférées ?

Il lutta pour émerger du désir qui accaparait ses pensées et se concentra sur leur conversation. Il avait autant envie d'apprendre à la connaître que de l'embrasser.

— Oui, avec les lys calla, probablement à cause de mon nom.

Elle éclata de rire.

— Avant les bals, ma mère ornait sa chevelure de petits gardénias. Ils étaient magnifiques, et quel arôme ! Elle en remplissait de pleins vases partout, y ajoutant du freesia. Ma mère adorait les fleurs. Moi aussi, mais cela fait des années que je n'y avais plus songé.

La tristesse qu'il avait remarquée plus tôt revint dans ses yeux. Lentement, il saisit sa main libre et referma les doigts autour des siens. Il s'étonna du calme qu'il ressentait à lui tenir la main sans s'attendre à plus. Il retourna sa paume pour examiner les lignes délicates. Elle présentait plusieurs callosités juste sous la base de ses doigts. Il les explora, se demandant quels événements dans sa vie l'avaient amenée à effectuer un travail manuel.

— Je suis désolée.

Embarrassée, Lily essaya de retirer sa main, mais il l'en empêcha et la porta lentement à ses lèvres. Doucement, avec révérence, sa bouche caressa le revers de ses doigts. Quand elle arrêta de respirer, il sentit son sang chanter.

— Pas besoin de vous excuser, dit-il. Des mains qui ont connu le labeur ne sont pas honteuses, au contraire. J'ai envie de tout connaître sur vous. Voulez-vous bien m'en parler ?

— Je peux vous révéler plusieurs choses, répondit-elle, mais pas tout.

Charles afficha un sourire satisfait.

— Vous êtes une femme secrète ?

— Une femme prudente.

Charles hésita, se demandant s'il pouvait poser la question au premier plan de son esprit, parfaitement conscient qu'elle ne répondrait probablement pas.

— Très bien. Que faisiez-vous seule à Vauxhall et comment avez-vous été kidnappée puis emmenée à Lewis Street ?

— J'avais décidé d'arriver à Londres avant la date fixée par ma cousine. Je ne voulais pas profiter outre mesure de la gentillesse d'Émily, aussi ai-je décidé d'explorer la ville toute seule. Dans ses lettres, elle m'avait parlé des jardins et j'avais espéré les voir en personne. Toutefois, elle ne m'avait pas avertie du danger.

Charles hocha la tête.

— Je suppose qu'aucun endroit de Londres n'est réellement sûr, c'est pourquoi une femme ne devrait pas se balader seule dans les rues, particulièrement en soirée.

Pendant quelques instants, elle eut un regard lointain.

— C'est une erreur que je ne commettrai plus.

Elle baissa alors les yeux vers son livre.

— La question suivante, Milord.

Bon, il avait essayé. Il devrait peut-être remporter sa confiance d'une façon détournée.

— Que lisez-vous ? demanda-t-il en désignant le tome qu'elle avait mis de côté.

— *La richesse des nations* d'Adam Smith.

— Vraiment ?

Il cligna des paupières. La plupart des hommes de sa connaissance n'étaient pas parvenus à terminer cet ouvrage et il ne s'était jamais vraiment demandé si une femme pouvait le lire. Non qu'il pensât qu'une femme en serait incapable, c'était simplement terriblement *ennuyeux*...

— Oui, ça se répète un peu sur les points économiques les

plus spécifiques, mais le thème en général est plutôt fascinant, vous ne trouvez pas ?

Charles éclata de rire.

— Je serais incapable de vous le dire. J'ai essayé de lire cet ouvrage pour un de mes cours à Cambridge et chaque fois que je l'ouvrais, je me réveillais des heures plus tard, la tête enfoncée entre les pages. C'était au point que j'ai commencé à m'en servir comme oreiller.

— Vous mentez ! pouffa Lily.

— Certes, admit-il, mais n'est-ce pas une anecdote amusante ?

— Effectivement, en convint-elle. Pourquoi ne me racontez-vous pas une histoire vraie ?

— Sur moi ?

Il voulait en apprendre davantage sur elle, mais si elle souhaitait l'entendre parler, il ne l'en priverait pas.

— Allons, voyons...

— Pourriez-vous me parler des cygnes à Vauxhall ?

Il décocha un regard contrarié à la porte.

— Émily ! Seigneur... Cette femme ! Voilà qu'elle recrute des membres de sa famille pour essayer d'apprendre ce qui s'est passé ?

Il se détendit un peu et leva les yeux au ciel. Cette fois, c'est lui qui évita de répondre.

— Pas de cygne. Question suivante.

Elle se mordit la lèvre.

— Parlez-moi de vos parents, suggéra-t-elle. De votre famille.

— Ma famille...

Il fit courir le bout de ses doigts sur sa paume, traçant les contours des fines lignes qui barraient sa peau.

— Par où commencer ? Sans mentir, Violet, ma mère est une femme charmante, d'esprit comme de corps. Mon père et elle étaient amis longtemps avant leur mariage. Elle m'a toujours dit que les mariages basés sur l'amitié durent plus longtemps que ceux nés du désir.

Lily hocha la tête et scruta son visage.

— Et votre père ?

— Guy Humphrey était un père fantastique, un homme aimant au cœur chaleureux. J'ai toujours désiré devenir un homme aussi bon que lui.

— Et l'êtes-vous ? demanda Lily.

Charles aurait voulu sourire, mais il en était incapable.

— Je suis loin d'avoir accompli cet objectif, mais je continue de m'y efforcer.

Lily leva le bras pour lui saisir la joue.

— Je crois que ça en dit plus que vous ne le croyez.

Elle s'exprimait avec une telle conviction qu'il aurait pu y croire.

— Lily... Puis-je vous appeler Lily ?

Elle acquiesça et pinça la lèvre, comme si ce pas en avant l'avait excitée.

— Nous venons à peine de nous rencontrer et j'ai l'impression de vous connaître déjà. Cela vous paraît-il étrange ?

— Pas du tout, lui assura-t-il.

Ayant l'impression d'être redevenu un garçon, il sourit timidement.

— Je ne parviens pas à vous chasser de ma tête et pourtant, j'ai l'impression de n'avoir personne à qui parler de ce que je ressens.

— Personne ? Et vos amis ?

Charles poussa un petit rire.

— Je crains que ça soit impossible. Je me suis montré quelque peu... moqueur envers eux quand ils ont parlé d'amour et de romance. Si je devais leur demander des conseils à présent, ils en profiteraient certainement pour se venger.

— Oh ! feignit de s'offusquer Lily.

— C'était une plaisanterie, je vous l'assure, ajouta Charles. Cela dit, je dois admettre que j'ai brûlé pas mal de ponts au cours des derniers mois.

— C'est dommage. Les hommes gardent souvent leurs émotions pour eux et ce n'est pas sain. Vous n'avez vraiment personne à qui parler ?

Charles y réfléchit.

— Mon valet, peut-être ?

— Votre valet ?

— Oui, je fais autant confiance à mon valet qu'à n'importe lequel de mes amis.

— Ce doit être un valet spécial. *Lui* parleriez-vous des cygnes à Vauxhall ? le taquina Lily en lui enfonçant gentiment un doigt dans les côtes.

— Mais pourquoi toutes les dames que je rencontre veulent-elles connaître l'histoire de ces satanés cygnes ?

Il poussa un grognement et se cala à nouveau dans le canapé, la faisant se rapprocher de lui dans le processus, ne serait-ce qu'un peu. Elle ne s'écarta pas et cette petite victoire le fit se réjouir intérieurement. Ses doigts dansaient toujours sur la peau de Charles. Il se perdait en elle, dans le renflement de ses seins alors qu'elle respirait, le pouls qui battait dans sa gorge et le léger parfum floral qui s'accrochait à sa peau depuis qu'elle avait enfoncé son visage dans le bouquet. Il avait tellement envie de l'embrasser que son corps tout entier palpitait du désir primal de la goûter. Il savait que s'il la prenait dans ses bras et capturait sa bouche avec la sienne, il sentirait son pouls battre contre ses lèvres et serait réellement perdu pour toujours.

— Parce que l'histoire des cygnes est légendaire, répondit-elle. Tout comme *vous* êtes légendaire, Milord.

Son sourire mutin amusé lui donna envie d'éclater de rire. C'était si familier, comme s'il connaissait cette femme depuis des années. Ce qui était impossible, bien sûr.

— Appelez-moi Charles. C'est la moindre des choses.

Elle contempla ses lèvres et ses yeux bleus se firent solennels.

— Charles.

La façon dont elle prononçait son nom lui provoqua un étrange frisson et son sang bourdonna d'excitation.

— Lily, puis-je vous embrasser ?

Il s'était à moitié attendu à la voir rougir, puis à se prendre une gifle pour son audace. Au mieux, il s'attendit qu'elle lui dise que c'était trop tôt ou déplacé pour une première visite formelle. Au lieu de ça, elle acquiesça avec empressement.

— Oui, vous pouvez.

Lily ferma délicatement les paupières et ses lèvres s'entrouvrirent. Quand il se pencha vers elle, Charles eut l'impression qu'il se tenait aux portes du paradis. Leurs lèvres s'effleurèrent en un prélude tendrement brûlant. Il enfonça ses ongles dans ses paumes, cette douleur vive lui permettant de garder le contrôle alors qu'il collait son nez au sien. Elle entrouvrit les lèvres. Il sentit sur sa lèvre inférieure un souffle d'air puis entendit un petit gémissement qui sortit de la gorge de Lily, le secouant jusqu'à la moelle. Un frisson le parcourut, alors que la douleur dans ses paumes cédait la place au désir. Le feu courait entre leurs corps, même s'il ne l'étreignait pas comme il avait désespérément envie de le faire. Des lumières passèrent derrière ses yeux fermés alors qu'il s'enivrait du goût sucré de sa bouche...

La porte du salon du matin s'ouvrit brusquement.

— J'ai trouvé un vase ! annonça Émily.

Ses yeux violets pétillèrent quand elle ajouta :

— Comme je viens de l'annoncer très fort, *à plusieurs reprises*, depuis le couloir.

Charles et Lily s'écartèrent brusquement l'un de l'autre. Il décocha à Émily un regard noir frustré alors que le désir plaisant qui courait dans ses veines se transformait en un embarras qui lui brûla les joues.

Émily s'approcha et retira le bouquet des mains de Lily. Les fleurs étaient tombées sur ses genoux et risquaient clairement de s'écraser à terre. Émily glissa leurs tiges dans le vase rempli d'eau.

— Voilà.

Elle posa le vase sur la table.

— Ne sont-elles pas absolument ravissantes ? Quel bouquet parfait, Charles. Très bon choix !

Puis elle inclina la tête sur le côté, faisant semblant d'entendre que Godric l'appeler.

— Oh, je ferais mieux d'aller voir ce dont mon mari a besoin !

Elle sortit dans le couloir.

— Mon cher ? De quoi aviez-vous besoin ?

— Besoin ? Pourquoi m'avez-vous appelé ? Je n'ai rien dit.

Clairement surprise, la voix de Godric fit rire Charles.

Émily le fit taire et on entendit ensuite un grognement masculin, sans doute de la part de Godric qui se faisait frapper dans les côtes par la délicate duchesse. Puis la porte se referma.

Charles attendit qu'elle soit partie pour se retourner vers Lily. Son visage était rougi, ses lèvres enflées et un désir dévergondé étincelait toujours dans ses yeux. Il avait toujours du mal à jouer au gentleman qu'il devait être. L'ancien Charles l'aurait attirée sous lui sur le canapé et cette femme méritait mieux.

— C'est un chaperon horrible, mais je suppose qu'elle comprend que vous n'êtes pas une jeune demoiselle innocente qui ne connaît rien au monde.

L'inquiétude assombrit le visage de Lily.

— Cela vous dérange-t-il ?

— Quoi, donc ? demanda-t-il, toujours perdu dans le fantasme de conquérir ses lèvres.

— Que j'ai déjà été... mariée ?

Visiblement, elle craignait sa réponse et il grimaça. Il avait vraiment du mal à se dépatouiller.

— Non, pas du tout. Je crains davantage de ne pas arriver à la cheville de votre mari. Il a dû être votre premier amour.

Il refusait de l'imaginer aimer un autre homme. Il n'était pas du genre jaloux, mais il était troublant de savoir qu'il ne serait pas le premier dans le cœur d'une femme, qu'il y avait eu quelqu'un d'autre avant lui. Et s'il ne se mesurait jamais à son premier mari ?

Lily détourna le regard. Il se maudit de lui avoir rappelé sa douleur. Pourquoi n'avait-il pas pu garder le silence ?

— Il n'était pas mon premier amour. Je l'appréciais profondément, bien sûr, mais en vérité je n'ai jamais été amoureuse de lui.

— Mais vous avez choisi de l'épouser ? demanda Charles, curieux.

Il essaya de ne pas se réjouir à l'idée qu'il risquait quand même d'être le premier homme à remporter le cœur de cette femme fascinante, belle et intelligente.

Elle afficha un sourire sardonique.

— Tout le monde ne se marie pas simplement par amour, vous savez. En réalité, c'est plutôt rare.

— Je sais, mais je suppose que j'ai toujours *espéré* que le mariage d'amour deviendrait la pratique la plus courante.

Il le pensait. Un mariage sans amour lui paraissait être une torture pour tous les participants. Une vie d'engagement devrait être bâtie sur une force positive comme l'amour, pas juste un contrat légal.

Lily éclata de rire et il aurait juré pouvoir entendre des cloches sonner.

— Vous êtes un romantique.

— Je suppose que oui.

Il regarda à nouveau l'encadrement de la porte, s'attendant à moitié à ce qu'Émily déboule avec une autre distraction. Il avait besoin de tenir Lily dans ses bras et même s'il s'attendait à ce qu'elle ne l'y autorise pas, ça valait la peine d'essayer.

— Restez ici.

Il se redressa et tira un fauteuil devant la porte, prenant garde à le caler contre la poignée. Une fois qu'il fut certain que le meuble leur épargnerait une interruption, il retourna au canapé. Elle aussi semblait enthousiaste. Il décela une légère excitation dans son regard.

— Vous êtes coquin, dites donc, rit doucement Lily, un son qui réveilla immédiatement son entrejambe.

Charles ne pouvait pas attendre une seconde de plus.

Il prit son visage entre ses paumes et captura ses lèvres. Il essaya d'être doux, il *fut* doux au début, mais son goût sucré l'enivra comme du brandy. Il frôla ses lèvres, lui faisant ouvrir la bouche et glissant sa langue à l'intérieur, mais y trouvant déjà la sienne qui la cherchait. Ses mains lui saisirent le visage puis descendirent, suscitant des frissons et des gémissements alors qu'il faisait courir ses paumes sur ses seins, jusqu'à sa taille puis aux courbes de ses hanches alors qu'il la rapprochait de lui.

Enfin, il la souleva d'un mouvement fluide pour qu'elle s'asseye sur ses genoux, la rapprochant de lui pour mieux l'embrasser.

Il déposa des baisers sur l'étendue délectable de sa clavicule et plus bas, sur les collines de ses seins. Ses mains s'enfoncèrent dans ses hanches, sans souci de froisser sa robe. Elle ondula contre lui et l'enfourcha à califourchon, calant ses jambes de chaque côté de son corps. Il ne fit aucun effort pour pousser les choses trop loin. Pas par souci des convenances, qu'elles aillent se faire voir ! Il désirait simplement la posséder elle, l'objet de son désir, la première femme qu'il avait jamais courtisée. Il voulait qu'elle l'embrasse aussi follement et passionnément qu'elle le souhaitait sans s'attendre à plus.

Quand il revint vers sa bouche, Lily fit courir sa langue sur sa lèvre inférieure et il gronda doucement avant de lui mordiller la sienne. Elle serra son cou plus fort, se plaquant davantage contre lui. Un gémissement lui échappa quand elle écarta davantage les lèvres et qu'il laissa sa langue s'enfoncer aussi profondément qu'il l'osait. Il voulait qu'elle le *ressente*, sente comment ce serait un jour, très bientôt, quand il l'emmènerait au lit et la ferait sienne.

Enfin, leurs bouches se séparèrent et il essaya de reprendre sa respiration. Son cœur battait follement et il n'était pas certain de pouvoir se calmer un jour. Il tremblait. Elle poussa un rire haletant quand il fit pleuvoir des baisers lents et taquins sur son menton, sa gorge, son oreille. Cette femme était une déesse qu'il souhaitait aduler pour le reste de sa vie.

— C'était bon ? demanda-t-il en essayant de rassembler ses pensées.

Cette femme lui avait fait perdre tout son contrôle.

Respirant tout aussi fort, elle plaqua son front contre le sien.

— Vous savez que c'était plus que bon. C'était fantastique.

Le nœud dans sa poitrine se dissipa et une chaleur se répandit à travers son corps alors que ses doigts effleuraient le visage de Lily, traçant les contours de sa mâchoire et de ses lèvres avant de descendre sur son cou et ses épaules. Il fit dévaler les mains vers le bas de son dos, en explorant la courbe délicate avant de saisir ses fesses tout en respirant toujours lourdement.

Il sentait à cet instant que cette femme le possédait. C'était réciproque, et cette douce et tendre possessivité lui donna l'aplomb de reprendre la parole.

— Puis-je vous inviter ce soir ?

Elle bougea sa tête pour la poser sur son épaule, ses lèvres caressant son oreille.

— Que ferions-nous ?

Il referma les mains sur elle.

— Tout ce que vous voulez.

— Un opéra ?

— C'est d'accord, en convint-il. Et peut-être qu'en attendant, nous pourrions passer toute la journée dans cette pièce.

Il haussa les sourcils de façon suggestive.

Le rire de Lily lui provoqua un vertige délicieux.

— Je crois qu'Émily et Godric auront des objections.

— S'ils ne peuvent pas entrer, nous ne les entendrons pas.

Lily rit doucement et caressa sa joue avec son nez alors qu'elle se détendait contre lui.

La tension qui avait paru se concentrer si fort dans cette femme magnifique commença à s'apaiser. Charles avait juste envie de l'étreindre, de lui faire savoir qu'elle n'était plus seule, qu'il serait là tant qu'elle aurait besoin d'elle.

— Je ne souhaite rien oublier à propos de ce moment, dit-il avant de déposer un autre baiser sur ses lèvres.

— Milord, c'est votre désir qui parle.

Le ton de Lily lui fit mal, même si c'était compréhensible vu son passé. Comment pouvait-il lui expliquer ce qu'il ressentait ? Lui dire que c'était différent de tout ce qu'il avait connu jusqu'alors ?

— Lily, je serai le premier à admettre que je ne connais rien de l'amour, mais ce que je ressens présentement n'est pas simplement du désir.

Il saisit son visage entre ses mains, s'assurant de posséder toute son attention.

— J'ai un passé avec les femmes. Je pense que vous le savez, vu que vous avez passé du temps avec Émily.

— Effectivement, mais c'est derrière vous.

Elle posa la tête sur son épaule et poussa un petit soupir.

— Si ça ne compte pas, alors pourquoi ne me faites-vous pas confiance quand je dis que j'ai des sentiments pour vous ?

Elle ne répondit pas immédiatement. Elle fit danser ses doigts minces le long des boutons de son gilet, traçant les contours des empiècements couleur ivoire.

— Ce n'est pas que je ne vous fais pas confiance. Je ne fais pas confiance au bonheur que je ressens dans vos bras. Il ne pourra pas durer.

Elle se redressa brusquement et quitta ses genoux. Il essaya de l'atteindre, mais elle lui intima l'ordre de garder ses distances.

— Je suis restée seule ici trop longtemps. Je dois y aller avant que le personnel ne commence à jaser et malmener la réputation d'Émily et de Godric.

Elle se dirigea vers la porte puis marqua un temps d'arrêt.

— Mais... j'aimerais quand même vous accompagner à l'opéra ce soir.

— Même si vous ne croyez pas durable le bonheur que vous ressentez avec moi ?

Il ne put s'empêcher de lui lancer ses propos au visage.

Elle lui renvoya un regard incendiaire.

— Je n'y crois pas, mais ça ne veut pas dire que je ne la désire pas.

Elle éloigna la chaise de la porte et disparut dans le couloir.

La pièce semblait vide comme si elle n'avait jamais été là. Évaporée, une fois encore. Le bouquet de fleurs qu'elle avait oublié était la seule preuve de son existence, et les gardénias avaient l'air de se gausser de sa solitude renouvelée.

Charles resta assis seul sur le canapé. Il se passa une main sur la mâchoire et soupira, comme si le poids du monde reposait sur ses épaules. Pas besoin de s'attarder s'il n'allait pas revoir Lily avant le soir.

Simpkins l'attendait dans le couloir, son manteau et son chapeau à la main. Charles les accepta en silence et était en route vers la porte quand le majordome prit la parole.

— L'amour qui requiert de la patience, de la compréhension et du pardon est un amour qui durera longtemps après que le désir aura disparu.

Charles considéra Simpkins pendant un long moment puis lui répondit d'un hochement de tête.

— Merci.

Le domestique adressa un regard hautain à Charles.

— Les boissons vous sont toujours interdites, Milord, mais bonne chance.

Charles sourit et lui tapota l'épaule.

— Vous de même. Je crains d'avoir rayé les lattes du plancher en déplaçant des meubles.

Il sentit le regard dur de Simpkins en partant. Si on avait pu tuer avec les yeux, la revanche d'Hugo aurait été coupée court par un majordome furieux.

17

Au club de Berkley's, Ashton Lennox était assis dans un fauteuil. Il tenait précairement à la main un verre de brandy abandonné. Ses pensées étaient à des lieues de là. Il avait fait de son mieux pour retrouver celui qu'il connaissait sous le nom de Kilkenny. Ashton était convaincu qu'il s'agissait d'un des espions d'Hugo, mais cet homme ne s'était pas présenté.

Depuis un mois, Ashton avait talonné cet individu comme un maître-chasseur avec un chevreuil prisé, prenant son mal en patience pour le convaincre d'échanger au moins quelques mots. Mais ça n'avait mené à rien. Puis il avait eu vent d'un accident de calèche cette nuit-là, à un pâté de maisons du bal, et il en avait rapidement déduit ce qui s'était produit. Il s'était refait manipuler, pourchassant des fantômes dans le noir, chose qu'Hugo souhaitait certainement.

— Il y a quelque chose que je ne vois pas. Une pièce du puzzle, un coup sur l'échiquier que j'ai raté.

Il avait ses propres agents qui suivaient Hugo et ses sbires. Des espions qui espionnaient des espions. Il en avait beaucoup appris sur Hugo et la façon dont il complotait, mais certaines choses n'avaient aucun sens. Il comprenait enfin la haine qu'entretenait Hugo à l'égard de Charles, mais il devinait qu'il y avait autre chose. Quelque chose qui n'avait aucun lien direct avec les deux hommes.

Il ferma les yeux, se remémorant son propre rôle dans les événements de cette nuit.

Lucien et lui étaient revenus d'une soirée au Pickerel, le pub du coin, quand ils avaient vu deux personnes lutter au bord de la rivière proche de Magdalene College. Lucien et lui avaient traversé la pelouse en courant. Ils poussèrent des cris une fois qu'ils se rendirent compte qu'un homme essayait de noyer l'autre.

C'est là qu'il avait vu Peter Maltby sortir de nulle part et plonger dans la rivière. Ashton et Lucien avaient recommencé à crier alors que les trois hommes pataugeaient, mais ils ne comprenaient pas ce qu'ils voyaient. Puis le hurlement étranglé d'un jeune homme avait traversé la nuit et Hugo avait rampé hors de la rivière, haletant et souriant froidement. Il n'y avait eu aucun signe de Peter ou du troisième homme. Le sang d'Ashton avait rugi dans ses oreilles alors qu'il redoutait ce qui était arrivé à Peter. Son ami ne refaisait pas surface. Pourquoi ne remontait-il pas ?

Qu'avez-vous fait ? avait demandé Ashton à Hugo, mais la question était restée sans réponse. C'était déjà trop tard.

Godric et Cédric, deux jeunes lords qu'il avait croisés au passage au cours des derniers mois, pénétraient dans l'eau depuis l'autre rive.

— Deux hommes sont dans l'eau ! s'était écrié Lucien. Peter et un autre gars.

— C'est le jeune Lonsdale, avait dit Godric avant de se jeter à l'eau.

Rapidement, Ashton et Lucien avaient plongé à leur tour. Hugo allait devoir attendre.

Nageant profondément, Ashton avait repéré Lonsdale dans les profondeurs sombres, des cordes et une masse pesante atta-chée à ses pieds. Un couteau à la main, Peter avait tranché les cordes. Quand il eut fini, Charles était rapidement remonté vers la surface, mais elle était trop lointaine. Peter avait besoin de respirer. Ashton avait alors vu son corps se convulser quand il avait inhalé de l'eau, puis s'immobiliser. Son ami se laissa emporter par les eaux sombres, trop loin pour qu'on puisse le retenir.

Ashton savait nager depuis toujours et était capable de retenir sa respiration. Il avait aidé Charles à remonter à la surface, mais le temps qu'ils crèvent la surface, il était épuisé et incapable de continuer. Les ayant enfin rejoints, Godric et Cédric avaient emmené Charles vers le rivage opposé. Il avait craché une gorgée d'eau et s'était allongé en hoquetant à côté d'eux.

Ashton s'était alors retourné vers la rive opposée de la rivière. Au clair de lune, Hugo les regardait, furieux et débordant de haine, les maudissant tous. Peter était parti. Il était mort en essayant de sauver le jeune Lonsdale. Un désespoir pesant s'abattit sur Ashton et les autres qui avaient tous retenu leur respiration.

Tous, même Hugo, avaient été changés par cette nuit-là. Pourtant, il devait y avoir autre chose. Le père de Charles avait tué celui d'Hugo en duel. Mais après, Hugo ne s'en était jamais pris à Charles. C'était une rencontre fortuite qui avait mené à cette tentative de meurtre. Pourquoi avoir attendu si longtemps pour s'en prendre à eux ? Des années s'étaient écoulées depuis ce jour-là. Avait-il simplement attendu le bon moment ?

Non. Il y avait quelque chose de plus dans cette histoire. Quelque chose qui s'était produit avant les tentatives renouvelées d'Hugo pour se venger. C'était forcé.

En se redressant de son fauteuil, Ashton posa son brandy sur la table sans y avoir touché. Une personne possédait peut-être les réponses, mais pourquoi accepterait-elle de le recevoir ?

Il quitta Berkley's et héla un fiacre qui l'emmena dans une petite rue tranquille et respectable de Mayfair. Il savait depuis des années qui résidait dans cette maison, mais jusqu'ici, il s'était retenu d'aller lui rendre visite. Il existait des lignes qu'il ne souhaitait pas franchir, mais plus Hugo se rapprochait d'eux, plus sa frénésie augmentait.

Il gravit les marches du perron en regardant les alentours. Le duvet de sa nuque se hérissa. La rue était pleine de gens et de calèches, tandis que quelques âmes courageuses chevauchaient toujours leurs montures en dépit du froid hivernal. Il aurait été incapable de déterminer si on l'observait ou non. Ashton toqua à la porte et attendit. Au bout d'une minute, le majordome le fit entrer et il retira son chapeau.

— Ashton Lennox. Je souhaiterais voir Mrs Waverly.

Le domestique hocha la tête et pénétra dans une pièce attenante au vestibule. Il revint quelques instants plus tard.

— Par ici, Milord.

Ashton fut introduit dans un salon. Une quinquagénaire brune écrivait une lettre à son bureau. Elle leva les yeux en l'entendant entrer et il fut frappé par la beauté de Jane Waverly.

Elle posa sa plume et se redressa.

— Lord Lennox, en quoi puis-je vous aider ?

— Je crains de devoir vous entretenir d'un sujet délicat.

Il n'avait jamais songé qu'il se retrouverait un jour dans un salon avec la mère de leur bourreau.

Jane fronça les sourcils.

— Je ne suis pas certaine de comprendre...

— C'est à propos d'Hugo.

— Je n'ai pas parlé à mon fils depuis de nombreuses années, dit-elle en se raidissant.

Ashton ne s'y était pas attendu.

— Vraiment ?

— Effectivement.

Elle se dirigea vers une des fenêtres du salon et son regard courut sur son jardin verglacé.

— Après la mort de son père, j'ai pris le deuil et il est retourné à l'école. Je lui écrivais toutes les semaines, mais il n'a jamais répondu et n'est jamais rentré. J'ai fini par quitter mon ancienne maison et déménager ici.

— Je vois, commença Ashton en s'éclaircissant la gorge. Je

suppose que vous avez entendu parler de lord Lonsdale. Charles, je veux dire.

— Oui, acquiesça Jane. Vous savez certainement que je connaissais son père, Guy.

— En effet. C'est de cette question que j'aimerais vous entretenir.

— Ah oui ?

— Saviez-vous qu'Hugo avait essayé d'assassiner Charles quand ils étaient à l'université ?

Elle devint très pâle.

— L'assassiner ?

— Dieu merci, le plan a échoué. N'ayant plus entendu parler d'Hugo pendant une éternité, nous avions pensé qu'il avait déménagé à l'étranger. Mais au cours de l'année qui vient de s'écouler, il a commencé à agir contre Charles et tous ceux qui lui sont associés. Je vous épargnerai les détails, mais la situation est devenue très grave.

Malgré l'absence de précision, cette nouvelle eut l'air de profondément choquer Jane.

— Oh, mon pauvre cher Hugo. Qu'avez-vous fait ?

— Charles m'a parlé du duel entre leurs pères, mais ces attaques renouvelées, si longtemps après, me laissent supposer qu'il possède de nouvelles raisons de s'en prendre à Charles et de le punir. Je ne peux m'empêcher de me demander si ce n'est pas plus compliqué que ça.

Jane désigna les fauteuils.

— Vous feriez peut-être mieux de vous asseoir.

Ashton s'installa sur le fauteuil en brocard doré et crème. Nerveuse et ne sachant par où commencer Jane, fit courir les mains sur ses jupes.

— Je sais pourquoi la haine de mon fils contre Charles s'est attisée.

Elle marqua un temps d'arrêt et Ashton dut l'encourager à poursuivre d'un geste du menton.

— J'ai grandi à la campagne, pas loin du domaine des Lonsdale. Je connaissais bien Guy Humphrey et avec le temps, une affection a grandi entre nous. Mais mes parents n'approuvaient pas cette union. Qu'il ne soit que le second fils du comte n'arrangeait pas les choses. Ils ont préféré me marier à Baltus Waverly, qui venait d'être nommé chevalier et était un favori de la Couronne. C'était considéré comme plus avantageux que tout ce que Guy aurait pu offrir. Guy a épousé Violet, la mère de Charles. Elle était et demeure une amie très proche.

— Je vous suis, Madame.

— Toutefois, je...

Jane s'éclaircit la gorge.

— Je me suis mariée enceinte.

La pièce parut soudain se vider d'oxygène. Ils gardèrent tous deux le silence le temps qu'Ashton digère la nouvelle.

— Vous voulez dire qu'Hugo et Charles sont...

— Frères, dit doucement Jane. Demi-frères.

— Charles n'est pas au courant ?

La question d'Ashton ressemblait plutôt à une mise en garde.

— Non. Après le duel, Guy m'a dit que Charles ne devait jamais apprendre la vérité, que l'amertume et le ressentiment entre Charles et mon fils ne feraient que les cliver davantage.

Ashton eut l'impression d'avoir été frappé en pleine poitrine. Il avait horriblement de mal à respirer. Il ajouta cette histoire à ce qu'il connaissait d'Hugo et la façon dont ce fait l'aurait affecté. Tout devenait tellement plus clair. Sauf que... comment Hugo l'avait-il découvert ?

— Quand Hugo l'a-t-il appris ?

Jane marqua un temps d'arrêt et déglutit fort avant de croiser le regard d'Ashton.

— Voulez-vous bien me dire ce qui s'est passé ? Comment l'a-t-il découvert ?

Jane hocha la tête.

— C'était il y a un peu plus de trois ans...

LONDRES, SEPTEMBRE 1819

. . .

ANXIEUSE, JANE SE TENAIT DANS LE PARLOIR ET REGARDAIT l'horloge sur le manteau de la cheminée. Un valet avait apporté du thé et elle avait terriblement envie de s'en verser une tasse pour calmer ses nerfs. Cela faisait très longtemps qu'elle n'avait pas vu son fils, mais enfin, les lettres qu'elle lui avait envoyées avaient reçu une réponse. Il venait lui parler, se réconcilier après la mort de son père, de nombreuses années dans le passé.

La porte du parloir s'ouvrit et son majordome escorta son fils à l'intérieur. Cette vision fit tressauter son cœur. Il était devenu aussi grand et beau que son père. Mais contrairement à Guy, il possédait les yeux et les cheveux sombres de Jane, ce qui avait plu à son mari Baltus qui était brun aussi. Toutefois, ça n'avait pas suffi à effacer la douleur de son mariage, consciente qu'elle était entrée dans cette union en portant l'enfant de son premier amour.

— Hugo, souffla Jane, les lèvres tremblantes, en lui tendant les mains.

Il s'approcha d'elle d'un pas un peu raide, mais il lui prit les mains alors qu'ils s'asseyaient sur le sofa l'un à côté de l'autre.

— Du thé ? proposa-t-elle d'un ton plein d'espoir.

— Non, merci. Je...

Hugo s'éclaircit la gorge.

— Oh...

Elle renifla, réprimant la brûlure des larmes. Mais Hugo lui serra doucement les mains.

— Je suis content d'être là, Mère. Ça fait trop longtemps et vous avoir évitée est impardonnable.

Il soupira, croisa son regard et s'autorisa à sourire.

— Mélanie et moi espérons vous donner un petit-fils rapidement.

— Un petit-fils ?

Jane afficha un large sourire.

— Quelle nouvelle fantastique !

— Mère... Je suis désolé. Je n'avais pas l'intention de vous traiter aussi mal après la mort de Père. Je vous ai tenue pour responsable, ce qui n'était pas juste. À présent que je m'apprête à devenir père, je découvre que je regrette mon comportement. J'ai été en colère pendant si longtemps après avoir perdu Père, et... j'ai commis des actes que je regrette et j'aimerais me faire pardonner.

Jane secoua la tête, simplement soulagée de pouvoir revoir et toucher son fils après une si longue absence. Mais la culpabilité la tiraillait profondément. Elle devait lui dire la vérité qu'elle lui avait cachée pendant si longtemps.

— Je vous en prie, dites-moi que vous commencerez par pardonner au fils de Guy Humphrey.

Il devait le faire. Sans quoi, Jane ne le supporterait pas.

— Pardonner à Lonsdale ? répéta Hugo en se raidissant. Mère, vous savez que je...

— Vous devez le faire, dit-elle fermement.

Son fils plissa légèrement les paupières.

— Pourquoi ?

Elle marqua un temps d'arrêt, se préparant à ce qui devait être avoué.

— Parce que vous êtes du même sang.

Pendant un long moment, Hugo la regarda sans mot dire. Ses yeux sombres qui ressemblaient tant à ceux de Jane exprimaient l'étonnement.

— Du même sang ?

Il avait dans la voix une certaine mise en garde qu'elle aurait dû écouter. Mais il était trop tard ; elle devait confesser le reste du secret.

— Bien longtemps avant que je rencontre votre père, j'aimais Guy Humphrey. C'était l'homme que je voulais épouser, mais qui m'était interdit. Quand j'ai épousé votre père, j'attendais déjà un enfant. Vous. Vous étiez mon dernier cadeau offert par Guy avant qu'on ne se sépare en tant qu'amants pour épouser d'autres personnes. Mais Baltus vous a aimé comme si vous étiez le sien, particulièrement lorsqu'il a découvert qu'il était incapable d'engendrer son propre fils. Il vous aimait.

Hugo lui retira brusquement les mains comme si elle l'avait brûlé.

— Non.

Il prononça ce mot, déchiré entre le désespoir et l'incrédulité.

— Si. Charles Humphrey et vous êtes demi-frères. Ne le voyez-vous pas ? Vous devez laisser le passé derrière vous et lui pardonner. Il est de votre sang.

Hugo bondit du sofa.

— Non !

Cette fois, il cria, comme s'il allait réussir à bannir de son esprit les quelques minutes précédentes, comme s'il s'agissait d'un cauchemar.

— Hugo, je vous en prie...

Jane se redressa, mais il était trop tard. Son fils lui adressa un dernier regard sombre, froid et furieux avant de partir en claquant la porte derrière lui si fort qu'elle trembla contre le chambranle.

Jane s'affaissa sur le sofa et regarda ses mains posées sur son giron alors que le thé refroidissait dans la théière.

❧

Jane Waverly s'éclaircit la gorge et Ashton détourna poliment le regard tandis qu'elle s'essuyait les yeux.

— Après ça, Hugo n'est jamais revenu. Pas même pour la naissance de Peter. Je n'ai jamais ne serait-ce que tenu mon petit-fils dans mes bras. Mon fils ne m'a jamais pardonné. Peu importe qu'Hugo ait été conçu dans un moment de bonheur, d'amour, avec l'homme qui possèdera toujours mon cœur. Hugo est parent de Guy, mais mon mari lui a appris à avoir la haine au cœur. Je n'aurais jamais dû lui dire la vérité. C'est une décision qui me hantera à jamais.

La voix de Jane se brisa légèrement et Ashton retira un mouchoir de sa poche pour le lui donner. Elle l'accepta avec un sourire larmoyant.

— Comme j'envie Violet, qui a un fils noble entouré d'amis aussi bons ! Vous aurez pitié de lui, n'est-ce pas ? Faites le nécessaire afin de protéger Charles, mais je vous en prie, ne faites pas de mal à mon fils.

Sa supplique déchirante brisa le cœur d'Ashton. Il n'était pas certain de pouvoir tenir cette promesse.

— C'est ma faute. La mienne, murmura-t-elle. Sa douleur s'est changée en folie, chose que j'aurais pu empêcher.

La compassion qu'il ressentit pour cette femme brisée et solitaire serra la gorge d'Ashton.

— Nous avons tous juré de faire ce qui est juste, Mrs Waverly, voilà ce que je peux vous promettre.

Il n'osait pas dire à cette chère femme que ça impliquerait peut-être de tuer Hugo, mais ils devaient l'arrêter.

— Merci, répondit Jane.

Il voyait pourtant dans ses yeux qu'elle connaissait la vérité. Tous ne survivraient pas à cette bataille.

— Malheureusement, je dois partir. Merci de m'avoir fait part de tout cela.

Ashton se redressa et Jane suivit le mouvement, lui attrapant la manche avant qu'il ne puisse s'en aller. L'émotion assombrissait son regard.

— Violet est au courant pour Hugo. Si quelqu'un doit dire la vérité à Charles, ça doit venir d'elle.

Avec un hochement de tête, Ashton quitta le salon de Jane Waverly. Il n'était pas préparé au froid glacial qui le frappa quand il sortit de sa demeure ; son esprit était bien loin, dans un endroit encore plus froid.

Des frères. Comme Caïn et Abel. C'était la dernière pièce du puzzle. Cela expliquait pourquoi Hugo n'avait pas essayé de leur faire du mal après Cambridge. Il avait pansé ses plaies, à sa manière, essayant de mettre le passé derrière lui. Mais apprendre que Charles et lui étaient frères l'avait replacé sur le chemin de l'obscurité. Il devait s'être senti comme un pion dans une grande plaisanterie cosmique et Hugo n'était pas le genre d'homme qui s'autorisait à être un pion dans quelque jeu que ce soit. Il se voyait comme le maître de sa propre destinée. Tout prenait sens à présent. Avec ça, Ashton commençait à comprendre l'objectif final d'Hugo. Et ça voulait dire qu'il pouvait enfin se préparer à contrer.

Mais pour Charles ? Devaient-ils le lui dire ?

Non. Ashton ne voulait pas que Charles apprenne la vérité sauf si c'était nécessaire. Ce serait une trop grande souffrance à supporter, une qui le mettrait encore plus en danger.

18

— Dites-moi la vérité tout de suite.

Violet Humphrey posa sur Charles un regard acéré affiné par des années passées à élever des rebelles.

— La vérité ? J'ignore complètement de quoi vous parlez.

Charles évita le sujet autant que faire se peut, mais il savait qu'il serait incapable de remporter la moindre querelle amorcée par sa mère.

— Il y a une femme.

Violet était posée sur un sofa. Ella, la sœur cadette de Charles, la flanquait. Ella avait un livre ouvert sur ses genoux, mais n'avait pas tourné une seule page depuis que cette inquisition parentale avait commencé. Ses cheveux blonds qui ressemblaient tant aux siens encadraient son visage alors qu'elle regardait les pages sans les voir. Elle était ravissante, bien entendu, avec des yeux qui tiraient plus sur le bleu que sur le gris, comme leur mère, mais ses traits étaient une version plus féminine de ceux de leur père. Elle était petite et délicate, quoique férocement intelligente et généreuse.

— Il y a beaucoup de femmes. Vous... Ella... La cuisinière...

Taquiner sa mère était un de ses hobbies préférés. Certains

hommes collectionnaient les papillons et les insectes ; Charles cherchait de nouvelles façons de provoquer sa mère.

— Beaucoup de femmes ? Oh !

Elle referma son éventail comme un homme armerait un pistolet et le braqua sur lui d'un air menaçant.

— Je crois que Londres est rempli de femmes, cela vous aurait-il échappé ? demanda-t-il innocemment.

— Ella, allez chercher mes sels. Votre frère essaie de me tuer.

Ella posa son livre et sortit une petite bouteille de son réticule. Violet l'écarta comme une mouche irritante.

— Pas *maintenant*. Attendez que je me sois réellement évanouie.

Charles ne put résister à l'envie de sourire, ce à quoi sa mère plissa les paupières.

— La fille du bal des Sanderson. Qui est-elle ?

— Une fille ? Pas une femme ? Je croyais que nous parlions de femmes ? Quel intérêt pourrais-je avoir pour des filles ?

Violet grogna et lui lança à la tête l'éventail, qu'il attrapa facilement.

— Charles Michael Edward Humphrey, vous savez exactement ce que je veux dire. À présent, parlez.

— *Oh*, fit-il d'un ton dramatique, la fille du bal des Sanderson. Vous devez parler de Lily Wycliff.

— Oui. La fille Wycliff. Qui est-elle ?

Les yeux bruns de sa mère l'évaluèrent comme si elle envisageait des projets de mariage. Pour la première fois de sa vie, c'était précisément ce qu'il avait envie qu'elle fasse.

— Eh bien, elle est veuve, commença-t-il.

— Veuve ?

— Son époux, Aaron Wycliff, était le cousin favori de la duchesse d'Essex.

— Un gentleman de la campagne, alors ?

Elle prit le temps de réfléchir, cherchant certainement dans ses souvenirs si elle voyait de qui il parlait.

— Je le crois.

— Et la veuve ? D'où sa famille vient-elle ?

Charles ouvrit la bouche, mais il se rendit compte qu'il ne possédait pas la réponse.

— Honnêtement, je n'en ai aucune idée.

— Vous tombez amoureux d'une femme et vous ne savez même pas qui elle est ?

Charles fronça les sourcils.

— Je n'ai pas dit que je tombais amoureux d'elle. Nous venons juste de nous rencontrer.

C'était pourtant vrai – si ce n'était pas déjà le cas –, mais il ne voulait pas que sa mère le sache. Pas avant qu'il ne soit certain que Lily accepte de devenir la comtesse de Lonsdale.

— Vous êtes amoureux, mon cher garçon, soupira sa mère. Plus d'une amie présente au bal m'a expliqué comment vous la regardiez et comment elle vous regardait aussi.

— *Radieux*, a dit quelqu'un, précisa Ella.

Il avait compris depuis longtemps qu'elle aimait l'embarrasser autant que leur mère.

— Radieux. Charmants. Allègres. Cela dit, une personne vous a qualifiés de « duo d'idiots amoureux ».

Le visage de Charles rougit et il tira sur sa cravate. Comment cette pièce était-elle devenue si vite aussi intolérablement étouffante ?

— Oui, j'en ai entendu parler moi aussi, en convint sa mère.

— J'ai entendu dire qu'elle avait un enfant, ajouta Ella.

— Un enfant ?

L'expression de sa mère s'endurcit légèrement.

— Ça pourrait être un problème.

Charles n'avait pas oublié qu'elle avait un enfant. Il n'avait pas voulu que sa mère le sache au cas où cette idée ne l'enchanterait pas. Bien entendu, grâce à Ella, il était à présent trop tard pour éviter le sujet.

— Je ne l'ai pas vu ainsi. J'accepterai son enfant comme le mien. Si elle veut bien de moi.

— Eh bien, si vous acceptez cet enfant, moi aussi. Donc, il semblerait que vous vous soyez décidé ? Après toutes ces années, vous avez fini par trouver une femme digne de vos affections ?

— Oui, répondit-il sans hésitation.

— Quand la rencontrerons-nous ?

Il n'y avait pas même songé.

— Euh... Je l'emmène à l'opéra ce soir.

Sa mère tapa dans ses mains.

— Splendide ! Ella et moi vous accompagnerons, Mrs Wycliff et vous, dans votre loge. Nous nous y retrouverons.

— Très bien, répondit Charles avant de s'éclaircir la gorge. Mère, Graham vous a-t-il écrit ?

— Graham ? Pas depuis la semaine dernière, pourquoi ?

Le bonheur apparent de sa mère causé par le mariage prochain de Charles s'estompa.

— Mère, je dois vous demander de ne pas réagir trop violemment, mais Graham a été blessé. Je me suis occupé de lui.

Il se hâta de l'apaiser avant qu'elle ne panique.

— Blessé ? répéta-t-elle machinalement.

— Il se remet en lieu sûr.

Violet se redressa d'un bond.

— En lieu sûr... Que voulez-vous dire ? Est-il en danger ?

— Mère, vous devez vraiment vous rasseoir. Je vous expliquerai tout si vous m'en donnez l'occasion.

— Mes sels, maintenant !

Elle tendit la main à Ella, qui lui passa la fiole de sels. Promptement, Violet la lança contre le mur où elle se brisa en mille morceaux. L'air sombre, elle croisa les bras.

— *Maintenant*, vous allez me parler, cher garçon.

Charles coula un regard à Ella et déglutit fort. Parfois, il oubliait que sa mère pouvait être une créature redoutable.

— Graham et lord Kent s'adonnaient à des jeux d'argent. Kent a joué d'une malchance inhabituelle.

Il marqua un temps d'arrêt, hésitant à trop leur en révéler.

— Que s'est-il passé ? demanda Ella.

— On a proposé à Kent de se battre dans un ring de boxe pour couvrir ses dettes, mais il a été gravement blessé dans le processus. Graham a essayé de l'aider, mais ils l'ont battu aussi. Il va s'en sortir.

— Dieu merci, dit sa mère avec des larmes dans les yeux.

— Et lord Kent ? demanda Ella.

— Tout ira bien… du moins, je l'espère. Le docteur dit que s'il survit pendant quelques semaines encore, il s'en sortira.

Cette nouvelle parut dévaster la jeune femme.

— Puis-je aller le voir ? demanda-t-elle. Je veux dire Graham, bien entendu, mais aussi lord Kent.

Charles haussa un sourcil. Il ne savait pas qu'Ella était proche de Phillip.

— Je suppose, si Mère n'y voit pas d'objection.

Ella adressa à leur mère un regard désespéré.

— Tant que vous ne restez pas dans ses pattes pendant que Charles fait la cour à Mrs Wycliff. Dieu sait que votre frère aura besoin d'avoir tous les avantages de son côté pour conquérir cette femme mystérieuse.

— Je m'en garderai, répondit Ella.

— Elle s'en gardera, dit Charles en même temps.

— Alors vous pouvez y aller.

Violet se tourna vers Charles.

— Graham se porte-t-il vraiment bien ?

— Oui, il a été un peu malmené, mais il s'en sortira.

C'était une exagération, mais il ne souhaitait pas qu'elle s'inquiète plus que de raison.

Sa mère parut enfin comprendre l'importance du moment.

— Mais il est venu à vous ? Pas à quelqu'un d'autre ? Cela signifie-t-il que… ?

Ses yeux pétillaient d'espoir.

Charles saisit doucement les épaules de sa mère.

— Je crois, oui. Il se montre toujours prudent, mais c'est tout naturel dans ces circonstances. Pour ma part, je fais tout ce que je peux pour faire amende honorable tant qu'il est sous mon toit.

— C'est fantastique. Vous savez à quel point ça m'a brisé le cœur de vous voir en froid.

— Je sais, mais ça prendra du temps.

Violet s'essuya les yeux.

— Bon, concentrons-nous sur ce soir. L'opéra, puis la rencontre avec votre Mrs Wycliff.

Une nervosité soudaine palpita dans le ventre de Charles. Ce soir, sa mère rencontrerait Lily pour la première fois. C'était une perspective quelque peu effrayante. Sa mère l'apprécierait certainement. Elle était fantastique. Comment ne pas l'apprécier ?

— Alors, nous vous y verrons ce soir, cher garçon.

Sa mère lui embrassa la joue puis le chassa.

Charles quitta la demeure familiale avec un grand sourire, mais quand il grimpa dans sa calèche, il eut l'impression qu'on l'observait. Il scruta la rue, mais ne vit pas de signes qui confirmaient qu'on le surveillait.

En fait, il ne vit personne.

৩৩

Lily contempla son reflet dans le miroir et retint son souffle. Elle se trouvait dans la chambre d'amis de la maison des Essex et devait bien admettre qu'elle se sentait comme une des princesses des contes de fées qu'elle lisait à Katherine. La robe rose foncé qu'elle avait enfilée était, en un mot, superbe. Elle n'essayait pas de cacher sa stature et n'embellissait pas exagérément ses courbes à peine marquées. Au contraire, elle soulignait la beauté de sa silhouette élancée.

La robe présentait des bandes dorées de motifs brodés sur les manches et l'ourlet. Le décolleté carré était profond et Lily rougit en levant une main vers sa clavicule.

Depuis combien de temps n'avait-elle pas joué aux dames ? Trop longtemps. Certaines nuits, elle avait échappé à son service chez Charles en tant que Tom et avait été capable de se rendre à Vauxhall ou même à Gunter's pour manger des glaces parfumées, ou bien à Bond Street pour faire des achats. Et puis il y a eu ces fois où Hugo avait eu besoin de ses talents sous une apparence plus féminine. Mais ce soir, elle sortirait en société et aurait véritablement l'occasion de passer un bon moment.

— Vous êtes ravissante, dit Émily depuis l'encadrement de la porte.

Elle tenait Katherine très haut contre elle, en équilibre sur sa hanche. Souriante, la fille de Lily tenait une petite poupée et se parlait à elle-même, des petits mots enjoués qui étaient bien trop rapides pour que Lily les comprenne.

— Vous souhaitez vraiment la surveiller ce soir ? Vous pourriez la laisser avec la nounou.

Lily ne parvenait pas à croire que la duchesse ait proposé de garder le bébé, ratant ainsi l'opéra.

— Bien entendu, mais je préférerais rester à la maison. Je suis trop proche de l'accouchement pour parcourir les rues glacées ce soir. Qui plus est, Godric a besoin d'un entraînement parental.

Lily faillit éclater de rire. On pouvait s'entraîner tant qu'on voulait, rien ne préparait vraiment à devenir parent.

— N'oubliez pas de prendre votre pelisse.

Émily désigna du menton un des paquets toujours emballés sur le lit. Lily retira le papier brun et déplia une pelisse d'un jaune doré profond avec une grande capuche épaisse. Elle l'enroula autour de son corps et la referma sous son menton. Pour l'instant, elle garda la capuche baissée et se tourna vers Émily, son réticule à la main.

— Rappelez-vous de sourire ! l'encouragea Émily. C'est censé être amusant. Vous avez hâte de voir Charles, n'est-ce pas ?

— Oui, je suis juste nerveuse.

Ce matin-là, quand il lui avait rendu visite, elle avait été capable de faire ce qu'on attendait d'elle, mais savoir qu'il voyait leur futur comme quelque chose de réel, un futur qu'elle désirait secrètement plus que tout, l'accablait. Elle voulait se croire capable de mener une vie heureuse avec lui, mais c'était impossible. Pas alors qu'Hugo tenait la vie de sa fille entre ses mains.

— Vous n'avez aucune raison d'être nerveuse. Charles est un homme bon et je le crois très sérieux envers vous. Godric a dit que c'est la première fois qu'il apporte des fleurs à une femme.

Lily ne put s'empêcher de sourire. Elle le croyait. En tant que Tom, elle avait appris à connaître ses habitudes avec les femmes.

Il préférait emprunter des chemins plus discrets et scandaleux pour conquérir l'affection d'une femme, ce qui rendait le geste de ce matin d'autant plus sincère et ne faisait qu'accroître son conflit intérieur. Son sourire s'estompa.

— Maman !

Katherine brandit la poupée.

— Pour moi ?

Lily serra la poupée contre sa poitrine et l'embrassa avant de la rendre à Katherine.

— Pourquoi ne veilles-tu pas sur elle pendant mon absence ? Tout va bien se passer avec Tante Émily, n'est-ce pas ?

Katherine hocha la tête et enfonça timidement le visage contre le cou d'Émily. Lily avait envie de la prendre dans ses bras, mais si elle le faisait, elle ne trouverait jamais le courage de partir.

— Tout va bien se passer.

Émily serra doucement Katherine contre elle.

— Dis à ta mère de passer une bonne nuit.

— Bonne nuit, Maman, dit Katherine. Lily rit et regarda sa fille avec amour. Quand elle doutait d'elle-même, elle n'avait qu'à songer à elle et la voie devenait claire.

Simpkins la retrouva au bas des escaliers. Il lui adressait un sourire chaleureux.

— La calèche de lord Lonsdale vient juste d'arriver. Voulez-vous attendre qu'il soit entré ?

— Oh ! Non, je vais descendre le retrouver.

Lily remercia Simpkins et remonta la capuche de sa pelisse en partant. Le vent mordant sentait la neige et elle vit des nuages pesants, doux et gris dans le ciel nocturne. Charles ouvrit la portière de la calèche, mais il se figea quand il l'aperçut.

— Lily, je m'apprêtais à...

Cherchant ses mots, il s'interrompit.

— Vous êtes...

— Oui ?

Charles regarda autour d'eux, comme s'il réprimait son envie de l'embrasser follement afin de devenir pour elle une meilleure personne.

— Vous allez faire l'envie de tout l'opéra.

Lily lui accorda un sourire.

— Cela vous dérangerait-il terriblement si je m'asseyais à côté de vous ?

— Me déranger ? balbutia-t-il. B-Bien sûr que non.

— Vous avez froid, Milord ?

Elle vint s'asseoir à côté de lui. Au bout d'un moment, il enroula prudemment son bras gauche autour de ses épaules.

— C'est étrange, vous me semblez très chaud.

— Ah oui ? demanda-t-il.

Elle baissa la tête afin de feindre l'embarras.

— Je ne suis pas trop entreprenante avec vous, n'est-ce pas ? J'ai pensé qu'on avait dépassé ce stade après...

— Notre baiser ? proposa-t-il.

— Oui. Acceptez-vous de m'embrasser maintenant ?

— Ici ? demanda-t-il d'une voix que l'excitation rendait un peu rauque.

— Oui, ici, l'interrompit-elle en se rapprochant de ses lèvres.

Sa résolution brisée, il l'attira sur ses genoux. La chaleur rencontra sa chaleur quand leurs lèvres se rencontrèrent. Ses mains explorèrent son dos puis ses jupes. Un frisson hivernal remonta le long de sa jambe alors que ses doigts taquinaient une de ses chevilles. Ses caresses délicates la firent pouffer de joie. Elle n'aurait jamais pensé qu'elle pourrait être avec un homme, pas après ce qu'Hugo avait fait, mais avec Charles, tout était différent.

Elle ne ressentait aucun danger avec lui, pas de douleur, pas de peur, seulement une joie puissante colorée par une tristesse qu'elle essaya de supprimer. Elle ne méritait pas ce bonheur, pas même pendant un moment, mais elle ne pouvait pas se retenir de le ressentir.

Alors qu'il l'embrassait, elle fit passer ses doigts sur son gilet, regrettant qu'ils ne soient pas ailleurs, quelque part où elle aurait pu le retirer. Pendant tant de nuits, elle l'avait regardé prendre son bain, avait vu son corps doré glorieux et avait rêvé à des moments tels que celui-ci, quand elle serait libre d'oublier ses peurs et de ne ressentir que du plaisir avec cet homme. Il était comme un élixir ensorcelant capable de ramener son cœur à la vie et de la faire se sentir à nouveau entière. Il l'embrassa sans se presser, comme s'il avait tout le temps du monde, ce qui ne fit que la rendre plus désespérée.

Elle lui mordilla le lobe de l'oreille.

— N'allez-vous pas m'embrasser plus fort ?

Charles frissonna contre elle.

— Plus fort ?

Il resserra légèrement les mains dans ses cheveux et elle sentit son érection presser contre elle.

— Embrassez-moi comme si vous vous attendiez à recevoir une gifle.

Il s'écarta, son visage parfait troublé par l'inquiétude.

— En avez-vous vraiment envie ? Elle hocha férocement la tête et enroula les bras autour de son cou.

— Embrassez-moi comme si demain n'existait pas. *Je vous en prie.*

— Vous ne cessez jamais de me surprendre.

Il baissa à nouveau la tête et cette fois, elle vit et goûta au désir entier du rebelle dont elle était tombée amoureuse.

Il conquit sa bouche, sa langue dansa dans son oreille et ses mains coururent partout. Il était une force inarrêtable de désir et de plaisir. Lily gémit quand il lui mordit le cou. Elle savait qu'il laisserait une marque, mais elle en avait cure. Il savait exactement comment sucer, lécher, faire murmurer ses lèvres sur sa peau dans des endroits inattendus et faire se contracter et palpiter sa matrice.

La passion qu'il déclencha en elle se changea en une tempête brûlante. Elle n'avait jamais ressenti une chose pareille. Elle obtenait enfin ce qu'elle voulait et c'était tout ce qu'elle avait espéré. Ses mains rudes étaient tempérées par l'attrait séducteur de son baiser, comme un tourbillon qui faisait des remous dans une rivière au cours rapide. Elle tournoyait malgré elle, follement excitée par ce voyage.

Puis elle songea à la honte qu'Hugo avait provoquée en elle, à la façon dont il l'avait prise contre sa volonté, dont il avait continué à se servir d'elle après. Mais ici, dans les bras de Charles, cette honte n'avait pas de place. Être avec lui sonnait si juste qu'elle ne ressentait qu'un sentiment de joie et d'émerveillement.

Il fit remonter sa main sur sa cuisse, la glissa entre ses jambes et s'introduisit dans ses sous-vêtements. Elle poussa un sifflement choqué quand il trouva son intimité et y glissa un doigt.

— Voulez-vous que je m'interrompe ? demanda-t-il.

Elle secoua la tête et essaya de se rapprocher de lui, enfonçant son doigt plus profondément. Son utérus se contracta alors qu'il l'explorait d'un doigt pendant qu'ils s'embrassaient. Leurs langues luttaient pour mener une bataille de désir silencieuse, seulement interrompue par leurs respirations haletantes alors qu'il continuait à attiser le feu en elle. Bientôt, ce fut trop et un plaisir dévastateur explosa en elle. Il étouffa son cri avec un baiser lent et profond, et elle s'affaissa contre lui.

Il retira sa main et l'aida à redescendre ses jupes. Elle tremblait toujours alors qu'il tenait contre lui sur ses genoux, déposant de tendres baisers partout sur son visage.

— J'ai envie de graver ce moment dans mon esprit pour toujours, murmura-t-il.

Le cœur saignant, Lily enfonça son visage contre son cou et le serra contre elle. Ils restèrent silencieux pendant un long moment.

— Charles, pourrions-nous... oublier l'opéra ?

Elle aurait voulu qu'il demande au cocher de faire demi-tour et la ramène chez lui, dans son lit. Elle ne savait pas combien de temps il leur restait, mais au moins pour une nuit, elle aurait voulu croire qu'une vie avec lui était possible.

Il poussa un profond soupir.

— Ce serait mon vœu le plus cher, mais ma mère a vraiment envie de vous rencontrer, je le crains.

Elle eut un sursaut de recul.

— Votre *mère* ?

À ce moment précis, la calèche s'arrêta devant Covent Garden. Elle ne pouvait pas rencontrer sa mère, pas ce soir ! Jamais ! Plaquant une main sur sa poitrine, elle mit quelques secondes à se calmer.

— Oui, répondit Charles qui s'éclaircit la gorge et tira sur sa cravate. Vous n'avez rien à craindre, ma chère. Ma mère a eu vent de la valse au bal des Sanderson et sera à l'opéra ce soir pour nous retrouver dans la loge.

— Oh !

Cherchant une excuse, Lily essaya frénétiquement d'arranger ses cheveux et ses vêtements.

— Je ne peux pas la rencontrer alors que je suis...

— Joliment décoiffée ?

— Précisément. Votre mère, *tout le monde* saura ce qu'on a fait.

— Est-ce grave ? demanda Charles.

— Bien entendu !

— Je n'aurais jamais pensé qu'une cousine d'Émily s'inquiéterait autant de l'opinion des autres.

Il enfonça ses doigts dans ses cheveux et tira sur quelques mèches.

— Serait-ce mieux si je vous faisais ma demande ?

Lily fronça les sourcils.

— Soyez sérieux, Charles.

— Je suis particulièrement sérieux, ma chère. Vous êtes mon ange mystérieux. Quand je vous parle, quand je vous embrasse, quand je pense à vous, il y a...

Il s'interrompit pour peser ses mots.

— Il y a en moi un silence et une tranquillité que je n'avais jamais ressentis avant.

Les lèvres entrouvertes, Lily le regarda.

— Mais nous ne nous sommes rencontrés que quelques fois.

— C'est vrai. Vous représentez un mystère pour moi. Et je suis friand d'un bon mystère.

— Vous ne me connaissez pas *vraiment*, dit-elle.

Confrontée à son air perplexe, elle ajouta rapidement :

— Je vous en prie, pas aussi vite. Nous nous présentons tous sous notre meilleur jour quand on veut impressionner les autres, n'est-ce pas ?

— C'est vrai, mais j'ai envie de passer le reste de ma vie à essayer de vous déchiffrer. Je n'ai pas encore de bague, soupira-t-il. Je voulais prendre mon temps pour la choisir.

Il était sérieux et Lily détourna le regard.

— Non. Nous ne pouvons pas.

Son refus ne parut pas le perturber.

— Émily m'avait promis de me trouver une épouse et regardez : elle l'a fait.

Il lui embrassa le bout du nez et la reposa délicatement sur ses pieds pour qu'elle puisse sortir du véhicule.

— Je sais me montrer patient.

L'épouser ? Lily pénétra dans le théâtre de Covent Garden comme prisonnière d'un rêve flou. Elle ne pouvait pas accepter, pas avec le spectre d'Hugo qui pesait sur tout. Mais si elle avait été libre, elle aurait pleuré à ses pieds pour avoir l'opportunité de dire oui.

— Ma loge est par-là.

Il la guida en haut de l'escalier vers une loge coûteuse. Lily sentit sur eux les regards curieux de la foule.

Elle s'appuya sur son bras.

— Tout le monde nous regarde.

— Tout le monde *vous* regarde, ma chère.

Lily sourit en se remémorant la réputation de Charles.

— Je pense plutôt qu'ils me regardent *à cause* de vous.

Il la contempla avec une adoration évidente.

— Balivernes. Vous brillez comme une étoile tombée du ciel nocturne. Mais comme vous me l'avez dit, ils ne vous connaissent pas vraiment. Vous possédez de nombreuses autres facettes, n'est-ce pas ?

Lily se mordit la lèvre.

— Je ne suis personne, Charles. Je ne suis pas aussi spéciale que vous l'imaginez. Je crains de n'être qu'un simple rêve pour vous et quand vous vous réveillerez, vous ne me verrez plus. Je ne serai qu'une simple femme et vous vous demanderez pourquoi vous êtes aussi déçu.

— Vous êtes infiniment plus qu'un rêve, Lily, et vous ne pourriez jamais me décevoir.

Il les fit s'arrêter juste en dehors de sa loge. Derrière lui se trouvait une fresque représentant Roméo qui escaladait le balcon couvert de lierre pour atteindre Juliet. Elle adorait et méprisait cette pièce à égale mesure. La passion des jeunes amants lui plaisait, mais elle détestait le fait que tout se termine si violemment par leurs morts.

Elle le comprenait pourtant, car ils étaient tous les deux piégés par le destin et les circonstances, et l'espoir qu'ils ressentaient n'était qu'une simple illusion. Leurs destins avaient été scellés avant même le lever de rideau.

Voyant ce qu'elle regardait, Charles mit un genou en terre devant elle.

— « Une femme plus belle que mon amante ? Le soleil qui voit tout n'a jamais vu son égale depuis le commencement du monde ».

Il lui adressa un sourire en coin qui était pourtant profondément charmant, un sourire si attendrissant que son cœur n'avait aucune chance de s'en sortir indemne. Il était si bel homme !

Charles se redressa et s'approcha d'elle pour lui prendre le visage.

— *Je vous en prie*, épousez-moi, dit-il.

Leurs lèvres se frôlèrent puis il l'embrassa doucement.

— Je...

Elle aurait dû résister, mais ses doux baisers abaissaient ses défenses. Il avait simplement envie de s'enfoncer en elle, fermer les paupières, oublier le passé, oublier sa douleur, sa tristesse et trouver seulement la joie que lui apporterait son amour.

Je vous ai aimé au premier regard, sans honte et sans regret, mais le prix à payer est trop élevé de mon côté comme du vôtre...

— Mon cœur n'ira à aucune autre, jura-t-il.

Lily secoua la tête.

— Arrêtez. Tous les hommes sont capables d'avoir sur eux un carnet rempli de belles paroles, particulièrement un homme tel que vous.

Elle pensait l'avoir contrarié, mais il se contenta de ricaner.

— De belles paroles, oui, mais le fait d'avoir invité ma mère ? Ceci, ma chère, est issu d'une envie véritable de m'engager auprès de vous. J'aurais catégoriquement refusé de vous soumettre un jour à l'attention de ma mère si je n'avais été sérieux envers vous. Parce qu'elle va vous examiner...

Parcourue d'un frisson d'appréhension, Lily déglutit fort. Elle n'avait fait qu'apercevoir lady Lonsdale à une ou deux reprises, et seulement de loin.

— Si vous n'acceptez pas dès ce soir, je veux que vous sachiez que je continuerai à vous poser la question tous les jours jusqu'à ce que nous soyons tous les deux des vieillards. Alors, je serai trop vieux pour mettre un genou en terre, mais je continuerai à vous le demander jusqu'à mon dernier souffle.

Ses paroles tendres et sincères le surprenaient. Il le pensait vraiment. Elle avait terriblement envie de dire oui, mais elle ne pouvait pas oublier Hugo, ne pouvait pas oublier la sécurité de sa fille. Celle-ci devait passer en premier.

— À présent, laissez-moi vous présenter à ma mère et ma sœur.

Il ouvrit la porte de la loge et la fit entrer.

La comtesse de Lonsdale et lady Ella Humphrey se redressèrent en voyant Lily et Charles.

— Mère, puis-je vous présenter Mrs Wycliff ? Lily, voici ma mère, la comtesse de Lonsdale.

La comtesse était une superbe quinquagénaire et Lily fit de son mieux pour sourire malgré sa nervosité.

— Mrs Wycliff, appelez-moi Violet. C'est un plaisir de vous rencontrer.

— Et je vous en prie, appelez-moi Lily.

Le ton de la jeune femme ne trahissait rien de son tourment intérieur.

Violet sourit chaleureusement.

— Lily. Un joli nom pour une jolie femme. Voici Ella, dit Violet en se tournant vers sa fille.

Lily hocha la tête.

— Ella.

La sœur de Charles lui adressa un sourire rayonnant.

— Maintenant, allons droit au but. Mon fils me dit que vous êtes veuve ? réfléchit Violet qui passa un regard critique sur Lily. Votre période de veuvage est-elle terminée ?

— Mère ! siffla Charles pour la mettre en garde.

Lily plaça une main sur son bras.

— Ce n'est pas grave.

Après tout, son premier mari n'était rien de plus qu'un mensonge.

— Oui. Il est mort il y a presque un an et demi.

— Et vous avez une fille, également ? demanda Violet.

— Oui. J'ai une fille : Sophia. Elle a trois ans, répondit Lily.

— C'est ravissant.

Le ton de Violet était dépourvu du moindre sarcasme.

— Charles est très doué avec les enfants, n'est-ce pas, Charles ?

— C'est probablement parce qu'il en est encore un lui-même, renchérit Ella avec un ricanement.

Le visage de Charles devint aussi rouge qu'une fraise mûre.

— Mère, grogna-t-il en regardant ses bottes d'un air timide.

Lily faillit éclater de rire. Elle l'adorait, même lorsqu'il était totalement troublé !

— Mais c'est vrai, ajouta Ella. Il est fantastique avec les enfants.

— Je sais.

Lily rit, se souvenant de toutes les fois où Charles et Kat avaient joué ensemble. La petite paraissait rayonner chaque fois qu'il interagissait avec elle.

— Vous êtes au courant ? Charles, avez-vous rencontré sa fille ?

— Non, pas encore, reprit Lily en réalisant son erreur. Je veux dire qu'Émily m'a raconté qu'il était très bien avec les enfants.

— Oh, je vois.

Avant qu'ils ne puissent rajouter quoi que ce soit, l'orchestre commença à jouer dans la fosse, signalant que l'opéra allait bientôt commencer. Charles la guida vers un fauteuil près du bord de la loge et s'assit à côté d'elle.

Un silence tomba sur la foule. Lily accepta un des petits cartons que Charles lui tendait et en examina le titre à la lumière des bougies. *Le Diable à quatre*.

Le titre la fit trembler. Charles lui prit la main pour entre-mêler leurs doigts. Elle pouvait sentir la chaleur de sa paume à travers ses gants de soie.

Quand l'ouverture débuta, elle lui serra également la main et lui adressa un sourire. Tout se passerait bien. Ce n'était qu'un opéra. Elle devait essayer d'en profiter de peur que Charles ne devine que quelque chose clochait.

19

S a femme Mélanie à son côté, Hugo était assis dans sa loge
privée. Pourtant, alors que l'opéra débutait, il ne regardait
pas la scène sinon le balcon en vis-à-vis. Charles, sa mère
et sa sœur se trouvaient tous dans la loge des Lonsdale, mais
quand Hugo reconnut la quatrième convive, il sourit. Sa petite
espionne était en place dans le rôle de la veuve séduisante. La
rumeur courait parmi la haute société que Charles allait bientôt
faire sa demande. Personne ne l'avait jamais vu aussi amouraché.
C'était parfait.

Il quitta son siège.

— Hugo ? Où allez-vous ? demanda Mélanie dans un
murmure sonore.

— Toutes mes excuses. J'ai quelques affaires à régler. Je
reviens vite.

Il se glissa hors de la loge et héla un serveur dans le couloir.

— Oui, Monsieur ? demanda le garçon.

— Avez-vous une plume et du papier ?

Parfois, le personnel transportait ce genre d'articles pour
aider le public de l'opéra à s'échanger des mots.

— Oui, Monsieur.

Le garçon lui tendit une plume, du papier et une petite écritoire polie sur laquelle écrire. Hugo rédigea un mot à Lily, le plia et le tendit au garçon.

— Donnez ceci à Mrs Wycliff qui se trouve dans la loge de lord Lonsdale. Personne d'autre ne doit le lire. Assurez-vous-en et je vous paierai deux fois ceci.

Il donna dix shillings au garçon qui se hâta d'aller livrer le mot. Hugo retourna dans sa loge et s'assit. Mélanie lui coula un regard.

— Désolé, mon amour.

Il se pencha pour lui déposer un baiser sur la joue, mais c'était une simple formalité. Son mariage s'était refroidi avant même la naissance de leur fils, après sa tentative ratée pour se réconcilier avec sa mère.

Après avoir appris la vérité.

Au début, ce genre de confort de la part de son épouse lui avait manqué, mais consumé par le travail et le désir de revanche, il s'était rendu compte que Londres regorgeait de femmes capables de satisfaire ces besoins. Il était un serviteur de l'Empire et en tant que tel, il considérait ces choses comme un dû.

Toutefois, il s'était montré imprudent avec Lily. Il avait interprété sa démonstration de gentillesse et de sympathie comme une ruse émotionnelle et il l'avait crue implantée dans sa maison par l'un de ses rivaux. Le temps qu'il comprenne la vérité – qu'elle avait été sincère –, la rage l'avait consumé et il avait perdu le contrôle.

S'il refusait d'admettre qu'il avait honte de cet acte ou le regrettait, il le reconnaissait pour ce qu'il était : une erreur. Elle avait déchiffré son cœur alors qu'il avait passé sa vie à perfectionner des moyens de le déguiser. Ce n'était pas une tâche facile. Et elle avait gardé la tête froide alors qu'il s'était montré particulièrement sauvage avec elle, ce qui était tout aussi impressionnant.

Alors, au lieu de lui régler son compte sans attendre, il l'avait fait suivre pour voir comment elle se débrouillerait sans argent ou connexions. À sa surprise, elle s'était bien débrouillée, même si elle était enceinte. Elle avait commencé par faire la manche, bien entendu, mais elle ne s'était pas arrêtée là. Elle communiquait avec les gens, leur parlait et avait fini par trouver un emploi de barmaid au tripot qui était devenu sa résidence.

Il aurait préféré qu'elle donne naissance à un fils qui aurait pu lui succéder au département de l'intérieur, tandis que Peter endosserait le nom et le titre de la famille, mais la donne avait été différente. Toutefois, cette femme avait prouvé sa valeur personnelle, et il ne gâchait jamais les choses de valeur.

En soi, la petite aurait simplement risqué de l'exposer à un scandale potentiel. Toutefois, elle lui permettrait de forcer la mère à lui obéir. Sans quoi, elle aurait peut-être un jour essayé d'utiliser la morveuse contre lui. Il avait simplement pris les devants.

Hugo sourit en regardant Charles et Lily dans leur loge. Ils entraient à présent dans la phase finale de son plan. Bientôt, il frapperait Charles en plein cœur et rien ne pourrait plus l'arrêter.

❦

AU COURS DU PREMIER ENTRACTE, UN GARÇON ABORDA LILY et, sans se faire voir de Charles et de sa famille, lui glissa prudemment un papier dans la main. Elle reconnut avec appréhension la main qui avait rédigé les quelques mots.

Quand il vous fera sa demande, acceptez.

Lily déchira le papier et cacha les morceaux derrière une plante en pot près de l'entrée de la loge.

— Tout va bien ? demanda Charles quand elle revint s'asseoir.

Elle coula un regard en travers du théâtre et son cœur s'arrêta de battre. Hugo était là. Il l'observait, mais d'où ? Elle scruta les loges privées et repéra vite Mrs Waverly de l'autre côté du bâtiment. Mais sans Hugo.

— Je... je ne me sens pas bien, malheureusement. Pourriez-vous me ramener ?

L'entracte n'était pas terminé et ça ne serait pas trop dérangeant de s'éclipser.

— Bien entendu.

Charles l'observa avec inquiétude.

— Mère, Lily ne se sent pas très bien. Je vais la ramener chez elle.

Violet et Ella se redressèrent.

— Tout va bien, ma chère ? Peut-on faire quelque chose ?

Lily secoua la tête.

— Non, non, je vous remercie. Tout ira mieux une fois que je pourrai me reposer.

Violet lui saisit les mains et les serra légèrement.

— Faites-nous savoir si on peut vous aider. J'ai été ravie de vous rencontrer.

— Moi de même, Lady Lonsdale. Je vous remercie.

Lily prit le bras de Charles et ils sortirent de la loge. Traversant les foules mouvantes, ils avaient atteint le sommet des escaliers quand la jeune femme pila net. En bas des marches, Hugo leva un verre de champagne dans sa direction. Lui tournant le dos, Charles ne le vit pas.

— Charles...

— Oui ? demanda-t-il.

Impossible de revenir en arrière.

— C'est oui, déclara-t-elle.

Toujours confus, il haussa un sourcil.

— Oui ?

— *Oui*, répondit-elle d'un ton emphatique. Je réponds oui à votre question dans la calèche.

Soudain, l'anxiété et l'inquiétude dans les yeux de Charles s'évanouirent.

— Oui ?

Avant qu'elle ne puisse finir de hocher la tête, il l'attrapa par la taille et la fit tournoyer en éclatant de rire. Cet acte audacieux attira les regards et les cris de surprise, mais Lily n'en avait cure. Pendant un bref moment, elle s'autorisa à penser qu'elle avait dit oui pour elle-même, pas pour Hugo. Elle enfonça le visage contre le cou de Charles quand il la reposa lentement en la serrant contre lui.

— Je suis si heureux que je parviens à peine à respirer, lui ricana-t-il à l'oreille. Je vais vous ramener chez Émily afin que vous puissiez vous reposer. On a tant de choses à préparer ! Un mariage dans quelques jours vous conviendrait-il ? Je peux me procurer une licence spéciale.

— Si rapidement ? hoqueta-t-elle.

— Si. Je suis bien décidé et je ne vois pas de raison d'attendre sauf si vous préférez. Voulez-vous attendre ?

— Bon...

Elle devrait lui dire la vérité, du moins suffisamment pour qu'il sache qu'il épousait Lily Linley et pas Lily Wycliff. Cela dit, c'était une inquiétude pour un autre jour. Charles caressa sa joue. Son sourire était si lumineux que la poitrine de Lily lui fit mal.

— Dans quelques jours, accepta-t-elle enfin.

Il lui prit le bras quand ils descendirent l'escalier. Elle le sentait irradier de bonheur. Elle aurait vraiment voulu partager cette joie, mais c'était impossible. Elle ne pouvait que faire semblant.

Charles se glaça quand il remarqua Hugo en bas des escaliers. Leurs regards se croisèrent, mais aucun ne fit le premier pas pour se rapprocher ou s'éloigner de l'autre. Que faisait-il ici ? Lily avait espéré qu'il se fonde à nouveau dans les ombres d'où il n'aurait jamais dû sortir.

Lentement, Charles se remit en mouvement, mais il garda Lily aussi loin d'Hugo que possible. Quand ils parvinrent à sa hauteur, celui-ci afficha un large sourire aussi froid que le vent d'hiver.

— Quel joli spectacle, lord Lonsdale ! Et qui êtes-vous, Madame ?

— Ne lui parlez pas, s'interposa Charles.

Hugo ignora son commentaire.

— J'ai appris, pour lord Kent. Quelles terribles nouvelles ! N'était-il pas ami avec vous et votre frère ?

Lily sentit le bras de Charles se crisper.

— Ne feignez pas l'ignorance. Je sais aussi que vous êtes

derrière tout ça. Et si j'étais libre de le faire, je m'assurerais de vous faire payer le prix.

— Vous me menacez ? Allons, Lonsdale, on pourrait croire que vous avez envie de me lancer un *duel*.

— Cela mettrait-il un terme à toute cette histoire ? grogna Charles.

Le grand sourire de Hugo retourna l'estomac de Lily.

— Non, je le crains.

— Parce que vous savez que je suis bon tireur, mais pas vous.

— Croyez ce que vous voulez.

Les yeux d'Hugo glissèrent vers Lily et s'attardèrent un peu trop longtemps avant de revenir vers Charles.

La jeune femme n'arrivait pas à croire qu'elle voyait enfin ces deux hommes s'affronter. Il y avait tant de venin et de rage entre eux, dissimulés sous des sourires polis et des postures formelles, qu'elle fut surprise qu'ils n'en soient pas encore venus aux mains.

— Qu'est-il arrivé à votre valet ? Tom, n'est-ce pas ? J'ai entendu dire qu'il avait quitté Londres. Je me demande... A-t-il atteint sa destination ? Ce serait vraiment dommage si ce garçon et sa sœur venaient à disparaître.

Lily déglutit fort. Manquant à sa promesse, elle n'avait pas envoyé de lettre à Charles pour lui dire qu'elle était bien arrivée chez sa tante.

Une fureur inédite assombrit les yeux de Charles. Il fit un pas vers Hugo et pendant une seconde, celui-ci hésita à battre en retraite.

— Si ce garçon ou qui qui que ce soit d'autre disparaissent, je m'en prendrai à vous. Je ne crains pas d'être jugé pour meurtre, pas si ça retire de ce monde une âme noire comme la vôtre.

Charles n'éleva pas la voix ; il n'en avait pas besoin.

Hugo montra les crocs, mais Lily intervint en tirant son compagnon par le bras.

— *Je vous en prie*, ramenez-moi.

Lily se sentit suffoquée par la pression de leur haine mutuelle. Si elle ne parvenait pas à forcer Charles à partir, il risquait de faire quelque chose d'irréfléchi.

— Charles, je vous en prie !

Elle tira plus fort sur son bras jusqu'à ce qu'elle récupère son attention.

Charles céda à contrecœur. Ils laissèrent le théâtre et le danger derrière eux, mais quand Lily regarda en arrière, elle vit toujours le visage de Hugo.

Quand Hugo l'avait recrutée, il lui avait promis l'opportunité future de se retirer à la campagne avec Kat. Son service achèterait son silence. Dans son esprit pervers, il se croyait généreux envers elle. C'était peut-être sa façon tordue de se pardonner la violence qu'il lui avait infligée.

Mais maintenant, en voyant le visage d'Hugo à leur départ, elle n'était plus certaine qu'il tiendrait cette promesse. Sa haine envers Lonsdale le rongeait jusqu'au trognon et finalement, elle sut qu'il ne se préoccupait pas de savoir qui brûlerait avec lui. En plus, Hugo effaçait toujours ses traces. Alors quand il en aurait fini avec Charles, ne serait-ce pas ce que Kat et elle deviendraient pour lui ?

Je dois tout dire à Charles. S'il apprend tout et ne me méprise pas, alors, je pourrais peut-être au moins sauver mon enfant.

Ils montèrent dans la calèche, mais Charles n'avait pas encore ouvert la bouche.

— Charles ?

Il ne la regardait pas ; son esprit était à des dizaines de kilomètres.

— Lily, je suis désolé. Vous devez penser que mon emportement de tout à l'heure était particulièrement inapproprié. Cette nuit a très mal tourné. Je dois vous ramener chez vous tout de suite, puis je dois partir, malheureusement.

— Charles, attendez. Je vous en prie, écoutez-moi d'abord.

Toujours perdu dans sa morosité, il poursuivit son discours.

— Cet homme, Sir Hugo, n'est pas un homme bon. Vous ne savez pas ce qu'il a fait à moi, à mes amis... Il est...

— Malfaisant. Je sais.

Charles la dévisagea.

— Que voulez-vous dire ? Émily vous a-t-elle parlé de lui ?

Lily tendit le bras en travers de la calèche et prit la main qu'il gardait posée sur son genou.

— Charles, je vous en prie. Je dois vous faire une confession.

— Ma chère, il n'y a rien à...

— Si. Une fois que je vous aurai tout dit, vous allez certainement me jeter hors de cette calèche, mais avant que vous le fassiez, sachez une chose. Tout ce qu'on a partagé, absolument tout, a été réel pour moi. Je vous en prie, ne l'oubliez pas.

Charles se pencha en avant, la scrutant à travers la pénombre.

— Lily, mon amour, vous commencez à me faire peur.

— Charles.

Sa langue était épaisse. Ces paroles pesaient sur elle.

— Je ne suis pas celle que vous croyez.

Il ne parla pas, mais plissa les paupières. Elle poursuivit.

— Je ne suis pas veuve. Je ne suis pas Mrs Wycliff.

— Vous n'êtes pas la cousine d'Émily ?

— Émily m'aidait à trouver un mari. Mon vrai nom est Lily. Lily... Linley.

Elle patienta en retenant son souffle.

— Linley ? murmura-t-il. Seriez-vous parente de Tom Linley d'une quelconque façon ?

— Charles, grogna-t-elle. Je *suis* Tom.

Il la regarda sans comprendre.

— Quoi ?

— Tom n'existe pas.

— Mais...

Il s'interrompit et ses yeux gris s'écarquillèrent, complètement perplexes.

— Je suis Tom, mais je n'ai jamais *été* Tom. Lily est ma véritable identité.

Elle abandonna sa voix féminine affectée pour mieux lui démontrer comment elle avait joué le rôle d'un jeune homme. C'était peut-être la première fois que Charles entendait sa véritable voix, pas celle de Tom le valet ni de la mystérieuse Mrs Wycliff.

Il l'observa à nouveau, cette fois avec une sollicitude véritable.

— Tom ?

— Tom était simplement un déguisement.

Elle inspira profondément, se préparant à la suite, à ce qu'il comprenait déjà, même s'il n'en avait pas envie.

— Tout ce temps, vous avez...

Il se passa une main dans les cheveux.

— Charles, je vous en prie, vous devez m'écouter.

— Lily, ne me dites pas que vous avez... Pas lui.

— Si. Je travaille pour Hugo, lança-t-elle en retenant un sanglot.

Charles devint blanc comme un linge.

— Non... Non...

— Je suis désolée. Vraiment désolée.

Elle tendit la main, mais il la regarda comme si elle tenait une vipère venimeuse et elle la laissa retomber.

— C'est un rêve... Un cauchemar, balbutia-t-il. Pourquoi... *Pourquoi* ne puis-je pas me réveiller ?

Il se pencha à nouveau en avant et enfonça le visage dans les mains.

Profondément blessée, Lily se mordit la lèvre.

— Charles, écoutez-moi. Ce n'est pas ce que je voulais. Je n'ai jamais voulu vous faire de mal. Dès le début, j'ai eu des sentiments pour vous.

Les yeux pétillants de colère, Charles s'écarta d'elle avec un sursaut.

— Comment *osez*-vous dire une chose pareille ? Vous avouez que vous travaillez pour un homme qui souhaite me voir mort, mais vous me parlez de sentiments à mon égard ? Alors que vous êtes restés sans *rien* faire tandis qu'il n'a cessé d'attaquer mes amis et leurs familles ?

— Vous ne comprenez pas. Il m'arrachera ma fille si je ne lui obéis pas.

La colère dans les yeux de Charles s'estompa un peu.

— Katherine ? Pourquoi Hugo se préoccuperait-il d'un bébé ?

Il avait des assassins suspendus à ses lèvres. Des espions dans toutes les nations. À quoi lui serviraient une femme et son enfant ?

Lily ferma les yeux.

— Parce que c'est son enfant. Hugo est le père de Katherine.

Charles poussa un rire amer et froid.

— Bien entendu... Et à présent, il se sert de son ancienne maîtresse pour m'appâter afin de pouvoir me dérober ce qu'il me reste de ma joie. C'est ça ?

Son ton était si froid que Lily n'aurait pas été surprise si l'intérieur de la calèche s'était couvert de gel.

— Nous n'avons *jamais* été amants !

Elle cracha ces mots avec tant de violence qu'il eut un mouvement de recul. Elle mit une seconde pour se calmer avant de pouvoir continuer.

— J'étais servante dans sa maison et il... il m'a *prise*.

Elle ne parvint pas à développer. L'hiver rude dans les yeux gris de Charles fondit légèrement. Détournant le visage, elle essuya les larmes de colère qui roulèrent le long de ses joues.

— Il s'est imposé à vous ? demanda-t-il d'une voix plus douce.

Elle acquiesça.

— Je me suis enfuie. J'ai fait la manche dans la rue jusqu'à ce que je trouve un travail. Plusieurs mois après, il m'a retrouvée... avec mon enfant. Il est capable de la prendre quand il le voudra, Charles. Il peut s'approprier Katherine et me la retirer, parce qu'elle est à lui.

Charles fronça les sourcils.

— Alors, il vous a contrainte à ce jeu pervers et tordu ? Pourquoi ?

Lily déglutit.

— Il m'a trouvée utile. Ma taille, ma carrure et la façon dont j'ai surmonté une crise lui ont fait penser que je pourrais être utile à son service. Alors, il m'a enseigné à me battre, à me déguiser, à découvrir tout ce qui est secret. Et à cause de Katherine, je n'ai pas pu refuser. Depuis presque trois ans, je suis incapable de refuser. Et j'ai fait des choses terribles, tant à ceux qui le méritaient qu'à d'autres qui auraient mérité mieux. Mais quand je vous ai rencontré, j'ai...

Elle déglutit à nouveau.

— Vous êtes un homme fantastique. Un homme gentil et aimant avec un cœur noble, et ça me tuait à petit feu tous les jours de voir les tourments qu'Hugo vous faisait subir.

— Et pourtant, vous n'avez rien dit, dit Charles. Pourquoi parler maintenant ? Qu'est-ce qui vous a fait changer d'avis ?

Lily regarda le plancher de la calèche.

— Quand vous avez affronté Hugo, j'ai su que quoi qu'il arrive, je ne serai jamais libérée de lui. Je me suis rendu compte que je l'aidais à détruire un homme bon, que je vendais mon âme au diable en personne, sans même recevoir en échange la sécurité de ma fille. Je sais que vous ne ressentez plus rien pour moi, mais je vous en prie, aidez-moi à protéger ma fille. Je vous en prie. C'est la seule chose qui me reste au monde. Je ne peux pas la perdre.

Même si elle avait tué les sentiments qu'il avait autrefois pour elle, elle priait pour que sa noblesse d'esprit reste aux commandes, pour qu'il l'aide à sauver son enfant en échange de ce qu'elle pouvait lui révéler sur les plans d'Hugo.

Charles garda le silence pendant un long moment. Puis il ouvrit la vitre de la calèche et cria au cocher de changer de direction.

Elle ressentit une bouffée de terreur.

— Où allons-nous ?

— Chez quelqu'un en qui Ashton a confiance. Nous aurons besoin d'une discrétion absolue si nous voulons tenir un conseil de guerre.

20

Une fois qu'il l'eut aidée à descendre de la calèche, Charles ne parvint pas à regarder Lily, aussi braqua-t-il toute son attention sur leur destination. Ils se trouvaient en face d'une jolie maison de ville dont les murs étaient couverts de lierre mort. Il toqua avec le heurtoir et un grand majordome musclé de quarante ans les reçut à la porte.

— Lord Lonsdale souhaite voir lord Darlington.

— Y a-t-il un message à transmettre à lord Darlington ? demanda le majordome.

— Dites-lui, *Cam*.

On les fit entrer et patienter dans le vestibule le temps que le majordome se rende à l'étage. S'efforçant toujours de ne pas regarder Lily, Charles se tint très droit. Quelques minutes plus tard, le domestique revint.

— On m'a demandé de vous faire entrer dans la bibliothèque. Sa Seigneurie descendra dès qu'il se sera habillé. Il m'a également dit d'expédier ceci.

Il brandit une poignée de lettres, chacune adressée à un des membres de la Ligue.

— Oui, c'est correct.

— Je vais demander à mes gars les plus rapides de les livrer sur-le-champ.

Charles et Lily furent introduits dans la bibliothèque. Charles se trouvait déchiré entre l'envie de lui parler et celle de s'enfuir le plus loin possible d'elle.

— Charles, murmura Lily en lui coulant un regard.

Quelque part, elle avait l'air encore *plus* belle.

— Je vous en prie, dites quelque chose. N'importe quoi.

Que Dieu me garde, mais je crois que je l'aime, cette femme qui est en mesure de me détruire.

— M'avez-vous dit la vérité ? demanda-t-il d'une voix rauque.

Elle essuya une larme et renifla.

— Entièrement.

— Je vous ai demandé de m'*épouser*.

Il ne la croyait toujours pas, même s'il en avait envie. Elle avait admis son mensonge, alors quelle importance avait tout ceci à présent ?

— Et j'en avais envie. C'est toujours le cas, mais je sais que c'est impossible.

Elle se détourna, regardant à travers la fenêtre le jardin verglacé sous le clair de lune.

— Cela étant, je ne regrette pas de vous avoir dit la vérité. Aussi douloureux que ce soit, malgré tout ce que j'ai perdu en vous en parlant, ça m'a également ôté des épaules un énorme fardeau.

Il songea au long trajet en calèche vers cette maison, qu'elle avait passé recroquevillée dans un coin, prenant très peu d'espace comme si elle pensait qu'elle ne le méritait pas. La détresse dans les yeux de Lily l'avait profondément ému. Certes, il était blessé. Il avait été compromis et trahi. Mais il devait également tenter de voir le monde à travers ses yeux. Ce n'était pas comme si elle avait atterri là par choix.

Hugo l'avait prise, lui avait fait du mal, l'avait forcée à avoir un enfant puis l'avait menacée de la lui prendre. Dans toute cette histoire, elle n'avait jamais eu le choix, pas depuis qu'Hugo avait abusé d'elle. Il était injuste de la tenir responsable des actes de cet homme. Elle avait choisi de tout lui avouer. Cela n'inclurait-il pas ce qu'elle ressentait vraiment ?

Il serra les poings alors qu'il repoussait des émotions conflictuelles.

Charles se dirigea vers elle. Avant de prendre le temps d'y réfléchir, il la saisit par les épaules et la tourna vers lui. Ne trouvant pas quoi dire, il garda le silence. Puis il la colla brusquement contre lui et abattit sa bouche sur la sienne.

Une partie de lui voulait la punir pour sa trahison, lui montrer l'étendue de sa fureur, mais un désir animal l'envahit et à présent, il ne désirait plus qu'*elle*. Lily dans ses bras, dans son lit, sous lui, avec lui, faisant partie de lui. La vie était une maîtresse cruelle qui ne lui montrait pas la moindre pitié.

— Charles.

Lily hoqueta son nom.

— Dites-moi d'arrêter et je le ferai.

Il fit reculer leurs corps jusqu'à ce qu'ils se retrouvent plaqués contre la bibliothèque la plus proche. Il referma un poing dans sa chevelure et fit descendre ses lèvres le long de la colonne lisse de sa gorge, voulant l'explorer plus que jamais.

— Je vous en prie, n'arrêtez *pas*. Jamais, gémit Lily alors qu'il mordillait sa clavicule.

Charles dénoua violemment les lacets de sa pelisse et elle tomba à terre à ses pieds. Le renflement de ses seins parfaits attisait son désir. Elle avait bandé ces beautés pour les aplatir pendant une année entière. C'était un crime contre nature, un crime qu'il lui ferait payer en passant des heures à les explorer avec sa bouche et ses mains.

— Je devrais vous haïr, dit-il avant de l'embrasser à nouveau violemment.

Leurs bouches se séparèrent et elle posa sur lui ses yeux bleus infiniment ensorcelants.

— Vous avez tous les droits de me détester, répondit-elle.

À présent, ses cils étaient couverts de larmes et elle cligna rapidement des paupières.

— Je déteste la faiblesse que vous me faites ressentir, dit-il.

Chaque mot avait un goût amer sur ses lèvres.

— Je déteste tout ce qu'Hugo vous a contrainte à faire, mais je ne *vous* déteste pas.

Lily referma les doigts sur les revers de son manteau et se colla à lui.

— Il y a tant de nuits où j'ai voulu grimper dans votre lit et me coller à vous. Vous me faisiez me sentir en sécurité. À présent, je vous fais confiance pour nous protéger, non seulement moi, mais aussi mon enfant. Charles, je vous en prie. Je sais que ma trahison est impardonnable, mais Katherine est innocente là-dedans.

La colère qui s'était mélangée au désir de Charles s'estompa, ne laissant qu'un désir plus doux et profond qui l'effrayait. Il prit Lily dans ses bras.

— Je vous protégerai toutes les deux.

Ils restèrent silencieux pendant un moment, s'étreignant avec un désespoir silencieux. La porte de la bibliothèque s'ouvrit et un homme blond entra. Il portait des vêtements quelque peu miteux que Charles avait connus beaux autrefois. Présentement, Darlington traversait une mauvaise passe.

— Lord Darlington.

Charles salua le vicomte avec un hochement du menton.

— Merci de nous permettre de nous imposer chez vous.

Darlington afficha un sourire canaille tout en regardant Lily.

— Je vous en prie. Ce n'est pas un problème. J'imagine que vos amis arriveront bientôt. Le thé est en route, d'ailleurs.

Darlington poussa un petit rire. Ses vêtements froissés et ses cheveux ébouriffés n'échappèrent pas à Charles. Visiblement, Charles et Lily l'avaient réveillé.

— Lord Darlington, j'aimerais vous présenter à Lily, Lily Linley.

Il désigna sa compagne d'un geste du menton.

Darlington s'approcha d'elle et lui embrassa la main.

— Enchanté.

Lily rougit et sourit. Charles essaya de contenir sa jalousie.

Darlington était un rebelle dont la réputation de débauché égalait quasiment la sienne.

— Linley, dites-vous ? Les rumeurs disent que vous êtes tombé fol amoureux d'une veuve appelée Wycliff, observa Darlington.

— Oui, fol amoureux, puisque c'est la même femme, murmura Charles en coulant un regard à Lily.

En la voyant pâlir, il se demanda ce qu'elle pensait.

Darlington les regarda successivement pendant quelques instants.

— Bon, mettez-vous à l'aise. Mon majordome fera entrer les autres quand ils arriveront.

— Merci.

Charles attendit que Darlington soit parti pour reprendre Lily dans ses bras.

— Vous devez tout me dire. Aux autres aussi. Vous vous en sentez capable ?

Lily hocha la tête.

— Je crains de vous mettre en colère... si vous apprenez tout.

— Dites-moi seulement une chose.

Charles se prépara à la réponse qu'il supposait qu'elle allait lui fournir.

— Hugo vous a-t-il envoyé à moi en tant que Lily ? Voulait-il que je tombe amoureux de vous ? Tout ceci a-t-il été planifié, y compris notre rencontre dans les tunnels ?

Elle marqua un temps d'arrêt et son hésitation lui fit l'effet d'un coup de poignard en plein cœur.

— Vous ne m'avez pas secourue à Lewis Street. Je m'y trouvais dans le cadre d'une autre mission pour Hugo. Parfois, il me convoque lorsque Tom a un jour de congé. Mais quand Hugo a appris que vous m'aviez rencontrée sous les traits de Lily et que je vous avais intrigué...

Charles fronça les sourcils.

— Il a su qu'il pourrait se servir de vous contre moi.

— Sa première idée a été de me faire passer pour *sa* cousine. Il espérait que vous vous serviez de moi pour obtenir des informations sur lui. Mais quand Émily est venue me trouver avec son propre plan, Hugo a décidé d'y adhérer. Il savait que vous feriez plus confiance à Émily qu'à n'importe qui d'autre.

Charles soupira ; un poids insupportable pesait sur son torse.

— Il n'a pas tort. Je ferais confiance à Émily sur n'importe quel sujet.

— Mais je n'ai jamais eu l'intention de vous croiser dans les tunnels de Lewis Street ce soir-là, ajouta-t-elle rapidement. Pas sous mes traits véritables.

La souffrance qu'il avait réussi à tenir à l'écart explosa.

— Hugo a toujours su comment me faire du mal, me faire saigner.

Les jambes tremblantes, il se dirigea vers un fauteuil et s'y effondra. Soudain, Lily se retrouva à ses pieds. Elle posait la joue contre son genou tout en s'accrochant à ses jambes.

— Encore une fois, je sais que vous ne pouvez pas me croire et encore moins me faire confiance.

Sa voix était si brisée qu'elle faillit le tuer.

— Mais je vous aime. Je ne l'ai jamais caché. Je n'ai jamais feint mes sentiments. Au contraire, j'ai fait de mon mieux pour me contenir.

Je peux vous pardonner, mais comment puis-je vous faire confiance ?

Il tendit la main pour toucher ses cheveux, voulant se reconnecter à elle en touchant ces mèches dorées. Mais avant qu'il en soit capable, Lily s'était levée pour retourner à la fenêtre.

Il veillerait sur la sécurité de Lily et de Kat, il se le promettait. Elles étaient autant les victimes de cette tragédie que n'importe qui et il ne laisserait pas Hugo toucher à un seul cheveu de Katherine. Mais après ? Il savait qu'il passerait le reste de sa vie à la regretter une fois que sa fille et elle seraient capables de quitter Londres en sécurité. Il ne ressentirait plus jamais la même chose avec une autre femme, plus jamais.

Il regarda le bout de ses bottes alors qu'elle observait le jardin, ignorant tous les deux le silence qui s'était transformé en un brouillard effrayant qui les séparait.

Ashton fut le premier arrivé. Il déboula dans la bibliothèque et salua Charles d'un geste du menton.

— Heureux de voir que ce projet de réunion s'est exécuté à la perfection...

Il se figea quand il vit Lily.

— Toutefois, reprit-il, normalement, on n'invite pas sa maîtresse à un conseil de guerre, tout attirante soit-elle.

— Ash, croyez-moi, elle est plus impliquée que vous le réalisez.

— Je devine que vous allez m'expliquer ? poursuivit Ashton en croisant les bras.

— Oui, une fois que les autres seront là, promit Charles.

— Très bien.

Très vite, Godric et Lucien arrivèrent, Jonathan et Cédric sur leurs talons. Aucun membre de la Ligue ne souriait, mais c'était compréhensible. C'était une convocation, un conseil de guerre qu'Ashton avait organisé voilà longtemps. Ils devaient tous se retrouver chez lord Darlington s'ils recevaient un message de ce dernier qui contenait le mot *Cam*, la rivière dans laquelle ils avaient secouru Charles toutes ces années dans le passé. Quiconque aurait observé leurs lettres ou leurs communications n'aurait probablement pas compris la signification d'une lettre de Darlington, car il était en dehors de leur cercle immédiat.

— Que fait Mrs Wycliff ici ? demanda Godric en apercevant Lily. Émily vous attend d'une minute à l'autre pour coucher Sophia.

Charles vit Lily se raidir.

— Elle va bien ? demanda Lily à Godric.

— Sophia va bien, la rassura Godric, mais je ne comprends toujours pas pourquoi vous êtes là ?

— Je vous promets que la présence de Lily est nécessaire, dit Charles à ses amis.

— Tout le monde, asseyez-vous, dit Ashton. Je crois que Charles a des informations à nous communiquer.

Charles se redressa. Ses paumes étaient moites, mais il devait dire la vérité à ses amis.

Il s'éclaircit la gorge.

— Je sais que vous vous demandez pourquoi Lily est là.

Il attendit qu'elle le rejoigne, ce qu'elle fit en gardant le visage baissé. Il comprenait ses inquiétudes : il s'apprêtait à expliquer comment elle l'avait trahi, tous trahis, et comment elle les implorait à présent de l'aider.

— Le véritable nom de Lily est Lily Linley.

Il marqua un temps d'arrêt.

— Au cours de l'année qui vient de s'écouler, elle a vécu sous mon toit, jouant le rôle de mon valet, Tom Linley.

Cela provoqua des murmures d'inquiétude parmi la Ligue. Dans des circonstances différentes, Charles aurait fait l'objet de taquineries amicales. Mais vu la raison de leur présence, ils savaient que la signification de cette révélation dépassait de loin une farce amusante.

— Je n'ai pas eu conscience de ce mensonge avant ce soir, dit Charles. Elle a été envoyée par Hugo pour travailler au club de Berkley's en tant qu'espionne. Puis, sur ses ordres, elle a fini par infiltrer ma résidence en tant que serviteur.

Le silence qui s'abattit sur la pièce était assourdissant. On entendait seulement le tic-tac lent de la grande horloge dans le couloir.

— Hugo vous a engagée ?

Le ton d'Ashton était glacial. Charles tendit le bras pour prendre une des mains de Lily dans la sienne, la pressant doucement.

— Elle n'a pas été engagée, dit Charles. Je veux que tous les hommes présents le comprennent. Lily était bonne dans la maison d'Hugo quand il...

— Hugo Waverly m'a violée.

Lily leva les yeux et regarda toutes les personnes présentes dans la pièce. Sa voix était forte et assurée alors qu'elle aurait eu tous les droits d'avoir peur.

— Je lui ai échappé et j'ai donné naissance à son enfant en secret, mais il m'a retrouvée. Il m'a contrainte à entrer à son service, menaçant de me retirer mon enfant si je ne suivais pas ses ordres.

Charles lui serra à nouveau la main. Il était fier de son courage.

— Hugo m'a fait suivre un entraînement pour lui être utile, pour devenir un instrument, une arme au service de la Couronne. Seulement, il a vite décidé de m'utiliser pour ses objectifs personnels, contre vous tous.

— C'est peut-être impie de ma part, mais j'aimerais jeter Hugo dans la Tamise, gronda Lucien. Violer une femme ?

Godric abattit son poing sur la table de lecture à laquelle il était assis.

— Puis menacer son enfant ?

— Et la forcer ensuite à travailler pour lui ? brailla Cédric. Crapule !

— Alors pourquoi avez-vous cessé d'être Tom ? demanda Ashton, le plus calme d'entre eux. J'imagine qu'Hugo a changé ses ordres ?

— En effet. Il voulait que j'attise l'affection de Charles, avec l'intention que je le trahisse juste avant...

— Avant le coup d'estoc, finit Ashton à sa place.

— Cet homme est le diable en personne, marmonna Jonathan.

— Oui, mais le diable est rusé et ne doit pas être sous-estimé. Une telle trahison, révélée au moment choisi par Hugo, aurait détruit Charles, l'aurait rendu incapable de se défendre. Ashton regardait toujours Lily avec une froideur qui déplaisait à Charles.

Il était le seul qui avait le droit d'être furieux contre Lily. C'était *lui*, l'imbécile qui était tombé amoureux d'elle, celui qui l'avait demandé en mariage après seulement quelques brèves rencontres. À présent, quand il la regardait, il voyait une familiarité, les yeux dans lesquels il s'était plongé assez souvent au cours de l'année passée, les yeux d'un ami cher. Et maintenant, il l'aimait, l'aimait passionnément. Mais comment pouvait-il connaître les véritables sentiments de Lily ? Il ne pourrait jamais lui faire entièrement confiance tant qu'Hugo serait encore en vie.

— Alors, maintenant, nous savons quelque chose à propos du plan d'Hugo et que son coup fatal devrait bientôt survenir. Comment allons-nous réagir ? demanda Cédric qui jouait avec sa canne.

Ashton regarda toujours Lily.

— Ça dépendra de Miss Linley.

Le comprenant à demi-mot, elle hocha la tête.

— Qu'avez-vous besoin que je fasse ?

Charles continua de lui tenir la main, espérant la calmer, mais la nervosité qu'elle avait montrée avant s'était estompée.

— Jusqu'où Hugo veut-il que vous alliez avec votre séduction ?

Sa main se contracta dans celle de Charles alors qu'elle le regardait avec des yeux bleus emplis de douleur.

— Il voulait que j'accepte la demande en mariage de Charles.

Une vague de désespoir s'abattit sur lui, même s'il avait deviné avec une appréhension croissante qu'elle ferait cette confession.

Elle lui pressa à nouveau la main.

— La vérité est que j'avais envie d'accepter, même avant qu'Hugo m'ordonne de le faire. Mais j'avais espéré pouvoir refuser le plus longtemps possible, pour vous protéger, murmura-t-elle. Je vous en prie, croyez-moi.

Charles regarda Ashton avec des yeux brûlants.

— Alors peut-être devrions-nous donner à Hugo ce qu'il veut. Un satané mariage. La seule façon de mettre un terme à cela est de lui faire croire que tout se déroule comme prévu.

— C'est vrai, en convint Ashton. Mais ça veut dire que tout le monde ici sera en grand danger. Il est plus que probable que nos femmes, enfants, sœurs, frères et mères seront en péril. On ne vous jugera pas si vous choisissez de quitter Londres avec vos familles.

Charles fit un pas vers ses amis.

— Vous m'avez sauvé la vie autrefois et cette dette ne cesse de s'accroître. Mais c'est à moi seul de porter ce fardeau. Vous m'aidez depuis suffisamment longtemps. Je vous prierai tous de partir.

Il y eut un long silence pesant, encore une fois ponctué par le tic-tac de l'horloge du couloir.

— Nous avons tous plongé dans la rivière, dit Lucien. *Tous*. Je resterai ici jusqu'à ce que cette histoire soit réglée une bonne fois pour toutes.

— Moi aussi, ajouta Cédric en hochant le menton.

Godric sourit d'un air narquois.

— Je n'ai jamais apprécié ce saligaud et j'aimerais lui régler son compte si j'en ai l'occasion.

— Je n'ai rejoint votre Ligue que récemment, mais maintenant que je suis ici, je n'ai pas l'intention de partir, dit Jonathan.

Ashton sourit sombrement.

— Alors, je crois qu'il faut à présent qu'on veille à la sécurité de nos familles. Nous devrions songer à les éloigner.

— Mais vous devez vous montrer prudents, les interrompit Lily. Hugo a des serviteurs dans chacune de vos résidences.

— D'autres hommes comme Gordon ? demanda Lucien.

Lily hocha la tête.

— Oui. Je ne sais pas qui ils sont, seulement qu'il en a un dans chacune de vos résidences à Londres.

— Et nos maisons de campagne ? demanda Cédric.

Incertaine, elle réfléchit.

— Je ne crois pas, mais je n'ai aucune certitude.

— Et leur mission est de lui faire son rapport ? demanda Ashton.

— Oui, sur les conversations qu'ils surprennent, ce qu'ils apprennent de vos agissements.

— Risquent-ils de nous attaquer comme l'a fait Gordon ?

— Ils feront ce qu'Hugo leur demandera, que ce soit par loyauté ou peur.

— Fantastique ! dit Godric. Des assassins parmi nous.

— Si vous éloignez vos familles, Hugo aura des soupçons, dit Lily. Vous devez échelonner leurs déplacements. Trouvez des raisons banales, feignez la déception quand ils choisiront de partir. Si Hugo perçoit que vous essayez de les protéger, cela attirera son attention.

— À moins qu'on le distraie avec le mariage, ajouta Charles.

Il savait qu'Hugo serait ravi de voir son espionne épouser son ennemi juré. Tout le reste cesserait de compter une fois qu'Hugo aurait atteint cet objectif, parce qu'il aurait positionné Charles exactement où il voulait qu'il soit.

— Charles, pas besoin de... commença Lily, mais Ashton lui coupa la parole.

— Non, Charles a raison. Son esprit restera occupé s'il pense que son plan fonctionne. Lily, vous devez continuer à lui faire parvenir vos rapports, jouer son jeu ; à contrecœur, bien entendu. Ne changez rien à votre comportement, mais je vous dirai quoi révéler sur nos projets.

Charles hésita.

— Je ne veux pas impliquer Lily, à part pour le mariage. Ça fait trop longtemps qu'elle est un pion dans cette histoire. Elle a besoin d'être en sécurité.

Il lui devait au moins cela. Elle était la victime d'Hugo tout autant que lui, peut-être même d'une façon qui les placerait à égalité : la vie de Lily détruite, celle de Charles trahie.

La tragédie les unissait parfaitement.

— Non, Charles. Lord Lennox a raison. Je dois jouer mon rôle. Kat est la seule chose qui compte à présent. Elle doit être tenue en sécurité.

Elle lui saisit les deux mains et pendant un moment, alors qu'il plongea dans ses yeux bleu myosotis, il y vit Lily *et* Tom, l'implorant de leur faire confiance. C'était une chose étrange de voir un ami dans les yeux d'une inconnue. Tout autour d'eux s'estompa alors qu'il se perdait momentanément dans son visage, regrettant plus que tout de ne pas l'avoir rencontrée dans un monde où Hugo n'existait pas.

— C'est trop dangereux. Je ne vais pas vous laisser risquer votre vie pour moi...

Elle se jeta soudain vers l'âtre, récupérant un tisonnier et en fendant l'air, l'arrêtant à seulement deux centimètres du visage de Charles. Elle respirait doucement et quelque chose dans son contrôle expert sur ce tisonnier faisait bouillonner son sang de désir. Il ne savait pas qu'il aimait une femme aussi dangereuse.

— N'oubliez pas, vous avez lutté plus d'une fois contre moi quand j'étais Tom. On m'a entraînée au combat longtemps avant notre rencontre. Je ne suis pas faible.

— Je sais, mais ça ne devrait pas être votre combat, Lily. Vous méritez d'être en sécurité... Après tout ce que vous avez traversé.

Elle baissa les yeux, lui faisant voir ses cils blond foncé.

— Je n'en suis pas si certaine. J'ai fait des choses sur les ordres d'Hugo. Des choses dont je ne suis pas fière.

— Je ne les retiens pas contre vous, dit Charles. Vous n'avez agi que pour protéger votre fille de ses griffes. Comment ne pourrais-je pas le comprendre ?

S'il avait été seul avec elle et qu'aucun de ses amis ne les avait observés comme s'ils étaient au théâtre, il l'aurait prise dans ses bras, aurait inspiré son odeur sucrée et, d'un baiser, lui aurait assuré qu'il comprenait ses agissements.

— Je suppose qu'un mariage conviendrait, puisque vous ne parvenez pas à garder vos yeux ou vos mains pour vous, les coupa Lucien avec un ricanement sardonique.

— C'est vrai, renchérit Ashton. Lily et vous vendez plutôt bien votre attirance.

— Alors, vous aurez besoin de quelqu'un qui accepte de vous aider dans votre ruse, dit Lily. Un prêtre capable d'officier, mais qui accepte de ne pas finaliser le mariage. Je ne sais pas comment l'église va percevoir une telle fraude.

— Je connais peut-être quelqu'un, dit Ashton. Sa paroisse est située à la campagne, mais je suis certain qu'il viendra si je le lui demande.

— Vous n'en aurez pas besoin, dit soudainement Charles, se surprenant lui-même. J'ai l'intention d'accomplir ce mariage sans le moindre mensonge.

Cette affirmation radicale parut déboussoler les autres hommes présents.

— Vous ne souhaitez pas vraiment m'épouser, dit Lily.

— Si.

Il n'aurait pas su dire pourquoi. Il savait qu'il existait des raisons, mais pour l'instant, il avait trop peur pour les examiner.

— Mais un mariage serait contractuel. Ça nous rendrait véritablement...

— Mari et femme. Oui, je connais le concept du mariage.

— C'est la raison pour laquelle il les a toujours fuis pendant toute sa vie, le railla Cédric.

— Ne vous y mettez pas, dit Godric.

Charles entendit Cédric jurer quand le duc lui donna un coup de pied dans les tibias.

— Alors, planifions le mariage, dit Ashton. Nous conserverons la maison de Darlington comme lieu de rendez-vous au cas où nous devrions nous retrouver. Le nouveau mot de passe sera...

— Gardénias, dit Charles qui repensa à ce que la fleuriste lui avait dit sur la signification de la fleur.

L'appel de la solitude. Et voilà que pour s'en guérir, il se proposait d'épouser une espionne envoyée pour le trahir.

— Très bien. *Gardénias*. Mais souvenez-vous, vous *devez* continuer à vous comporter normalement. Partez du principe que tout ce que vous direz dans cette maison atteindra les oreilles d'Hugo. Même Berkley's n'est pas sûr. N'effectuez pas de changement de personnel. Ça ne ferait que l'alerter sur vos actions et il nous sera impossible d'être certains que vous avez trouvé l'espion dans votre demeure.

Ils s'accordèrent rapidement sur ce qui devait être fait. En partant, Charles serra la main de tous les hommes. Godric marqua un temps d'arrêt quand ils parvinrent à sa hauteur.

— Lily, retournez-vous dans ma demeure ?

Lily coula un regard à Charles.

— Oui, je crois que j'y suis contrainte.

— Elle le fera, en convint Charles. Et je viendrai avec elle.

— Mais... commença-t-elle.

— Vu l'annonce publique de vos fiançailles, ça ne semblera pas déplacé. Je refuse catégoriquement de vous laisser seules, Kat et vous.

Godric acquiesça.

— Je vais vous faire préparer une chambre à part. On se retrouve à la maison.

Il ne restait plus qu'Ashton qui observait Charles d'un air prudent avant de se tourner vers Lily.

— J'ai besoin d'une minute avec Charles. Si ça ne vous fait rien ?

— Non, bien sûr que non.

Elle hocha la tête et quitta la bibliothèque. Charles souffrit immédiatement de son absence. Il craignait qu'elle disparaisse à nouveau.

— Charles, j'ai besoin de savoir où vous en êtes vraiment sur ce point.

Ashton plaça une paume ferme, mais douce sur son épaule, l'ancrant d'une façon dont il ignorait avoir eu besoin. Les révélations de la soirée l'avaient étrangement dérouté.

— Où j'en suis ? répéta-t-il.

— Oui. Ce mariage sera véritable. Elle va devenir votre femme. Je comprends pourquoi vous souhaitez la protéger d'Hugo, mais êtes-vous certain de vouloir vous lier à une femme qui ne vous aime peut-être pas ?

La voix d'Ashton se radoucit.

— Je connais votre cœur, Charles. Vous affichez une attitude insouciante, mais vous vous êtes toujours demandé si vous méritiez l'amour. Je vous le dis : vous méritez l'amour et le bonheur, comme le reste d'entre nous. Je ne peux pas rester les bras croisés et vous laisser épouser quelqu'un par simple culpabilité ou parce que ça facilitera un peu notre combat contre Hugo.

Les yeux d'Ashton luisaient à la lumière du feu qui brûlait dans l'âtre de la bibliothèque de Darlington. La gorge serrée, Charles reprit la parole.

— Ne vous inquiétez pas pour moi. Ce qui me préoccupe davantage, c'est que vous allez tous affronter ce danger avec moi. Je n'ai jamais voulu qu'une telle chose se produise. C'est ma faute.

— Ce n'est pas votre faute, mais celle d'Hugo. Tous les péchés reposent sur sa tête. À présent, concernant Lily...

— Je sais que j'ai l'air d'un imbécile, ou peut-être d'un fou, mais je crois que je l'aime. Et je suppose qu'elle me connaît mieux que n'importe quelle femme. En tant que Tom, elle était un ami, un confident. Je ne lui ai jamais rien caché de moi. À présent que j'ai passé du temps avec elle sans son masque, sous les traits de Lily, je trouve ça étrangement libérateur.

Il sourit d'un air triste.

— Savez-vous combien de femmes j'ai connues au fil des années, des courtisanes célèbres, des veuves coquines, des vieilles filles passionnées ? Aucune d'elles n'en a su davantage sur moi que le sourire que je souhaitais leur présenter. Lily m'a vue dans mes humeurs les plus sombres, est restée à mes côtés pendant mes cauchemars et ne m'a pas abandonné une seule fois. Je suis toujours certain qu'elle a des sentiments pour moi. Ça doit bien compter pour quelque chose, non ?

Comment pouvait-il mettre des mots sur la façon dont Lily rayonnait quand elle entrait dans une pièce ? Il cessait de respirer et parvenait à peine se souvenir de son propre nom. Il n'avait pas le simple désir d'en avoir plus. C'était *déjà* le cas. Il y avait *toujours* eu quelque chose en plus.

— Alors, vous en êtes certain ? demanda Ashton.

— Oui.

— Très bien. Nous lancerons les préparatifs pour le mariage et vous jouerez le rôle du fiancé amouraché.

Pour la première fois depuis ce qui lui parut être des heures, Charles parvint à sourire.

— Ça ne sera pas difficile, dit-il.

Il passerait du temps avec Lily et Kat, s'assurant qu'elles étaient en sécurité. Sa future épouse et son futur enfant. Avoir appris comment Katherine avait été conçue n'avait fait que renforcer son envie de s'occuper de l'enfant. Elle avait besoin d'amour, de sécurité et d'un père qui saurait les lui offrir.

Et je suis cet homme-là.

21

Lily resta agitée durant tout le trajet de retour vers la maison de Godric. Elle avait appris à endurcir ses nerfs dans la plus dangereuse des situations, et pourtant, la nervosité faisait palpiter follement son ventre dès que Charles coulait un regard vers elle.

Avait-il vraiment l'intention de l'épouser ? Après ce qu'elle avait fait ? C'était de la folie. Il ne voudrait quand même pas... N'est-ce pas ?

Quand la calèche s'arrêta, il l'aida à descendre, ses mains lui agrippant la taille comme elles l'avaient fait sur le chemin de l'opéra, comme si tout était normal. Elle aurait tant voulu que ce soit vrai ! Elle réprima un frisson, ayant hâte de se lover contre sa chaleur.

Godric les attendait dans le salon en compagnie d'Émily. Quand elle vit le visage de la duchesse, elle sut que Godric avait trouvé une façon sûre de lui expliquer son mensonge. Lily s'était attendue à un certain nombre de réactions furieuses. Au lieu de cela, Émily vint à elle et l'étreignit fort avant de murmurer à son oreille.

— Vous êtes bien plus courageuse que je l'aurais imaginé.

Godric et moi donnerions notre vie pour vous protéger, Kat et vous.

Lily voulut protester, mais Émily plaça un doigt sur ses lèvres, la prévenant de garder le silence.

— Il se fait tard. Nous devrions peut-être nous retirer ? Je fais faire monter de la nourriture dans vos chambres. Charles, j'ai fait préparer une chambre et un valet de pied attend pour vous aider si c'est nécessaire.

Charles les remercia d'un geste du menton et leur adressa un *bonne nuit* général avant de monter à l'étage.

Lily resta dans le salon pendant un moment, même après qu'Émily et Godric se furent retirés. Elle se mit à la fenêtre et s'interrogea sur la suite des événements. Tout sentiment de sécurité qu'elle avait ressenti au cours des trois dernières années avait été un mensonge. Devoir obéir aux instructions d'Hugo en évitant de se faire repérer la faisait se sentir sur le fil du rasoir. Sur tous les plans, elle ne s'était jamais trouvée dans une situation aussi périlleuse et pourtant, elle ressentait également une étrange acceptation. Quoi qu'il arrive, le chemin sur lequel elle se trouvait à présent promettait de prendre fin.

Elle entra dans la nursery. Katherine était endormie dans le grand berceau, bordé entre plusieurs épaisses couvertures molletonnées, une nouvelle poupée calée sous un bras. L'amour s'empara de la poitrine de Lily quand elle se pencha et écarta les boucles du visage de sa fille. Elle entendit des pas derrière elle et reconnut les souliers qui les produisaient. Elle les avait polis assez souvent.

— Je comprends, à présent, dit Charles.

Elle se redressa sans détourner les yeux du visage endormi de Kat.

— Que comprenez-vous ?

Il la rejoignit au bord du berceau.

— Vous savez, j'ai pensé pendant un moment qu'elle était peut-être ma fille. Que j'avais peut-être couché avec votre... je veux dire la mère de Tom ?

Lily sourit, résistant à l'impulsion de plaisanter sur la probabilité d'un tel événement.

— Elle avait l'air très familière, mais à présent, je vois que c'est Hugo que j'ai reconnu dans ses traits.

Lily se raidit.

— Cela vous trouble-t-il ? demanda-t-elle en se déplaçant légèrement entre Katherine et lui.

Il soupira et se pencha pour caresser du revers des doigts les joues de Kat. Le bébé s'agita, mais ne se réveilla pas.

— Elle partage peut-être ses traits, mais intérieurement, je ne vois que le cœur de sa mère.

Charles tourna le regard vers Lily. Ses yeux la caressèrent sensuellement. Son pouls s'emballa. Elle aurait dû réprimer sa réaction. Le temps était mal venu pour de telles choses, mais la chaleur pesante et enivrante du désir courait néanmoins en elle, droguant ses pensées et ses sens.

Il leva la main pour lui saisir la nuque, ses doigts chauds s'enroulant autour de sa peau.

— Si je suis le seul à avoir le cœur débordant d'amour, vous devez me le dire, Lily. Ça ne changera rien à la promesse que j'ai faite, à votre enfant et à vous.

Elle déglutit, prise par un vertige alors que le monde paraissait tourner sur son axe.

— Vous n'êtes pas le seul, dit Lily. Je suis certaine de vous avoir aimé au moment où je vous ai vu, aussi téméraire et dangereux que ce soit.

Elle plaça une main sur son torse, sentant la soie de son gilet sous le bout de ses doigts. Il porta son autre main à ses lèvres, embrassant les callosités au sommet de sa paume sous la base de chaque doigt. Comment parvenait-il à la faire se sentir si chérie d'un simple geste ?

— Vous avez travaillé très dur, n'est-ce pas ? murmura-t-il d'une voix emplie de pitié et de compassion.

Elle retira sa main.

— J'ai fait ce que j'avais à faire. Je ne désire pas votre pitié.

— Alors que voulez-vous ? demanda-t-il avec un éclat argenté dans ses yeux gris.

Que voulait-elle ? Elle voulait dormir sans garder de couteau calé sous son oreiller. Elle voulait que Katherine grandisse en connaissant le bonheur qu'elle-même craignait de ne jamais vivre. Elle voulait que ceci, tout ceci, se termine. Mais quand les mains de Charles se déplacèrent jusqu'à ses épaules, elle désira une chose plus que toutes les autres combinées.

— Vous.

Elle se jeta en avant et l'embrassa. Il lui rendit son baiser avec la même énergie. Malgré le danger qui brillait dans ses yeux, elle savait qu'il ne lui ferait jamais de mal, pas comme Hugo l'avait fait. Ce n'était que du plaisir, pur et puissant, aussi intemporel et infini que la lune qui influençait les marées. L'énergie masculine qui émanait de lui était un réconfort et une incitation, pas une menace. La chaleur se libéra dans son ventre alors qu'elle s'abandonna plus profondément au baiser. Soudain, il se pencha et la souleva dans ses bras pour la porter.

— Quelle chambre avez-vous ?

— Celle à gauche de la nursery.

Il la porta à l'intérieur et la reposa avec une infinie douceur avant de fermer la porte. Un feu brûlait dans l'âtre et une assiette de fromages et de fruits était posée sur un plateau, mais Lily n'avait pas faim. Charles revint et se dressa devant elle, lui prenant le visage entre les mains. Leurs regards s'accrochèrent, un gris tempétueux rencontrant un bleu turbulent.

— Sachez ceci. Je m'arrêterai si vous me le demandez, dit Charles. Je ne veux pas... Je ne veux pas que vous craigniez quoi qui puisse se produire entre nous dans ce lit.

Elle lui saisit les poignets et les pressa doucement.

— C'est bon. Je vous fais confiance. Je l'ai toujours fait.

— Nous allons aller lentement, jura-t-il en s'agenouillant à ses pieds.

Elle ne put s'empêcher de rire.

— Vous, lentement ? Pourquoi est-ce que je trouve cela difficile à croire ?

Elle en avait vu et entendu suffisamment sur son style de vie romantique pour savoir qu'il préférait faire l'amour avec rapidité et fureur.

Il leva les yeux vers elle tout en lui retirant un de ses chaussons rouge foncé. Il lui adressa un sourire qui fit palpiter son ventre encore plus follement.

— Si je le souhaite, je peux faire l'amour avec une lenteur *infinie*, lui assura-t-il. En savourant le moindre centimètre de la peau que je dénude.

Il retira son autre chausson et se mit à lui masser les pieds –, la voûte plantaire, les chevilles et même la plante du pied –, une sensation divine. Elle poussa un gémissement de plaisir en s'écroulant à nouveau sur le lit puis se cala sur les coudes. Il dénoua les rubans au-dessus de ses genoux et déroula lentement ses bas, s'arrêtant pour regarder la soie unie.

— Quand on sera mariés, je demanderai que tous vos bas soient brodés avec des lys.

Elle essaya de ne pas songer au futur qu'ils partageraient peut-être. Ça serait trop douloureux si ça devenait réel et qu'il se retrouvait arraché à elle.

— Porterez-vous des lys sur votre gilet ?

Elle le taquinait à moitié tout en tentant de se distraire alors qu'il dénudait sa peau et laissait ses bas tomber à terre.

— Je les tatouerai sur mon corps comme un marin, si vous le souhaitez.

Il était si sérieux qu'elle sentit sa gorge se serrer alors qu'un flot d'émotions conflictuelles luttaient pour prendre le contrôle à l'intérieur d'elle.

Charles fit remonter ses paumes sur ses mollets, jouant des mélodies silencieuses sur sa chair alors qu'il l'explorait, puis il retroussa ses jupes sur ses cuisses avant de se redresser. Il prit son visage entre ses mains et se pencha pour l'embrasser. La chaleur du corps de Charles se communiqua à elle et Lily poussa un soupir en sentant l'exquise perfection de son baiser : dure, puis douce, puis enjouée, puis exploratrice. C'est comme s'il essayait de compenser toute une vie d'opportunités ratées. Ses passions faisaient d'elle l'unique objet de son attention, et elle sut qu'elle ne s'en lasserait jamais.

Elle essaya de verrouiller ses jambes autour de ses hanches, mais il recula et la fit se redresser, essayant de la tourner pour qu'elle se retrouve dos à lui. Puis elle comprit son intention, comprit comment il souhaitait la prendre, et elle se détourna de lui. Son cœur commença à marteler et la peur entra en collision avec le désir. Elle avait été blessée de la sorte par le passé, mais s'il le désirait, elle essaierait. Elle essaierait n'importe quoi.

Elle commença à retrousser ses jupes.

— Vous voulez...

— Quoi ? Non, mon amour, je vous en prie.

Il rabattit ses jupes et passa les bras autour de sa taille, la serrant contre elle, son corps rayonnant de chaleur comme son propre soleil privé. Il fit pleuvoir des baisers sur son cou jusqu'à ce que son pouls s'apaise et que sa respiration se stabilise à nouveau. Il la lâcha lentement et ses mains commencèrent à délacer l'arrière de sa robe.

Un éclair d'embarras la remplit. Elle avait été bête de penser qu'il voulait la prendre ainsi. Il avait simplement souhaité défaire sa robe. Quand il eut fini de délacer celle-ci, elle tomba à ses pieds et s'y évasa.

— Toujours avec moi ? murmura-t-il avant de lui embrasser la joue.

— Oui.

Elle plaça les paumes sur le lit pour garder l'équilibre alors qu'il délaçait son corsage qu'il laissa également tomber à terre. À présent, elle ne portait plus qu'une chemise et quelque part, elle ne s'était jamais sentie aussi vulnérable. Dans son étreinte, elle se tourna vers lui, incapable de se retenir de trembler.

— Vous avez peur.

Comment s'en empêcher ? Ce qu'ils avaient partagé dans la calèche vers l'opéra avait été extraordinaire, mais elle n'avait accueilli que son doigt, pas... le reste de sa personne. Elle n'avait pas voulu que cette nuit-ci soit emplie de douleur, pas avec lui.

— C'est vrai, admit-elle, mais pas de vous. C'est juste que je n'ai connu que...

Son visage devint cramoisi.

— Ça m'a fait mal la dernière fois. La douleur avait duré plusieurs jours.

Charles la prit dans ses bras et pressa son visage écarlate contre lui dans une étreinte féroce.

— J'aurais aimé... murmura Charles d'une voix éraillée par l'émotion. J'aurais aimé qu'il ne vous ait jamais fait de mal, jamais touchée. Je vous promets simplement que ça ne sera pas ainsi avec moi.

Lily sentait dans ses caresses et entendait dans sa voix que cela n'avait rien à voir avec la possession. Il était inspiré par un désir d'apaiser ses inquiétudes, de la protéger, de veiller sur elle. Un véritable amant n'aurait jamais fait de mal à une femme et elle se doutait que Charles était probablement le meilleur amant qu'une femme pouvait connaître.

— J'ai *envie* de vous et ce désir est plus fort que la peur.

Elle frotta le nez contre sa gorge avant de déposer un léger baiser au-dessus de sa cravate qu'elle commença à défaire. Elle l'avait pour lui à d'innombrables reprises et chaque fois, ça l'avait fait rougir. Un sourire aux lèvres, il s'immobilisa pour la laisser retirer la cravate.

— J'avais oublié. Vous m'avez déshabillé si souvent.

— C'est vrai.

Elle ne put s'empêcher de rougir.

— Et toutes les fois où vous avez pris un bain...

Ce fut au tour de Charles de s'empourprer.

— Oh, et dire qu'il y a quelques soirs de ça, je vous ai forcée à me masser les épaules !

— Je n'y ai pas vu d'inconvénient, mais ça m'a toujours rendue si nerveuse ! J'étais certaine que vous liriez le désir dans mes yeux, le sentiriez dans mon toucher, admit-elle.

Charles la laissa ouvrir ses boutons argentés en perle avec des doigts qui tremblaient légèrement.

Il leva le bras pour enfoncer ses doigts dans ses cheveux.

— Comment m'avez-vous dissimulé toutes ces boucles dorées ? Je vous ai assez souvent vue avec des cheveux courts.

Elle se mordit la lèvre pour dissimuler un sourire.

— Voulez-vous vraiment discuter du fait que j'ai prétendu être un garçon en votre présence ? Maintenant ?

Charles poussa un petit rire.

— Je crains de céder à la curiosité.

— Des perruques et une centaine d'épingles, avoua Lily. Ça me donnait mal à la tête. J'ai songé à me couper les cheveux, mais Hugo souhaitait que je les garde longs pour d'autres occasions.

Charles passa les doigts dans ses cheveux et en retira doucement les épingles alors qu'elle finissait de déboutonner son gilet.

— Vous m'en voyez ravi. Votre chevelure est rayonnante.

Il retira son gilet puis fit passer sa chemise en rayon blanc au-dessus de sa tête.

— Je vais devoir vous embrasser à nouveau, la prévint-il avec une lueur taquine dans le regard.

Elle lui sourit.

— Je ne vais pas protester.

D'un baiser, Charles la libéra de tous ses doutes et toutes ses peurs, ne laissant dans son sillage que la tendresse, de la chaleur et la de lumière. Il interrompit le baiser pour lui mordiller la lèvre inférieure. La légère brûlure de sa morsure se propagea à son entrejambe. Elle s'accrocha à ses épaules nues, sentant ses muscles jouer sous ses mains alors qu'il la rapprochait de lui.

Il fit courir ses mains le long de son dos, puis de ses fesses, lui saisissant les fesses à travers sa chemise, puis il la souleva et la rassit sur le lit. Cette fois, quand il interrompit le baiser, ce fut pour retirer ses bottes et ses bas. Ses mains s'arrêtèrent sur son pantalon et il la regarda.

— Continuez, le taquina-t-elle en souriant quand il les retira.

En tant que Tom, elle l'avait déjà vu nu plus d'une fois et savait qu'il était bien membré. Combien de fois avait-elle été contrainte de ravaler ses émotions ? Ce n'était plus le cas. Elle brûlait déjà de désir.

— Étendez-vous, murmura-t-il.

Elle se rallongea sur le lit et se glissa sous les couvertures. Il la rejoignit et elle commença à ôter sa camisole. Il l'aida à la retirer puis la prit dans ses bras. Leurs corps nus se plaquèrent l'un contre l'autre pour la première fois, peau à peau, sans que rien, même des secrets, ne se dresse entre eux.

La fine toison de son torse chatouilla les seins de Lily et elle se colla davantage à lui. Leurs jambes s'entortillèrent et lentement, il fit descendre une main de son épaule jusqu'à son genou avant de refermer une jambe autour de ses jambes. Il resta étendu dans le berceau de ses cuisses alors qu'il couvrait son corps avec le sien.

— Je veux explorer chaque centimètre carré de votre personne.

Il fit descendre sa bouche le long de sa gorge. Il s'interrompit pour embrasser sa clavicule puis remonta vers ses seins. La chaleur l'envahit quand il aspira un mamelon entre ses lèvres. Elle ne parvint pas à retenir le gémissement qui s'échappa de ses lèvres quand il tira doucement dessus. Sa tête vola en arrière, de la lumière explosa derrière ses paupières fermées alors que le plaisir commençait à grandir lentement à l'intérieur d'elle. Sa bouche et ses mains la parcoururent plus agressivement, mais seulement juste assez pour qu'elle se mette à se tortiller et s'agiter. Elle avait toujours voulu avoir des seins plus gros afin de compenser sa stature, mais Charles semblait ravi par ceux qu'elle possédait et pour une fois, elle n'avait pas honte de sa silhouette.

— Vous êtes exquise, dit-il en collant le nez sur ses seins si sensibles. Comme si vous aviez été faite pour moi.

Son pouce reposa contre une des pointes durcies et il y colla la langue.

Lily gémit.

— Je vous en prie, arrêtez de me taquiner.

Elle referma les mains dans ses cheveux et tira dessus. Avec un dernier coup de langue taquin, il glissa le long de son corps jusqu'à ses cuisses. Elle essaya de fermer les cuisses, embarrassée à l'idée qu'il puisse voir les marques sur sa peau dues à sa grossesse.

— Je vous en prie, je sais que je ne suis pas...

La honte étranglant ses paroles, elle n'acheva pas sa phrase.

— Toutes les marques de votre corps vous définissent, Lily, murmura-t-il. Elles témoignent de votre courage, de votre force, de votre amour. La maternité n'a fait que vous rendre plus ravissante. J'ai toujours désiré quelqu'un de réel, quelqu'un qui m'accepterait de la même façon.

Les douces paroles de Charles la tuaient.

— Mais vous n'avez aucune cicatrice.

Il n'avait qu'une seule cicatrice sur le menton, mais elle était vieille et à peine visible. Elle avait vu tant de fois la perfection musclée de son corps qu'elle s'en serait souvenu s'il y en avait eu d'autres.

— Elles sont à l'intérieur, dit-il avec une note de tristesse dans ses yeux gris.

Il caressa avec son nez l'intérieur de sa cuisse, et elle se tendit en sentant sa bouche se rapprocher d'elle.

— Que faites-vous... ?

— Rassurez-vous, mon amour, dit-il d'un ton apaisant juste avant que sa bouche ne s'installe sur son intimité.

La chaleur douce de ses lèvres et de sa langue qui l'exploraient la plongea dans un tourbillon de feu liquide. Sa langue taquina ses plis, les explorant et les conquérant. C'était divin et pourtant, elle ne parvenait pas à rester immobile. Chaque mouvement délicat de sa langue la faisait s'agiter et hoqueter. Personne n'avait jamais été entre ses jambes comme ça et elle se délectait sans honte de l'extase de ce moment. Il la tint prisonnière de la douce torture de sa bouche et les caresses audacieuses de sa langue la firent partir en vrille. Son désir pour lui était plus urgent que jamais.

— Charles... J'ai besoin de vous... en moi. Je vous en prie.

Pour toute réponse, il colla la bouche sur la petite perle qui émergeait de ses plis tout en enfonçant délicatement deux doigts dans son intimité.

Les sensations qui la submergèrent lui firent pousser un cri. Il arrivait trop de choses trop vite. C'était trop. Trop bon.

Il remonta le long de son corps et elle écarta les cuisses, ressentant son poids sur elle alors que sa verge taquinait son sexe. Enhardie par ses propres désirs téméraires, elle haussa les hanches alors qu'il guidait sa verge à l'intérieur d'elle. Il taquina ses plis, se recouvrant de sa moiteur, et elle rougit follement, sa matrice palpitant d'anticipation. Puis il ficha lentement son membre raidi, pénétrant dans les profondeurs chaudes de son corps. Elle ressentit une douleur quasiment imperceptible quand sa verge, longue et épaisse, s'enfonça plus profondément en elle. Les jambes tremblantes, elle essaya de se détendre, mais il avait l'impression qu'il la transperçait.

— Vous êtes divine.

Son visage, pétri d'affection et de désir, fit monter en flèche sa propre excitation et elle se détendit, le laissant s'enfoncer en elle jusqu'à la garde.

— Vous aussi.

Elle avait vraiment craint que ça lui fasse mal, que ça soit comme avant, mais ce n'était pas le cas. Elle se sentait connectée à Charles de la façon la plus intime possible.

— Dites-moi si je vous fais mal.

Il se pencha, s'appuyant sur les bras des deux côtés de sa tête.

Pour une fois, elle était reconnaissante d'être plus grande que la plupart des dames. Ses lèvres étaient à la hauteur de celles de Charles et elle pouvait l'embrasser alors qu'il la chevauchait tendrement. Quand leurs yeux se croisèrent, elle se sentit aspirée, consumée par la vitalité et la domination sensuelle de son regard alors qu'il abaissait la bouche vers la sienne.

Cette fois, quand il l'embrassa, c'était différent. Plus profond, plus unifiant, comme s'il aurait voulu se coller à elle pour qu'ils ne fassent plus qu'un. L'amour, l'espoir et le désir fredonnèrent en elle comme la corde d'une harpe, les notes harmonieuses vibrant longtemps après avoir été touchées. Elle ne s'était jamais sentie aussi en accord avec une autre âme, comme si elle avait pu faire s'accorder sa respiration aux battements du cœur de Charles.

Elle lui rendit son baiser, essayant de lui dire avec ses lèvres ce qu'elle craignait trop de dire avec des mots.

Je vous aime. Je vous aime tant que je ne peux pas envisager la vie sans vous.

Ils partagèrent un soupir de plaisir alors qu'elle caressait les tendons puissants de sa nuque et haletait avec une douce agonie tandis qu'il la pénétrait, encore et encore. La friction de leur connexion pénétrait chaque nerf et elle comprenait enfin ce qu'elle avait raté quand elle avait perdu son innocence. C'était ce que faire l'amour était réellement censé être. La bouffée de plaisir physique exquis qui s'abattit sur elle était magique. Et elle ne fit que croître, montant de plus en plus haut, comme la tour de Babel, atteignant le paradis jusqu'à...

Elle jouit et bascula dans un plaisir impossible. Son âme explosa et se reforma. Il accéléra la cadence de ses coups de reins, murmurant son nom comme une prière. Puis il se désagrégea au-dessus d'elle. Elle s'abreuva du spectacle de ses yeux, de la façon dont ils ne lui cachaient rien. C'était si beau – il était si beau – qu'elle se sentait submergée. Elle laissa échapper un sanglot.

— Lily. Je suis vraiment désolé. Qu'ai-je fait ?

Il fit courir ses pouces sur ses joues maculées de larmes.

— Je vous en prie, murmura-t-il. Je tout peux tolérer, sauf vos larmes.

Incapable de s'arrêter, elle renifla puis enfonça le visage contre son cou en s'accrochant à lui. Il ne comprenait pas. Elle se sentait libre pour la première fois depuis des années. Elle se calma et sa respiration s'accéléra légèrement alors qu'elle desserrait l'étau qu'elle avait maintenu sur ses épaules.

Il lui embrassa la tempe.

— Je suis vraiment désolé.

— Non !

Elle lui prit le visage et lui offrit un sourire larmoyant.

— Je ne voulais pas vous troubler. Je suis heureuse. Je me sens… je me sens *libre*.

Peut-être pas libérée des griffes d'Hugo, mais libérée de la douleur et de la peur avec lesquelles il l'avait plongée. Charles lui avait offert une issue hors de l'obscurité, vers la lumière.

— Je ne vous ai pas fait mal ?

— Non, promit-elle. Vous m'avez montré ce qu'aurait dû être cette première fois.

Il serra les dents et elle vit un éclair de colère dans ses yeux.

— Son crime ne restera pas impuni.

En dépit de sa violence, sa menace rugissante était étrangement attachante… mais aussi inquiétante.

— Vous ne pouvez pas laisser votre colère vous contrôler, le mit-elle en garde.

Quand Lily écarta une mèche de ses cheveux de ses yeux, il tourna le visage vers sa main pour lui embrasser la paume de la main.

— Je suis désolé. Vous avez raison. La colère n'a pas sa place ici. Je ne vous promets que du plaisir à partir de maintenant.

Il caressa son nez avec le sien avant de lui dérober un baiser. Il changea de position comme pour s'écarter, mais elle referma les jambes plus fort autour de sa taille.

— Je vous en prie, ne bougez pas. J'aime vous sentir sur moi.

— Je ne suis pas trop lourd ? demanda-t-il.

— Non, vous êtes parfait. J'ai envie de rester comme ça, dit-elle en bâillant.

Malgré son intention de rester éveillée, elle s'enfonça dans un sommeil béat, son corps toujours enroulé autour de son tendre rebelle.

CHARLES ÉTAIT UN HOMME MORT.

Une nuit dans son lit avec Lily l'avait envoyé aux portes du paradis parce qu'il n'existait aucun endroit sur Terre aussi parfait que celui-ci. Il la regarda sombrer dans le sommeil, comptant les larmes qui s'accrochaient encore à ses cils... Des larmes de joie. Il les avait provoquées. Malgré tout le plaisir qu'il avait donné à des femmes au fil des années, il n'avait jamais rien fait de tel.

Mais il ne l'avait pas libérée, comme elle l'avait affirmé. C'était elle qui l'avait libéré *lui*. L'avait libéré du fardeau pesant d'un cœur brisé et solitaire. À présent, il avait l'impression qu'on venait de lui donner des ailes pour s'envoler. Il n'avait jamais cru possible de ressentir cela.

Il baissa les yeux vers Lily, son bel ange courageux. Elle ne comprendrait jamais le cadeau qu'elle représentait pour lui. Chaque inspiration, chaque regard, chaque sourire le tuaient. Elle l'avait brisé en mille morceaux et l'avait rebâti au centuple. Tout était possible. Tout... Tant qu'il l'étreignait.

Il les fit rouler sur un côté et la cala contre sa poitrine, inhalant son doux parfum féminin. Il se rendait à présent compte qu'il aurait dû reconnaître cette odeur parce que c'était la sienne, avait toujours été la sienne, même lorsqu'elle parcourait sa maison déguisée en Tom.

— M'aimez-vous comme je vous aime ? murmura-t-il en écartant ses cheveux de son visage endormi.

Il savait que dans le monde des rêves, elle ne pouvait certainement pas l'entendre, pourtant ses lèvres affichèrent un sourire qui fit s'emballer son cœur alors qu'une joie folle palpitait à travers lui.

— Je l'espère, parce que vous êtes mon cœur, à présent. Je ne vis et ne respire que pour vous.

Il embrassa ses lèvres et ferma les yeux. C'était comme s'il avait été un rêveur, à moitié éveillé durant toute sa vie, et maintenant, il était véritablement vivant parce qu'il avait enfin trouvé son autre moitié. Il comprenait enfin le pouvoir que l'amour avait sur le cœur d'un homme.

Son père avait raison. L'amour était plus fort que la haine. L'amour était tout.

❧ 22 ❧

Au petit matin, Charles se glissa hors du lit. Après s'être habillé, il se faufila dans la nursery. Katherine était réveillée et la nounou d'Émily s'occupait d'elle.

La servante s'inclina.

— Bonjour, Milord.

Kat courut vers lui et il la prit dans ses bras.

— T'ton Charles !

— Je deviendrai bientôt ton papa. Ça te plairait ?

Elle le scruta puis posa une petite main sur sa joue et hocha la tête.

— Papa Charles ?

— Exactement.

Il colla un baiser sur son front et la serra contre lui. Son cœur faillit exploser quand elle referma les bras autour de son cou, l'étreignant aussi.

— Je dois descendre, maintenant, mais tu restes ici et joues avec ta nounou, d'accord ?

La nounou sourit et ses yeux pétillèrent.

— Que tu as de la chance, Katherine, d'avoir bientôt un papa aussi fantastique !

Elle ramena l'enfant près de l'âtre vers sa pile de jouets alors que Charles prenait congé.

Il s'arrêta dans l'encadrement de la porte pour regarder sa future fille. Peu lui importait qu'elle soit née d'Hugo ; elle appartiendrait à Charles de toutes les façons qui comptent.

Il descendit le grand escalier, s'attendant à trouver la maison quasiment vide, avec tout le monde encore endormi après leur soirée stressante qui s'était prolongée. Ce n'était pas le cas.

— Je ne m'attendais pas à vous voir debout aussi tôt, dit Godric en sortant de son étude. Allons-nous prendre le petit-déjeuner ?

— Très bien, mais après, je dois partir. Il y a beaucoup à faire aujourd'hui.

Charles suivit Godric au salon. Une console chargée de plats collés les uns contre les autres les attendait. Ils sortaient juste de la cuisine. Godric le scrutait alors qu'ils mangeaient en silence.

— Pas de cauchemars la nuit dernière ? demanda-t-il enfin.

La question avait été informelle, mais ils en connaissaient tous les deux la signification. Des souvenirs sombres de cette nuit dans la rivière Cam hantaient bien trop souvent ses rêves. La nuit dernière, il s'était endormi et n'avait pas bougé une seule fois.

— Non, c'était calme.

— C'est bien. Je m'inquiétais.

— Elle m'apaise, Godric. Je ne comprends pas vraiment pourquoi, mais je ne vais pas chercher.

Les yeux verts de Godric pétillèrent d'amusement.

— Vous étiez si convaincu que l'amour allait détruire la Ligue et nous affaiblir ! Je crois que vous comprenez à présent que ce n'est pas vrai ?

Charles avala son thé et hocha la tête avec un sourire mélancolique.

— Et je suis certain aussi qu'on va m'en rebattre les oreilles jusqu'à la fin des temps. Mais si je n'avais jamais trouvé quelqu'un qui représente pour moi ce qu'Émily est pour vous ? Si j'étais le seul à ne jamais la trouver, à n'en être jamais digne ? Je ne pense pas avoir été capable de le supporter.

— Mais à présent, vous l'avez, et tout va bien se passer.

— C'est ce que j'espère.

Ils échangèrent un regard entendu alors que Charles quittait la table.

— Je dois rentrer chez moi et effectuer des préparatifs pour le mariage.

Il leva les yeux vers le plafond, une sensation d'appréhension s'infiltrant dans les coins de son esprit.

— Vous veillerez sur la sécurité de mes dames ?

— Sur ma vie, jura Godric.

— Merci.

Sa gorge se serrait toujours quand ses amis lui témoignaient autant de loyauté et d'amitié. La sécurité de Lily et de Kat ne pouvait être en de meilleures mains.

Un valet de pied lui apporta son chapeau et son manteau alors qu'il quittait la maison. Il était difficile de ne pas regarder cet homme et se demander s'il était peut-être l'employé d'Hugo. Comment pouvait-il savoir à quel serviteur faire confiance ? Et dans sa propre résidence ? Y avait-il un autre sbire d'Hugo dont Lily ne connaissait pas l'existence ? Davis avait servi dans l'armée. Et si... ? Il réprima un frisson et se précipita vers sa calèche.

Une fois à la maison, il découvrit Graham en train de prendre son petit-déjeuner. Ses bleus avaient pris une horrible teinte noire et il se beurrait un toast avec des bras roides.

— Comment vous sentez-vous ? demanda Charles. Comment va Phillip ?

— Toujours vivant, Dieu merci, mais il est si... brisé. Pas simplement de corps, mais également d'esprit. Il n'a même pas encore repris connaissance, sauf une fois ou deux pour avaler un peu d'eau et de bouillon. Je m'inquiète, Charles. Phillip et moi sommes amis depuis l'enfance. Et s'il ne...

Graham laissa tomber son toast sur son assiette qu'il repoussa. Il n'avait clairement plus faim.

Charles s'approcha et plaça une main sur l'épaule de son cadet.

— Il s'en remettra. C'est un homme fort, comme vous.

— Fort ? Je ne pense pas l'être. Sans quoi, il ne serait pas alité à l'étage.

— Ne vous reprochez rien, dit Charles. Je connais le genre d'hommes contre lesquels il s'est battu. Ils sont forts, mais dépourvus d'honneur. Vous étiez condamnés à la seconde où Phillip a perdu sa partie de cartes. Je soupçonne Sheffield de leur avoir dit de le briser. Et vous aussi.

— Peut-être, mais ça n'apaise pas ma culpabilité, répondit Graham qui se couvrit le visage avec les mains.

Ne voulant pas empiéter sur la tristesse de son frère, Charles détourna le regard. Quand le moment fut passé, il saisit fort l'épaule de Graham puis se pencha pour lui murmurer douce-ment à l'oreille :

— Maintenant, j'ai besoin que vous soyez fort, mon frère. Le responsable s'en prendra bientôt à moi. J'ai besoin que vous trouviez une excuse pour emmener Ella et Mère en Écosse, aussi loin que vous le pouvez, dans une semaine. Les beaux-frères d'Ashton y résident. Ils vous accueilleront. J'espère que les routes seront praticables pour voyager. Mais vous devez agir calmement, faire semblant que c'est un voyage pour voir du pays. C'est compris ?

— Mais... commença Graham.

Charles posa un doigt sur ses lèvres.

— Chut. Les murs ont des oreilles.

Il fit semblant de prendre une assiette de nourriture à côté de son frère.

— L'Écosse ? lui souffla Graham.

— Oui. Il y aura bientôt un mariage. Après, vous devez partir rapidement.

Graham tendit la main vers sa tasse de thé.

— Un mariage ? Quel mariage ?

Charles attendit qu'il prenne une grande gorgée.

— Le mien, bien sûr.

Graham recracha son thé partout sur la table.

— Le *vôtre* ?

— En effet. Félicitez-moi, mon frère, dit Charles en reprenant une voix normale.

— Seigneur Dieu, ce doit être l'apocalypse ! Est-ce la femme que Mère voulait rencontrer à l'opéra l'autre soir ?

— Oui, Mrs Lily Wycliff. C'est une veuve, anciennement mariée à un cousin de la duchesse d'Essex. Comment êtes-vous au courant pour l'opéra ?

— Ella est passée hier soir. Elle a dit que Mrs Wycliff était superbe et avait l'air très douce.

Charles afficha un grand sourire.

— C'est vraiment la plus belle femme que le monde ait jamais connue. Elle ferait pâlir Hélène de Troie.

Et comme Hélène, elle avait même − métaphoriquement − engagé un millier de vaisseaux au combat.

Graham se redressa et tendit une main à son frère.

— Je n'aurais jamais cru que ce jour arrive, mais je suis vraiment heureux pour vous.

— Voulez-vous...

Charles déglutit fort.

— Voudriez-vous être à mon côté, au mariage ?

Graham fut surpris. Il entrouvrit les lèvres et hésita.

— Vous voulez que je sois à votre côté ?

— Vous êtes mon frère, dit Charles. Vous ne méritez pas de meilleure place que celle-ci.

Graham cessa de sourire et détourna le regard.

— Je suis désolé, je ne peux pas.

Le cœur de Charles se serra.

— Pourquoi donc ?

— Je n'ai pas été un bon frère pour vous. Il s'est écoulé trop de temps pour que je prenne cette place si facilement. J'aimerais que les choses s'améliorent entre nous, mais je dois insister pour qu'un de *vos* amis me remplace. Ils ont été là pour vous ; pas moi.

Charles saisit l'épaule de son frère.

— Je sais qu'il y a assez de place pour vous tous. Ne le voyez pas comme un reflet de notre passé, mais une promesse pour le futur. Je vous en prie, dites-moi que vous resterez à mon côté.

Graham étreignit Charles.

— Je serais heureux d'accepter cet honneur.

Charles sourit, ressentant à nouveau surgir en lui cette source d'espoir. Rencontrer Lily avait tout changé dans sa vie... en bien. Enfin, presque tout.

— Rappelez-vous : après le mariage, vous devrez emmener Mère et Ella en Écosse.

Graham hocha la tête et lâcha Charles.

— C'est compris.

— Maintenant, je dois retrouver Ashton pour nous procurer une licence spéciale à la Chambre des Docteurs. Je vous revois plus tard dans la soirée.

Charles retourna dans sa chambre et demanda à Davis de lui sortir une nouvelle tenue. Une fois qu'il fut baigné et habillé, il se rendit chez Ashton. La résidence d'Ash se trouvait sur Half Moon Street, à un pâté de maisons seulement de la demeure de Charles.

Ashton descendait les escaliers quand on le fit entrer.

— Charles !

Il sourit comme s'il était réellement surpris de le voir. Il était très bon acteur quand c'était requis. C'était la raison pour laquelle aucun membre de la Ligue ne le défiait aux cartes ou aux échecs.

— J'ai pensé que vous aimeriez m'accompagner à la Chambre des Docteurs afin de me procurer une licence spéciale.

— Je serais honoré. J'ai appris la nouvelle ce matin. Rosalind est ravie, bien sûr.

Son valet de pied lui tendit un chapeau et un manteau puis il suivit Charles à l'extérieur pour attendre qu'on apprête la calèche. Ils patientèrent tous les deux dehors. L'air froid du matin était mordant, mais au moins, ils étaient quasiment certains d'être seuls.

— Graham se tiendra à mon côté pendant le mariage, comme

vous le ferez tous, je l'espère. Il va emmener ma mère et Ella dans le nord, chez les frères de votre épouse. Pouvez-vous demander à Rosalind de les en informer ?

— Oui. Je pense que c'est une idée fantastique.

— Et Kent ? demanda Charles. Ce ne sera pas facile pour lui de quitter ma demeure.

— Nous devrons peut-être courir le risque de le laisser sous votre toit. Je ne suis pas certain qu'il existe une autre option.

Ashton resserra ses gants alors que sa calèche s'arrêtait à la base des marches. Charles le suivit à l'intérieur et attendit que le véhicule reparte et que le fracas des sabots empêche le cocher de surprendre leur conversation.

— Quel est votre prochain coup ?

— L'unique chose à faire : Lily doit retourner auprès d'Hugo.

La terreur comprima le cœur de Charles.

— Quoi ? Impossible. C'est trop dangereux. Et si son mensonge avait été remarqué ?

— Elle n'a pas le choix, sans quoi son mensonge *sera* évident. Hugo s'attendra à ce qu'elle lui communique son rapport sur nos projets de mariage pour qu'il puisse faire les siens. Avec de la chance, il lui révélera ce qu'il prévoie et c'est une information dont nous avons désespérément besoin.

Charles avait envie de protester, mais Ashton avait raison.

— Ça ne me plaît pas.

— Je sais que ça va être difficile pour vous, Charles. Vous ressentez enfin la même chose que nous : ce désir sauvage et désespéré de protéger la femme que vous aimez. Il nous rend parfois irrationnels et imprévisibles, mais si vous n'apprenez pas à le contrôler, vous rendrez les choses plus dangereuses pour elle. Vous devez lui faire confiance. Elle a forcément reçu un bon entraînement pour que je ne me sois aperçu de rien pendant près d'un an.

— Je suppose que c'est vrai.

La dernière chose qu'il voulait était de mettre Lily davantage en danger à cause de son manque de contrôle.

— Maintenant, *vous* devriez vous concentrer sur le mariage.

Nous avons encore fort à faire. Laissez-nous la stratégie, à votre future épouse et à moi-même.

Le sourire sombre d'Ashton ne fit qu'exacerber la nervosité de Charles. Son ami pouvait jouer à tous les jeux qu'il voulait, mais pas aux dépens de la sécurité de Lily.

Elle passe en premier. Toujours.

23

Les mains légèrement tremblantes, Lily pénétra dans la librairie à proximité de Bond Street. Sa pelisse rose foncé et jaune doré la faisait se sentir déplacée au milieu des étagères délabrées et les livres poussiéreux. Des particules de poussière dansaient et tournoyaient dans les rais de lumière qui filtraient par les fenêtres et illuminaient le dos doré des livres qui s'empilaient haut derrière elle.

Un vieil homme dormait derrière le comptoir, le son répétitif de ses ronflements lui apportant du réconfort dans le silence pesant de la petite boutique miteuse. Au cours des derniers mois, elle avait pris l'habitude de rejoindre Hugo dans des endroits clandestins, souvent dangereux. Il était étrange d'avoir rendez-vous dans cette petite échoppe désuète, à une rue à peine de l'endroit où la majeure partie de la bonne société effectuait ses achats de Noël. C'était pourtant là que son message lui avait indiqué de le retrouver.

Elle se cala contre l'étagère la plus proche et regarda audehors. Puis elle ferma les yeux pendant juste un moment, se repassant le visage de Charles avant qu'elle ne quitte la maison d'Émily pour venir ici. Il l'avait entraînée dans une alcôve et l'avait prise dans ses bras. Il n'avait pas voulu la laisser partir, mais Ashton avait raison : elle devait le faire. À la seconde où elle s'était confessée à Charles, leurs combats n'avaient fait plus qu'un. Elle s'était plaquée contre lui, laissant leurs cœurs battre à l'unisson.

Le souvenir de leur étreinte avait laissé une magie fantastique qui courait sous sa peau chaque fois que Charles était à proximité. C'était comme si elle parvenait à invoquer à répétition la sensation de leur union dans son esprit et dans son corps. Elle se souviendrait toujours du bonheur de l'avoir regardé dans les yeux et d'avoir vu le monde renaître. C'était *son* souvenir qu'elle brandirait durant cette réunion comme un bouclier contre Hugo.

Sur un baiser volé, elle avait juré de lui revenir saine et sauve, tandis que Charles avait promis de passer l'après-midi avec Kat et sa mère pour préparer leur mariage.

Quand la porte de la boutique s'ouvrit, Lily se crispa et son cœur s'arrêta de battre. Hugo était arrivé. Il retira son chapeau et fit courir calmement le regard sur la pièce. Il se dirigea vers elle d'un pas sinueux, s'arrêtant toutes les deux secondes pour observer les étagères branlantes comme s'il parcourait les titres. Lily coula un regard au vieillard derrière le comptoir. Il ronflait toujours rythmiquement.

Quand Hugo la rejoignit enfin, Lily devint rigide. Tous ses muscles étaient crispés. Elle repoussa dans les confins de son esprit les souvenirs atroces de ce qu'il lui avait fait et se blottit plutôt dans l'image de Charles, dans la façon dont il s'était attardé avec elle dans l'alcôve, s'accrochant à elle avant de la lâcher enfin.

— J'ai eu vent de préparatifs de mariage, dit Hugo d'un ton détaché.

— En effet. La cérémonie aura lieu dans quelques jours.

— Aussi vite ? J'aurais préféré avoir plus de temps pour me préparer. Est-ce votre initiative ?

Elle secoua la tête.

— Puisque nous sommes en fin d'année, il souhaite passer notre lune de miel ici à Londres avec ses amis avant que leurs familles ne partent pour les vacances.

Hugo lui adressa un sourire froid.

— Je me débrouillerai.

Lily regretta de ne pas avoir pris un des manchons d'Émily au lieu de ses gants.

— Que dois-je faire maintenant ? demanda-t-elle en prenant garde de garder une voix posée.

Il ne devait pas flairer le moindre changement dans son comportement, sans quoi elle se condamnerait et détruirait le moindre avantage que possédait la Ligue.

Il plissa les paupières.

— Impatiente de recevoir vos ordres ?

— J'ai hâte que ça se termine.

Nul besoin de faire semblant pour laisser sa lassitude s'exprimer.

— J'ai envie d'être libérée de vous et de cette vie. Je veux emmener mon enfant loin de Londres et ne jamais regarder en arrière.

Il la scruta pendant un long moment, l'évaluant afin de repérer le moindre soupçon de mensonge. Mais toutes ses paroles avaient été vraies... simplement pas comme il le pensait.

— C'était notre accord. Ne craignez rien, des projets sont en préparation. Je lui accorderai sa précieuse lune de miel. Alors peut-être, je lui retirerai ce qu'il aime afin de lui rappeler qu'il ne sera jamais en sécurité.

— Vous jouez toujours à vos jeux ? dit Lily, consciente qu'elle risquait de le courroucer. Je croyais que vous étiez prêt à lui porter un coup fatal ? À mettre un terme à tout ça une bonne fois pour toutes ?

— Je *suis* prêt, répliqua Hugo. J'ai déjà choisi un emplacement approprié. Un endroit où Charles pensera qu'il a... une chance de s'en sortir. Mais je n'ai aucun désir de mettre un terme à tout ça trop rapidement.

Lily poussa un soupir intérieur. N'en avait-il donc pas fini avec ses jeux tortueux ?

— Que voulez-vous que je fasse maintenant ? insista-t-elle

prudemment, ne voulant pas qu'il sache qu'elle essayait de glaner d'autres indices concernant ses plans.

Hugo lui saisit le biceps et le serra fort. Il la tira vers lui et le parfum familier de son savon donna la nausée à la jeune femme. Après la nuit passée avec lui, elle s'était hâtée de récurer sa peau pour en chasser l'odeur.

— Vous allez donner à Lonsdale une lune de miel *très* satisfaisante. Je veux qu'il ait un aperçu du bonheur marital. Ça ne rendra sa destruction que plus douce.

Il lui lâcha le bras et coula un regard à travers la vitrine avant de se retourner vers elle.

— Tout sera vite terminé, dit-il d'un air distrait. Et vous aurez remporté votre liberté.

Puis il la quitta et sortit de la boutique avant que Lily ne puisse rajouter quoi que ce soit. Elle s'affaissa contre les étagères et serra son bras qui palpitait toujours. Elle aurait un bleu et Charles serait furieux, mais au moins, elle était en sécurité.

Elle patienta pendant plusieurs minutes, donnant à Hugo le temps de quitter les environs. Puis elle contempla les dos dorés des livres que les rayons du soleil filtrant par la vitre faisaient rutiler. Maintenant plus que jamais, elle aurait souhaité se glisser entre les pages d'un livre et disparaître dans une histoire. Mais impossible d'échapper à cette situation ! Sa seule issue était d'aller jusqu'au bout.

Inspirant profondément afin de s'éclaircir les idées, elle remonta sa capuche sur sa tête et sortit de la boutique avant de héler un fiacre qui la ramènerait chez Émily. À l'intérieur, elle entendit des voix en provenance du salon.

Katherine poussait des cris.

Le son remplit Lily d'un éclair de terreur. Elle se précipita dans le salon et se figea. Charles tenait Kat dans les airs et la faisait tourner. Elle criait de joie, pas de peur.

— Encore, T'ton Charles ! Encore !

Kat agita ses bras potelés alors qu'il la faisait redescendre précautionneusement contre son torse. Son soulagement quand il aperçut Lily dans l'encadrement de la porte réchauffa le cœur de cette dernière.

— Vous êtes revenue ! s'exclama-t-il en se précipitant vers elle.

— Maman !

Kat lui fit signe et Charles transféra dans ses bras l'enfant qui gigotait.

— Ma chérie.

Elle enfonça le visage dans les cheveux de Kat, inhalant l'odeur sucrée de son enfant, la laissant remplacer celle d'Hugo.

Charles replia un bras autour de ses épaules, les attirant toutes les deux dans une étreinte détendue, mais confortable.

— Comment cela s'est-il passé ?

Elle vérifia la pièce et le couloir. Il n'y avait pas de cachette assez proche pour que quelqu'un puisse les entendre. Elle posa la tête sur son épaule et soupira.

— Il veut que le mariage ait lieu. Ce qu'il prévoit de faire arrivera après la lune de miel.

Lasse, elle ferma les paupières.

— Il n'a pas voulu me révéler ce qu'il compte faire. Il est taciturne, plus que d'ordinaire. Ça me fait peur, Charles. Très peur.

— Je sais.

Il lui embrassa le front.

— Émily a proposé de vous soulager si vous avez besoin de vous reposer. Elle adore Kat.

Elle retira la fillette de sa hanche droite pour la caler sur la gauche.

— Ça me plairait, mais je ne veux pas la quitter des yeux.

— Pourquoi n'irions-nous pas dans votre chambre ? Je la surveillerai pendant que vous dormez.

— Ça ne vous fait rien ?

Elle se détestait d'avoir autant envie de dépendre de lui de la sorte. S'occuper de Kat était *sa* responsabilité.

— Dans quelques jours, elle deviendra ma fille. C'est mon devoir et mon honneur de veiller sur elle, dit Charles.

Ils sortirent du salon et Lily s'immobilisa en bas des marches.

— Cela ne vous fait vraiment rien qu'elle... ?

Elle ne parvint pas à achever sa phrase.

— Elle n'est pas à lui, répondit Charles en secouant la tête. Elle est et sera toujours à vous et c'est tout ce qui comptera pour moi.

L'intensité de cette promesse murmurée coupa le souffle de Lily.

— Vous êtes...

Elle s'étrangla sur ses paroles.

— Vous êtes l'homme le plus merveilleux du monde. Je ne vous mérite pas.

— Balivernes. C'est *moi* qui ne vous mérite pas.

Il lui prit Kat et tous les trois montèrent jusqu'à leur chambre. Reconnaissante, la jeune femme resta allongée sur son lit. Elle avait eu l'intention de regarder Charles et sa fille jouer, mais dès que sa tête toucha l'oreiller, ses paupières se refermèrent et elle sombra dans le rêve.

Ils dansaient. Les contours de la salle de bal, autrefois pleine de gens, s'étaient assombris alors que les convives s'estompaient et que les alcôves et les bougies s'éteignaient.

— Que chérissez-vous le plus ? demanda Charles avec une esquisse de sourire.

— Je crois que vous le savez... dit-elle.

Soudain, le monde autour d'elle changea et elle se retrouva debout dans un couloir sombre, devant un miroir doré. La surface était trouble, mais elle devint claire quand Lily y plaça les paumes, révélant Charles qui tenait Kat. Tous deux la contemplaient en souriant. Puis, pendant une seconde, le visage de Charles prit les traits d'Hugo avant de redevenir normal.

Le monde autour d'elle changea à nouveau. Sprintant dans les tunnels de Lewis Street, Charles la fuyait, sa respiration rude et paniquée résonnant dans le couloir en pierre. Il disparut sous ses yeux et la voix d'Hugo

la suivit dans un sommeil plus profond, murmurant des mots qui ne cesse-
raient jamais de la hanter.

— Bientôt, tout ceci sera terminé.

24

C'était un jour absolument parfait pour se marier. Le ciel était dégagé et le sol couvert d'une couche de neige nouvelle. Charles n'aurait jamais cru que ce jour arrive. Il se tenait devant l'église, vêtu de son plus beau gilet bleu et de son pantalon le plus coûteux. À côté de lui, Graham était silencieux et alerte. Les bleus qui couvraient son visage avaient pris une teinte jaune malsaine alors qu'ils commençaient à guérir. Le reste de ses amis avaient initialement pris leur place à son côté. C'était une occasion mémorable pour tous et ils n'auraient pas trouvé normal de ne pas soutenir Charles. Mais avant que la cérémonie ne débute, vu l'attroupement et le prêtre déjà anxieux, ils avaient pris place sur la première rangée de bancs, avec leurs épouses. À côté d'eux se trouvaient sa mère et sa sœur.

Charles parcourut du regard la foule assise à Saint-George et s'étonna du nombre d'invités qui avait fait le déplacement dans un délai aussi court. Sa mère croisa son regard avec un sourire encourageant. Il lui répondit par un clin d'œil avant de se retourner vers la porte.

Je n'aurais jamais cru que ce jour arrive. Je n'aurais jamais cru que je connaîtrai l'amour ou le partagerai avec une autre personne.

Pourtant, il attendait que Lily descende l'allée jusqu'à l'autel.

Il n'était pas nerveux, pas comme ses nombreux amis l'avaient été le jour de leur mariage. Il n'avait aucun doute, aucune peur, aucune inquiétude en ce qui concernait Lily. Elle était son étoile polaire, un fanal radieux par lequel il se laisserait guider pendant le reste de sa vie. Lier sa vie à la sienne... Dans un sens, c'était arrivé depuis longtemps. Malgré les mensonges qu'elle avait été contrainte de jouer, il avait existé entre eux un lien plus profond qui avait fini par la libérer. Cette cérémonie n'était qu'une simple formalité. Dans son esprit, Lily et lui étaient devenus mari et femme à l'instant où elle avait accepté de l'épouser. Si la cérémonie et les documents utilisaient son identité d'emprunt en tant que cousine d'Émily, d'autres documents avaient été ajoutés. Portant le véritable nom de Lily, ils demeureraient secrets jusqu'à ce que leurs affaires avec Hugo soient terminées.

Graham se pencha pour lui murmurer :

— Vous semblez très sûr de vous.

Charles lui adressa un sourire.

— Pourquoi aurais-je le moindre doute ? Elle est ma vie, mon souffle, chacun de mes doutes et de mes rêves. Un homme intelligent sait qu'il ne doit pas remettre son destin en question.

— Père a dit ça à propos de mère autrefois.

— Ah oui ?

Charles avait voulu croire que l'union de ses parents avait été un mariage d'amour. Ils avaient soutenu que c'était le cas, mais il avait gardé des doutes après que son père eut secouru Jane Waverly. Ce jour-là, il avait vu tant d'amour entre son père et Jane, tant de douleur concernant la vie qu'ils n'avaient jamais pu avoir ensemble ! Savoir que son père avait fait un mariage de raison avec sa mère l'avait toujours profondément blessé.

Graham sourit.

— Une fois, il a dit qu'il avait su que Mère lui était destinée à cause de sa façon de danser avec lui. Il m'a dit qu'au début, il ignorait que l'amour pouvait grandir lentement au fil des années, jusqu'au jour où il a dansé avec elle et s'est rendu compte qu'ils étaient parfaitement synchrones. J'avais peur de ne jamais ressentir une telle chose, mais il semble que *vous* l'ayez fait. Ça me donne de l'espoir.

— L'amour grandit doucement et tendrement.

Il songea à toutes les fois où, en tant que Tom, Lily ne lui avait pas seulement offert sa présence physique, mais également un ancrage émotionnel. Elle s'était constamment occupée de lui, portant seule le fardeau de ses secrets. Cela n'avait pas fait partie du plan d'Hugo, il le savait. Son soutien l'avait sauvé du désespoir et de la folie. Si Hugo avait eu vent de leur lien, il s'en serait certainement servi afin d'empoisonner davantage leur affection mutuelle.

À présent, c'est à mon tour de porter ses fardeaux et de m'occuper d'elle.

Les portes s'ouvrirent à l'autre bout de l'église. Tout le monde se tourna quand Lily pénétra dans le bâtiment, une main enroulée autour du bras de Godric.

Le monde se figea alors qu'il regardait son futur. Même les particules de poussière dansant dans les rayons du soleil qui filtraient par les fenêtres semblaient immobiles.

J'ai été si aveugle ! Ce que mon cœur désirait était avec moi depuis le début.

La robe de mariée de Lily était en soie bleu pâle délicate, comme de la glace sur un lac gelé, reflétant les cieux hivernaux au-dessus. De la dentelle belge bordait son corsage et l'ourlet de ses jupes qui s'évasaient alors qu'elle marchait vers lui. Il leva les yeux vers son visage, craignant ce qu'il verrait quand elle le regarderait. Mais le visage de Lily rayonnait d'un enthousiasme qui faisait écho au sien. On aurait même dit que Godric était la seule chose qui l'empêchait de courir dans ses bras. Soulagé, il fut saisi d'un étourdissement et il dut se contraindre à rester en place et ne pas courir à elle.

Godric plaça délicatement la main de Lily dans celle de Charles. Le soleil illumina ses cheveux dorés comme un halo. Elle était bel et bien son ange, mais pas une créature fragile aux ailes délicates. Sa Lily était un archange, une guerrière qui luttait contre l'obscurité.

Elle observa son torse et son gilet qui rutilait : la soie bleue était brodée de lys blancs.

— Vous portez des lys ?

— Bien entendu. Je l'ai fait confectionner juste pour vous.

Le prêtre toussota pour attirer leur attention. Ils échangèrent un regard penaud avant de se tourner vers lui.

— Bon, commençons avant que je ne me prenne les foudres divines, dit Charles assez fort pour que tout le monde l'entende. J'ai touché l'eau bénite en entrant et elle m'a brûlé, je le crains.

Lily pouffa et dissimula sa bouche derrière une main gantée.

Avec un soupir contrarié, le prêtre entama la cérémonie qui changerait pour toujours la vie de Charles.

❦

ÉMILY SAINT-LAURENT SENTIT DES LARMES ROULER SUR SES joues. Depuis qu'elle connaissait Charles, elle avait vu sa douleur qu'il masquait sous l'humour et la débauche. Mais à présent, il y avait enfin de l'espoir. Non, plus que de l'espoir, il y avait de la joie. Elle l'avait vu dans ses yeux quand Lily avait quasiment couru jusqu'à l'autel.

Charles, j'avais dit que je trouverais quelqu'un qui vous aimera autant que vous le méritez. Mais en vérité, c'est elle *qui vous a trouvé.*

Au grand désarroi du prêtre, Lily et Charles partagèrent un rire quand celui-ci dit en plaisantant qu'il allait se recevoir la foudre. Émily poussa un petit rire et Godric passa un bras autour de ses épaules avant de la serrer doucement.

— C'est grâce à vous, ma chère, murmura-t-il à son oreille. Vous avez été le début pour nous tous.

Il plaqua les lèvres sur sa joue et désigna la rangée de leurs amis.

Émily se pencha en avant pour regarder ceux qui étaient devenus sa famille, son monde.

Ce coquin de Lucien, sa douce Horatia et leur jeune fils, Evan.

Cédric l'aventurier et son épouse, Anne.

Ashton le calculateur et Rosalind, sa fougueuse épouse écossaise.

Et bien entendu, Jonathan, le demi-frère de Godric, au côté de Madame Société en personne : Audrey.

Longtemps avant de rencontrer Godric, Madame Société avait permis à Émily de savoir qu'une amitié profonde le liait à ses amis. La spéculation sur la nature de ce lien avait été un thème récurrent dans ses premières colonnes.

Mais c'était la décision spontanée de Godric de la kidnapper à la suite d'une dette de son oncle qui avait placé la Ligue sur le chemin du salut.

— Et si je ne vous avais jamais enlevée cette nuit-là... dit Godric en enroulant le bras autour d'elle. Je ne sais pas où nous serions tous sans vous. Particulièrement Charles.

Émily essuya ses larmes.

— Vous vous croyez rebelles, mais en vérité, vous avez été les hommes les plus nobles et les plus géniaux du monde. Même si lors de notre première rencontre, vous vous êtes comporté de façon terriblement imbécile.

Elle lui sourit.

— Ça a mené aux choses les plus extraordinaires.

— *Vous* avez mené aux choses les plus extraordinaires, la corrigea Godric. Vous et vos amies. Sans vous, nous aurions tous été perdus.

Godric posa une main sur son ventre arrondi et ressentit la petite vie à l'intérieur palpiter d'excitation. Le bébé aimait le son de la voix de son père, elle en était certaine, et au cours des jours précédents, elle l'avait senti remuer de plus en plus.

— Tout va être différent à présent, dit son époux.

Émily sourit.

— Bien sûr. Charles est amoureux. Rien ne pourra plus jamais être pareil.

Émily pria pour qu'il soit en sécurité, pour qu'ils soient tous en sécurité. Mais alors qu'Hugo se tapissait dans les ombres, ces moments glorieux semblaient trop fugitifs. Très bientôt, la Ligue affronterait leur plus gros danger.

৩৯৩

LILY ÉTAIT PRISE DANS UN RÊVE, COMME UNE GOUTTE DE ROSÉE brillante suspendue sur le fil luisant d'une toile d'araignée. Elle sentait la magie de cette journée lui communiquer de la force et de l'espoir. Tout autour d'elle, les invités du mariage discutaient et riaient, le son de leur gaieté remplissant son cœur d'une chaleur intense.

Et pourtant, une partie d'elle se sentait comme un escroc. Elle n'était pas vraiment libre d'être elle-même. Après tout, elle n'était pas Lily Wycliff, mais Lily Linley. Elle n'était pas libre d'agir comme si elle connaissait tous leurs invités personnellement, même si c'était le cas. Sous l'identité de Tom, elle en avait rencontré la majeure partie, mais elle était censée être étrangère au monde de Charles. Elle ne devait pas oublier de jouer ce rôle.

Puis, bien entendu, il y avait le spectre d'Hugo qui se tapissait au fond de son esprit.

— Vous avez l'air un peu dépassée, ma chère.

Violet, la mère de Charles, la rejoignit dans un des rares coins à demi isolés de la grande salle à manger.

— Je crois que vous avez raison, confessa Lily.

Elle lissa ses jupes bleu pâle qui étaient déjà parfaitement plates. C'était devenu un tic nerveux depuis qu'elle s'était habituée à son déguisement de Tom. Vêtue d'une robe, elle se sentait exposée.

— Les petits-déjeuners de mariage peuvent être un peu assommants, en convint Violet qui passa un bras autour de ses épaules et l'étreignit doucement. Vous vous débrouillez bien. Rappelez-vous simplement de respirer et de sourire. Vous retrouverez bientôt votre intimité.

— Merci, murmura Lily qui prit la main de Violet quand celle-ci voulut s'écarter. Puis-je vous demander... M'appréciez-vous, Lady Lonsdale ?

Violet fronça des sourcils confus.

— Si je vous apprécie ?

— Pensez-vous que je sois assez bien pour votre fils ?

Elle avait toujours l'impression qu'elle ne l'était pas et ne serait jamais assez bien pour lui. En grande partie, Charles avait révélé à sa mère qui elle était, omettant seulement le rôle d'Hugo dans cette histoire et faisant passer son déguisement de Tom pour une tentative désespérée de donner un toit à sa fille.

Violet prit la joue de Lily d'un geste maternel avant de la regarder profondément dans les yeux.

— Vous l'aimez ?

— Plus que tout au monde, hormis Katherine. Je pourrais mourir pour lui, promit Lily.

Violet rit doucement.

— Je suis certaine que ça ne sera pas nécessaire. Aucun de vous n'a besoin d'être aussi bête ou de faire quelque chose d'aussi shakespearien. Mais je vois votre amour pour lui. Comme s'il était votre monde et que vous étiez entraînée dans son champ de gravité.

Violet regarda Charles qui discutait avec plusieurs invités un peu plus loin.

— Il est exactement pareil avec vous. Je dirais que vous vous méritez mutuellement et c'est bien. Le mariage devrait être une union à égalité, de cœur, de corps, d'esprit et d'âme.

Violet lui embrassa la joue.

— Et je suis fière de vous considérer comme ma fille. À présent, où est ma petite-fille ?

Elle parcourut la pièce du regard. Dans les bras d'Émily, Kat jouait avec une mèche des cheveux auburn de la jeune femme.

Avec joie, Lily regarda Violet retirer l'enfant des bras d'Émily et la serrer contre elle pour murmurer quelque chose à son oreille. Le bébé poussa des cris de joie, attirant l'attention de plusieurs invités, même si personne ne sembla particulièrement contrarié de voir un enfant à un rassemblement d'adultes. Charles avait insisté pour que Katherine soit présente. Il l'avait déjà présentée à ses amis, ce qui avait rempli Lily d'une joie immense.

Après avoir observé les invités autour d'elle pendant un long moment, elle eut besoin d'une minute pour reprendre sa respiration. Elle se glissa discrètement hors de la pièce, se rendit à la bibliothèque et s'assit sur un des sofas. Inspirant profondément, elle essaya de se convaincre que ce moment féérique était bel et bien en train d'arriver. Ce n'était pas un rêve. Elle était mariée à Charles.

Elle entendit des pas derrière elle et ce dernier se détacha dans l'encadrement de la porte, deux assiettes de gâteau de mariage à la main. Des pétales de rose orange les recouvraient et leur odeur florale était enivrante. D'un coup de pied, il referma la porte de la bibliothèque et fit basculer le verrou tout en jonglant avec les assiettes.

— Enfin, mon propre gâteau de mariage !

Il sourit et lui tendit une assiette. Elle la prit, incapable de contenir un sourire en se rappelant que plusieurs mois auparavant, il lui avait apporté une tranche au petit-déjeuner de mariage de Jonathan et d'Audrey. C'était quelque chose qu'il avait fait à chaque mariage auquel elle avait assisté avec lui pendant l'année passée.

— Qu'est-ce qui vous amuse, mon épouse ? demanda Charles.

La façon dont il susurra le mot *épouse* fit trembler son cœur et la fit frémir d'un désir contenu.

— Vous, répondit-elle. J'ai l'impression que vous m'apportez tout le temps du gâteau.

Elle enfonça sa fourchette dans le dessert pour en goûter une bouchée. Divin. Quelques bouchées plus tard, l'assiette lui fut délicatement retirée et posée hors de sa portée.

Charles la serra contre lui et l'embrassa. Elle sentit ses bras l'étreindre et elle perdit toute notion du temps alors qu'elle s'abandonnait à lui. Elle pouvait sentir le cœur de Charles battre contre le sien et l'excitation crépiter de sa tête jusqu'à ses orteils alors qu'il allumait un feu en elle. Il déplaça ses lèvres vers son oreille et lui murmura des petits riens. La sensation douce-amère de se retrouver entre ses bras faillit la faire pleurer, car elle était consciente des périls que le lendemain leur réservait.

Je donnerai n'importe quoi pour que cette journée ne se termine jamais.

Puis Charles conquit à nouveau sa bouche, lui provoquant de nouvelles spirales de passion alors qu'il bannissait ses peurs. Il l'explora avec un enthousiasme avide auquel son propre corps répondait avec la même urgence. Désirant approfondir le baiser, elle entrouvrit les lèvres. Leurs langues jouèrent ensemble, chacune goûtant toujours à la douceur sucrée de leur gâteau de mariage qui s'attardait sur les lèvres de l'autre.

Lily passa les bras autour de son cou et le serra contre elle. Il s'étendit sur le canapé et la fit s'allonger sur lui. L'âme fatiguée de Lily parut se fondre en lui. Elle se détendit et lui embrassa le menton, les joues, la gorge. Elle voulait lui faire comprendre à quel point elle était reconnaissante d'être à lui, la chance qu'elle avait de le posséder en cet instant. Son odeur masculine où pointait une note de bois de santal et de cuir lui appartenait à présent. La façon dont ses yeux gris pétillaient et l'esquisse d'un quasi-sourire... Elle pouvait maintenant en profiter. Charles lui appartenait de toutes les façons possibles, ce qui la remplissait de joie. Elle déposa un baiser au creux de son cou avant de revenir à ses lèvres. Il rit doucement et elle put sentir son sourire.

— C'est plutôt agréable d'être celui qui est ardemment séduit, pour une fois.

Il enfonça doucement ses doigts dans ses cheveux, la maintenant immobile alors qu'il contemplait son visage étonné.

Elle sentit ses traits se réchauffer. C'était peut-être mal pour une femme d'insister pour séduire son mari.

— Ça ne vous fait rien que je... ?

— Si ça me fait quelque chose ? Certainement pas. C'est le fantasme ultime, mon amour. Vous pouvez le faire tous les jours, si vous voulez. D'ailleurs, j'insiste pour que vous le fassiez.

Il caressa sa lèvre inférieure avec le pouce.

— Les autres seront follement jaloux de savoir que j'ai une femme si *agressive*. Ses yeux pétillaient de bonheur et elle ne put résister à l'idée de lui rendre son sourire.

— Vous êtes terriblement coquin, lui rappela-t-elle.

— N'en doutez pas.

Il fit remonter les mains sur ses jupes, les retroussa et s'empara de ses fesses. Elle sentit son pouls s'emballer quand le désir commença à prendre le contrôle sur sa raison.

— Pourrions-nous... ? murmura-t-elle, scandalisée, mais pleine d'espoir.

— C'est notre maison. Nous pouvons... *n'importe où*.

La lueur dans les yeux gris de Charles lui promettait des choses débauchées, merveilleuses. Et elle savait qu'il tiendrait cette promesse.

❧ 25 ❧

On entendit une brève déchirure et les sous-vêtements de Lily furent aisément écartés. Elle se décolla de lui pour lui permettre de défaire son pantalon. Elle se haussa contre lui et gémit doucement quand il la pénétra. Elle souhaitait simplement la sensation à présent familière d'être comblée.

Charles haleta contre son cou alors qu'ils se mirent à bouger d'un même mouvement. Elle donna le ton, le chevauchant lentement, se délectant de la sensation de leurs corps qui frottaient l'un contre l'autre et la façon dont il la serrait fort contre sa poitrine comme si elle était précieuse pour lui. Ils formaient un seul être, composé de désir, de besoin et d'amour. Sans paroles, ils se communiquaient ce qu'ils signifiaient l'un pour l'autre. Elle s'humecta les lèvres avec la langue et enfonça les doigts dans ses épaules, la douleur entre ses cuisses aiguisée par le besoin.

Lily serait toujours l'esclave de son désir pour lui, ferait n'importe quoi pour en avoir davantage. Une chaleur se concentra à l'intérieur d'elle quand il commença à donner des coups de reins plus profonds, plus forts, avec un désir presque sauvage. Pourtant, c'était elle qui était aux commandes. Elle était avec Charles, l'homme en qui elle avait le plus confiance au monde, peut-être plus qu'en elle-même. Avec lui, plus rien ne l'effrayait. Sa verge la brûlait, s'enfonçant si profond qu'elle crut périr à cause des sensations accablantes de la friction presque violente qui les unissait. Elle pesa sur lui plus fort, plus vite, ondulant des hanches alors que leurs halètements se faisaient plus saccadés.

Sa possession d'elle était implacable et elle sombre la tête la première dans la ténébreuse passion de ses propres besoins animaux. Des vagues de plaisir explosèrent à l'intérieur d'elle. Elle se sentait brûlée de l'intérieur et pourtant, elle n'aurait pas eu envie de ressentir autre chose.

Enfin, elle s'écroula sur lui et il s'enfonça profondément une dernière fois avant de pousser une expiration sifflante et de retomber contre le canapé. Charles lui caressa les cheveux, la regardant avec des yeux ensommeillés et léonins. Elle lui enviait sa décontraction envers sa propre sensualité. Un jour peut-être, elle se sentirait aussi à l'aise que lui.

— Voilà comment on devrait passer son temps à un petit-déjeuner de mariage.

Son petit rire profond la fit palpiter et elle soupira avant de se raidir brusquement.

— Oh, Seigneur, les invités !

— Du calme, mon amour. J'ai verrouillé la porte de la bibliothèque quand je suis entré. Personne ne nous dérangera.

— Mais ne devrions-nous pas être présents ?

— J'en ai vu suffisamment pour savoir qu'à cette heure-ci, tout le monde sera content d'interagir entre eux en petits groupes. Nous ne manquerons à personne. Qui plus est, tous ceux qui me connaissent ne serait-ce qu'un peu seront choqués d'apprendre que je suis resté pendant aussi longtemps. Mère s'assurera qu'on renvoie les invités chez eux.

Elle se décolla de lui et prit une seconde pour soupirer sur ses sous-vêtements détruits alors qu'il arrangeait sa propre tenue. Puis il écarta les bras pour qu'elle lui revienne et ils s'étendirent tous les deux sur le canapé. Elle était allongée contre son flanc et une quiétude agréable les enveloppa. Elle n'avait pas peur, n'avait pas froid, n'était pas sans amour. Aujourd'hui, en l'épousant,

Charles lui avait donné le monde et il ne saurait jamais à quel point elle lui en était reconnaissante. Il n'existait simplement pas assez de mots pour le lui dire.

— Lily, maintenant que nous sommes mariés, vous devriez peut-être me parler de vous, dit Charles avec un demi-sourire.

Mais il était également sérieux.

— Il ne devrait plus y avoir de secrets entre nous.

Elle en convenait. À présent, elle n'avait plus besoin de lui dissimuler quoi que ce soit.

— Que voulez-vous savoir ?

— Où êtes-vous née ? Qui sont vos parents ? Comment était votre enfance ? Dites-moi tout.

Il lui caressa les cheveux, une sensation tant apaisante qu'hypnotisante.

— Je suis née en Cornouailles, dans une ville qui s'appelle Rose Heath. Le nom de mon père était Alan. C'était un gentleman et ma mère était une lady.

— Vraiment ? s'étonna Charles. Comment êtes-vous devenue domestique ?

— Mon père est mort lorsque j'avais douze ans. Mère et moi n'avions pas les moyens de nous faire vivre et l'argent qui restait après la mort de Papa a été transféré à une cousine lointaine qui ne voulait rien à voir avec nous. Ma mère a trouvé un emploi de suivante à Londres, chez une amie qui était également comtesse. Elle a été fantastique pour ma mère et moi. Elle m'a même laissée aller à l'école avec ses enfants qui avaient à peu près mon âge. Mais cette comtesse est morte de maladie et ma mère, malade elle aussi, a péri juste un mois après. À l'époque, j'avais dix-huit ans et j'ai eu la chance – je le croyais à l'époque – d'obtenir une référence pour servir l'épouse de Sir Hugo Waverly.

Elle marqua un temps d'arrêt et carra les épaules.

— Je crois que je suis la seule qu'il ait jamais... agressée. Aucune des autres bonnes n'avait l'air nerveuse ou anxieuse en sa présence.

Elle serra les dents.

— Mais le jour où c'est... arrivé, il dissimulait une humeur noire que j'ai été la seule à remarquer.

— Que voulez-vous dire par là ?

— Il revenait de rendre visite à sa mère. Il était froid, mais d'une façon formelle que peu de gens auraient remarquée. Toutefois, au fond, il dissimulait une peur plus profonde dont il n'avait pas envie de parler. Il était si triste et en colère ! J'avais juste envie de l'aider, mais quand je lui ai témoigné de la sympathie, il...

Elle secoua la tête et retint ses larmes. Elle ne pouvait pas revivre ce moment. Pas maintenant.

— J'aimerais pouvoir faire quelque chose, *n'importe quoi* pour effacer ce moment de votre vie, murmura Charles.

— Non, ne dites pas cela. J'ai Katherine. Elle est mon cadeau, mon miracle. Je ne vais pas laisser le passé me définir, Charles. Plus maintenant. Et si tout ça n'était pas arrivé, je ne vous aurais jamais rencontré.

—Je suppose que vous avez raison.

Il lui saisit le menton et lui fit lever la tête pour l'embrasser.

— Nous devrions rester ici toute la journée. Qu'en pensez-vous ?

—Je pense que je préférerais votre lit.

— *Notre* lit, corrigea-t-il. Je n'émettrai que peu d'exigences au sein de notre mariage, mais ça en sera une. J'insiste pour que nous partagions un lit. Je refuse cette coutume idiote de faire chambre à part. C'est un des privilèges de la vie conjugale. Je peux vous débaucher chaque fois que j'en ai envie.

Ses yeux pétillaient d'une malice amoureuse doublée d'un désir profond qui la fit rougir des pieds à la tête.

— Absolument.

Lily pouffa. Elle se sentait rajeunie et délicieusement nigaude pour la première fois depuis des années. Elle n'aurait jamais rêvé de pouvoir ressentir une telle joie.

— J'ai pensé que Kat pourrait rester une nuit ou deux chez Godric, si ça vous convient, dit-il avec des yeux qui pétillaient d'espoir. Nous pourrions passer quelques jours ensemble, juste tous les deux, si vous le désirez. Émily pense que passer du temps avec Kat sera un bon entraînement pour Godric. Il est encore terriblement maladroit avec les enfants.

Lily y réfléchit. Si Émily et Godric n'y voient aucun inconvénient, elle serait ravie d'avoir Charles juste pour elle pendant quelques jours.

— N'est-ce pas risqué ? De la laisser avec eux ? Hugo pourrait...

Les yeux de Charles s'assombrirent.

— Elle est probablement plus en sécurité avec Godric qu'elle le serait avec nous.

Lily réalisa que c'était vrai. Après tout, Godric était un duc, avec plus de personnel à disposition que n'en avait jamais eu Charles.

— J'aimerais qu'il existe un endroit absolument sûr où l'envoyer, dit Lily. Mais il n'y en a pas, n'est-ce pas ?

— Pas encore, dit Charles, mais bientôt.

Lily posa son menton sur son torse et ferma les yeux.

— Je ne veux pas que ce jour se termine.

Il lui caressa la joue avec le revers des doigts.

— Moi non plus.

Il y eut un autre long moment de silence. Enfin, Charles se tourna vers la porte fermée.

— Pourquoi n'essayons-nous pas de nous faufiler à l'étage sans que les autres invités nous remarquent ?

— D'accord.

Lily et Charles quittèrent le canapé et se dirigèrent vers la porte en faisant de leur mieux pour contenir leur hilarité de peur de se faire surprendre.

Lucien faisait sauter son fils entre ses bras, poussant de petits rires alors qu'Evan roucoulait et gazouillait, un sourire fendant ses joues rebondies. Il avait les mêmes yeux bruns que sa mère, ce qui ne le rendait que plus irrésistible. Lucien chercha sa femme dans la foule et la trouva bientôt en train de parler aux autres dames rassemblées en cercle.

— Ça ne présage rien de bon, grommela Cédric à côté de lui.

Lucien en convint.

— Croyez-vous qu'elles aient su que Lily était Tom et qu'elles nous l'aient caché ? murmura-t-il après s'être assuré que les serviteurs ne puissent pas l'entendre.

— Elles ne savaient pas *tout* d'elle, dit Cédric. Sans quoi, elles nous auraient avertis de ses liens à Hugo.

— C'est vrai. Cela dit, je me demande comment elles l'ont compris ? Si quelqu'un devait voir à travers le déguisement de Tom, j'aurais cru que ce soit Ashton.

Cédric sourit et désigna Audrey dans le groupe.

— Certes, nous avons Ashton, mais elles ont Madame Société en personne. Elle en sait plus qu'Ashton en ce qui concerne les femmes. Et je ne doute pas que son imagination active l'ait menée sur ce chemin pour des raisons qu'Ashton n'aurait jamais envisagées.

Lucien hocha la tête.

— En effet.

— Nous ne devrions pas vraiment être surpris, n'est-ce pas ? Avec Émily aux commandes, ces dames savent forcément tout avant nous.

— Et parfois davantage.

Quand le bébé commença à s'assoupir, Lucien le fit changer de position entre ses bras.

— Au moins, dit Cédric avec un petit rire, nous avons quelque chose à célébrer. Ce n'est pas tous les jours qu'un homme épouse son valet.

— Je ne vous le fais pas dire.

Lucien voulut rajouter quelque chose, mais le spectacle qu'il aperçut par la porte ouverte de l'autre côté de la pièce lui coupa la chique. Lily dans ses bras, Charles se faufilait en haut des marches, regardant de tous les côtés dans l'espoir de ne pas se faire surprendre.

— Il s'enfuit de son propre petit-déjeuner ? dit-il avec un grand sourire. Pourquoi cela ne me surprend-il pas ?

Cédric éclata de rire.

— J'aurais aimé pouvoir faire ça avec Anne. Mais non, nous avons été un couple irréprochable.

— Moi aussi, en convint Lucien, mais c'est Charles. Ça ne devrait plus nous surprendre.

Ashton les rejoignit avec Godric qui portait la petite Kat dans ses bras.

— C'est un bon entraînement, dit Godric qui avait l'enfant calé sur sa hanche.

— Ça l'est certainement, mais je pense que rien ne vous y prépare vraiment.

Lucien rit et baissa les yeux vers le visage d'Evan. Il n'y avait rien de plus beau au monde que son fils nouveau-né, hormis sa femme, bien entendu.

— Pensez-vous qu'avoir des enfants changera tout ? demanda Cédric avec une lueur légèrement inquiète dans le regard.

— Bien entendu, répondit Ashton qui vint les rejoindre en souriant. Mais le changement n'est pas à craindre. Après tout, le mariage nous a fait du bien.

Pensif, Lucien hocha la tête.

— Je veux que Londres soit un endroit sûr pour eux. Nos enfants ont besoin d'avoir des vies qui regorgent d'aventures, pas de terreur. Et tant qu'Hugo nous talonnera, ils ne seront pas en sécurité.

Il serra Evan plus fort.

— La phase finale commencera bientôt, les prévint Ashton. Nous devons être prêts. Tous.

— Que savez-vous ? demanda Godric.

— Trop et trop peu, dit mystérieusement Ashton. Sachez seulement que lorsque Hugo agira, ça ne sera pas seulement contre Charles.

Les hommes s'échangèrent des regards et plus d'un serra les dents alors qu'Ashton poursuivait sa tirade.

— Si sa colère a commencé avec Charles, Hugo nous perçoit

à présent comme un organisme collectif. Pour lui, nous représentons quelque chose de vil. Quelque chose qui doit être détruit.

Ashton baissa d'un ton.

— Mais nous possédons un avantage dont il n'a pas conscience. Il va nous traiter comme des pions et nous continuerons à le laisser faire. Mais rappelez-vous : nous sommes des cavaliers et les cavaliers peuvent sauter au-dessus des autres pièces.

❦

LES YEUX BRAQUÉS SUR L'ÉCHIQUIER EN MARBRE NOIR ET BLANC posé devant lui, Hugo se cala contre le dossier de son fauteuil. À côté de lui se trouvait un bout de papier avec les mots « c'est fait » rédigés de la main élégante de Daniel Sheffield.

Charles était marié.

Même si ça avait été son plan, Hugo sentit la rage vibrer en lui. L'homme qu'il détestait au plus haut point connaissait le bonheur dans les bras de sa nouvelle épouse. Un bonheur qui l'éludait.

La porte de son étude s'ouvrit sur Mélanie, toujours aussi radieuse, mais avec une nervosité dans le regard.

— Oui, ma colombe ?

Jouant le rôle du mari aimant, il prononça ce petit nom avec tendresse.

— Hugo, je pars.

— Pendant combien de temps ? demanda-t-il, pensant qu'elle avait l'intention de passer une semaine à la campagne.

Elle gardait une main sur le loquet et il entendait la poignée en métal trembler.

— Pour toujours.

Elle avait déjà proféré cette menace quand elle ne recevait pas assez d'attention.

— Non, certainement pas.

— Vous n'êtes pas forcé de me croire, dit-elle.

Sur ce, il inclina la tête, l'étudiant avec plus d'attention. La jolie femme qu'il avait conquise grâce à sa réputation et sa fortune avait joliment mûri et était peut-être même plus belle qu'au jour de leur mariage. Qu'est-ce qui avait changé chez elle ? Mélanie n'avait jamais paru aussi heureuse qu'au cours des derniers mois... loin de sa présence. Elle avait enchaîné seule les fêtes et les bals.

Non... pas seule. Bien entendu. Mélanie avait pris un amant.

— Qui est-ce ? demanda Hugo qui n'osa pas quitter son fauteuil de peur d'étrangler sa femme.

— Tout ce qui compte est que je sois heureuse. J'ai trouvé ce que vous n'avez jamais pu me donner.

— Oh ? Quoi donc, si je puis me permettre ? Il avait tout donné à sa femme : des bijoux, le pouvoir, des vêtements chers, des voyages en Europe, des œuvres d'art inestimables...

— Hugo, vous avez fermé votre cœur il y a longtemps, avant même notre mariage.

Mélanie s'exprimait avec une honnêteté tranquille qui l'ébahissait. Aux dernières heures de leur mariage, voilà qu'elle le mettait au défi.

— Je voulais que vous m'aimiez. Je voulais que ce soit vous, mais vous n'avez jamais...

Vous ne m'avez jamais laissée entrer.

Elle baissa alors les yeux. À sa grande surprise, Hugo l'imita.

Autrefois, il avait espéré pouvoir retenir son affection, mais il s'était laissé consumer par son travail. Servir l'Empire. Protéger la Couronne. Il savait qu'il s'était replié sur lui-même, parce qu'il y avait été contraint. C'était plus facile que d'affronter la douleur.

Mais quand il avait appris qu'elle portait Peter, il avait espéré réparer leur relation. Il était devenu plus attentif et avait même repris contact avec sa mère pour la première fois depuis des années, espérant tous les réunir. D'être ce qu'une famille aurait dû être.

Mais Mélanie et sa mère avaient détruit cet espoir.

— Je pars pour le domaine de ma mère, à la campagne, et je prends mon fils.

Les poings d'Hugo tremblèrent.

— Si vous insistez pour vous comporter en imbécile, allez-y, mais vous ne prendrez *pas* mon fils. Peter connaîtra une bien meilleure vie à Londres. La meilleure éducation, les meilleurs tuteurs, la meilleure introduction en société. Il pourrait même s'élever au titre de lord. Pourquoi voulez-vous lui retirer tout cela ?

— Parce que s'il reste, je crains qu'il ne devienne juste comme vous.

Pendant un long moment, Hugo ne bougea pas, ne respira pas. Il s'était attendu à de la fureur, à de la rage. Il ne s'était pas attendu à ce que la tristesse lui coupe le souffle.

Que pouvait-il offrir à Peter ? L'argent, le pouvoir, la position, certes... mais quoi d'autre ? Quelles leçons lui apprendrait-il ? La revanche ? La ruse ? La traîtrise ?

Que pourrait-il donner à son fils qui en ferait un homme meilleur ?

Il regarda sa femme et prononça un simple mot, parce que c'est tout ce dont il était capable.

— Partez.

Essayant désespérément de ravaler sa douleur, Hugo ferma les yeux quand Mélanie décampa. Était-ce ce que son père avait ressenti toutes ces années auparavant, quand il avait appris que sa femme, la mère d'Hugo, ne l'avait jamais aimé ? Qu'Hugo n'était même pas son fils ? Toutefois, son père s'était battu pour lui, l'avait pris sous son aile et élevé comme le sien.

Et pourtant, quand il avait perdu son père, il avait frôlé le suicide. Il s'était toujours reposé sur ses conseils et sans lui, il n'avait rien. Il était allé à l'université, avait fait son devoir et pourtant, au fil des jours, il avait songé à mettre un terme à tout cela. Ça aurait été tellement plus facile.

Peter Maltby était tombé sur lui durant une de ces journées les plus sombres, s'était lié d'amitié avec lui, lui avait montré que la vie était quelque chose qu'on créait pour soi-même. C'était simplement une question de volonté. C'était la raison pour laquelle il avait donné son nom à son fils. C'était le moins qu'il puisse faire, vu la façon dont les choses s'étaient terminées entre eux.

Ce serait peut-être mieux si le jeune Peter accompagnait sa mère. Il risquait d'avoir une mauvaise influence sur lui. Plus tard, peut-être, quand tout serait fini, il pourrait guérir. Peut-être alors pourrait-il être le bon type de père pour lui.

Mais ça ne signifiait pas qu'il n'avait rien à contribuer. Sa vie avait de la valeur. Il ne pouvait pas en aller autrement. Suggérer le contraire était insultant. Il avait servi son pays. Il avait saigné pour lui. Il avait *tout* sacrifié pour lui. Ne méritait-il rien en retour ?

Et s'il pouvait élever quelqu'un d'autre à la place de Peter ? Il avait promis à Lily une pension pour élever Katherine en échange de son service, mais il pouvait faire tellement plus.

Son fils porterait son nom, mais sa fille pourrait représenter son héritage. Il était peut-être temps de la récupérer, afin de donner à Katherine plus que tout ce qu'elle aurait pu espérer en tant que fille de servante.

« Est-ce ce que vous souhaitez vraiment ? Faire du mal à une enfant en la retirant à sa mère ? » La voix de Peter Maltby le hanta, comme elle l'avait toujours fait quand il était à deux doigts de craquer. Même en tant que fantôme, Peter savait toujours lui parler.

— Mais quelle vie Lily peut-elle lui donner ? Diable, elle était élevée au-dessus d'un tripot !

« C'est la vie à laquelle vous l'avez contrainte. »

— Nous vivons tous avec nos erreurs, marmonna Hugo. J'essaie de faire amende honorable pour les miennes. J'ai bien plus de choses qu'elle à lui offrir. La mère sera compensée. Ça arrangera les choses.

« Si vous voulez arranger les choses, laissez-la partir. Laissez-les partir. »

Hugo retroussa la lèvre.

— Je ne peux pas.

« Pourquoi ? »

— Vous savez parfaitement pourquoi.

Il aurait voulu que Peter soit véritablement là, pas simplement une voix à l'intérieur de sa tête. Peter avait toujours adouci la haine à l'intérieur de lui. Il avait sauvé la vie d'Hugo à une époque où celui-ci avait été prêt à céder au désespoir. Mais Peter était mort ; il ne vivait plus que dans le passé.

Hugo ferma les paupières et les souvenirs de ses jours à Cambridge refirent surface.

— Eh bien, quelle étrange coïncidence, dit Peter.

— Vous ne pouviez pas savoir que c'était lui, répondit Hugo.

— Pourquoi le détestez-vous autant ? demanda Peter.

Hugo détourna le regard de Charles qui était assis dans le pub à plusieurs tables de distance. Après leurs retrouvailles glaciales, Peter l'avait pris à l'écart pour lui parler en privé et le calmer.

— Je ne veux pas parler de lui, marmonna Hugo en fusillant Peter du regard. Pourquoi êtes-vous si gentil avec lui ?

Peter afficha un grand sourire. Sa bonne humeur était communicative.

— Je crois que chaque homme est fondamentalement bon. Vous avez lu John Locke, n'est-ce pas ?

Peter tapota la couverture de l'épais volume qu'il avait à la main.

Hugo émit un son moqueur.

— Hobbes est plus réaliste, moins romantique. L'humanité est destinée à la violence et animée par des pulsions animales. Au mieux, on arrive à contrôler ces pulsions.

Le rire de Peter était chaleureux et ses yeux lumineux.

— Vous savez, Hugo, si vous souriiez davantage, vous auriez plus d'amis à votre table.

Hugo fusillait Peter du regard, mais celui-ci ne prenait jamais ses regards noirs personnellement. Comme il l'avait dit, il avait toujours vu le bien chez les gens. Il était impossible de ne pas aimer Peter. Quand Hugo était arrivé à Cambridge, il n'y avait pas entrevu le moindre futur. Il avait songé à se passer la corde au cou ou à sauter du haut du beffroi. Mais Peter avait été là, lui avait parlé, avait été un ami quand Hugo se croyait complètement seul. Peter l'avait sauvé.

— *Dites-moi, que vous a fait Lonsdale ? Vous ne m'avez jamais raconté toute l'histoire.*

Peter se rapprocha. Tout autour d'eux, la cacophonie des voix robustes en provenance des jeunes hommes qui passaient un bon moment au pub et riaient résonna contre les murs de pierre.

— Hugo, nous sommes amis, lui rappela Peter.

Hugo avait envie de devenir violent, de dire à Peter qu'ils n'étaient pas amis, mais ce n'était pas vrai.

— Il a tué mon père.

Gêné, Peter baissa les yeux vers la table.

— Je pensais que vous aviez dit que c'était son père qui l'avait tué.

— Charles avait défié mon père, mais c'était un poltron. Son père s'est battu à ma place et a tué le mien. Mais ça ne serait jamais arrivé s'il ne l'avait pas défié.

Peter coula un regard à la table où Lonsdale était assis. Il était seul à présent, mais essayait de sourire avec espoir aux clients qui l'entouraient. Pendant un moment, Hugo réalisa qu'il aurait dû avoir pitié de Lonsdale qui n'avait pas d'amis, tout comme lui, et qui cherchait de la compagnie avec trop d'empressement. Mais Hugo endurcit son cœur.

— Les deux hommes auraient pu annuler le duel, lui rappela Peter. Et tirer sur un garçon l'aurait-il rendu meilleur à vos yeux ?

Hugo fronça les sourcils, mais ne répondit pas.

— Le pardon est une des forces les plus puissantes qui existe, dit Peter qui garda les yeux braqués sur le visage d'Hugo. Seul l'amour le dépasse. Vous n'êtes pas forcé de l'aimer ; vous n'avez qu'à lui pardonner.

Hugo gronda et jeta son assiette de nourriture si fort qu'elle s'écrasa contre le mur et se brisa en mille morceaux.

— Je ne peux pas !

Hugo prononça ces paroles à haute voix sans même s'en rendre compte. Il regarda autour de lui pour voir si quelqu'un l'avait entendu, mais il était seul.

Seul.

Il laissa les souvenirs du passé s'estomper alors qu'il regardait une fois de plus l'échiquier. D'une pichenette, il fit tomber le roi blanc sur le flanc. Le roi roula paresseusement en arc de cercle avant de s'arrêter. Puis Hugo referma les doigts autour de la reine blanche.

Avec son autre main, il récupéra cinq lettres rédigées depuis plusieurs jours et tira la clochette d'un valet. Il avait eu l'intention d'octroyer à Charles quelques jours pour profiter de la vie conjugale avant de la lui arracher, mais maintenant, il ne pouvait plus attendre. Il voulait que tout ceci prenne fin. Il souhaitait un nouveau départ.

Quand le serviteur qu'il avait sonné apparut, il lui donna les lettres.

— Livrez-les immédiatement.

Jusque-là, Hugo avait joué avec Charles et ses amis. Ils avaient certainement compris qu'ils avaient déjoué ses plans à tous les coups, mais ce qu'ils n'avaient pas vu était qu'*il* avait positionné les pièces depuis le début. Tous les gambits qui avaient raté avaient été accompagnés par d'autres coups invisibles.

Cinq lettres à cinq agents dissimulés. D'ici minuit, il aurait tous les rebelles de la Ligue sous sa gouverne. Bien sûr, ils seraient sur leurs gardes, à présent, mais peu importait. Cette fois, il n'y aurait personne pour sauver Charles.

Il ouvrit la main pour regarder la pièce en marbre blanc dont l'éclat se détachait contre la peau de sa paume.

— Échec et mat, Charles.

❧ 26 ❧

La nuit était silencieuse et froide. Aucune brise ne soufflait dans la crinière du cheval de Cédric Sheridan qui regagnait sa maison. Bien à l'abri dans son manteau se trouvait un écrin empaqueté qui contenait une parure de boucles d'oreilles en rubis pour Anne. C'était un cadeau de Noël anticipé qu'il n'avait pas pu se retenir d'acheter quand il les avait vues plus tôt dans une petite boutique de Bond Street. Il afficha un sourire coquin en songeant à la façon dont elle le remercierait – avec des baisers extatiques, il l'espérait –, et il pourrait alors la prendre dans ses bras et la porter jusqu'au lit.

Il mit pied à terre tandis que l'obscurité s'approfondissait et que les nuages recouvraient les étoiles. Aucune lumière n'éclairait les fenêtres, ce qui signifiait qu'Anne était allée se coucher tôt. Vu son état, c'était mieux ; elle avait besoin de plus de sommeil. Cédric regarda autour de lui, s'attendant à ce que Joël, son groom, vienne s'occuper de son cheval, mais il ne le vit pas.

Avec un soupir, Cédric mena sa monture de l'autre côté de la maison, vers la petite écurie où il gardait les chevaux qu'il partageait avec Anne. Il veilla aux besoins de son hongre, s'assurant qu'elle avait un seau d'avoine et un autre d'eau avant de retirer la selle et de l'habiller d'une couverture.

La porte de l'écurie s'ouvrit en grinçant. Une silhouette se dressait à l'entrée, mais il ne pouvait pas voir le visage de cet homme qui se détachait sur le ciel pourpre au-dehors. Les poils de la nuque de Cédric se hérissèrent. Il resta le dos à la stalle, s'assurant qu'il ne puisse pas être attaqué par-derrière.

— Joël ?

— Je suis désolé, Milord. J'étais au petit coin quand vous êtes arrivé.

La voix guillerette de Joël apaisa le malaise de Cédric et il se détendit.

— Ah oui. Pas de soucis, mon garçon. Il est déjà assez tard comme ça.

Il s'éloigna de la stalle, maudissant Ashton et ses mises en garde cryptiques, tel un prophète biblique.

Joël vint s'occuper du cheval avec un petit rire.

— La nuit est froide, ce soir.

— Effectivement. Tout est tranquille dans la maison ?

— Oui. Sa Seigneurie s'est retirée voilà près de deux heures.

Cédric sourit un peu, s'imaginant en train de se glisser dans le lit, entourant son corps autour de celui d'Anne et l'embrassant doucement jusqu'à ce qu'elle se réveille. Il ne l'empêcherait pas de dormir bien longtemps, mais il aurait voulu lui dérober quelques baisers avant de s'endormir lui aussi.

Il frissonna soudainement comme si quelqu'un avait marché sur sa tombe.

Je dramatise. Cet idiot d'Ash me fait me méfier de tout ! Toutefois, il ne parvenait pas à chasser l'impression que quelque chose clochait.

En quittant l'écurie, il put entendre Joël fredonner en travaillant. Puis le fredonnement cessa et un lourd silence tomba sur l'écurie. Cédric fit volte-face. Il vit le corps inerte de Joël étendu sur le sol couvert de paille.

Une silhouette sombre se jeta sur lui et le frappa fort au visage. Cédric grogna et s'écroula sur le sol de pierre. L'obscurité l'aspira dans un trou sans fond.

LUCIEN CHANTAIT DOUCEMENT À EVAN QU'IL PLAÇAIT DANS son couffin. Le bébé leva les yeux vers lui avec un sourire ravi.

— Vous le gâtez, vous savez, rit Horatia qui se penchait contre lui.

— Vous désapprouvez ?

— Certainement pas. Je pense qu'on pourrait le gâter davantage.

Elle portait un peignoir rouge foncé, noué lâchement autour de sa taille, et ses cheveux retombaient mollement en légères vagues sur ses épaules. Il avait vraiment la plus belle femme du monde ! Lucien enroula un bras autour d'elle, la collant contre lui pour l'embrasser.

— Je vous aime.

— C'est réciproque.

Elle plissa un front inquiet et plaça une main sur son torse.

— Qu'est-ce qui ne va pas ? Vous semblez anxieux.

— Je le suis. J'ai peur pour Evan et vous. Je n'arrive pas à me débarrasser de la sensation que ce qui doit se produire est imminent.

Horatia le serra contre elle.

— Je sais. C'est effrayant. Mais nous serons en sécurité. Ashton va...

La porte de la chambre s'ouvrit et un valet de pied entra. Il tenait un pistolet qu'il braquait sur le torse de Lucien.

— Matthew ? murmura Horatia.

— J'ai juste besoin de vous, Milord. Suivez-moi sans broncher et il n'arrivera aucun mal à la dame ou l'enfant.

Lucien se positionna devant Horatia et le couffin.

— Ne songez pas à appeler à l'aide, Milord. Plusieurs hommes sont postés à l'extérieur et ils viendront si nécessaire. Si vous me suivez, je m'assurerai qu'ils nous accompagnent et laissent votre femme et votre enfant tranquilles.

— Lucien, *non*, souffla Horatia qui connaissait déjà ses intentions.

— Où allons-nous ? demanda Lucien.

Le visage sans expression de Matthew lui glaça le sang.

— Auprès de *lui*. C'est tout ce que vous avez besoin de savoir. Maintenant, venez.

Il désigna la porte avec le canon de son arme. Lucien se tourna, étreignit le corps tremblant d'Horatia et l'embrassa.

— Plus que ma propre vie, murmura-t-il en se détachant d'elle. Plus que tout au monde.

Il ne parvint pas à se forcer à en dire davantage de peur de se briser.

— Lucien...

Horatia se positionna devant le berceau de l'enfant et tendit les bras vers lui. Son cœur se brisa quand il ne parvint pas à lui rendre son geste. Ils échangèrent un dernier regard appuyé puis il se tourna vers l'homme d'Hugo.

Il était suffisamment tard pour que les serviteurs dînent en bas. Personne ne serait blessé. C'était la seule pensée positive qu'il pouvait avoir ce soir.

Matthew désigna la porte d'entrée.

— Ouvrez et rendez-vous dans la calèche qui est stationnée.

Lucien lui obéit. Il était quasiment parvenu à la voiture quand quelque chose le frappa fort par-derrière. Il s'écroula contre le côté du véhicule et se tourna à moitié quand deux hommes bondirent sur lui et le martelèrent de leurs poings jusqu'à ce qu'il tombe à genoux. Puis on l'attrapa par les bras pour le hisser dans l'habitacle.

Lucien perdit connaissance quelques secondes plus tard.

⁂

ASSIS DANS SON ÉTUDE, GODRIC REPASSAIT EN SILENCE LES événements de la journée. La mise en garde d'Ashton l'avait rendu malade d'inquiétude. Le mariage de Charles avait représenté un répit agréable, mais il n'avait pas éliminé le danger envers Émily et son enfant à naître. Il était terrifié à l'idée d'être incapable de faire quoi que ce soit, et il ne pouvait pas les envoyer ailleurs. Même si dans sa condition, Émily était en état de voyager sur les rudes routes d'hiver, il ne voulait pas s'y essayer. Elle trouverait le moyen de revenir et peut-être de s'attirer encore plus d'ennuis en essayant de l'aider. Puis il y avait la petite Katherine sur laquelle ils veillaient pour Lily et Charles. Ils ne pouvaient pas laisser quoi que ce soit lui arriver.

Un petit son, évoquant des pas sur le tapis, attira son attention. Il regarda à travers la porte ouverte de son étude et discerna une silhouette dans le vestibule. Godric coula un regard à l'horloge sur la cheminée. Il était presque minuit. Normalement, son personnel était déjà couché.

Généralement, il ne se serait pas inquiété, mais son esprit associa le spectacle à la situation qu'il craignait. Il quitta son bureau et, en silence, suivit l'homme jusqu'au sommet des marches. L'éclat d'un pistolet entre ses mains glaça le sang de Godric quand il se rendit compte que l'inconnu se dirigeait vers la nursery. Il se précipita en haut de l'escalier et se jeta sur l'homme. Ils s'écroulèrent sur les marches, leurs corps s'écrasant contre la moquette et le bois. Ils luttèrent à corps perdu. Godric décocha une droite dans la mâchoire de l'intrus et reconnut en lui un de ses jardiniers.

— Vous... grogna-t-il.

L'homme lui donna un coup de pied dans le ventre et Godric dégringola dans l'escalier, poussant un grognement quand il atteignit la base des marches. Il cligna des paupières, essayant de chasser de sa vision les taches noires qui rapetissaient puis grandissaient tour à tour. La douleur au corps, il avança à quatre pattes et son regard monta frénétiquement en haut des marches.

— Émily ! Simpkins ! hurla-t-il. Protégez Katherine !

Il pria pour que sa femme l'entende. Pourquoi personne ne venait-il l'aider ? Où étaient Simpkins et les autres ? N'entendaient-ils pas ce vacarme ? Godric avait gravi la moitié des marches quand il vit l'homme se jeter sur la porte de la nursery qui, heureusement, refusa de céder.

— Ouvrez cette porte ! cria l'homme.

Seul le silence lui répondit. Bien... Émily avait entendu sa mise en garde. L'homme siffla et braqua le pistolet vers lui.

— J'étais ici pour vous et l'enfant, mais vous allez faire l'affaire pour le moment. Mettez-vous à genoux pour que je vous attache les mains.

Godric ne voulait pas obéir, mais Émily et Katherine avaient besoin d'être en sécurité et elles le seraient davantage s'il partait. Il tomba lourdement à genoux et leva lentement les mains. Il entendit l'homme trépigner derrière lui pendant quelques secondes de le frapper avec un pistolet. L'explosion de douleur lui tira un grognement. Sa vision se brouilla et il s'écroula à terre.

— Émily...

Il leva une main vers la porte fermée de la nursery, les doigts tendus vers les trois vies en sécurité derrière le chêne impénétrable. Le regard sombre, l'homme se dressait au-dessus de lui.

— Vous êtes solide, je vous l'accorde, marmonna-t-il.

Puis il leva sa botte et l'abattit rapidement sur le visage de Godric. Tout devint noir.

❧

Tenant Kat dans ses bras, Émily trembla quand elle entendit Godric crier une mise en garde. Elle glissa le loquet en place pour verrouiller la nursery. Le martèlement soudain et les cris étouffés de ceux qui se trouvaient à l'extérieur la firent sursauter. Ce n'était pas son mari.

— Maman... Je veux Maman, murmura Kat dont les petites mains s'enfoncèrent dans les bras d'Émily.

— Je sais. Maman est en sécurité, mais nous ne le sommes pas. Chut. Tu dois rester discrète. C'est compris ?

Les joues de Kat étaient maculées de larmes, mais elle hocha la tête.

Émily porta Kat en travers en travers de la pièce vers une des grandes commodes dans le coin. Elle ouvrit le tiroir du haut, inatteignable par les mains curieuses de Kat, et farfouilla dans les couvertures de bébé jusqu'à ce que ses doigts frôlent le métal froid.

Le son du cri de douleur de son mari venant de l'autre côté de la porte de la nursery la fit se figer. Son cœur faillit s'arrêter de battre. Elle tira un pistolet des plis des couvertures.

Godric...

Elle n'osa pas respirer. Ils s'étaient fait une promesse. Quoi qu'il arrive, elle devrait protéger Katherine et leur enfant à naître à n'importe quel prix, même si cela signifiait le laisser en danger. C'était une promesse à laquelle elle n'avait pas envie d'obéir, mais elle n'avait pas le choix. Elle braqua le pistolet vers la porte et patienta.

On n'entendait plus rien dehors, mais elle ne parvint pas à se contraindre à ouvrir la porte. Et si l'intrus attendait qu'elle se manifeste ?

— Je veux Maman, murmura à nouveau Kat contre le cou d'Émily.

— Je sais, je sais, susurra Émily qui referma le bras autour du corps de Kat alors qu'elle s'accroupissait à terre pour patienter.

Les seuls sons qu'elle entendait à présent étaient le tic toc lancinant de l'horloge et son cœur qui se fracturait alors qu'elle craignait pour la vie de Godric.

❧

Tenant Audrey dans ses bras, Jonathan Saint-Laurent plaquait d'agréables baisers sur ses lèvres alors qu'elle s'endormait enfin. Il la plaça tendrement sous les couvertures et souffla les bougies. Elle lui attrapa la main quand il voulut se redresser du lit.

— Je reviendrai, ma belle, dit-il.

Elle laissa retomber sa main sur les draps.

Il quitta le lit et enfila ses vêtements dans le noir, puis il sortit de la chambre à coucher et descendit les marches, espérant se trouver un verre de brandy. Il avait terriblement de mal à s'endormir depuis qu'Ashton leur avait dit à tous qu'ils couraient un danger imminent. Il ne craignait pas pour sa propre vie, mais il avait peur pour son frère et ses amis, et plus important encore, pour Audrey. Elle avait déjà été visée par Hugo par le passé, simplement pour faire du mal à la Ligue, chose qu'il refusait de réitérer.

Quelque chose clochait. Il y avait un changement dans l'air, comme une tempête qui s'approchait. Il se glissa discrètement dehors, espérant que l'air frais lui éclaircisse les idées. Son passé de domestique lui avait enseigné à avoir le pas léger et se faire aussi discret qu'une petite souris. Même son propre personnel était rarement capable de le débusquer quand il ne voulait être ni vu ni entendu. Il sortit dans la rue pour regarder la chaussée éclairée par la lune. Une calèche stationnait devant la maison de Godric. Les deux hommes portaient un corps. Ils le hissèrent dans le véhicule qui se dirigea alors vers sa propre maison.

— Non...

La fin était arrivée plus rapidement qu'aucun d'entre eux ne l'avait anticipé. Il se cacha derrière les hauts rhododendrons près des marches de son perron, mais la calèche passa devant lui sans s'arrêter. Jonathan se tourna à nouveau vers la maison de Godric puis vers la calèche, déchiré entre l'envie de voir si tous les occupants de la demeure allaient bien et la crainte que Godric ne se trouve dans cette calèche et ait besoin de lui.

Il entendit la voix d'Ashton dans son esprit. *« Si Hugo voulait nous assassiner, nous serions tous morts. Même ses attaques n'ont été que des feintes. Il n'essaiera pas non plus de nous leurrer pour qu'on se retrouve tous ensemble au même endroit. Mais il nous voudra tous ensemble et il voudra que ce soit violent. Vous devez les laisser vous emmener. Ce sera plus sûr pour tout le monde si nous nous rendons. Rappelez-vous : la partie n'est pas encore terminée. »*

— Alors, je dois être le pion qu'Hugo n'a pas pris en compte, se dit Jonathan. Il n'est pas venu m'enlever.

Il se mit à courir, ne perdant pas des yeux la calèche qui avançait lentement. Tant qu'elle n'accélérait pas, il serait peut-être capable de la suivre. Il pria seulement pour que la Ligue survive à cette nuit. Le mal ne devait pas triompher.

LES PIONS SUR LE PRÉCIEUX ÉCHIQUIER DE MARBRE BRILLAIENT à la lumière du feu. Ashton le contemplait, l'esprit libéré de toute pensée alors qu'il se concentrait sur son jeu. Le roi blanc était à découvert, sans cavalier positionné pour le protéger.

C'était une métaphore. La partie symbolisait sa lutte contre Hugo, mais il n'irait pas jusqu'à assimiler le jeu à leur véritable situation. Cela dit, ça lui fournissait un point de comparaison. Il se représentait Hugo s'adonnant à un jeu similaire, parce que c'était ainsi qu'il voyait le monde. Des objets à déplacer, des stratagèmes à enclencher, des pions à sacrifier.

Ashton repensa à la conversation privée qu'il avait eue avec Lily avant le début du petit-déjeuner de mariage.

— Vous savez ce qu'il veut.

Lily hocha la tête.

— La mort de Charles. Une fois qu'il aura suffisamment souffert.

— Et il souhaite le faire en personne.

— En dernier lieu, oui, acquiesça-t-elle.

— Comment pensez-vous qu'il s'y prendra ? Comment se représente-t-il la souffrance ?

Lily hésita.

— En vous tuant tous devant lui, sans qu'il soit capable de s'y opposer.

Ashton hocha la tête.

— C'est correct. C'est une guerre mentale. Ça l'a toujours été.

Il marqua un temps d'arrêt. Lily écoutait attentivement. Elle ne cédait pas au désespoir, mais attendait simplement d'avoir quelque chose à dire. Il comprenait pourquoi Hugo l'avait trouvée utile.

— Les coups, les stratagèmes, même les joueurs doivent être vus à travers ce prisme. Tous les coups d'Hugo durant cette phase finale seront calculés pour retirer quelque chose à Charles, pour le blesser tout en le laissant incapable de riposter de peur d'en perdre davantage. Il lui restera toujours juste assez d'espoir pour croire que les choses puissent se terminer

différemment, jusqu'à ce qu'il ne lui reste rien et rumine toutes les fois où il aurait dû agir sans l'avoir fait. Il se reprochera toutes les tragédies qui lui arriveront. Alors seulement, Hugo le tuera.

La résolution de Lily défaillit et elle baissa les yeux. Il ne pouvait pas le lui reprocher. Être à l'intérieur de l'esprit d'Hugo l'avait rendu malade, mais ça avait été nécessaire. Le passé avait toujours été la clé. Une fois qu'Ashton avait compris les motivations d'Hugo, le reste s'était mis en place et une faiblesse était apparue.

Ashton lui leva le menton du bout des doigts.

— Mais... s'il vous perd en premier...

Lily déglutit, mais ne prononça pas un mot.

— Comprenez-vous ce que je vous dis ?

Elle tourna le regard vers l'endroit où Charles discutait avec quelques invités. Comprenant la gravité de la situation, elle plissa les paupières.

— Oui.

Le courage de Lily avait impressionné Ashton. Rares étaient les hommes qui auraient accepté si facilement un tel sacrifice, mais elle n'avait pas hésité.

La porte de son étude s'ouvrit et un grand homme brun apparut dans l'encadrement de la porte. Un pistolet à deux canons brilla à la lueur du feu. Ashton se redressa lentement et glissa le pion dans la poche de son gilet. À l'étage, Rosalind dormait en sécurité. Par précaution, il avait verrouillé la serrure de l'extérieur et glissé la clé sous sa porte, mais la vérité était qu'il ne s'était pas attendu à ce qu'il arrive quoi que ce soit avant au moins plusieurs jours.

— Vous êtes en avance, dit calmement Ashton à l'homme qui se tenait sur le seuil.

Il reconnut un de ses garçons d'écurie... ou plutôt un des espions d'Hugo qui avait passé deux ans ici à son service. Hugo avait donc positionné ses gens longtemps avant qu'ils n'aient eu conscience de son retour.

— Vous n'allez pas résister ? demanda l'homme.

— Je ne préférerais pas, Baxter, si ça ne vous fait rien. Qui plus est, vous avez besoin que je reste en vie.

— Effectivement, dit l'homme avec un mouvement du pistolet. J'étais censé vous brutaliser un peu, mais je pense qu'on va pouvoir éviter. En souvenir du bon vieux temps. Allons-y. Il vous veut en place avant minuit.

— Très bien.

Ashton sortit du grand salon.

Dans sa poche, la reine blanche parut s'alourdir au fil des pas.

— Baxter, si je puis vous demander, quelle est votre impression sur cette mission ?

— Que voulez-vous dire ?

— Vous me connaissez depuis deux ans et avez été mon garçon d'écurie, parfois mon valet de pied. Quelle raison pensez-vous que possède Hugo pour agir contre nous ? Ne m'avez-vous jamais perçu comme une menace pour le pays ?

— Ce n'est pas à moi de le dire, Monsieur. Mais avec toutes les réunions secrètes et les aventures que vous avez eues un peu partout, je pense que vous devez mijoter un mauvais coup.

Ashton contint un petit rire. Cela confirmait du moins sa conviction qu'Hugo avait persuadé ses hommes que la Ligue était dangereuse.

— Je vous l'accorde.

Ce soir, il se confronterait à la noirceur du cœur d'Hugo Waverly et la Ligue serait testée comme elle ne l'avait encore jamais été. Son esprit le ramena à la rivière, l'obscurité, les profondeurs qui l'aspiraient et la crainte que ce qui s'était passé cette nuit-là se répète.

J'ai fait de mon mieux pour prédire tous les coups. La partie ne dépend plus de moi, à présent. Faites que j'ai raison ! La reine blanche pourrait bien être la clé de tout.

27

Du bout des doigts, Charles caressa les joues de Lily. Il s'imaginait vieillard, la tenant encore dans ses bras, émerveillé par la chance d'avoir une vie longue et heureuse avec elle. Elle le regarda ; ses yeux étaient du bleu le plus pur qu'il avait jamais vu.

Il attira son corps sous le sien, la couvrant de doux et lents baisers. Elle inclina la tête en arrière, exposant sa gorge, et il fit courir le bout de ses doigts le long de la colonne délicate, jusqu'à sa clavicule. Elle poussa un soupir rêveur et il caressa ses bras de haut en bas tout en lui mordillant la gorge. Chaque fois qu'il la mordillait amoureusement, elle pouffait puis gémissait. Il fit descendre une main jusqu'à ses seins et les explora. Les pointes de ses mamelons rose pâle étaient parfaites et il descendit le long de son corps pour pouvoir les prendre dans sa bouche, les suçant jusqu'à ce qu'elles durcissent et que la respiration de Lily s'accélère.

Charles aurait voulu s'attarder sur chaque centimètre de sa peau, apprenant les endroits secrets qui la faisaient gémir et crier son nom. Les endroits chatouilleux sur son bas-ventre, la courbe de ses hanches et la peau délicate derrière ses genoux... Tout était un cadeau pour lui, une chose précieuse dont, il le craignait, il n'aurait guère le temps de profiter.

— Voulez-vous que je vous fasse l'amour, mon épouse ? murmura-t-il.

Elle leva la tête de son oreiller et hocha lentement le menton.

— Oui... mon époux.

Elle murmura ce mot avec hésitation, comme une enfant qui craignait de parler de Noël de peur qu'il ne vienne jamais. Mais elle n'aurait jamais besoin de s'inquiéter. Il resterait son mari aussi longtemps qu'il respirerait. Il se cala sur ses talons et la hissa contre lui. Elle avait moins peur, à présent, et s'enhardissait maintenant qu'elle savait qu'il n'y aurait que du plaisir entre eux.

Elle le regarda la pénétrer lentement puis gémit si doucement qu'il se crispa, ayant désespérément envie de faire durer son dernier orgasme. Il voulait se prélasser à la chaleur qui paraissait émaner d'elle alors qu'elle s'abandonnait au plaisir et oubliait toute peur. Lily saisit le coussin de part et d'autre de sa tête, cambrant le dos, ses seins parfaitement exposés alors qu'il la prenait et qu'à son tour, elle le prenait comme aucune autre femme ne l'avait jamais fait.

Je suis à vous, je serai toujours à vous.

Il trembla quand elle explosa sous lui, puis il la suivit dans la dégringolade du plaisir. Il eut un éblouissement alors qu'il s'abandonnait à leur passion partagée. Au plus profond de son âme, il espérait qu'ils viennent de créer une vie, que quelque chose de lui demeure s'il ne devait pas survivre à ce qu'avait prévu Hugo.

— Je vous aime.

Les mots tremblèrent sur ses lèvres alors qu'elle se trouvait au bord des larmes, comme si elle craignait de ne plus jamais avoir l'occasion de les prononcer.

Il baissa la tête et couvrit ses lèvres avec les siennes, souhaitant effacer la douleur qu'il lut sur son visage. Le danger était imminent ; il le sentait tout en restant étrangement calme. Un peu comme un condamné à mort que l'on aurait rassasié avec un glorieux soleil levant : les couleurs brillantes, les cieux resplendissants, tout le spectacle. Il se serait gorgé de la magnificence de ces derniers aperçus. C'était ce qu'il ressentait avec Lily. Il allait l'aduler et emporterait ce souvenir avec lui au combat comme un bouclier.

Elle s'endormit et il l'étreignit pendant un long moment avant de se glisser hors du lit pour s'habiller. Quoi qu'ait pu lui dire Ashton, il sentait au fond de lui que ce qui allait arriver se produirait ce soir, et il voulait être prêt.

Il venait de boutonner son gilet quand la porte de sa chambre commença à pivoter. Quand elle s'ouvrit, il leva les poings, s'attendant à... eh bien, il ignorait complètement ce qui allait franchir le seuil.

Quand il l'ouvrit, un homme qu'il reconnaissait se tenait devant lui.

— Alors, c'est vous, dit-il à Daniel Sheffield.

À la lumière des bougies, le sourire sombre de Daniel avait l'air lugubre.

— Il ne fait confiance à personne d'autre pour vous amener jusqu'à lui.

Il n'avait pas d'arme. Charles se tendit. Il se demandait s'il serait capable d'arrêter cet homme durant un combat s'ils en arrivaient là. Il n'avait pas son égal en tant que boxeur, mais en même temps, il n'était pas un assassin. Lily l'avait battu à l'escrime parce qu'elle savait quand enfreindre les règles.

— Vous ne me résisterez pas, dit Daniel sans la moindre arrogance, mais avec une assurance calme.

Charles ne baissa pas les poings.

— Ah non ?

— Vous pouvez faire semblant, mais nous savons tous les deux que vous allez venir. Parce que les autres l'ont fait. Parce que vous savez que je ne suis pas réellement seul. Et parce qu'il a l'enfant.

Tous les muscles du corps de Charles se raidirent et il coula un regard vers le lit derrière lui. Heureusement, Lily ne s'était pas réveillée. Il ne pouvait pas laisser quoi que ce soit arriver à cet enfant.

— Très bien.

Charles baissa les poings puis Daniel et lui quittèrent la chambre alors que Lily était toujours perdue dans ses rêves.

Daniel avait une calèche stationnée dehors et Charles le suivit à l'intérieur. Le véhicule démarra sans qu'ils prononcent la moindre parole. Daniel observait les rues à travers la vitre et Charles regardait ses mains jointes devant lui. Ses doigts tremblaient légèrement, chose qu'il dissimula facilement en les serrant fort l'une contre l'autre.

— Vous dites que les autres sont venus de leur plein gré ? demanda Charles.

Daniel lui adressa un demi-sourire.

— Je n'ai jamais dit ça. Mais ça a été bien trop facile de tous vous capturer. Bien sûr, on s'y attendait.

— Ah oui ?

— Sir Hugo est plus rusé que vous le croyez, Lonsdale. Il avait anticipé dès le début le projet d'Ashton de vous laisser capturer facilement.

Charles se pencha en avant.

— Qu'a-t-il contre vous, Sheffield ? Ou bien a-t-il acheté votre loyauté ? lui demanda-t-il sans colère, mais avec curiosité.

— Il ne me possède pas et ne m'a pas acheté. Il m'a sauvé à une époque où je ne pensais pas pouvoir l'être. Cette sorte de dette est bien plus forte.

— Je comprends.

Charles songea aux dettes qu'il devait à tous les membres de la Ligue ainsi qu'à Peter. Certaines ne pourraient jamais être repayées.

— Vraiment ? demanda Daniel d'un ton dénué de sarcasme, mais laborieux.

Charles trouvait à présent plus facile de parler du passé. Ce genre de secrets était sans importance quand on se retrouvait ainsi face à la mort.

— J'ai commis une erreur idiote quand j'étais jeune et ça a dérobé son père à Hugo. Puis j'ai perdu mon propre père dans cette histoire. Ça a juste mis plus longtemps à arriver. Mais qu'on ait perdu tous les deux nos pères ne lui a pas suffi. Vous a-t-il raconté qu'il avait essayé de me noyer à Cambridge ?

Daniel garda le silence pendant un moment avant de reprendre la parole.

— Oui, mais si je peux me permettre, je serais curieux d'entendre votre version.

— C'est un coup du sort qui nous a rapprochés. J'avais un ami, Peter, un de mes rares amis à l'université. Il s'est avéré que c'était également un ami d'Hugo. Une fois, il nous a fait nous rencontrer, pensant qu'on s'entendrait bien. Il ne savait pas qu'on avait un passé en commun. Quelque chose dans ces retrouvailles l'a fait exploser. Cette nuit-là, Hugo m'a traîné hors de ma chambre et m'a ligoté les mains et les poignets.

Charles se frotta les poignets, sentant les cordes aussi clairement que quinze ans plus tôt.

— Il m'a entraîné dans les bas-fonds de la rivière Cam et m'a attaché à une lourde pierre. Je n'avais aucune chance de m'en sortir.

Tout en parlant, il était transporté en arrière, sentant l'eau l'engloutir alors que ses cris à l'aide lui éraillaient la voix.

— Peter Maltby est venu à mon secours. C'était l'un des meilleurs hommes que j'ai jamais connu. Il est mort en me sauvant. Mes autres amis sont arrivés et m'ont tiré hors de l'eau, mais Peter était perdu. J'avais dérobé une autre vie à Hugo.

Il marqua un temps d'arrêt pour inspirer lentement et douloureusement.

— Je dois tout à mes amis pour m'avoir sauvé.

Daniel resta silencieux pendant un long moment alors que son regard soutenait celui de Charles.

— Il va vous tuer ce soir.

— Je sais.

Daniel marqua un temps d'arrêt comme si cela lui faisait mal physiquement de divulguer une partie des plans de son maître.

— Non. Pas vraiment.

— Et ma femme ? demanda Charles.

— Saine et sauve. L'enfant et elle auront le droit de vivre. Vous avez découvert son mensonge, alors ?

— Oui, mentit-il.

Il n'allait quand même pas admettre qu'elle lui avait avoué les projets d'Hugo ou qu'elle était à présent de son côté. Mais était-ce possible qu'il le sache déjà ? Et si les paroles de Daniel n'étaient qu'un stratagème pour le forcer à coopérer ?

La calèche s'arrêta et ils en descendirent. Ses épaules s'affaissèrent quand il reconnut l'entrée des tunnels de Lewis Street. Daniel lui coula un regard qui trahissait son hésitation. Charles lui attrapa le bras, espérant trouver le moyen d'en appeler à son honneur.

— Je vous en prie, ne lui laissez pas faire de mal à l'enfant ou à Lily. Ils sont innocents. J'ai besoin de savoir que quoi qu'il arrive, ils échapperont à son courroux.

Les yeux brun foncé de Daniel le scrutèrent.

— J'ai passé ma vie à servir mon pays et à repayer l'homme qui m'a sauvé la vie, mais durant l'année qui vient de s'écouler, je l'ai vu succomber à sa propre folie. Vous avez ma parole que je ferai tout ce que je pourrai pour eux.

Il pinça froidement les lèvres, mais sa frustration semblait intériorisée.

— Merci.

Charles lâcha le bras de Daniel et ils descendirent dans les tunnels – qui étaient étonnamment vides – un peu comme lorsqu'ils avaient secouru le comte de Kent. Les hommes d'Hugo avaient probablement vidé les lieux. Peut-être étaient-ils présentement dissimulés dans les ombres, s'assurant que personne n'interrompe cette rencontre privée.

Quand ils atteignirent un des espaces ouverts qui contenaient les rings de boxe, Charles pila net. Hugo se tenait sur le ring du milieu.

— Bienvenue, Charles, dit Hugo en riant. J'ai organisé une petite fête ici ce soir, et vous êtes l'invité d'honneur.

Il fit signe à Charles de regarder plus loin.

Derrière lui, dans les hautes cellules en métal généralement vides, se trouvaient ses amis. Ashton se dressait dans la cellule du milieu, plaqué contre les barreaux, fier et sans peur. Derrière lui, Cédric était assis par terre. Il se tenait l'arrière du crâne en poussant des grognements. Dans la seconde cellule, Lucien, le visage tuméfié, était avachi contre le mur, à peine conscient. À côté de lui, un Godric furieux était également assis. De la sueur et du sang coulaient le long de son front. Ashton referma les doigts autour des barreaux. Il posa sur Charles des yeux bleus intensément tristes.

— Je suis désolé, murmura celui-ci assez fort pour qu'ils puissent l'entendre.

Hugo se contenta de ricaner.

— Allons, je n'ai jamais dit que c'était une fête surprise. Vous vous y attendiez autant que j'avais hâte d'y être. Vous saviez qu'ils seraient là, parce qu'ils portent autant que vous la culpabilité de leurs péchés.

Charles se tenait aux abords du ring de boxe. Le désespoir l'enveloppait comme un suaire. Et si Hugo avait anticipé les moindres mouvements d'Ashton ? Tous ces préparatifs avaient-ils été en vain ?

— Où est-elle ? L'enfant ? demanda Charles qui ne vit pas Katherine parmi eux.

— Elle est en sécurité, dit Godric d'une voix rauque. Émily est avec elle.

— Silence ! hurla Hugo. Ou je vous ferai abattre avant le moment venu.

Dieu merci, Kat est en sécurité ! Tous les plans d'Hugo ne s'étaient donc pas déroulés comme prévu. Il en tirait un certain plaisir. Ça prouvait qu'Hugo était faillible et raviva chez Charles sa foi dans le plan d'Ashton.

— Le temps est venu, Charles. Après ce que vous avez fait à mon père, à Peter... Il est temps pour vous de payer. Chacun paiera de son sang. Le prix du péché, intérêts comptants.

Une lueur de triomphe illuminant ses yeux sombres, Hugo se tourna vers la Ligue emprisonnée. Ashton s'avança, faisant de son mieux pour protéger Cédric et les autres.

— Ça ne fonctionnera pas, Hugo. Vous essayez de nous déchirer, comme vous l'avez toujours fait. N'avez-vous pas compris que ça fera que nous rendre plus forts ?

— Vraiment ? demanda Hugo. Ou bien vous ai-je miné si graduellement que vous ne voyez même pas où vous allez vous briser ?

L'âme de Charles vola en éclats comme de la glace sur une rivière au cru rapide. Il ne survivrait pas à leur perte. Il entra sur le ring et tendit les bras, s'exposant.

— Prenez-moi ; tuez-moi.

Hugo se tourna vers Ashton et sourit.

— Vous allez craquer.

Charles regarda chacun de ses amis. Il aurait fait n'importe quoi pour qu'ils connaissent une journée de plus auprès de leurs épouses, de leurs familles. Il donnerait sa vie sans la moindre hésitation pour leur offrir quelques secondes de bonheur supplémentaires. Il le leur devait. Il leur devait tout.

— C'est moi que vous voulez, Hugo. Ça n'a toujours concerné que nous deux. Tuez-moi et qu'on y mette fin.

— Bruyant et impulsif. Toujours aussi téméraire. Vous n'apprenez jamais votre leçon, Charles.

Face à lui, Hugo arpenta la pièce tel un lion attendant d'être libéré de sa cage. Son regard exprimait une assurance horrifiante.

— Et comme vous le verrez, la souffrance est le meilleur des professeurs.

Hugo tourna le dos à Charles et observa les rebelles emprisonnés d'un œil froid et spéculatif. Se sentant en danger, les hommes emprisonnés se braquèrent.

Ashton ne retira pas les yeux d'Hugo. Lucien se redressa difficilement, comme le firent Godric et Cédric. Aucun des deux ne voulait mourir à genoux. Daniel les observait depuis les abords du ring, les bras croisés, le visage impassible.

Que puis-je faire pour les sauver ? Charles ne s'était jamais senti aussi impuissant, à part pour cette nuit dans la rivière. Le passé se répétait, mais cette fois, ils ne pouvaient pas nager jusqu'au rivage opposé.

— Lennox, Rochester, Essex, Sheridan... Lequel vous soutiendra, à présent ? Il vous a apporté la mort et la ruine. Vous ne voulez certainement pas rester à son côté, dit Hugo d'un air méprisant.

Puis son expression changea.

— Je me sens magnanime. Sa vie est perdue, mais la vôtre n'est pas obligée de l'être. Je vous offre vos vies, *si* vous renoncez à lui et vous en allez.

— Faites-le ! les pria Charles.

Les larmes lui brûlaient les yeux.

— Partez... *Je vous en prie.*

Ashton décocha à Charles un regard que celui-ci ne parvint pas à lire. Puis Ashton inclina la tête comme s'il pesait la proposition d'Hugo.

— Vous n'avez jamais compris ce qu'est une véritable amitié, n'est-ce pas, Hugo ?

— Oh, la ferme, Lennox. Vous avez été battus. Vous allez *tous* mourir ce soir à moins que vous n'acceptiez de partir. À présent, si vous vous demandez pourquoi vous devriez me croire, envisagez ceci : devoir expliquer la disparition de tant d'aristocrates est un immense dérangement pour moi. Abandonnez Charles à son destin et je n'aurais plus rien à faire avec vous, parce que je sais que vous n'agirez jamais contre moi. Si vous le faites, votre complicité deviendra publique. C'est pour ça que je n'ai rien à craindre de vous. Bien entendu, j'espère que vous resterez parce que j'apprécierai vraiment de voir la lumière disparaître de vos yeux.

Ashton ricana doucement, comme si la proposition de Hugo l'amusait.

— Toutes ces années, vous nous avez détestés, mais pas parce que vous avez perdu Peter ou votre père. Vous avez attisé votre propre haine parce que vous saviez que vous n'auriez jamais ce que Charles a connu ce soir-là. L'amour, l'amour venant d'inconnus. Notre lien est basé sur l'amour et le sacrifice, quand c'est nécessaire.

— Vous *osez* parler d'amour ? Peter était mon ami. Je l'aimais et votre bande d'idiots me l'a pris ! C'était mon seul ami, le...

— *Il était mon ami aussi !* s'écria Ashton dans une étonnante explosion de rage. Et il est mort en essayant de sauver l'ennemi que vous détestez le plus. Ça n'a fait que décupler votre haine envers Charles, mais ce que vous auriez dû voir depuis le début était ce que signifiait vraiment la mort de Peter. Cette nuit-là, il n'essayait pas de sauver Charles. Il essayait de vous sauver *vous*.

Ashton s'interrompit pour inspirer profondément.

— Parce qu'il savait, en tant que votre unique ami, que votre âme ne survivrait jamais au meurtre de votre propre frère.

Les poumons de Charles se vidèrent. Soudain, il eut le vertige et tituba. Qu'avait voulu dire Ashton par-là ? Son frère. Non. Ils n'étaient pas... Ils ne pouvaient pas...

Il dévisagea Hugo, observant les contours de son visage, y cherchant une familiarité. À sa grande horreur, il la trouva. Hugo était une version brune du père de Charles. Il n'avait pas voulu voir la vérité, avait empêché ces pensées de faire surface un jour. Pourtant, en rencontrant Kat, n'avait-il pas juré avoir décelé un peu de lui-même dans son petit visage ?

Je suis son oncle.

Hugo accueillit les paroles d'Ashton par des applaudissements lents et délibérés.

— Demi-frère. C'est important d'être précis, non ?

Il se remit à faire les cent pas, mais paraissait toujours se contrôler parfaitement.

— Son bâtard de père a séduit ma mère et elle m'a eu. Pourtant, mon véritable père m'a élevé, m'a *aimé*. Il est mort en protégeant mon honneur.

Hugo regarda à nouveau Ashton.

— Honnêtement, lequel de nous espériez-vous déstabiliser par cette révélation ? Seul Charles ne paraissait pas au courant. Et nous ne sommes *pas* frères, même si le sang nous relie.

Charles était parfaitement d'accord. Ce n'était pas le sang qui faisait des frères, mais l'amour. Les hommes emprisonnés dans ces cellules étaient ses véritables frères.

Hugo s'arrêta de faire les cent pas et braqua un regard lent et délibéré sur Charles.

— Puisque vos amis rechignent à renoncer à vous, je n'ai pas d'autre choix que de les tuer. C'étaient les règles, après tout.

Charles ne dit rien. Que pouvait-il dire qui n'aggraverait pas son cas ?

— Le sang devrait peut-être compter pour quelque chose, poursuivit Hugo comme s'il envisageait une nouvelle possibilité. Choisissez-en un. Choisissez lequel de vos amis pourra partir et je choisirai lequel tuer. Un échange équitable, ne trouvez-vous pas ?

Charles serra les dents si fort qu'il eut l'impression de les réduire en poudre.

— Hugo, je vous dirais bien d'aller en enfer, mais il semble que vous y régniez déjà.

Hugo afficha un sourire moqueur.

— Ne choisissez personne et j'en tuerai deux.

— *Que voulez-vous de moi ?* cria Charles. Ma vie ? Je me jetterai sur votre épée. Mon titre ? Vous êtes l'aîné. Je vous le cède.

— Même si c'était en votre pouvoir, je ne veux rien de vous. Faites votre choix, mon *frère* et je ferai le mien.

Charles regarda successivement ses amis captifs puis Hugo.

— Je...

— Ça ne comptera pas, dit Ashton. C'est une ruse. Choisissez de faire partir l'un de nous, Charles, et c'est celui qu'il choisira de tuer. Quoi qu'il dise, ça sera un leurre.

Les épaules d'Hugo s'affaissèrent et il soupira.

— Oh, par Dieu, pourquoi devez-vous *toujours* tout savoir ? Choisissez, Charles, ou Ashton mourra en premier.

Charles ferma les yeux et inspira profondément. Il se tourna vers Hugo.

— Je choisis... de vous présenter mes excuses.

Ashton sourit et Hugo cligna des paupières.

— Quoi ?

— Je sais que ça ne changera rien, que vous avez pris votre décision. Je sais que rien ne vous satisfera à part ma mort, mais...

je suis désolé. Je suis désolé d'avoir défié votre père en duel. Je suis désolé d'avoir causé sa mort et celle de Peter. Si je pouvais revenir dessus, je le ferais. J'aurais trouvé un autre moyen de protéger votre mère de cet homme que vous teniez pour père. Je suis désolé pour la douleur que vous avez subie.

Hugo commença à perdre le contrôle. Il se dirigea vers Charles et le frappa du revers de la main. Celui-ci ne résista pas et accusa le coup sans flancher. Pour la première fois depuis leur arrivée, Hugo se mit à trembler de colère.

— Vos excuses ne signifient *rien* ! rugit Hugo. Vous pensez que vous allez vous en sortir avec des *mots* ? Vos mots ont tué les gens les plus proches de moi. Et à présent, ils ont scellé le destin de vos proches. Daniel, un pistolet.

Hugo lui adressa un geste impérieux de la main et Daniel tendit un pistolet chargé. Hugo l'examina brièvement puis braqua le canon vers les hommes dans les cellules.

— Non !

La voix de Charles résonna dans la caverne. Il bondit en travers du ring, se plaçant entre les yeux d'Hugo et ses amis.

— Arrêtez ça, Hugo. Laissez-les en dehors de tout ceci.

— Charles, non ! cria Godric derrière lui.

— Charles, vous ne faites que prolonger votre douleur, dit Hugo comme s'il expliquait la situation à un enfant. Ne le voyez-vous pas ?

Charles eut un éclair d'inspiration.

— Tout ça a commencé parce que j'ai lancé un défi. Que ça se termine pareil ! Je vous défie, Hugo.

Hugo émit un son moqueur.

— En duel ?

— À un match de boxe. Vous vous croyez meilleur que moi ? Alors, prouvez-le. Réglons ça, juste vous et moi. Ou bien êtes-vous trop lâche, mon *frère* ?

Il appuya sur ce mot, voulant détourner la colère d'Hugo de ses amis pour l'attirer sur lui.

Hugo découvrit ses dents en une grimace animale.

— Comme vous voulez.

Il rendit le pistolet à Daniel et adressa à son lieutenant un signe du menton à peine perceptible. Daniel fourra le pistolet dans sa redingote et dépassa Charles. Soudain, il se retourna et plongea en avant.

La douleur transperça le bas du dos de Charles. Il grogna et ses jambes tremblèrent quand Daniel l'attrapa par les épaules, le tenant avec un bras alors que l'autre s'enfonçait douloureusement dans ses reins. Charles pouvait sentir la lame d'un couteau à l'intérieur de lui. Daniel l'avait *poignardé*.

Pendant un moment, Charles frissonna en se plongeant dans le regard de Daniel, sentant l'acier froid fondre sous le coup d'une souffrance chauffée à blanc. C'était mal venu, étranger. Il était mort ! Dans un moment de détachement étrange, il se demanda combien de temps il mettrait à se vider de son sang.

Il avait vaguement conscience des cris de ses amis qui secouaient leurs cages en métal en essayant de venir le rejoindre. Pourtant, il ne parvenait à se concentrer que sur le fait qu'il avait été tué par l'homme qui avait promis de protéger Lily et Katherine de Hugo. Il avait été stupide de croire qu'il pouvait lui faire confiance.

Il avait envie de fermer les yeux, de se rendre immédiatement pour mettre un terme à tout ceci. Il ne remporterait pas le combat, pas avec une blessure mortelle. C'était trop, même pour lui.

Daniel s'approcha pour murmurer contre son oreille d'une voix basse étonnamment claire.

— Ce n'est pas mortel, Lonsdale. Vous pouvez y survivre. Alors, luttez. Mettez un terme à tout ça, pour nous tous.

Puis il fit un pas en arrière, une dague ensanglantée à la main.

— Charles ! cria Ashton d'une voix terrifiée.

Charles tituba et plaqua la main sur la blessure dans son dos. Quand il retira sa main, elle était couverte de sang. Il leva les yeux vers Hugo qui se contenta de sourire.

— Vous... Vous ne pouvez même pas m'affronter en combat équitable.

Charles essaya d'ignorer la façon dont ses muscles se contractaient autour de la blessure, chose qui lui coupait les jambes.

— Je n'ai jamais accepté de combattre *équitablement*.

Hugo retroussa ses manches et adressa un geste de la main à Charles, l'invitant moqueusement à attaquer.

— Venez. Battez-vous pour les vies de vos amis. Ils comptent tous sur vous.

Essayant de réprimer la douleur causée par sa blessure, Charles leva les poings. Il respirait plus difficilement. Sentant le sang chaud dégouliner le long de son dos, il savait qu'il ne lui restait probablement guère de temps.

Ce n'est pas différent des autres matchs. Bats-toi contre lui avec tout ce qu'il te reste.

Il priait simplement pour que ça soit suffisant.

28

Lily rêvait de baisers et de doux mots d'amour alors que Charles et elle regardaient le soleil se lever à travers les baies vitrées. Son mari se pencha sur elle, ses yeux gris s'illuminant de passion.

Puis le soleil disparut à l'horizon et l'obscurité les engloutit. Charles poussa un cri quand des mains sombres et ténébreuses le tirèrent du lit et l'entraînèrent sous le plancher, qui s'était mué en une rivière glaciale.

— Charles ! cria-t-elle.

Elle se rassit dans le lit. Le lit vide. Charles n'était plus là.

Lily repoussa les couvertures et observa la chambre. Dans l'âtre, le feu s'était éteint et tout redevint silencieux. Charles ne l'aurait jamais laissée, pas ce soir. Pas alors qu'ils attendaient tous qu'Hugo passe à l'acte. Il devait avoir été enlevé. Ils l'avaient tous été.

Mais... aussi rapidement ? Elle avait été certaine qu'Hugo aurait attendu au moins quelques jours. Pourquoi maintenant ? Non, le *pourquoi* n'avait aucune importance. Ce qui comptait était *où*. Elle croyait savoir où il les emmènerait. Un endroit où il serait certain d'avoir de l'intimité et pourrait créer un effet dramatique. Un endroit où Charles penserait qu'il avait une chance de s'en sortir.

Les tunnels de Lewis Street.

Les mains tremblantes, Lily se précipita à l'étage dans son ancienne chambre et ressortit les habits de valet de Tom. Elle avait besoin de l'aisance que lui donnerait son pantalon et son gilet pour courir. Puis elle empocha la chose dont elle était certaine d'avoir besoin ce soir et se précipita hors de la pièce.

J'ai toujours su que je n'aurai pas beaucoup de temps avec lui, mais je n'aurais jamais cru qu'il ne m'appartiendrait qu'une seule journée. Ce n'est pas suffisant.

Puis elle se souvint de sa rencontre avec Ashton.

— CE N'EST JAMAIS SUFFISANT QUAND ON EST GUIDÉ PAR L'AMOUR, dit Ashton. Mais si vous en avez la force, vous pouvez le sauver. Vous pouvez tous les sauver.

Le fantôme d'un sourire apparut sur ses lèvres.

— Y compris vous-même.

Ashton poussa un profond soupir.

— Je n'aime pas jouer aux jeux d'Hugo selon ses termes. Si je le pouvais, je prendrais votre place, mais ce n'est pas moi qui possède le cœur de Charles.

Lily hocha la tête.

— Je comprends.

ELLE LE COMPRENAIT ENCORE. ELLE SAVAIT CE QU'ELLE AVAIT À faire.

Je vous en prie, faites que je n'arrive pas trop tard.

JONATHAN SE DISSIMULA DANS LES OMBRES DE L'ENTRÉE DU tunnel qui donnait sur l'immense caverne contenant des rings de boxe. Il avait dû esquiver certains des hommes d'Hugo qui tenaient les racailles à l'écart, mais ça n'avait pas été bien difficile. À présent, il regardait Charles se battre pour sa vie. Et perdre. Par deux fois, il s'était retrouvé au tapis et par deux fois, il s'était redressé.

À chaque coup de poing, Charles s'affaiblissait. Du sang coulait le long de ses reins, laissant à terre des traces écarlates dégoûtantes alors qu'il luttait contre Hugo. C'était surprenant de voir Hugo se battre. Certes, il était bon, peut-être autant que Charles, mais la blessure au dos de ce dernier l'affaiblissait. Ses pas léthargiques et ses feintes maladroites ne fonctionnaient pas. Encore une fois, il tomba à genoux. Hugo fanfaronna et fit un pas en arrière, le mettant au défi de se redresser.

Jonathan regarda les cages. La Ligue l'observait. Tous étaient silencieux. Jonathan observa tous les hommes des pieds à la tête et se glaça en voyant Godric. Du sang coulait sur le côté de son visage.

Quelqu'un l'attrapa par-derrière, lui prit le bras et le tira en arrière. Il leva un poing pour frapper, mais s'arrêta quand il vit Tom... ou plutôt Lily habillée en Tom.

— Que faites-vous... ?

— Nous n'avons pas le temps. Je vais distraire Hugo. Ne vous immiscez pas. Quoi qu'il arrive, vous devez rester ici. Quand vous verrez une opportunité, libérez les autres, mais n'essayez pas de quitter les tunnels avant que ce soit sûr. Les hommes d'Hugo patrouillent toujours la zone. C'est compris ?

— Comment saurai-je que la voie est libre ?

— Quand Hugo sera parti.

Sur ce, elle se fondit à nouveau dans les ombres.

CHARLES PARVENAIT À PEINE À RESPIRER. SA BLESSURE LUI faisait mal et de la sueur coulait sur son front et dans ses yeux, les faisant brûler. Le poing d'Hugo entra en contact avec sa mâchoire avec un craquement sonore et il s'écroula sur le dos. Ce n'était pas la première fois.

— Ça fait quatre ! triompha Hugo. La vie de Lucien est également perdue maintenant. Quatre chutes, quatre vies. Vous n'aviez qu'à rester debout, Charles, et vous n'en avez même pas été capable. Il est temps de mettre un terme à toute cette histoire.

Cette fois, Charles n'était pas certain de pouvoir se relever. Ses bras étaient lourds comme du plomb et ses muscles se contractaient. Du sang coulait sur son dos, laissant le reste de sa personne glacé, si glacé. Il n'arrivait pas à reprendre sa respiration. Une partie de lui voulait juste rester là, à terre, aspirant de l'air jusqu'à ce qu'il parvienne à se remettre à bouger.

Il tourna les yeux vers ses amis, tous se pressant contre les barreaux. Ashton, Lucien, Godric, Cédric ; ils étaient tous condamnés parce qu'il leur avait fait défaut. Tout parut ralentir et des points blancs colorèrent sa vision.

— Charles !

Soudain, le visage de Lily apparut au-dessus de lui. Ses doigts étaient froids sur son front chaud.

— Vous devez vous relever, dit-elle juste assez fort pour qu'il l'entende. Vous devez vous battre.

Hugo agrippa Lily par le bras et la fit se redresser violemment.

— Enfin, mon espionne est de retour, inattendue, mais fortuite. Vous l'avait-elle dit, Charles ? Elle travaille pour moi.

— Hugo, nous ne sommes pas obligés de faire ça, dit Lily d'un ton implorant. N'a-t-il pas assez souffert ?

Hugo se tourna vers Charles avec un sourire entendu.

— Qu'en pensez-vous, Charles ? Est-ce vrai ?

Charles était parvenu à rouler sur le flanc et se mettre à quatre pattes. Du sang coulait de sa lèvre et se répandait en flaque à terre.

— Non, hoqueta-t-il.

Hugo se retourna vers Lily.

— Ma chère, je suis content que vous soyez venue, quelles que soient vos véritables intentions. Je ne vous en veux pas d'être tombée amoureuse de Charles. J'ai conscience qu'il fait pitié.

Mais vous avez bien travaillé et je tiens mes promesses. Vous aurez votre pension et votre vie tranquille à la campagne.

— Je ne veux pas de votre argent, espèce de monstre, cracha Lily.

Hugo l'ignora.

— Mais j'élèverai votre fille ici, à Londres. Je lui donnerai une vie que vous ne pourriez jamais lui donner. Elle aura les privilèges et le standing qui conviennent à une Waverly.

Le visage de Lily pâlit d'horreur.

— Non... Vous ne pouvez pas.

Daniel s'approcha et voulut chasser Lily du ring, mais elle lui écrasa le pied et frappa son nez du plat de la main. Le voyant momentanément aveuglé, Lily fourra la main dans sa ceinture et en sortit un de ses pistolets qu'elle arma puis braqua sur Hugo.

Hugo lui saisit le bras et lutta avec elle pour prendre le contrôle du pistolet. Lily n'était pas de taille contre la force d'Hugo qui retourna l'arme vers sa poitrine.

Pan !

Le cœur de Charles s'arrêta quand Lily s'écroula.

— Non...

Hugo jeta le pistolet déchargé à terre et s'avança vers Charles avec un regard meurtrier. C'était comme si ce dernier était retourné dans la rivière, l'eau sombre se refermant autour de sa tête, les lourdes pierres l'entraînant vers le bas. Cette fois, personne ne viendrait. Il n'avait plus de miracles en réserve.

Mon monde, mon monde tout entier est détruit.

Écrasant, un désespoir sombre lui déchira la poitrine. Il songea à Katherine, *son* enfant, orpheline de mère, récupérée par Hugo et élevée comme sa fille. Elle avait besoin de lui, maintenant plus que jamais.

La rage électrisa son corps et il se redressa d'un bond. Un rugissement lui échappa des lèvres alors qu'il se jetait sur Hugo. Celui-ci pila net. La rage qu'Hugo avait engrangée au fil des décennies se rétracta et se fit toute petite devant la fureur de Charles. La mort en personne était arrivée et en face d'elle, Hugo Waverly fit l'unique chose qu'il pouvait faire.

Il s'enfuit.

Charles hurla de rage et partit à sa poursuite. Ses bottes étaient couvertes de son propre sang, mais il ne tituba pas sur le sol en pierre brute. Dans l'obscurité, il sprinta à la suite Hugo dont les rares flambeaux illuminaient la silhouette fuyante.

Le sol commença à s'élever sous les pieds de Charles alors qu'ils remontaient la pente. Ils quittaient les tunnels. Soudain, Hugo et lui se retrouvèrent dehors, l'air glacial coupant la respiration de Charles alors qu'il reprenait ses marques. Ils étaient proches de la Tamise.

Haletant, Hugo se laissa glisser au bas de la rive gelée. Haletant, il prenait de l'avance sur Charles. La Tamise avait l'air solide et Hugo fila sur la glace, Charles sur ses talons. Le crépuscule saignait sur le paysage hivernal qui s'étendait devant lui, créant des ombres fantomatiques projetées par la silhouette à peine hors de sa portée.

— Arrêtez ! cria Charles.

La douleur et la rage l'envahirent au point où rien d'autre n'existait en lui. Il était une bête animée par un seul objectif : tuer l'homme qu'il pourchassait.

Le son assourdissant de la glace qui se brisa l'assaillit de tous les côtés, résonnant sur la Tamise. Hugo freina, ses bottes glissant sur la glace. Charles l'imita, tentant d'entendre un autre bruit de semonce, mais il ne fit aucune craquelure visible.

— Ne faites pas un pas supplémentaire, mon frère, le mit en garde Hugo d'une voix ferme et froide.

La rage en lui revint en force.

— Frère ? Vous osez m'appeler ainsi ? Vous m'avez *tout* pris.

Elle était son monde tout entier et Charles serra les poings. Il n'osait pas fermer les yeux. S'il le faisait, il la verrait, son bel amour, expirant devant lui.

— Vous n'en méritez pas moins. Vous m'avez pris *mon* monde, gronda pratiquement Hugo.

Charles décela la douleur dans le regard glacial d'Hugo.

— Votre père et vous avez détruit ma vie.

— Il était votre père aussi. Il essayait de vous sauver. *Vous sauver de votre haine. Comme Peter*

— Il m'a laissé me sauver tout seul, dit Hugo. Vous êtes une honte.

Charles contint sa fureur.

— Je n'ai jamais eu de problème avec l'homme que je suis, mais vous ? Vous êtes un meurtrier. Si nous dressons la liste des péchés, les vôtres dépassent les miens.

Charles fit un autre pas vers Hugo. Cela devait prendre fin. Ils ne pouvaient pas continuer de la sorte.

— Un *meurtrier ?* Comment *osez*-vous ?

Crac ! La glace craqua et Hugo poussa un cri alors qu'il s'enfonçait dans les profondeurs glacées en dessous.

— Non !

Ça aurait dû être le signal. Il aurait dû revenir vers l'endroit où la glace était plus solide, vers la rive. Mais en cet instant, il se représenta Hugo subissant le sort qu'il avait craint pour lui-même pendant si longtemps, chose qui aurait pu arriver si Peter, Godric, Cédric, Lucien et Ashton n'avaient rien fait.

Charles se précipita vers la main qui émergeait de la fissure dans la glace, mais celle-ci céda et il sombra à son tour dans la rivière.

L'obscurité, la glace et le froid l'enveloppèrent. Il pouvait voir une autre silhouette lutter dans les profondeurs troubles. Charles tendit la main vers Hugo, ses doigts frôlant le bord de son épaule, mais le courant était trop fort.

Nous allons mourir.

Tous les cauchemars qu'il faisait depuis l'université devenaient réalité. Ses poumons brûlaient et bientôt, il avalerait de l'eau. C'était la fin pour tous les deux.

Hugo était suffisamment proche pour que Charles voie son regard étonné et la question dans ses yeux.

Pourquoi ?

Pourquoi tenter de le sauver à présent ? Charles n'avait pas de réponse ; il savait simplement qu'il devait essayer.

Puis la bouche d'Hugo s'ouvrit comme s'il avait eu une ultime révélation. L'air s'échappa alors qu'il s'étranglait, son visage pâle se contorsionnant tandis qu'il aspirait de l'eau. Charles craignait de connaître bientôt le même sort.

Ça aurait toujours été l'issue attendue. Une mort dans le noir. Et cette fois, il avait tué son propre frère, son ennemi, son sang, mais la rage qui avait animé Hugo aurait consumé Charles aussi si le duel s'était déroulé différemment. Tout ceci aurait pu être évité s'il n'avait pas lancé un duel au père d'Hugo.

Il avait peut-être été le méchant de l'histoire depuis le début...

Charles remua les bras, griffant frénétiquement la glace au-dessus de lui, essayant de retrouver l'ouverture à travers laquelle il était tombé. Ses yeux se fermèrent et il cessa de lutter. Le visage de Lily emplit son esprit.

Je vous aime.

Il la rejoindrait bientôt et en était reconnaissant. Il sentit son corps voler vers une lumière grandissante, se déplaçant à une vitesse aveuglante, la lumière et l'obscurité se succédant derrière ses paupières fermées alors qu'il s'élevait.

Je vous retrouverai, Lily, je le promets.

Une douleur glaciale explosa en lui et quelque chose frappa fort sa poitrine.

— Respirez ! Respirez, saligaud !

Charles toussa violemment. Il haleta et eut des haut-le-cœur alors qu'il roulait sur le côté. Il était étendu sur le bord de la rivière gelée, à vingt pas de l'endroit où il était tombé à l'eau. Godric. Ce devait être Godric. Ou peut-être Lucien. Il était le meilleur nageur de la Ligue.

L'homme à ses côtés affichait un air noir et quand l'esprit embrumé de Charles le reconnut, il essaya de l'attaquer.

— Arrêtez, imbécile. Vous êtes bien trop faible, lâcha Daniel d'une voix irritée.

Il plaqua Charles au sol jusqu'à ce qu'il arrête de se débattre.

— Je vous en prie, Lonsdale.

— Pourquoi ?

En grognant, Charles força son corps douloureux et glacial à s'asseoir.

— Je devais tout à Hugo. Je ne pouvais pas rompre mon serment de loyauté, mais ma loyauté est morte avec lui. Considérez ceci comme une proposition de trêve. Je m'assurerai qu'on n'obéisse pas aux derniers ordres d'Hugo à titre posthume. C'est fini.

Daniel se remit debout et remonta la rive escarpée. Il ne regarda pas en arrière et disparut rapidement dans une ruelle. Charles le suivit jusqu'à ce qu'il réussisse à retourner à l'entrée des tunnels de Lewis Street.

Toutes ses articulations roides et ses os craquèrent alors qu'il rentrait dans les passages de pierre. Le froid avait ralenti le flot du sang qui coulait de son dos. Il était engourdi, ses pensées emprisonnées sous un nuage lourd, mais il savait qu'il ne pouvait pas abandonner. Ses amis avaient besoin de lui et Katherine avait toujours besoin d'un père.

Quant à Lily... Il avait besoin de l'étreindre une dernière fois.

Les sentinelles d'Hugo ayant disparu, les tunnels commencèrent à se remplir de leurs occupants habituels. Quelques pickpockets échevelés étaient déjà revenus. Charles tituba vers le groupe d'hommes qui quittaient les cellules. Jonathan était là. Il déverrouillait les portes des cellules aussi rapidement qu'il le pouvait. Tous gardèrent le silence quand Charles tomba à genoux près du corps de Lily.

Elle portait son pantalon de valet et un gilet orné de la livrée de sa famille : Tom était venu à sa rescousse une dernière fois. Elle était étendue sur le flanc, les yeux fermés, le visage pâle et solennel, comme si elle était endormie. D'une main tremblante, il tendit le bras et lui prit la joue. Sa peau était encore chaude. Ça le torturait en lui rappelant quelques heures auparavant, quand elle avait été vivante entre ses bras, l'embrassant dans son lit. Sa femme adorée. Elle n'avait survécu qu'une journée.

Une main se posa sur son épaule. Quelqu'un s'accroupit à côté de lui.

— Elle était le dernier coup, dit Ashton comme s'il se parlait à lui-même.

— Un coup ? Ce n'était pas un *jeu*, Ashton, gronda Charles.

— Ça l'était, répondit Ashton. Un jeu très sanglant.

Ses doigts se serrèrent sur l'épaule de Charles.

— La présence de Lily n'était pas un accident. Elle savait ce qu'elle faisait. Elle a donné sa vie pour la vôtre. Pour nous tous.

— Je ne comprends pas.

— Hugo savait que tant que vous aviez encore quelque chose à perdre, vous ne prendriez pas la décision de le détruire comme vous avez été contraint de le faire. Craindre pour nos vies vous aurait toujours retenu, lui permettant de nous détruire à petit feu jusqu'à ce qu'il ne reste rien. Mais la perdre elle... ?

L'atmosphère devint glaciale. Se tournant lentement vers Ashton, Charles serra les poings.

— Vous... lui avez *ordonné* de se sacrifier ?

— Je lui ai expliqué comment les événements allaient se dérouler et comme moi, elle a vu l'erreur qu'il avait commise. Elle comprenait Hugo presque aussi bien que moi. Vous devez me croire. Si j'avais pu prendre sa place, je l'aurais fait.

Charles aurait voulu frapper Ashton, mais sous ses paroles calmes, il vit la douleur que ressentait son ami. Il s'était contraint à penser comme Hugo, à devenir comme Hugo pendant un temps, et cela lui avait coûté une partie de son âme.

À présent, la Ligue formait un cercle silencieux autour de lui et pendant un moment, il se sentit lié à eux tous. Ils ne formaient qu'un corps, qu'une âme, alors qu'ils pleuraient avec lui. Personne n'avait jamais eu la chance d'avoir de tels amis et pourtant, ils avaient payé un prix terrible. La vie de Lily avait été sacrifiée pour lui, pour eux *tous*. Il tendit le bras pour faire courir un doigt le long de la joue de la jeune femme. Ses yeux se remplirent de larmes.

— Attendez un peu, dit Jonathan en plissant le front. Où est le sang ?

— Le sang ? marmonna Lucien à son côté.

Lily hoqueta et se contracta.

— *Ahh* !

Tous autour d'elle poussèrent un juron et retombèrent en arrière, y compris Charles. Pour la première fois de sa vie, il faillit s'évanouir.

— Oh... grogna-t-elle en ouvrant violemment son gilet.

Elle manqua arracher les boutons, gémissant alors qu'elle exposait un bout de cuir épais et un petit plastron en métal.

— Que diable... ? commença Cédric.

Une balle était logée dans le métal. Lily la toucha prudemment, mais elle était fermement enfoncée dans le plastron.

— Bien joué, Lily, dit Lucien avec un petit rire. Bien joué. Comme je le dis toujours : n'affrontez jamais une situation dangereuse sans protection.

Les yeux de Lily se braquèrent sur ceux de Charles. Elle sourit puis grimaça en se touchant la poitrine.

— Vous êtes vivant, murmura-t-elle.

— Vous aussi, souffla-t-il d'un ton incrédule. Mais comment ?

Lily désigna Ashton et Cédric du menton.

— Je me suis souvenue du duel de lord Sheridan l'année dernière. J'avais entendu parler de l'armure et j'ai pensé que ça pourrait peut-être marcher. J'avais espéré le tuer, mais une fois qu'on a commencé à lutter, je me suis assurée qu'il me tire dessus à l'endroit où je le désirais.

— Ça n'aurait pas dû fonctionner, dit Ashton. Vous devriez être morte.

Quand tout le monde le fusilla du regard, il secoua la tête.

— Désolé, mais c'est vrai.

Il s'agenouilla et examina la bosselure ainsi que la balle qui y était toujours enfoncée.

— Si ça n'avait été qu'un ricochet, alors c'est possible. Mais un tir direct à bout portant ? Ça n'aurait pas dû marcher.

Charles eut une révélation.

— C'était le pistolet de Daniel, dit-il, se souvenant de la façon dont le lieutenant d'Hugo l'avait poignardé.

Il ne serait pas surpris d'apprendre que le pistolet n'avait été chargé qu'à moitié. Mais cela ne comptait pas. Plus rien de cela ne comptait à présent.

— Vous aurez quand même un hématome, la mit en garde Lucien. Probablement une ou deux côtes cassées.

— C'est la sensation que j'ai, effectivement.

Lily tendit les mains vers Charles qui la prit dans ses bras. Il enfonça le visage dans ses cheveux. Son corps trembla violemment quand il se mit à pleurer. Il fut incapable de se retenir plus longtemps. Impossible d'endiguer ce déferlement. Elle referma les bras autour de lui, le tenant comme un enfant, mais peu lui importait.

— Tout va bien, mon amour, dit-elle.

— Je sais, dit Charles. Je sais.

Hugo était mort.

Lily était vivante.

C'était enfin terminé.

29

Charles ne voulait plus jamais revoir un autre docteur. Le torse fermement bandé, il était allongé dans son lit. Comme lui avait dit Daniel, le coup de couteau n'était pas mortel. Il s'était arrêté à l'os de son bassin. Douloureux, mais peu profond. Il avait su exactement où frapper pour créer une blessure convaincante et sanglante sans tuer Charles. Cet homme l'avait épargné puis l'avait sauvé.

— Vous avez encore l'air morose, murmura Lily.

Elle était allongée dans le lit à côté de lui, son propre corps couvert de bandages afin de soutenir ses côtes cassées. Quel duo ! Brisés, meurtris et confinés au lit pendant leur lune de miel... mais vivants et ensemble. Toujours submergé par l'amour et le soulagement, il tourna le visage vers elle. Elle se colla à lui et plaqua le front contre le sien avant de fermer les yeux.

— Vous devriez vraiment être morte, mais vous ne l'êtes pas.

Il tendit le bras pour lui prendre le visage dans une main.

— Je vous suis si reconnaissant !

Elle lui saisit le poignet.

— Moi aussi.

— Mais ça ne rend pas notre bonne fortune moins remarquable... ou déroutante.

— Déroutante ?

— Essentiellement, nous avons survécu parce que Hugo me détestait au plus haut point. On aurait pu croire qu'une telle haine aurait précipité les événements, mais elle lui a permis de faire durer les choses, les transformant en un jeu qu'il croyait être le seul capable de remporter.

— Il ne voulait pas simplement vous tuer, dit Lily. Je crois que quelque part, il devait prouver qu'il était meilleur que vous, que ses valeurs étaient supérieures.

Cela déconcerta Charles davantage.

— Que voulez-vous dire ?

— Au cours des dernières années, j'en ai appris plus sur Hugo que je l'aurais voulu. Aussi monstrueux que soient ses actes, Hugo plaçait le devoir, la loyauté et le service au-dessus de tout. Vos amis et vous estimez l'amitié, l'honneur et la liberté. Je crois qu'il détestait ce que vous représentiez autant qu'il vous détestait personnellement. Mais vous avez remporté la partie.

Charles repensa à la rivière, lorsqu'il avait tendu la main à Hugo en dépit de tous ses agissements, et à ce dernier moment de révélation sur le visage de son frère. Il s'était rendu compte – trop tard – qu'il se trompait depuis le début.

Ils gardèrent le silence pendant un long moment, se tenant la main, leurs doigts entrelacés, avant que Lily ne reprenne la parole.

— Vous êtes toujours content d'être mon époux ?

Ses paroles étaient enjouées, mais il y avait dans ses yeux un soupçon de peur : la crainte qu'il ne la repousse.

— Plus que jamais, mon épouse, promit-il. Plus que vous ne pourriez l'imaginer. J'ai attendu une vie entière pour vous trouver. Ne le savez-vous pas ? J'ai attendu, avec votre nom gravé dans mon cœur.

Elle lui adressa un regard dénué de tristesse, dénué d'hésitation. C'était la femme que Lily avait toujours été censée être. Sans blessure. Sans crainte. Courageuse.

— Vous savez, j'ai parlé de vous avec Émily.

— Devrais-je m'inquiéter ? demanda Charles en haussant un sourcil.

Elle fit courir le bout de ses doigts le long de sa joue.

— Elle dit que vous étiez le dernier.

— Le dernier, quoi ?

— Le dernier rebelle.

Elle se mordit la lèvre inférieure.

— Et vous m'appartenez entièrement, Milord.

— Est-ce vrai ? Il lui fit lever le menton et baissa la tête vers elle.

Leur baiser avait la chaleur tranquille du soleil d'avant l'été. Toute la douleur qui avait accablé Lily depuis la mort de son père s'estompa dans le sillage de ce baiser tout-puissant. Dans cette douce passion, Charles avait connu une renaissance.

— Comment ai-je eu la chance de vous trouver ? demanda-t-il à Lily.

Elle s'accrocha à son cou, le regardant comme si elle était perdue dans ses propres rêves.

— Nous nous sommes trouvés parce que c'était écrit. Disons que c'est le destin.

— Le destin, répéta-t-il solennellement, le cœur rempli d'espoir pour leur avenir. Et je ne vous laisserai jamais filer.

Elle lui donna un autre baiser et il sentit soudain le monde s'ouvrir sur une vie entière de possibilités et d'émerveillements qui étaient encore à venir.

C'était l'amour, ce dont parlaient les poètes. Il avait peut-être été le dernier rebelle à tomber amoureux, mais il était également le plus chanceux.

Que le passé reste derrière eux ! Il pourrait pleurer ceux qu'il avait perdus. Il pourrait apprendre de ses erreurs. Et il pourrait se montrer reconnaissant envers ses amis et sa famille qui se dressait toujours à ses côtés. Mais il ne laisserait plus jamais le passé le définir. À partir de maintenant, tout serait différent. Pour une fois, il envisageait l'avenir avec enthousiasme.

Étreignant sa femme, il l'embrassa comme si le monde prenait fin, même s'il savait que ce n'était que le début.

ÉPILOGUE

Cinq mois plus tard

— ELLE A DE TRÈS JOLIS YEUX VERTS, ÉMILY. COMME CEUX DE Godric, la taquina Charles qui regardait Sierra, la fille du couple.

Ils se trouvaient à Hyde Park, aux abords d'un petit lac, et profitaient du soleil glorieux du printemps.

— Elle va grandir si gâtée !

Le reproche d'Émily fut suivi par un ricanement indulgent.

— Bien entendu, répondit Lily.

Elle plaça une main protectrice sur son ventre légèrement arrondi. Elle était assise sur un banc pas très loin de l'endroit où Charles et Émily se tenaient près du petit lac au milieu du parc, et elle tenait Kat sur ses genoux. L'enfant excitée remuait des jambes, ayant plus envie de courir que de rester assise immobile.

Quand Charles tourna les yeux vers elle, son cœur fit la culbute dans sa poitrine. Il deviendrait bientôt père pour la seconde fois et n'imaginait pas quelque chose de plus extraordinaire.

Je vous aime, souffla-t-il. Elle lui souffla la même chose et reposa Katherine à terre, l'encourageant à rejoindre Charles qui s'agenouilla et tendit les bras.

— Kat, viens vers Papa.

L'enfant courut vers lui. Il la prit dans ses bras et la souleva. Elle poussa un cri aigu et rit quand il la serra contre lui.

— Tu veux voir le bébé ? lui demanda-t-il.

Devenue sérieuse, Katherine hocha la tête et se pencha sur l'épaule d'Émily pour regarder le nourrisson.

— Si jolie ! dit-elle à Émily avant de coller timidement la tête contre le cou de Charles.

Lily quitta le banc et rejoignit Charles, Émily et le reste de la Ligue près du lac.

Ashton et Rosalind se prélassaient sur une couverture. Ils avaient tous deux une conversation animée concernant des opérations bancaires. *Seigneur, si c'est de ça qu'ils discutent sur l'oreiller...* Cédric et Anne se tenaient au bord de l'eau. Ils parlaient d'élevage des chevaux avec un gentleman. Leurs bébés jumeaux, Sean et Hartley – qui portaient le nom du courageux valet qui leur avait autrefois sauvé la vie –, étaient en sécurité chez eux, dans la nursery. On s'occupait d'eux pour que la nouvelle maman puisse profiter d'un moment dehors et respirer l'air frais du printemps.

Lucien, Horatia et le petit Evan nourrissaient des canards. Evan, calé dans les bras de sa mère, regardait avec fascination les volatiles blancs se rassembler autour de leurs jambes sans cesser de caqueter. Jonathan et Audrey se tenaient à l'ombre d'un arbre et s'échangeaient des murmures intimes. Audrey souriait malicieusement et Jonathan avait une main sur sa hanche. Il jouait avec sa jupe du bout des doigts.

Ils mijotent quelque chose. Charles sourit et tourna les yeux vers Godric qui leva les yeux au ciel et reprit Sierra à sa femme. Il gazouilla en embrassant le front du bébé.

Tout était comme cela aurait dû l'être. Enfin !

Il fit courir son regard sur le parc et aperçut Daniel Sheffield et Mélanie, la veuve d'Hugo, qui escortaient Peter, son fils, vers le bord du lac. Avec une précipitation scandaleuse, Daniel avait épousé Mélanie après la mort d'Hugo, puis les rumeurs sur leur union s'étaient vite éteintes, remplacées par de nouveaux commérages.

Daniel s'agenouilla près du garçon et désigna les cygnes au centre du lac en souriant au petit garçon qui lui parlait.

Charles se demanda pendant un moment si Peter suivrait les traces de son père. Toutefois, s'il avait retenu une leçon, c'est que le sang ne fait pas de nous qui nous sommes. C'était à Daniel et Mélanie de faire de Peter un homme meilleur que son père.

Daniel lui jeta un regard et lui adressa un signe du menton que Charles lui rendit. Leur guerre était finie. Il ne restait aucun ennemi, seulement des amis et – peut-être – des alliés prudents.

Que chaque rebelle profite de sa journée, songea Charles qui regarda tout ce petit monde dans le parc, *et qu'ils mènent une vie pleine d'amis et d'amour, comme moi.*

Il faillit éclater de rire quand il se rendit compte qu'il avait l'air de prier, et il ajouta *amen*.

— Qu'y a-t-il de si amusant ? demanda Lily.

— Je me disais que mes prières ont été entendues, et que j'ai eu bien de la chance de ne pas avoir été frappé par la foudre, vu toutes mes rébellions. J'ai toujours craint d'être destiné aux feux de l'enfer.

Il plaisantait, bien sûr, mais au fond, une partie de lui avait craint d'avoir causé trop de douleur pour mériter une telle joie.

Lily le regarda, ses yeux bleus se remplissant d'une compréhension sage.

— Un homme comme vous, Charles ? Il n'y a qu'une chose pour laquelle vous êtes destiné.

— Laquelle ?

Elle se hissa sur la pointe des pieds et leurs lèvres se frôlèrent. Puis elle murmura :

— L'amour.

· · ·

EXTRAIT DE LA *GAZETTE DE LA LORGNETTE* DU 18 DÉCEMBRE 1822, rubrique de Madame Société :

Pas d'inquiétude, mes chères : Madame Société est de retour. Lord Lonsdale s'est enfin passé la corde au cou, il est vrai, mais il existe dans ce monde beaucoup d'autres rebelles dont le cœur a besoin d'être domestiqué. Trop pour que je m'en charge toute seule. Rappelez-vous, Mesdames : il ne dépend que de vous de jouer votre rôle. Votre rebelle est peut-être quelque part, attendant d'être découvert.

MERCI D'AVOIR LU *LE DERNIER DES REBELLES* ! TOURNEZ la page pour découvrir le tome suivant de la « Ligue des Rebelles ». Il s'intitule *Un baiser pour l'Écossais* et raconte l'histoire de Joanna, la petite sœur d'Ashton, qui est séduite par un fringant lord des Highlands.

UN BAISER POUR L'ÉCOSSAIS

Extrait de la *Gazette de la Lorgnette* du 30 juin 1821, rubrique de Madame Société :

Madame Société a entendu des histoires parfaitement délicieuses. Oserai-je dire que la rumeur affirme que lord Kincade – un comte écossais – ainsi que ses deux frères sont récemment venus à Bath et font battre les éventails et se perdre les matrones en commérages ? Je suis bien tentée de suggérer des prétendantes pour ces rebelles écossais ; cela dit, si je sais une chose sur ces hommes du Nord, c'est qu'ils prennent ce qu'ils désirent quand ils le désirent. Ladies de Bath, si vous désirez avoir l'un d'entre eux pour époux, je vous souhaite bonne chance !

Hampshire, juin 1821

Le sauvage seigneur des Highlands serra la femme dans ses bras et conquit ses lèvres. Le vent battait ses jupes alors qu'ils s'étrei-

gnaient au sommet de la colline couverte de bruyère. Il n'y avait rien d'aussi merveilleux, rien d'aussi gratifiant qu'un baiser parfait...

— Un baiser parfait ?

Joanna Lennox contempla sombrement la dernière page de son roman gothique, *Le lord rebelle de lady Jade*.

— Le baiser parfait n'existe pas.

Le baiser parfait était un mythe. Elle en était certaine, car si c'était le cas, elle aurait déjà été embrassée et l'aurait forcément su, n'est-ce pas ? Pourtant, elle se retrouvait à l'âge de vingt ans sans avoir été embrassée ou courtisée, et complètement seule.

Le cœur vide, elle laissait son regard se perdre dans les profondeurs de la cheminée de sa bibliothèque. Après trois saisons ardues à Londres, elle était un véritable fiasco sur le marché du mariage. Les rumeurs avaient commencé à courir sur les raisons de son célibat qui durait. La société de Londres prenait plaisir à se gausser d'une femme incapable de trouver un homme, particulièrement une femme dotée d'une dot immense. Des prétendants désespérés auraient ignoré un certain nombre de problèmes chez une personne tant sa dot était généreuse.

Alors qu'est-ce qui me fait défaut pour que je fasse ainsi fuir même les chasseurs de fortune ?

Ce n'est pas qu'elle espérait être mariée juste pour se marier ou pour empêcher ces mauvaises langues imbéciles de commérer. Elle était une femme indépendante, intelligente et butée. Pourtant, il lui manquait quelque chose, un grand secret que seul quelqu'un d'amoureux pouvait connaître... du moins, si les romans qu'elle avait lus ne mentaient pas. Elle voulait aimer et être aimée par un homme, bien qu'elle ait conscience de la rareté des mariages d'amour.

Elle essaya de se concentrer sur le livre posé sur ses genoux alors qu'elle resserrait le châle en tartan autour de ses épaules. Même avec le feu allumé, la librairie de son ancienne demeure de campagne était légèrement glaciale. Généralement, elle parvenait à se perdre dans un livre, mais pas ce soir. Ashton, son frère aîné, avait la grippe, et sa fiancée Rosalind s'occupait de lui. Toutefois, la maison était plongée dans le silence, un silence horrible qui se prêtait aux nuits agitées et aux pensées mélancoliques.

Joanna avait vu Ashton bannir sa profonde froideur et se délester des fardeaux du passé pour adopter un futur radieux avec sa future épouse. Il était évident que son frère aimait profondément Rosalind, même s'il était trop têtu pour l'admettre.

Quelqu'un m'aimera-t-il un jour de la sorte ? Elle poussa un soupir frustré. Ce n'était pas comme si elle n'avait pas essayé de trouver le gentleman parfait. Elle s'était montrée charmante, polie et attachante. Les hommes aimaient discuter avec elle. Toutefois, aucun homme n'était passé la voir et personne ne lui avait envoyé des fleurs. Elle n'avait pas le moindre soupçon d'espoir qu'on la courtise.

Les inquiétudes la rongeaient de plus en plus, l'empêchant de dormir pendant la nuit et la rendant irritable au cours de la journée. Mais elle n'était pas le genre de femme à se morfondre sans rien faire. Aussi trouvait-elle son humeur actuelle particulièrement irritante. Joanna savait qu'elle aurait dû en faire plus pour se sortir de ce marasme.

La Société des Ladies Rebelles apprécierait peut-être un autre membre.

Cette pensée fit pouffer Joanna qui tourna la dernière page de son livre. Cela la distrairait au moins de son infructueuse chasse aux maris. De plus en plus populaire, la Société était un rassemblement secret de jeunes ladies de haute naissance. Toutefois, l'intégrer était également considéré comme scandaleux, ce qui représentait une partie de son intérêt pour celles qui en étaient membres. Les rumeurs suggéraient que la société baignait toujours au cœur de scandales, dont certains avaient même fait couler l'encre de *La Gazette de la Lorgnette*. Ces femmes semblaient toujours très heureuses de vivre leurs propres aventures sans que des hommes leur collent aux basques. Leurs maris n'avaient pas la moindre idée que les bals, les thés et les dîners servaient souvent de couverture aux activités de la Société.

Puisque Joanna n'avait pas d'homme dans ses pattes, elle

représentait une candidate parfaite pour rejoindre la Société. Elle savait qu'elles acceptaient dans leur sein des célibataires, des femmes mariées et même des vieilles filles affirmées. Tous les membres de la Ligue devaient posséder des caractéristiques de force, de volonté et de résolution, et elles comprenaient que la loyauté envers les autres membres comptait plus que tout.

Soudain, un craquement du plancher la fit sursauter. Personne n'aurait dû être debout à cette heure-ci, pourtant, il existait un certain nombre d'explications raisonnables. Elle-même était toujours debout, après tout. Lentement, elle coula un regard de l'autre côté du fauteuil.

Dans l'encadrement de la porte, un colosse large d'épaules la regardait. Il portait une longue chemise et un pantalon noirs. D'un bleu gris tempétueux, ses yeux étaient intensément concentrés sur elle. Pendant un moment, Joanna resta ébahie devant sa mâchoire sculptée, son nez aquilin et sa chevelure sombre un peu trop longue pour être considérée comme respectable.

Elle eut un sursaut de clarté. Il était presque minuit et un inconnu venait de pénétrer dans la bibliothèque où elle se trouvait seule. Elle garda son calme. Si elle avait besoin d'aide, elle pousserait un cri. Un serviteur l'entendrait certainement.

— Qui êtes-vous ? demanda-t-elle.

Certainement pas un des amis de son frère. Ashton appartenait à cette triste bande de pairs anglais connue dans certains cercles sous le nom de Ligue des Rebelles. Elle connaissait quasiment tous ses amis ainsi que les membres de la Ligue, et cet homme n'était ni l'un ni l'autre. Alors qui était-il ?

— Peu importe qui je suis. Qui êtes-*vous* ?

Il s'était exprimé doucement, mais son accent était si épais qu'elle savait qu'il devait être Écossais. Peut-être était-il parent de la fiancée d'Ashton ? Elle était Écossaise.

— Je suis Joanna Lennox.

Elle referma le livre et le posa sur le fauteuil avec son châle en tartan bleu avant de se redresser.

— Je connais ce clan, dit l'homme qui reconnut le tartan. MacLeod. Êtes-vous Écossaise ?

— Quoi ? Oh, non. Ma famille a des parents qui le sont, mais pas moi.

Elle songea qu'elle était *tout* sauf Écossaise et cette idée l'amusa. Elle devait admettre qu'elle rêvait souvent de vivre dans les Highlands, sans se préoccuper une seule seconde de ce que la société londonienne et ses satanées règles pensaient d'elle. Elle écarta ces pensées pour se concentrer sur l'inconnu vêtu de noir. Souhaitant mieux le voir, elle s'approcha de lui. Logiquement, elle savait qu'elle aurait dû appeler à l'aide, mais elle ne se sentait absolument pas en danger.

— Vous ne m'avez pas répondu. Qui êtes-vous ?

L'homme regarda autour de lui. Il avait visiblement du mal à trouver une réponse.

— Je...

Il hésita puis plissa les paupières.

- Lady Melbourne est-elle ici ?

— Oui, bien sûr. Elle est... Attendez un peu.

Joanna comprit pourquoi il la fascinait autant. Il y avait quelque chose de profondément familier dans ses yeux, la même teinte bleu-grise sérieuse. Et la façon dont il fronçait les sourcils évoquait beaucoup Rosalind qui était une femme plutôt sérieuse.

— Êtes-vous l'un de ses frères ? Êtes-vous descendu pour le mariage ?

C'était forcément ça. Avec toute l'excitation provoquée par les fiançailles inattendues de son frère puis sa maladie soudaine, on devait avoir oublié de l'informer que les trois frères de Rosalind avaient été invités à venir d'Écosse pour le mariage.

— Oui. J'ai reçu une lettre de ma sœur et je suis descendu pour assister à la cérémonie. Je viens d'arriver et je n'ai pas souhaité déranger la maisonnée.

Il se campa sur ses jambes, un geste étrangement agressif. Joanna craignit soudain qu'il n'essaie de l'attraper, mais c'était bête. C'était le frère de Rosalind, pas un criminel, même s'il était habillé comme un bandit de grand chemin. Peut-être venait-il juste d'arriver et n'était pas préparé à la rencontrer, ce qui expliquerait son étrange tenue. Certainement fatigué par son voyage, il avait besoin de temps pour se reposer, et voilà qu'elle le jugeait comme s'il était venu créer des problèmes.

— Oh, vous devez être fatigué après un voyage à cheval aussi long. Les domestiques ont-ils monté vos bagages dans votre chambre ?

— Je vous remercie, Madame. On s'est déjà occupé de moi. Je cherchais juste une pièce pour me réchauffer un peu avant d'aller me coucher.

Il la scruta et elle devina qu'il s'attendait à ce qu'elle le défie, chose qu'elle n'avait aucune raison de le faire. En tant que frère de Rosalind, il était entièrement le bienvenu ici.

— Alors, venez vous asseoir près de ce feu. Je viens de finir mon roman et j'avais l'intention de me retirer bientôt. Je serais ravie de vous le prêter. C'est-à-dire si vous aimez les romans.

Elle retourna à sa chaise et prit son livre, puis elle revint et le plaça entre ses mains.

— C'est un de mes préférés.

Il regarda le titre.

— *Le lord sauvage de lady Jade* ? Merci.

C'était un livre de L. R. Gloucester, un roman gothique torride, et il le contemplait avec une expression respectueuse qui lui tiraillait le cœur... comme un homme qui n'avait pas tenu un livre entre les mains depuis des années.

— Je ne connais toujours pas votre nom, je le crains. Lequel des frères de Rosalind êtes-vous ?

Ses yeux tempétueux parcoururent la pièce avant de revenir vers elle.

— Comment nous connaissez-vous ?

— Oh, elle m'a parlé de vous trois. Laissez-moi deviner...

Elle se tapota le menton en souriant.

— Êtes-vous Aiden, Brodie ou Brock ? Je dirais... Aiden.

— Certainement pas, s'esclaffa-t-il. Ai-je l'air d'un jeune chiot ?

Effectivement, non. Il ressemblait plus à un Highlander écossais sorti de ses fantasmes de jeune fille.

— Alors, c'est Brock, dit-elle. Vous ressemblez à un Brock. Brock est un nom très ancien. J'aime me renseigner sur les noms et leur signification. Savez-vous que Brock signifie « blaireau » ?

Elle regarda ses lèvres, surprise qu'elles soient aussi pulpeuses. Elle eut envie de se donner des gifles. Elle ne devrait pas rêver aux lèvres de cet homme. C'était un invité et elle avait besoin de se comporter comme une véritable dame, pas comme une créature dévergondée obsédée par la bouche de quelqu'un.

— Blaireau ? dit-il en inclinant la tête. Je ne le savais pas.

Ses lèvres pulpeuses affichèrent un sourire qu'elle ne put s'empêcher de lui rendre. Son cœur battit follement quand elle croisa son regard. Ce sourire insouciant la frappa si fort qu'elle eut du mal à rester debout. Soudain, Brock posa le livre et l'attrapa par la taille, la collant contre son corps.

— C'est une coutume dans mon village d'offrir un baiser à ceux dont on va rejoindre la famille.

Un baiser ? L'excitation la traversa comme un éclair. Elle saurait peut-être enfin si ses romans gothiques disaient la vérité sur les baisers.

— Vraiment ? J'ai lu des récits sur certaines parties de l'Écosse, mais je n'ai jamais...

Le bras autour de sa taille se resserra et elle se retrouva plaquée contre lui, sentant les muscles puissants de sa haute silhouette contre ses courbes délicates.

— Pas un mot, *lass*. Laissez-moi respecter la tradition, murmura-t-il en baissant la tête et en plaquant la bouche sur la sienne.

Son goût explosa sur sa langue et elle trouva cette ténébreuse excitation séduisante. Elle se délecta du soupçon de brandy qu'elle sentait s'attarder sur ses lèvres. Une des mains de Brock quitta sa taille et vint lui saisir les fesses. Elle poussa un cri de surprise contre lui puis gémit quand il referma l'autre dans ses cheveux, lui faisant basculer la tête en arrière pour pouvoir approfondir le baiser. Elle sentit ses genoux céder traîtreusement et essaya de réfléchir, mais il était difficile de garder la raison alors qu'une sensation si fantastique faisait palpiter son ventre. Elle embrassait le frère de Rosalind...

Joanna s'écarta juste assez pour que leurs lèvres se séparent. Elle fut ébahie par les sensations déchaînées qu'un simple baiser avait provoquées en elle. Un baiser parfait n'était donc pas une idée saugrenue. Comment pouvait-elle ressentir quelque chose d'invisible, mais d'aussi tangible alors qu'elle ne connaissait même pas cet homme ? Ça n'avait aucun sens et elle aimait les choses qui en avaient.

Contrôle-toi, Joanna. On ne s'évanouit pas après un baiser. Ils ne sont pas aussi géniaux qu'on les décrit sur le papier.

Pourtant, le baiser de Brock avait été fâcheusement parfait. Bien entendu, elle ne pouvait pas savoir si tous les baisers étaient comme ça ou juste le sien, vu que c'était son premier.

— C'est la tradition, là d'où vous venez ? Si toutes les ladies d'Écosse étaient embrassées de la sorte quand elles rencontraient un homme... *Seigneur...*

Il plissa les lèvres.

— Depuis toujours.

Elle gardait les paumes plaquées sur sa poitrine, consciente qu'elle aurait dû s'écarter, se comporter en lady anglaise, comme le voulait son éducation. Mais une partie d'elle, une partie beaucoup plus forte, aurait voulu rejeter toutes les règles de bonne conduite et faire n'importe quoi juste pour un autre baiser. Elle leva le regard, se plongeant dans ses yeux bleu-gris.

— Et je suppose que ce serait impoli de ma part de rompre avec la tradition.

Devenu arrogant, le sourire de Brock lui aurait donné envie de le frapper si elle n'avait pas eu si désespérément envie de se perdre à nouveau dans son baiser.

— Incroyablement malpoli. Vous insulteriez mon clan tout entier.

Son pouls palpita et elle inspira brièvement sa lèvre inférieure alors qu'elle anticipait un autre baiser.

— Eh bien, Mère m'a élevée dans le respect des autres cultures.

Elle fit remonter les paumes sur son torse et referma les doigts sur sa chemise noire alors que leurs bouches se rencontraient et que le feu brûlait à nouveau en elle. Elle s'accrocha à Brock, explorant sa bouche avec la sienne, leurs langues se touchant tendrement avant que le baiser ne se fasse plus insistant.

Ses mains revinrent à sa taille, tirant sur la ceinture bleue au-dessus de ses hanches alors que son autre main ôtait quelques épingles de ses cheveux, en libérant le ruban. Puis il lui rassembla les poignets et enroula la ceinture autour. Cette domination soudaine et l'excitation de se retrouver ligotée par lui la firent fondre, mais elle essaya de réagir de façon rationnelle.

— Que faites-vous ? demanda-t-elle d'une voix haletante où se mêlaient la colère, la peur et l'excitation. Ça n'est quand même pas la tradition.

Elle tira sur ses poignets à présent liés et le regarda, espérant qu'il s'explique.

— Je suis désolée, *lass*, mais je ne veux pas que vous appeliez Lennox.

Il devait parler de son frère Lennox, mais pourquoi l'atta-chait-il ?

— Appeler...

Elle fut réduite au silence quand il glissa le ruban entre ses lèvres entrouvertes et l'enroula autour de sa tête pour la bâillon-ner. Avec des gestes tendres, il la guida vers le fauteuil près du feu et l'y fit asseoir. Elle s'y écroula avec un cri étouffé qui n'expri-mait pas la douleur, mais l'indignation. Comment *osait*-il la ligoter et...

— Bougez d'ici dans les minutes qui viennent et vous allez le regretter, je le crains, la mit-il en garde.

Elle essaya de le maudire, mais le bâillon étouffa le son. Il l'ob-serva pendant un moment de plus. L'éclair de regret dans ses yeux gris la cloua sur place. Il ne voulait pas la laisser attachée. Si ça ne faisait pas partie d'un jeu de séduction, alors pourquoi l'avait-il fait ? Plus important encore, que s'apprêtait-il à faire qu'il ne voulait clairement pas qu'elle voie ? Une vague d'appréhension froide la balaya, mais elle n'osa pas bouger, pas avant de l'avoir vu disparaître à travers la porte de la bibliothèque et dans le couloir à l'extérieur.

Joanna attendit pendant un moment encore avant de bondir de sa chaise et de se précipiter vers la porte. Elle tira sur la poignée et tituba dans le couloir, trébuchant sur un pli dans le tapis et se tordant la cheville. Elle poussa un glapissement quand elle s'appuya sur son pied blessé.

En entendant des pas, elle leva la tête, s'attendant à voir Brock. Mais c'était Charles Humphrey ou plutôt, pour la bonne société londonienne, le comte de Lonsdale. Membre de la Ligue des Rebelles, Charles était un des amis intimes de son frère.

Il pila net quand il vit qu'elle avait les mains attachées et la bouche bâillonnée.

— Joanna ? Que diable ?

Il arracha le ruban de ses lèvres et lui détacha les poignets.

— Que s'est-il passé ?

— Il y a un homme sous ce toit... Un des frères de Rosalind...

Elle essaya d'expliquer, mais elle n'avait honnêtement aucune idée de ce qui se tramait.

— Vous voulez dire qu'un Écossais se trouve dans cette maison ? lança Charles.

— Oui. Il a dit qu'il était invité au mariage, mais alors, il m'a ligotée et...

— Il n'est pas invité. Ce saligaud ne devrait même pas être là. Nous devons en parler immédiatement à Ashton.

— Quoi ? Pourquoi ?

— Parce que les frères de Rosalind sont vraiment dangereux. Ils sont venus récupérer Rosalind pour la ramener en Écosse à son père. C'est un homme pourri.

Charles la regarda des pieds à la tête.

— Cet homme ne vous a pas touchée, n'est-ce pas ? Je veux dire, à part pour vous ligoter ?

Joanna déglutit fort et secoua la tête. Elle n'était pas près d'admettre qu'elle avait embrassé passionnément un dangereux Écossais.

— Dieu merci. Votre frère ne laisserait jamais une de ces brutes vous faire du mal, marmonna Charles en l'aidant à descendre le couloir.

Alors qu'elle serrait dans sa main la ceinture en soie qui lui avait retenu les poignets, ils parcoururent la résidence en appelant son frère.

— Quelle sorte d'homme est son père ?

— De ceux qui maltraitent leur propre fille sans défense.

— Ses frères ont fait du mal à Rosalind ? Ou bien était-ce juste son père ?

— Juste son père, si j'ai bien compris. Mais je me suis déjà battu contre eux. Un de ces saligauds m'a brisé une chaise sur le dos.

— Mon Dieu ! Mais pourquoi ?

Charles hésita juste une seconde avant de répondre.

— Comme vous pouvez vous y attendre de ma part... c'était à propos d'une femme. Croyez-moi... Vous ne voulez pas vous retrouver seule avec l'un d'eux. Ils vous séduiraient avant que vous n'ayez eu le temps de réfléchir.

Joanna ravala la boule qui lui noua soudain dans la gorge. Brock était dangereux ? Elle n'aurait pas dû être surprise. Tout homme qui pouvait embrasser de la sorte l'était forcément. C'était bien sa chance ! Elle venait de trouver un homme qui la faisait se sentir vivante, et c'était quelqu'un qu'elle ne pourrait jamais épouser.